BASTEI
LÜBBE

Von Linda Lael Miller sind bei BASTEI LÜBBE bereits erschienen:
18237 – Leidenschaft, die dich verführt
18239 – Wenn das Glück dich erwählt
18247 – Träume, die dich verführen
18274 – Küsse, die voll Sehnsucht sind
18283 – Wunsch des Herzens
18286 – Sieg der Herzen
18297 – Wildes Lied der Liebe

Über die Autorin

Linda Lael Miller wurde in Spokane, Washington geboren und begann im Alter von zehn Jahren zu schreiben, nachdem ein Lehrer einen besonders fantasievollen Aufsatz von ihr gelobt hatte. Ihren ersten Roman veröffentlichte sie 1983 – seitdem hat sie über 25 Bücher geschrieben, die sich in den USA insgesamt über sechs Millionen Mal verkauft haben. Linda Lael Miller lebt während des Sommers in Port Orchard, Washington und im Winter in Scottsdale, Arizona.
Mehr Informationen finden Sie im Internet unter http://www.lindalaelmiller.com.

LINDA LAEL MILLER

Zeit der Liebe, Zeit des Glücks

ROMAN

Ins Deutsche übertragen von
Joachim Honnef

BASTEI
LÜBBE

Bastei Lübbe Taschenbuch
Band 18633

1. Auflage: Juli 2002

Vollständige Taschenbuchausgabe

Bastei Lübbe Taschenbücher ist ein Imprint der Verlagsgruppe Lübbe

Deutsche Erstveröffentlichung
Titel der amerikanischen Originalausgabe:
The Women of Primrose Creek. Skye/Megan

Titelillustration: Spiak/Agentur Thomas Schlück GmbH
Einbandgestaltung: Beate Stefer
Satz: KCS GmbH, Buchholz/Hamburg
Druck und Verarbeitung: AIT Trondheim, Norwegen
Printed in Norway
ISBN: 3-404-18633-8

Teil I
Skye

In Erinnerung an Steven Jo Wiley Clark.
Wenn es Pferde im Himmel gibt,
und das wird es sicher,
dann wirst du mit dem Wind um die Wette reiten.

Prolog

Primrose Creek, Nevada
Herbst 1868

Die ersten Töne von »Lorena« stiegen von Malcolm Hicks' Fiedel auf wie Rauch von den verkohlten Hoffnungen sechshunderttausend toter Männer der Union und Konföderation und all derjenigen, die vergebens auf ihre Rückkehr aus dem Krieg gewartet hatten. Alles sonst war still in der kürzlich erbauten Gemeindehalle mit ihrem Holzboden, der poliert und mit Sand bestreut worden war, damit die Tänzer beim Reel hüpfen und beim Walzer dahingleiten konnten. Die Tänzer lauschten in respektvoller Stille, einige mit Tränen in den Augen. Ein paar hielten die Hand auf dem Herzen, doch einige hatten die Lippen zusammengepresst und wirkten störrisch wie ein Maultier an einem Führstrick.

Jake Vigil zählte zu den Letzteren. Mit gerade siebzehn Jahren war er von Missouri aus westwärts gezogen, auf eigene Faust, und so betrachtete er sich weder als Yankee noch als Rebell. Nach seiner Meinung war es meistens Zeitverschwendung, zurückzublicken, wenn nur die Gegenwart und Zukunft zählten, aber er wusste auch, dass einem manchmal keine Wahl blieb und man sich mit der Vergangenheit befassen musste.

Als er auf die doppelflügelige Tür der Halle zuging, die trotz des frostkalten Oktoberabends offen stand, fiel sein Blick auf Christy McQuarry Shaw, die Frau, die seine Ehefrau geworden wäre, wenn sie sich nicht vor einem Jahr am Traualtar anders besonnen hätte. Sie so zu verlieren, vor den Augen fast der ganzen Stadt, war vermutlich die größte Demütigung seines Lebens gewesen, doch jetzt, nachdem er etwas Abstand von der Sache gewonnen hatte, war ihm klar, dass eine Ehe für sie beide ein Fehler gewesen wäre.

Heute Abend, als sie, schwanger mit ihrem ersten Kind, neben ihrem Mann, Zachary Shaw, stand, strahlte sie geradezu vor Glück. Jake lächelte, vielleicht ein bisschen traurig, als die letzten Töne von Malcolms Lied in der Abendluft verwehten, und wandte sich ab, um zu entkommen.

Fast sofort prallte er mit einer Frau zusammen, die er nur mit Mühe wieder erkannte, so verändert wirkte sie ohne ihre übliche Kluft aus Hose, Hemd und Hut. Sein Herz schien einen Sprung zu machen, als sich ihre Blicke trafen. Ihre Augen waren braun und spiegelten Übermut und Intelligenz wider. Ihr Haar hatte die Farbe von poliertem Mahagoni und war am Nacken irgendwie aufgesteckt, weich und glänzend.

Skye McQuarry.

»Verzeihung«, sagte er und packte sie an den Schultern, um sie zu stützen. »Ich wollte nicht …«

Sie lächelte, und Jake ließ unbeholfen seine Hände sinken, irgendwie benommen, und trat einen Schritt zurück. »Das weiß ich«, sagte sie, und Jake hätte geschworen, dass sein Nacken schweißnass wurde.

Er war immer noch benommen und nahm ihren Anblick wieder in sich auf, fast schwindelig und staunend. Er war entzückt von ihrer fraulichen Figur und der makellosen Haut, und an ihrem Lächeln war etwas Zauberhaftes, Geheimnisvolles, als würde sie einen in einen Bann ziehen, der nie gebrochen werden konnte.

Ihr Kleid war grün, und die Röcke schienen zu rascheln, obwohl sie stillstand. Ihr Schlüsselbein war zu sehen und ein Teil ihrer Schultern – dieser Schultern, die zu berühren er sich angemaßt hatte. Unter alldem lag die unentdeckte Landschaft ihrer Schönheit, und er spürte, dass es ein fast unendliches Gebiet war, und wusste, dass es ein Leben lang dauern würde, um sie kennen zu lernen, ein Abenteuer, erfüllt mit Geheimnissen und Wunderbarem, mit Lust und Schmerz.

Er trat wieder einen Schritt zurück, weil er sich an Christy erinnerte. Und an Amanda.

»Sie sind Bridget Qualtroughs kleine Schwester«, sagte er. Es war die erste zusammenhängende Bemerkung, die ihm in den Sinn kam, und er fühlte sich sofort wie ein Dummkopf.

Sie lachte und blickte über ihre Schulter, als fühle sie sich verfolgt. Ihr nervöser Ausdruck der Freude brachte in Jake etwas zum Schwingen, wie es Malcolms Geschick mit der Fiedel nie hätte bewirken können. »Ich bin Bridget Qualtroughs Schwester, in der Tat. Und ich habe einen eigenen Namen. Er lautet Skye.« Sie blickte wieder hinter sich, und Jake erhaschte einen Blick auf einen finster dreinblickenden jungen Soldaten, der sie beide aus zusammengekniffenen Augen beobachtete.

Er hätte die Veränderung, die mit dem Mädchen vorgegangen war, nicht geglaubt, wenn er sie nicht mit eigenen Augen gesehen hätte. Die Skye McQuarry, an die er sich erinnerte, war ein stilles, scheues Mädchen gewesen, das normalerweise das Gesicht unter der Krempe eines alten Hutes verborgen hatte. Wie hatte sich dieser kleine Wildfang binnen weniger Monate in diese fast mythisch schöne Frau verwandeln können? Nun, wie es auch geschehen sein mochte, er war nicht der Einzige, der es bemerkt hatte. Der Soldat – ein Corporal, nahm er an – setzte sich in Bewegung und ging auf sie zu.

Jake spürte den Zorn eines Beschützers in sich aufsteigen, noch bevor Skye wieder sprach, diesmal in ziemlich drängendem Flüsterton. »Bitte«, sagte sie, »tanzen Sie mit mir. Jetzt.« Der Schein der Lampions glänzte in ihrem Haar, tanzte in ihren Augen, warf Schatten über ihre Brüste. Er nahm sie in die Arme und begann sich Dinge vorzustellen, die sich kein Gentleman ausmalen sollte.

Er schluckte, und das Blut stieg ihm ins Gesicht. »Werden Sie von diesem Mann belästigt?«, fragte er.

Ihr Lächeln war strahlend. Es war, als folge einem dunklen Winter der Sonnenschein des Frühlings. »Nicht mehr«, sagte sie.

Jake schüttelte benommen den Kopf. Sie bewegten sich unbeholfen; er vermutete, dass man es als Tanzen bezeichnen konnte.

»Ich nehme an, ich sollte zur Sägemühle zurückkehren«, sagte er, als er sah, dass der Corporal abgewimmelt war, jedenfalls für den Augenblick.

Sie klammerte sich an seine Hand und an den anderen Oberarm. »Sie dürfen mich noch nicht verlassen«, mahnte sie eindringlich mit einer Art fröhlicher Verzweiflung. »Corporal Shelby ist ein hartnäckiger Mann. Er wird wiederkommen und mich von neuem belästigen, wenn er sieht, dass Sie gehen.«

Ihr Schwager, Trace Qualtrough, hätte sie gewiss besser beschützen können als Shaw, ihr angeheirateter Cousin. Jake fragte sich kurz, warum sie sich stattdessen an ihn gewandt hatte, sagte sich, dass er sich geschmeichelt fühlen konnte, und verbannte den Gedanken. »Also gut«, sagte er lahm, denn er verstand es nicht, mit Frauen umzugehen, war nie ein Frauentyp gewesen.

Er rief sich in Erinnerung, als eine Art letztes verzweifeltes Bemühen, dass die anderen drei Mitglieder dieser unangenehmen Familie so toll aussahen wie Skye, berüchtigt für ihre Sturheit und ihren Stolz waren und es fast unmöglich war, mit ihnen zurechtzukommen. Jake hatte seine Enttäuschung über den

Verlust Christys überwunden – zum größten Teil jedenfalls. Er hegte keinen Groll mehr und war entschlossen, sich von jeder anderen weiblichen McQuarry fern zu halten, wie ein Mann keine Klapperschlange mit der Hand füttern würde, der schon mal von einer Schlange gebissen worden war. Es ärgerte ihn sehr, wie diese Frau die Dinge in ihm plötzlich aufgewühlt hatte.

Sie hatte, wie ihre geröteten Wangen verrieten, sein Unbehagen über die Situation bemerkt, doch sie gab keinen Pardon. Das war ebenfalls ein Charakterzug der McQuarrys. Nein, sie straffte nur diese schönen Schultern und behauptete ihren Standpunkt, bildlich gesprochen. »Wir haben eine Gemeinsamkeit, Mr. Vigil«, sagte sie, als Malcolm eine lebhafte Melodie zu fiedeln begann, jetzt begleitet von einem Goldsucher mit einem Waschbrett und einem Holzfäller, der in eine leere Kanne blies. »Außer dass wir Christy kennen, meine ich. Ich habe diesen wilden braunen Hengst in den Hügeln verfolgt, und Trace hat mir erzählt, dass Sie ihn ebenfalls fangen wollten. Nun, Sie sollten wissen – und es ist nur fair und ehrenhaft, es Ihnen zu sagen –, dass ich vorhabe, ihn vor Ihnen zu bekommen.«

Jake seufzte. Der Gedanke, diese besondere Frau in seinen Armen zu halten, auch nur aus einem unschuldigen Grund, benebelte seinen Verstand und erfüllte ihn mit einer Mischung aus Erwartung und böser Vorahnung. Er hörte sich lachen. »*Sie* sind hinter dem Braunen her?«, staunte er. »Ein zartes Ding wie Sie? Nun, Sie könnten dabei umkommen.«

Ihre Wangen röteten sich, und sie reckte das Kinn. Sie versteifte sich ein wenig in seinen Armen, und seine linke Hand rutschte wie aus eigenem Antrieb herab, um auf ihrem Po zu ruhen, während sich seine Rechte fester um ihre Hand schloss. »Ich kann so gut wie jeder in Nevada reiten«, sagte sie, »ob Mann *oder* Frau, im Damen- oder im Herrensattel.«

»Nun, Sie sollten sich einigen weiblichen Aufgaben widmen«,

riet er. »Vielleicht Nähen oder Kochen …« Seine Stimme wurde leiser und verstummte. Er hatte – nur für einen Moment – vergessen gehabt, dass Skye schließlich eine McQuarry war.

Er und Skye drehten sich im Walzertakt, während jeder sonst in der Halle einen lebhaften Square Dance tanzte. Ihre Augen blitzten, als sie zu ihm aufblickte, nicht nur vor Zorn, sondern mit einer gezügelten Leidenschaft, die noch stärkere und unschicklichere Sehnsüchte in ihm weckte. »Zufällig *kann* ich nähen und kochen«, sagte sie eisig. »Ich kann auch mit Kindern umgehen – ich habe geholfen, meinen Neffen Noah seit seiner Geburt aufzuziehen. Deshalb, Mr. Vigil, brauchen Sie sich keine Sorgen hinsichtlich meiner Befähigung für ›frauliche Aufgaben‹ zu machen.«

Er starrte sie sprachlos an. Sie war stets nur ein Kind für ihn gewesen, Bridgets Schwester, Christys Cousine. Er wusste keinen Grund, weshalb es ihm etwas ausmachen sollte, ob sie ärgerlich auf ihn war oder nicht – schließlich hatte nicht er sich an diesem schönen Herbstabend an sie herangemacht –, doch es machte ihm etwas aus, und das erschreckte ihn.

Sie stieß ein Seufzen aus, das einer Schauspielerin auf der Bühne würdig gewesen wäre. »So, Corporal Shelby ist gegangen«, sagte sie, nachdem sie den Blick über die Menge hatten schweifen lassen. »Ich werde Sie nicht länger aufhalten.«

Er wollte sie nicht gehen lassen. »Miss McQuarry?«

»Was ist?«, fragte sie, im Begriff, sich abzuwenden.

»Bleiben Sie von dem Hengst fern.«

Ihr Kinn ruckte hoch. »Seien Sie so freundlich und erteilen Sie mir keine Befehle, Mr. Vigil«, sagte sie. »Zum einen ist das ungehobelt. Zum anderen ist es völlige Zeitverschwendung.« Damit machte sie auf dem Absatz kehrt und rauschte in einem Wirbel von Kaliko und Satin davon. Während Jake ihr nachschaute, kam ihm in den Sinn, dass abgesehen von dem verdammten Corporal zwanzig Männer in dieser Halle ebenso viele Morgen Land und ein gutes Pferdegespann für das Privileg gegeben hätten, nur einmal mit solch einer Frau zu tanzen. Sie hatte männliche Verwandte, die auf sie aufpassen konnten. Warum hatte sie ausgerechnet bei ihm Zuflucht gesucht?

Während er über diese Frage grübelte, begann ein neues Lied, und er ging in Gedanken versunken zur Tür. Alle Gesetze von Zeit und Raum schienen vorübergehend aufgehoben zu sein; irgendein dunkler und geheimer Teil von ihm begann sich dem Licht zu öffnen. Die Prozedur war schmerzlich wie das Auftauen von gefrorenen Gliedmaßen.

Er war draußen vor der Halle, als er sich an ihr Land erinnerte, über 600 Acres mit hervorragendem Nutzholz und Grasland am südwestlichen Ufer des Primrose Creek. Skye. Bridget, Christy und ihre Schwester Megan hatten das große Grundstück von ihrem Großvater väterlicherseits geerbt, der jeder einen gleich großen Anteil vermacht hatte. Fast wäre er umgekehrt und zurück in die Halle gegangen.

Als er ziellos in Richtung Sägewerk ging, dachte er über seinen Vertrag mit der Bahngesellschaft nach, denn das Thema beschäftigte ihn Tag und Nacht. Der Handel war ungemein wichtig für ihn, und er hatte alles riskiert, um ihn zu erfüllen. Durch eine Pechsträhne hatte er viel seines eigenen Nutzholzes durch Waldbrände verloren, die das Gebiet im Spätsommer heimgesucht hatten, und vieles der Ausrüstung der Sägemühle, die er durch Kredite finanziert hatte, war entweder bei den Bränden zerstört worden oder musste erst noch aus San Francisco geliefert werden. Es deprimierte ihn, sich daran zu erinnern, dass er ein Mann mit drückenden Problemen war – etwas, das er für eine kleine Weile vergessen hatte, als er Skye McQuarry in den Armen gehalten hatte. In diesem glücklichen Augenblick hatte er sich einfach als Mann gefühlt.

1

Primrose Creek, Nevada
Frühjahr 1869

Sie stand ihm gegenüber, die Hände auf die Hüften gestemmt, die Füße auf den Boden gepflanzt, als sollten sie Wurzeln bekommen und wie die gewaltigen Kiefern ringsum ein Teil der Landschaft werden. Ihre braunen Augen blitzten unter der schlaffen Krempe ihres albernen Lederhuts, und Strähnen des dunklen Haars, das lang und im Nacken mit einer Spange gebändigt war, tanzte vor ihren glatten Wangen. In diesem Moment, und obwohl Skye McQuarry ihm gerade bis zum Schlüsselbein reichte, schien sie Jake Vigil nicht nur widerspenstig zu sein, sondern auch so schwierig zu bezwingen wie die Sierras.

Bei ihrer letzten Begegnung, Monate zuvor, bei einem Tanz in der Stadt, war sie viel freundlicher gewesen. Jetzt fühlte sich Jake, über eins achtzig und muskulös und von jahrelangem Schwingen der Axt und der Arbeit an der Säge gestählt, sonderbar wie ein Schuljunge, den sich die Lehrerin vor der Klasse wegen irgendeiner Missetat vorgeknöpft hatte. Das machte ihn wütend; er stemmte ebenfalls breitbeinig die Füße auf den Boden und neigte sich vor, bis ihre Nasen nur noch Zentimeter voneinander entfernt waren. Er hätte nachgegeben, wenn er nicht verzweifelt gewesen wäre, und wäre nie wieder in ihre Nähe gegangen, aber jetzt hatte er keine Wahl oder würde bald keine mehr haben.

»Jetzt hören Sie mir zu, Miss McQuarry«, fuhr er sie an und betonte *McQuarry*, denn der Name allein sprach Bände über sture Frauen – jedenfalls für ihn. »Ich habe Ihnen ein vernünftiges Angebot gemacht. Wenn Sie mehr herausschlagen wollen, nur weil sie das bisschen Gold aus dem Creek gewaschen haben, begehen Sie einen dummen Fehler.«

Skye reckte ihr Kinn und gab keinen Deut nach. Sie konnte nicht älter als achtzehn sein, und obwohl sie schön wie eine Blume war – einige sagten, wie eine Primel –, zeigte sie keine Anzeichen von Verwelken, weder durch die ungewöhnlich heißen Sonnenstrahlen des Mai noch von der Hitze seines Zorns. »Und wenn *Sie* meinen, Sie können das Holz auf meinem Land plündern – ganz gleich zu welchem Preis –, sind *Sie* es, der den Fehler begeht!« Sie hielt kurz inne, um Luft zu holen. »Diese Bäume haben hunderte Jahre hier gestanden, Mr. Vigil, und da können Sie nicht einfach daherkommen und sie zu Scheiben zerschneiden, damit sie zu blöden Häusern und Bahnschwellen werden und der Staub ihrer Knochen auf den Böden von Saloons verstreut wird und ...«

Jake war mit seiner Geduld am Ende. Er hatte diesem sturen Mädchen bereits erklärt, dass das Land von Ponderosa-Kiefern und Douglastannen – unter anderen Arten – förmlich erstickte und ein Ausdünnen nur Platz schaffen würde, damit die anderen Bäume gedeihen konnten. Er schloss die Augen und suchte nach einem Argument, das er nicht bereits angeführt hatte.

Sie nutzte sein kurzes Schweigen und fuhr hastig fort: »Darüber hinaus sind dies *lebende Dinge* – ich werde Ihnen nicht erlauben, Sie für Geld zu ermorden!«

Sie standen auf einer kleinen Lichtung – in Skyes Anteil eines beneidenswerten Erbes – mit dem jungen Gras des Frühjahrs zu ihren Füßen und dem Plätschern des vorbeifließenden

Primrose Creek in der Nähe, auf dem der Sonnenschein glitzerte. In jeder Richtung dehnte sich scheinbar unendlich der Wald, dicht wie die Haare auf einem Pferdefell, und säumte die Sierras in Schattierungen von Blau und Grün. In diesem kurzen Moment nachdenklichen Schweigens erinnerte sich Jake an den Verlust seines eigenen Baumbestands und wurde zu einer anderen Taktik inspiriert.

»Es ist erst Mai«, sagte er, »und wir hatten den ganzen April keinen Regen.« Er wies auf die dichteste Baumgruppe, wo die Bäume praktisch Wange an Wange standen, die Wurzeln ineinander verschlungen im Kampf um Erde und Sonne und Wasser. Es war eine natürliche Einladung für ein Feuer in schrecklichem Ausmaß, und Jake hatte genügend brennende Berghänge gesehen, dass es ihm bis zum dritten Sonntag nach dem Sankt-Nimmerleins-Tag reichte. »Was meinen Sie, was mit Ihren kostbaren Bäumen passieren wird, wenn wir ein Gewitter bekommen und der Blitz einschlägt?«

Bei diesen Worten wurde sie bleich, und obwohl er annahm, dass er bei ihrer Reaktion mehr Befriedigung hätte empfinden sollen, war das nicht der Fall. »Ich werde Ihnen sagen, was passiert, Miss McQuarry«, fuhr er wütend fort. »Die Bäume werden die Funken vom einen auf den anderen weitergeben, wie alte Weiber Gerüchte über den Gartenzaun verbreiten!«

Ihr Mund – es war ein schöner, weicher Mund, stellte er fest, und das nicht zum ersten Mal – klaffte auf und schloss sich sofort wieder. Dann kniff sie die Augen zu Schlitzen zusammen, und ihre Brauen zogen sich zusammen. Sie stemmte wieder die Hände auf die Hüften. Wenn er nicht gewusst hätte, dass sie eine McQuarry war, hätte ihm allein ihre Haltung dies verraten. »Sie wollen mir nur Angst einjagen«, warf sie ihm vor.

»Fragen Sie Trace«, erwiderte Jake. Trace Qualtrough, der erste Außenseiter, der tapfer genug gewesen war, in das Hornissennest der McQuarry-Frauen einzuheiraten, war Skyes Schwager, der ihre ältere Schwester, Bridget, geheiratet hatte. Verdammt, diese Familie war kompliziert! Jake bekam Kopfschmerzen, wenn er nur versuchte, sich über die Mitglieder und deren Verbindungen Klarheit zu verschaffen. Sie waren Nervensägen, jeder Einzelne davon, so viel war sicher; zwei Paar Schwestern, leibliche Verwandte, und das beste Land in der Gegend war ihnen urkundlich übertragen.

Es stimmte, dass Bridget und Christy nicht immer gut miteinander auskamen, doch ein Zwist mit einer bedeutete Ärger mit ihnen allen, und Jake wusste – wie *jeder* –, dass sie gegen jede Bedrohung durch einen Außenseiter Seite an Seite stehen würden wie ihre Bäume.

Jake musste an Christy denken; sie schlich sich förmlich in seine Gedanken. Christy, die mit ihrer jüngeren Schwester Megan das Land auf der anderen Seite des Primrose Creek besaß. Die schöne, temperamentvolle Christy. Ein lange vergessen gewähnter Schmerz stach in sein Herz, und mit seiner beträchtlichen Willenskraft unterdrückte er ihn und zog sich in den vertrauten Zustand der Taubheit zurück, der von ihm gepflegt worden war, seit sie ihn verlassen hatte.

»Ich brauche Trace nicht zu fragen«, sagte Skye und riss ihn so schnell aus seinen Träumereien, als hätte sie ihn am Kragen gepackt und auf die Füße gezogen. »Dies ist mein Land. Mein Großvater hat es *mir* hinterlasen, und ich entscheide, was hier geschieht.«

Jake seufzte tief. Er hatte bereits versucht, Bridgets Nutzungsrechte am Baumbestand zu kaufen, auch die von Megan, doch keine der beiden hatte definitiv mit Ja oder Nein geantwortet. Er wollte verdammt sein, wenn er mit einer solchen Bitte an Christy herantreten würde, selbst wenn dies seinen Bankrott bedeuten würde – und es sah ganz danach aus, wenn er den Vertrag mit der Eisenbahngesellschaft nicht einhalten konnte. Außerdem wuchs das beste Holz auf Skyes Anteil der Fläche.

Er hinkte weit hinter dem Zeitplan her, und obwohl er einen bescheidenen eigenen Baumbestand hatte, hatte er bereits die besten Bäume gefällt, diejenigen, die nicht im vergangenen Sommer verbrannt waren. Weitere der Bäume zu fällen, bevor sie Zeit hatten, sich zu erholen, würde einfach dumm sein; trotz des Anscheins des Gegenteils waren die Reichtümer des Westens nicht unerschöpflich, und Jake wusste das.

Er seufzte von neuem. »Ich hätte nie meinen Atem verschwenden und versuchen sollen, vernünftig zu reden, und das mit einer ... einer ...«

Skye hob eine fein geschwungene Augenbraue. »Mit einer *Frau*?«, fragte sie sanft. Gefährlich. Zweifellos ärgerte sie sich noch über ihre Unterhaltung beim Tanz, als er ihr geraten hatte, die Jagd nach dem Hengst aufzugeben und sich weiblicheren Aufgaben zu widmen, und sie über die Bemerkung beleidigt gewesen war. Keiner von ihnen hatte den Braunen bisher gefangen, doch Jake nahm an, dass sie das Ziel ebenso wenig aufgegeben hatte wie er.

»Mit einer McQuarry!«, gab Jake zurück. Am liebsten hätte er seinem Zorn freien Lauf gelassen und gebrüllt wie ein Stier, doch er wusste, dass er sich diese Genugtuung nicht erlauben konnte. Er musste diesen Streit für sich entscheiden, und zwar bald. Die Tatsache, dass es unmöglich zu sein schien, machte ihn nur entschlossener.

Ihr sehr ausdrucksvoller Mund verzog sich zu einem Lächeln, das in Jake den Wunsch weckte, sie auf der Stelle zu küssen und gleichzeitig auf dem Absatz kehrtzumachen und zu seinem Pferd zu gehen. Verdammt, sie war sogar noch verwirrender, sogar noch dickköpfiger als ihre Cousine Christy, und das besagte schon etwas. »Wenn das eine Beleidigung sein soll, müssen Sie sich etwas Besseres einfallen lassen. Ich bin *stolz* auf meinen Namen.«

Er blickte sich auf der Lichtung um, vielleicht ein bisschen wild. Er konnte sich nicht erinnern, wann er sich schon mal mehr über jemanden geärgert hatte, ob Mann oder Frau. »Was wollen Sie benutzen, um etwas zu bauen, wenn Sie sich weigern, ihre kostbaren Bäume fällen zu lassen?« Es war ein Spiel; sie wohnte in Traces und Bridgets Haus, jeder wusste das, und als ledige Frau würde sie sich vielleicht entscheiden, dort zu bleiben, bis sie heiratete. Andererseits war sie nun mal eine McQuarry-Frau, und ihre Leute waren ein unabhängiger und selbstständiger Haufen, der die eigenen Regeln aufstellte und befolgte. Wenn es ihr in den Sinn kommen sollte, würde sie möglicherweise in einem Hühnerstall leben.

Trotz allem sah er ihr an, dass ihr Selbstvertrauen wieder etwas abgenommen hatte, wie es bereits der Fall gewesen war, als er die Möglichkeit eines Waldbrandes erwähnt hatte. Vielleicht stellte sie sich vor, wie ausgedehnte Baumflächen binnen Stunden zu verkohlten Stümpfen und Rauchfetzen wurden – wie er es erlebt hatte.

»Ich habe Gold gefunden«, sagte sie. »Ich meine, um Holz zu kaufen. Um mein Haus zu erbauen, meine ich.«

Jake grinste freudlos. Er stemmte die Hände wieder in die Hüften, ein Abbild ihrer Haltung. Es gab keine Holzhandlung im Umkreis von dreihundert Meilen, und das wussten sie beide. »Mal angenommen, ich will nicht verkaufen?«, fragte er. Er zeigte sich stur, gewiss, doch er konnte nicht anders. Etwas an dieser komplizierten Frau brachte seine Nerven zum Singen, und die Melodie war nicht nur äußerst beunruhigend, er hatte auch das Gefühl, danach tanzen zu müssen. Skyes Gesicht rötete sich aprikosenfarben von ihren hohen Wangenknochen bis zum Hals. Jake verspürte einen schnellen, scharfen Schmerz tief in seinem Innern.

»Das ist lächerlich«, fuhr sie ihn an. »Sie leben vom Holzverkauf!«

»Genau. Und *ich* entscheide, wann und ob ich bereit bin, zu verkaufen. Genau wie Sie.«

Nach dem Ausdruck ihrer Augen zu schließen wollte sie ihm gegen das Schienbein treten, doch sie nahm davon Abstand und Jake blieb unbeschädigt. Jedenfalls nach außen hin. »Sie tun dies, weil Sie Groll gegen meine Cousine hegen«, sagte sie und reckte das Kinn vor. »Christy hat einen anderen geheiratet, und Sie lassen das an mir aus.«

Ihre Worte waren solch ein Schock für ihn, dass sie ihm ebenso eine gestochene Gerade aufs Kinn hätte verpassen können. Dem Gefühl folgte sofort so etwas wie gnädige Benommenheit. »So führe ich meine Geschäfte nicht«, beteuerte er, aber er hatte zu lange für die Antwort gebraucht. Das konnte er am Zusammenkneifen dieser braunen Augen sehen.

»Nicht?«, konterte sie, verschränkte die Arme, drehte ihm den Rücken zu und ließ ihn stehen wie einen dummen Jungen. Er konnte sich nicht erinnern, wann jemand in letzter Zeit gewagt hatte, ihn so zu behandeln – mal abgesehen von Christy, als sie ihn am Traualtar hatte stehen lassen.

Er schaute ihr einen Moment in ohnmächtigem Zorn nach, fuhr dann herum, stürmte zu seinem Pferd, einem grauweißen Hengst, den er Trojan getauft hatte, und schwang sich in den Sattel. »Sie wissen, wo Sie mich finden!«, rief er und ritt in Richtung Stadt davon.

Skye wartete, bis sie sicher sein konnte, dass Jake Vigil außer Sicht war, bevor sie sich ihre Gefühle anmerken ließ. Mit dem

Handrücken wischte sie sich die Tränen des Zorns und der Enttäuschung von den Wangen. Vielleicht hat er Recht und ich bin unvernünftig, dachte sie. Vielleicht bestrafe ich ihn mit meiner Weigerung, ihm auch nur einen Ast von dem Holz auf meinem Land zu verkaufen, weil er Christy geliebt hat.

Weil er sie sicherlich immer noch liebt. Ihr war nicht entgangen, wie er bei der Erwähnung ihrer Cousine reagiert hatte.

Skye seufzte und blickte zur Sonne, auf die Art, wie jemand sonst vielleicht seine Taschenuhr zu Rate gezogen hätte. Sie sollte besser nicht mehr hier herumstehen, sondern heimgehen; sie hatte Bridget versprochen, sich um Noah und die Babys zu kümmern, während sie und Trace zur Stadt fuhren, um einzukaufen, und danach wollten sie und ihre Cousine Megan Wildblumen sammeln, um sie in ihre Poesiealben zu pressen. Es hatte keinen Sinn, herumzustehen und sich Gedanken über einen Mann zu machen, der in ihr nie etwas anderes als ein Hindernis zwischen sich und 65 Acres erstklassigem Nutzholz sehen würde.

Sie warf einen letzten langen Blick auf ihr Land ringsum, wo sie eine kleine Hütte, zusammen mit einem guten Stall, ganz für sich allein bauen wollte. Sie hatte das Geld gespart, das sie mit dem Auswaschen von Goldsand verdient hatte, und sehr bald würde sie ihre Gebäude errichten, eine fohlende Stute von Trace und Bridget kaufen und eine eigene Ranch aufbauen können. Der braune Hengst würde der Vater ihrer Zucht werden, wenn sie ihn erst einmal eingefangen hatte.

Erst in der vergangenen Woche war es ihr beinahe gelungen, den feinen braunen Hengst zu fangen, der wild wie der Sturmwind war, doch er war gerissen und hatte ihr schließlich entkommen können. Das hatte jedoch ihrer Entschlossenheit, ihn einzufangen, keinen Dämpfer versetzt; ihr Plan stand fest, und es würde kein Zurück geben.

Trace und Zachary hatten versprochen, beim Bau der Gebäude zu helfen, und andere würden ebenfalls mit anpacken, denn Primrose Creek war ein Ort, in dem man zusammenhielt, doch was nutzten viele bereitwillige Arbeiter ohne Holz zum Bau von Wänden, Böden und Decken?

Mit gesenktem Kopf, mit Gedanken, die wie eigenwillige Kinder vorauseilten, machte sich Skye auf den Rückweg zu Bridget und Traces Ranch. Sie folgte wie stets dem Ufer des Baches. Sie hatte ein eigenes Zimmer bei Bridget und Trace, doch die Familie Qualtrough wuchs rapide, und bald würde es bei ihr ziemlich überfüllt sein. Außerdem wünschte sie sich, etwas Richtiges, Eigenes zu *beginnen*. Wie die Dinge standen, trat sie auf der Stelle, wartete darauf, dass etwas – *irgendetwas* – geschah.

Nach ein paar Minuten umrundete Skye eine Biegung des Creeks, und der Besitz ihrer Schwester und ihres Schwagers kam in Sicht. Das Gebäude, aus gefällten Baumstämmen errichtet, war groß und massiv. Die Tür stand einladend offen, um die frische Frühlingsluft hereinzulassen. Ihr sechsjähriger Neffe Noah lief auf dem vorderen Hof im Kreis herum und brüllte wie ein Paiute auf dem Kriegspfad, und Bridget tauchte sofort auf der Türschwelle auf, lächelte und wischte sich die mit Mehl bedeckten Hände an einer blauweiß karierten Schürze ab.

Bridget, mit ihren blonden Locken, der makellosen Haut und den kornblumenblauen Augen, war eine Schönheit. Sie war groß und wirkte trügerisch zart, fast zerbrechlich. Skye hatte erlebt, wie sie furchtlos Indianern, Bären und den Ladys des Frauenvereins gegenübergetreten war, und alles ohne mit der Wimper zu zucken.

»Habe ich da soeben Jake Vigil am Ufer auf der anderen Seite des Creeks raufreiten sehen?«, fragte sie. Als ihr Sohn vorbeiflitzte, packte sie ihn am Hemdkragen. »Gütiger Himmel, Noah«, sagte sie gutmütig, »das reicht. Versuche, ein *ruhiger* Indianer zu sein.«

Skye beschattete die Augen mit einer Hand. »Er will meine Bäume fällen«, sagte sie, als wäre das eine Antwort auf die Frage ihrer Schwester.

Bridget seufzte. »Und du hast dich geweigert.«

»Natürlich habe ich das«, entgegnete Skye, vielleicht ein wenig unwirsch.

Bridget stemmte die Hände auf die Hüften. »Warum?«

Einen Moment konnte sich Skye nicht erinnern, was ihre Argumentation gewesen war –, doch dann fiel ihr alles wieder ein, wie eine Flutwelle, die durch ein zuvor ausgetrocknetes Bachbett schießt. »Er will jeden Baum auf meinem Land abholzen, deshalb.«

»Unsinn«, widersprach Bridget. Wie die übrigen McQuarrys zögerte sie niemals, eine andere Meinung zu äußern. »Jake ist ein sehr intelligenter Mann, und er würde so etwas niemals tun.«

Skye hatte über das Vorgehen einiger Minengesellschaften gehört, die das Land verwüsteten, unten in Virginia City und auch in anderen Teilen des Staats. Warum sollte die Holzindustrie sich rücksichtsvoller verhalten? »Auf jeden Fall habe ich Nein gesagt. Und weißt du, was er erwidert hat?«

Ihre Schwester wartete, zweifellos um anzuzeigen, dass sie nicht die geringste Ahnung hatte.

»Er wird mir kein Holz verkaufen, das ich für mein Haus und den Stall brauche. Auch nicht, wenn ich Bargeld habe, um ihn zu bezahlen!«

Bridget neigte den Kopf zur Seite und musterte ihre Schwester belustigt. »Das klingt für mich, als wärt ihr beide in eine Sackgasse geraten. Ihr seid schlichtweg stur, und das ist eine Tatsache.«

Skye spürte, wie ihr das Blut in die Wangen stieg. »Wenn du das so siehst, warum verkaufst du ihm nicht *dein* Holz?«

»Vielleicht werde ich das tun. Ich habe mich noch nicht entschieden.«

Skye wurde einer Erwiderung enthoben, denn Trace kam pfeifend um die Ecke des Hauses und führte zwei braune Stuten, die er vor den leichten Wagen der Familie gespannt hatte. Der Wagen schaukelte und klapperte hinter ihnen.

Noah rannte zu seinem Stiefvater. »Du fährst in die Stadt!«, krähte er. »Kann ich mitkommen? Kann ich mitkommen?«

Trace fuhr mit der Hand durch das glänzende braune Haar des Jungen und ging in die Hocke, um mit ihm auf Augenhöhe zu sein. Er war ein so hingebungsvoller Vater für Noah, das Kind seines verstorbenen besten Freundes Mitch, wie er es für die Zwillinge war, die Bridget ihm im vergangenen Jahr geboren hatte. Sie hießen Gideon und Rebecca, und sie waren jetzt sonnige Kleinkinder mit pummeligen Beinchen und bereitwilligem Lächeln. »Nun«, sagte er sehr nachdenklich und in vertraulichem Tonfall, während er wie überlegend über sein Kinn rieb, »eigentlich hatte ich mich darauf verlassen, dass du auf das Weibervolk aufpasst, während ich fort bin. Auf deine Tante Skye und die kleine Rebecca, meine ich. Und dann sind da Miss Christy und Miss Megan auf der anderen Seite des Creeks.« Er legte eine Pause ein und seufzte angesichts der Schwere der Aufgabe. Skye fiel auf, dass er nicht Caney Blue eingeschlossen hatte, die resolute Schwarze, die den Haushalt der Cousinen führte; selbst Noah würde nicht glauben, dass sie einen Aufpasser brauchte. »Gideon ist noch nicht groß genug, um mit dem Job zurechtzukommen, weißt du. Ich meine, angenommen, es passiert etwas, das nur du meistern kannst?«

Noahs kleine Brust schwoll vor Stolz. Er betrachtete das Behüten der Babys als seine besondere Aufgabe; jetzt waren sie im Krabbelalter und strebten für gewöhnlich in verschiedene Richtungen, und er hielt gern ein Auge auf sie. *Genauso wie ich stets auf ihn aufgepasst habe*, dachte Skye mit einem kleinen, traurigen Lächeln. Noah wuchs so schnell auf. Bevor sie sich versah, würde er ein erwachsener Mann sein, ein eigenes Leben führen, vielleicht sogar wegreiten. Bei diesem Gedanken wurde ihr das Herz schwer.

»Ich werde auf alle aufpassen«, gelobte der kleine Junge ernst.

Trace schaffte es glaubwürdig, ein Lächeln zu verbergen, doch Skye sah es deutlich in seinen Augen schimmern. »Das würde ich zu schätzen wissen«, sagte er mit einem feierlichen Nicken. »Du und ich, wir machen morgen früh unseren eigenen Ausflug in die Stadt«, fügte er hinzu. »Da sind keine Frauen zugelassen.«

Noah strahlte. »Keine Frauen«, bekräftigte er.

»Was bringst du diesem Jungen nur bei?«, fragte Bridget, doch da war ein Unterton in ihrer Stimme, der verdächtig nach unterdrücktem Gelächter klang.

Trace richtete sich auf. »Lass es gut sein«, sagte er zu seiner Frau, grinste und verwuschelte noch einmal Noahs Haar. Als ob es nicht Mühe genug war, dieses Kind sauber zu halten. »Wir hatten Dinge zu besprechen, Noah und ich. Persönliche Dinge.«

»Von Mann zu Mann«, sagte Noah.

Bridget lächelte und band kopfschüttelnd ihre Schürze ab. Traces Blick folgte mit bewunderndem Blick dem Auf und Ab ihres Busens, und etwas, so greifbar wie der Blitz bei einem Wärmegewitter, geschah zwischen ihnen.

Skye wandte den Blick ab. Sie liebte ihre Schwester mehr als jemanden sonst auf der Welt – vielleicht hätte sie all den Kummer nicht überlebt, den sie in Virginia erlitten hatte, wenn

Bridget nicht gewesen wäre, ganz zu schweigen von der anschließenden langen Reise westwärts –, doch es gab trotzdem Zeiten, an denen sie Bridget ein wenig beneidete. Für Skye hatte es den Anschein, dass Bridget alles hatte: einen gut aussehenden, liebevollen Mann; drei gesunde, schöne Kinder; ein Haus und Land und Pferde. Obwohl Frauen nicht wählen durften und Männer legal jeden Besitz beanspruchen konnten, den ihre Frauen in die Ehe mit einbrachten, blieb Bridget die alleinige Besitzerin der 625 Acres, die sie vom Großvater geerbt hatte, und oftmals kaufte und verkaufte sie Tiere auf eigene Rechnung. Trace hatte natürlich ein Interesse an den Pferden und an den Investitionen, die sie zusammen gemacht hatten, aber er ließ Bridget freie Hand bei ihren eigenen Angelegenheiten. Die beiden waren Partner im wahrsten Sinne des Wortes.

»Wir werden nicht lange fort sein«, versprach Bridget, als Skye ihr in das kühle, schattige Innere des Hauses folgte. Die Babys befanden sich in Noahs Zimmer und schliefen in den Bettchen, die Trace für sie gezimmert hatte, aber sie würden bald erwachen und lärmen wie immer. »Sollen wir dir etwas mitbringen?«

Skye lächelte wehmütig. »Vielleicht ein paar Wagenladungen Bauholz?«

Bridget schüttelte lachend den Kopf und drapierte ihren guten Schal über ihre Schultern. Sie hatte das Stück den Winter über gehäkelt und trug es gern, weil sie sich damit herausgeputzt fühlte. »Ich befürchte, du wirst nachgeben und dich von einigen dieser Bäume trennen müssen«, sagte sie. »Wenigstens von genügend Bäumen, damit du Stämme für eine Hütte und einen Stall hast.«

Selbst das kam Skye wie ein Frevel vor, denn sie liebte jede Kiefer und Fichte, jeden Zweig und Ast auf ihrem Besitz, doch sie nickte trotzdem leicht und wehmütig. Sie sehnte sich nach einem eigenen Heim, und außerdem hatte sie den Verdacht, dass Bridget ein weiteres Baby erwartete, obwohl sie nichts in dieser Richtung gesagt hatte.

Skye wusste, dass sie sehr bald eine Belastung sein würde. Wenn sie sich als alte Jungfer und Tante vorstellte, verknöchert und verbittert, erschauerte sie.

Bridget legte ihr eine Hand auf die Schulter, »Brüh dir etwas Tee auf, wenn die Zwillinge dir Zeit lassen. Dann wirst du dich besser fühlen.«

Tee war für Bridget der Balsam für fast jede Unpässlichkeit. Skye nickte abermals, schaffte ein leichtes Lächeln und ging zur Tür, wo sie und Noah winkend verharrten, bis Bridget und Trace mit ihrem Wagen durch den Bach ans andere Ufer rollten und in Richtung Stadt davonfuhren.

Noah setzte sein Häuptling-auf-dem-Kriegspfad-Spiel fort und weckte prompt die Zwillinge. Weinen und Geschrei drangen aus dem Kinderschlafzimmer, das sie mit ihrem älteren Bruder teilten, und Skye eilte hin, um sie zu holen, eins auf jedem Arm.

Gideon und Rebecca waren blonde, blauäugige Babys, gutmütig und intelligent. Gerade wach geworden, waren sie jedoch quengelig und feucht am Po.

Skye nahm zwei frische Windeln und trug ihre Nichte und ihren Neffen nach draußen, wo sie die Kleinen in das weiche Gras beim Creek unter ihren Lieblingsbaum – eine Espe – legte und die Windeln wechselte. Danach fühlten sie sich behaglicher und folglich fröhlicher, und sie saßen brabbelnd und vor Freude quietschend im Schatten, während ihre junge Tante sich im Bach die Hände wusch.

Sie saß mit übereinander geschlagenen Beinen auf dem Boden, kitzelte ihre Nasen mit Grashalmen und freute sich über ihre Belustigung, als Megan auf ihrer braun-weiß gefleckten Pinto-Stute namens Speckles durch den Creek platschte. Megan, eine schlanke, energiegeladene Rothaarige, war Skyes Vertraute, und die beiden – die Kinder von in Fehde liegenden Brüdern – waren zusammen in Virginia auf der blühenden Farm ihrer Großeltern aufgewachsen. Im Gegensatz zu Bridget und Christy, die meistens recht gut miteinander auskamen, jedoch selten die Gesellschaft der anderen suchten – und das allein war bereits eine Verbesserung, wenn man bedachte, wie zerstritten sie als Kinder gewesen waren –, waren Megan und Skye die besten Freundinnen und zugleich Cousinen. Sie wuschen oft zusammen Gold, und Megan hatte ihren Anteil der Funde benutzt, um Speckles zu kaufen.

Megan ließ die Zügel der Stute hängen, plumpste ins Gras und hob Gideon auf ihren Schoß.

»Ich musste entkommen«, teilte sie in dramatischem Flüsterton mit, als ob ihre ältere Schwester sie von der anderen Seite des Wassers auf dem Hügel und in dem Haus hören könnte, das Trace und Zachary und ihre Freunde aus einer alten Indianerhütte erbaut und mit einem Anbau für Megan versehen hatten. »Christy ist mies gelaunt.« Megan strich eine Strähne ihres kupferfarbenen Haars aus der Stirn, und ihre grünen Augen spiegelten eine Mischung aus Liebe und Ärger wider. »Ich kann dir sagen, seit sie dick geworden ist, führt sie sich unerträglich auf. Wir werden alle froh sein, wenn das Baby da ist.« Christy und Zachary erwarteten die Geburt ihres ersten Kindes eigentlich jeden Tag jetzt, und während Skye wusste, dass sie beide entzückt waren, ließ sich auch nicht leugnen, dass die Schwangerschaft sich anscheinend schlecht auf Christys Gemüt auswirkte. Zachary war der Einzige, der wirklich mit ihr zurechtkommen konnte, und er war in jüngster Zeit in seiner Eigenschaft als Marshal oft mit einem Aufgebot fort gewesen, um die Banditen aufzuspüren, die zwischen Virginia City und Primrose Creek Frachtwagen und Postkutschen überfielen und ausraubten.

»Bridget war bei ihrer letzten Schwangerschaft ebenfalls so«, vertraute Skye ihrer Freundin an. »Launenhaft und wunderlich, meine ich. Das wird vorübergehen.«

Megan seufzte schwer. »Ich nehme es an«, erwiderte sie. Dann ließ sie sich auf dem weichen Gras auf den Rücken sinken und hob Gideon mit beiden Händen hoch, was ihm ein fröhliches Juchzen entlockte. »Sie besteht immer noch darauf, dass ich auf die pädagogische Hochschule gehe und Lehrerin werde, damit ich immer ›Sicherheit‹ haben werde.« Die kleine Rebecca, die an den Abenteuern ihres Bruders teilhaben wollte, zupfte Megan am Ärmel, bis sie ebenfalls mit ihr spielte. »Warum kann Christy nicht verstehen, dass sich die Dinge verändert haben, nachdem wir endlich sicher sind, wir vier?« Sie legte eine Pause an und seufzte auf die für sie typische dramatische Art. »Ich bin groß geworden und habe meine Meinung über vieles geändert. Ich will Schauspielerin werden, ein Bühnenstar – das ist viel aufregender als Lehrerin, meinst du nicht auch?«

Skye und Megan, die großen Freundinnen, bemitleideten oftmals die Cousinen; manchmal war Bridget das Objekt ihres Mitleids, aber öfter noch Christy. Skye empfand heute ihrer älteren Cousine gegenüber besonderes Mitgefühl, doch in Wahrheit beunruhigte sie das ein bisschen, denn in letzter Zeit erschien ihr Megan immer fremder. Der Rest der Familie dachte, ihre Faszination für die Bühne würde vorübergehen, doch Skye befürchtete das Gegenteil.

»Sie will, dass du ein gutes Leben haben wirst, das ist alles. Was ist so schrecklich daran, Lehrerin zu werden? Wenn du die Schauspielerei leid bist, kannst du darauf zurückgreifen.«

Megan setzte sich auf und hielt Rebecca auf ihrem Schoß, während Skye Gideon nahm. Noah kletterte unterdessen geschickt auf die unteren Zweige eines nahen Baums. »Ich will nichts anderes lernen«, sagte Megan in dem entschiedenen Tonfall, der Skye nur zu vertraut war. »Jedenfalls nichts über Lesen und Schreiben und Rechnen. Ich will durch die ganze Welt reisen, in Bühnenstücken auftreten, herrliche Kleider aus Samt und Seide und Schmuck tragen, und dann zum Primrose Creek zurückkehren und ein großes schönes Haus auf meinem Anteil des Landes bauen und den Rest meiner Tage als Berühmtheit verbringen.« Sie senkte die Stimme. ›*Dies* war einst eine große Schauspielerin‹, werden die Leute sagen. Vielleicht schreibe ich sogar meine Memoiren.«

»Willst du keinen Mann?«, fragte Skye, doch die Frage war rhetorisch, denn sie kannte die Antwort. Sie selbst wollte natürlich eigene Geschäftsinteressen verfolgen, doch sie sehnte sich auch nach einem Heim und einer Familie und konnte nur schwer verstehen, weshalb sich Megan für einen völlig anderen Weg entschieden hatte, besonders weil sie beide den größten Teil ihres Lebens die gleichen Dinge gewünscht hatten. Skye fühlte sich einsam, wenn sie nur an die Veränderungen dachte, die mit ihrer engsten Freundin vor sich gegangen waren.

»Vielleicht will ich einen Mann«, räumte Megan ein, wenn auch widerwillig, »aber nicht für lange, lange Zeit. Er müsste älter sein und viel Geld haben. Vielleicht nehme ich einen Bewunderer von meinen Tagen auf der Bühne.«

Skye lächelte. Megan mochte Caleb Strand, einen gut aussehenden, dunkelhaarigen jungen Mann, der als Säger bei Jake Vigils Holzhandelsfirma angestellt war, doch er war nur einer von mehreren ihrer Verehrer, und sie behandelte sie alle mit herzlichem Desinteresse. »Was ist mit deinem Besitz? Gewiss willst du ihn nicht aufgeben.« Die McQuarrys waren irischer

Herkunft, und die Liebe zum Land war in ihnen verwurzelt, in Körper und Geist, wie die Vorliebe für Pferde und die Bereitschaft, sich auf einen Kampf einzulassen, wenn es erforderlich war.

Megan errötete leicht und strich mit dem Kinn über Rebeccas blonde Locken. »Er wird hier sein, wenn ich zurückkomme, nehme ich an«, sagte sie. Der Ausdruck ihrer grünen Augen, ein Erbe ihrer schönen Großmutter, wurde ernst. »Und was ist mit dir, Skye? Du möchtest heiraten, das weiß ich. Und du könntest im Nu einen Ehemann haben –«, sie betonte es mit einem Fingerschnippen, »– wenn du nicht die ganze Zeit von Jake Vigil träumen würdest.«

Die morgendliche Begegnung mit Mr. Vigil hatte Skye fast überzeugt, dass das, was sie für Liebe zu ihm gehalten hatte, vermutlich nur Einbildung gewesen war. Dennoch war der Versuch, nicht an ihn zu denken, für sie wie der Versuch, nicht zu atmen, ihr Herz nicht schlagen zu lassen. Ihr war klar, dass sie ihn seit der Rettung an jenem Abend auf dem Tanzfest in ihren geheimen Gedanken idealisiert hatte, nicht mehr den einfachen fehlbaren Mann, sondern eine Art edle Persönlichkeit in ihm gesehen hatte, doch das änderte überhaupt nichts an der Stärke ihrer Gefühle. »Ich träume nicht von ihm«, protestierte sie.

Megan lächelte nur.

»Bestimmt nicht«, beteuerte Skye. Doch das tat sie – oder? Beim Zeus und Jupiter, sie wusste überhaupt nichts mehr mit Sicherheit.

»Oh, wie schade«, sagte Megan. »Warum fängst du ihn nicht einfach mit einem Lasso ein und fesselst ihn an dich, und die Sache ist erledigt? Er ist jetzt gewiss über seine Gefühle für Christy hinweggekommen. Schließlich ist es über ein Jahr her.«

Für Megan – und gewöhnlich auch für Skye – war ein Jahr

sozusagen fast die Ewigkeit. Das war einer der Gründe, weshalb Megan sich weigerte, auf die pädagogische Hochschule zu gehen und Skye anfangen wollte zu leben wie eine erwachsene Frau. Schließlich war sie achtzehn. Viele Frauen hatten in diesem Alter ein paar Kinder.

Skye seufzte. »Das ist ja das Dumme. Ich bin mir nicht so sicher, dass er tatsächlich darüber hinweggekommen ist. Nach dem, wie er spricht, ist für ihn der Name *McQuarry* ein anderes Wort für *Sturheit*.«

Megan zuckte mit den Schultern. Im Ort Primrose Creek war die Zahl der männlichen Bevölkerung weitaus größer als die der weiblichen, und eine hübsche junge Frau konnte sich ihren Ehemann auswählen. Megan hatte Skye oftmals auf diese Tatsache hingewiesen und stets versucht, Ehestifterin zu spielen.

»Es ist dir vermutlich entgangen«, sagte sie, »aber Mr. Kincaid war ganz entzückt von dir.« Megan hatte ihr am vergangenen Sonntag nach dem Kirchgang den scheuen Holzfäller und Neuankömmling in Primrose Creek vorgestellt. »Du könntest auch einen Schlimmeren finden. Er ist dreißig, und seine Zähne sind ausgezeichnet. Hast du sein Gebiss bemerkt?«

Skye kicherte. »Das klingt, als bötest du ein Pferd zur Versteigerung an. Wie sind seine Füße? Vielleicht sollte ich ihm vors Schienbein treten und ein Bein anheben, nur um sicherzugehen, dass er wirklich trittsicher ist.«

»Gute Zähne sind nichts, über das man spotten sollte«, sagte Megan.

»Das wollen wir hoffen«, stimmte Skye zu.

Megan lachte und tat so, als ob sie ihr einen Hieb auf die Schulter versetzen wollte. Dies führte zu einem gemeinsamen Gerangel, und bald waren sie alle, die Babys, Noah, Megan und Skye in einen lebhaften Ringkampf verwickelt.

»Gütiger Gott«, dröhnte eine vertraute Frauenstimme, und jeder hielt inne, um zu Caney Blue aufzublicken. »Was hat das alles zu bedeuten?«, wollte die große Schwarze wissen, und in ihren dunklen Augen funkelte Gutmütigkeit. Caney hatte für die Familie McQuarry in Virginia, zusammen mit ihrem verstorbenen Ehemann Titus, als freie Frau gearbeitet, nicht als Sklavin. Als Christy und Megan westwärts gereist waren, um ihren Anteil der Erbschaft anzutreten, hatte Caney sie begleitet. Seither war sie bei ihnen, obwohl sie Pläne hatte, eines Tages in naher Zukunft Mr. Malcolm Hicks zu heiraten. Mr. Hicks hatte sich als Verehrer erwiesen, der sich nicht so leicht abweisen ließ.

»Ist Christy immer noch so mies gelaunt?«, fragte Megan und erhob sich. Sie hielt Rebecca mit einer Leichtigkeit und Grazie, was verriet, dass sie eines Tages eine gute Mutter sein würde, ob sie das nun gegenwärtig dachte oder nicht. »Ich reite erst heim, wenn sie wieder erträglicher ist.«

»Sie ist im Vorstadium der Wehen«, sagte Caney. »Ich hatte gehofft, Trace wäre hier, damit ich ihn in die Stadt zum Doc schicken kann. Es wird nicht mehr lange dauern.«

»Trace ist in der Stadt«, sagte Skye.

»Verflixt«, stieß Megan hervor, und sie wurde so blass, dass all ihre Sommersprossen wie von kleinen Federn geschnellt hervorzustechen schienen. »Ich reite sofort und hole ihn!« Damit drückte sie Rebecca Skye in die Arme, nahm Speckles' Zügel und saß in einer einzigen geschmeidigen Bewegung auf. Alle Enkelinnen von Gideon McQuarry waren perfekte Reiterinnen. Dafür hatte er gesorgt, hatte ihnen allen das Reiten beigebracht, sobald sie sich an einem Sattelhorn hatten festhalten können.

Bevor jemand auch nur auf Wiedersehen sagen konnte, preschte Megan mit der Stute durch den Bach und aufs gegenüberliegende Ufer und verschwand dann zwischen den Bäumen.

»Kann ich irgendetwas tun?«, fragte Skye Caney mit ruhiger Stimme. Unwillkürlich hatte sie die Zwillinge und Noah dicht an sich gezogen, als nahe ein Unwetter.

»Sprich nur einige Gebete«, erwiderte Caney gelassen. »Ich gehe zurück. Miss Christy wird wünschen, dass ich bei ihr bin.«

Skye nickte. Sie glaubte einen Kloß in der Kehle zu haben, und es war ihr zum Weinen zumute, obwohl ihre Gefühle in Glück wurzelten, nicht in Sorge. Für sie war die Geburt eines Kindes das größtmögliche Wunder; sie hatte sich tausende Male vorgestellt, Mr. Vigils Baby unter dem Herzen zu tragen. Nun, es war an der Zeit, über diese albernen Fantasien hinwegzukommen und vernünftig zu werden.

»Du informierst mich, wenn du etwas brauchst?«

Caney lief bereits auf der Fußbrücke über den Creek, die Trace mit ein paar zusammengebundenen Baumstämmen errichtet hatte. »Ich werde rüberbrüllen, wenn ich etwas brauche!«, rief sie über die Schulter.

Jake Vigil stand in seinem großen, verwaisten Haus, starrte aus dem Fenster auf den kahlen Blumengarten und grübelte, was zwischen ihm und Skye McQuarry schief gegangen war. Er war schüchtern, das stimmte, aber normalerweise verstand er es, jemanden zu überzeugen, andere zur Vernunft zu bringen, selbst wenn sie zu Halsstarrigkeit neigten wie Skye McQuarry.

Sein Mund verzog sich zu der Andeutung eines widerwilligen Lächelns, als er sich daran erinnerte, wie Skye vor ihm gestanden hatte, die Arme in die Seite gestemmt, trotzig und angriffslustig. Sie war jung, aber sie war hübsch und heiratsfähig. Er erinnerte sich deutlich, wie schön, wie ungemein weiblich sie an jenem Abend im vergangenen Herbst beim Tanz gewesen war, und deshalb sah er über ihre unförmige Kleidung und den Schlapphut hinweg. Über ihren Eigenwillen hinwegzusehen würde ihm ein wenig schwerer fallen.

Sie waren in einer Pattsituation, er und die liebe Miss McQuarry. Früher oder später würde einer von ihnen nachgeben müssen, und das würde verdammt nicht er sein. Auf die eine oder andere Art würde er bekommen, was er haben wollte, wie es immer der Fall gewesen war – mit nur einer bemerkenswerten Ausnahme.

Wenn er Skye nicht überreden konnte, ihm die Holzrechte zu verkaufen, die er brauchte, würde er alles verlieren. Er fuhr sich mit einer Hand durchs Haar. Es wäre nicht das erste Mal, dass er von neuem anfangen musste; mit vierunddreißig Jahren hatte Jake seinen Anteil an Schicksalsschlägen erlitten und noch einige mehr, und er wusste, dass er fast alles überleben konnte. Das bedeutete nicht, dass ihm der Gedanke gefiel.

Nach einer Weile wandte er sich vom Fenster ab und ließ sich auf den gepolsterten und mit Leder überzogenen Stuhl hinter seinem breiten Schreibtisch aus Mahagoni sinken. Er bog den Kopf zurück, schloss die Augen und dachte an Christy McQuarry – jetzt Mrs. Zachary Shaw. Ihr Bild hatte ihn fast drei Monate lang des Nachts wach gehalten, und er hatte vermutlich einen Fluss von Whisky – nun, jedenfalls einen kleinen – leer getrunken, als er vergebens versucht hatte, sie aus seinen Gedanken zu verbannen. Jetzt konnte er sich plötzlich gar nicht mehr richtig erinnern, wie sie aussah. Seine Gedanken kehrten zu Skye zurück, Skye mit dem kastanienbraunen Haar und den blitzenden braunen, intelligent blickenden Augen. Sie machte ihn rasend; er sagte sich, dass sie ihm deshalb nicht aus dem Sinn ging. Sie erinnerte ihn ein wenig an Amanda.

Amanda. Nun, das war eine Lady, an die er ebenso bald nie

wieder denken würde. Als er sie zum letzten Mal gesehen hatte, da hatte sie ihm mit einer Derringer-Pistole in die Schulter geschossen und ihn zum Verbluten zurückgelassen. Natürlich hatte sie die Gelegenheit genutzt, um vorher noch seine Kassette mit dem Bargeld leer zu räumen.

Er lächelte wieder. Er hatte wirklich kein glückliches Händchen bei der Auswahl seiner Frauen. Erst Amanda, Ärger auf zwei sehr wohlgeformten Beinen, jedoch eine Meisterin in Verstellungskunst, und danach Christy, die ihn vor den Altar gelockt und dann verlassen hatte, um Zachary Shaw zu heiraten. Sein Lächeln verblasste. Nach der Enttäuschung dieser gescheiterten Eheschließung hatte er sich geschworen, fortan sein Herz zu schützen und sich mit den Aufmerksamkeiten der leichten Ladys drüben im Golden Garter und Diamond Lil's zufrieden zu geben, und an diese Entscheidung wollte er sich halten.

Ob es ihm behagte oder nicht.

2

»Du könntest sie heiraten«, sagte Malcolm Hicks, und es klang so ruhig, als hätte er eine vernünftige Vorgehensweise vorgeschlagen. »Miss Skye, meine ich.«

Jake lehnte an der Bürotür, eine Hand in Schulterhöhe, den Daumen unter dem Kinn. Es war eine Haltung, die er oftmals einnahm, wenn er fassungslos war – was anscheinend immer öfter der Fall war. Sein Blick sägte Hicks, der über ein Hauptbuch gebeugt war, förmlich in Scheiben wie eine Säge das Holz. »Ich würde eher den stachligsten Kaktus heiraten als diese Frau. Außerdem würde sie mich vermutlich nicht haben wollen.«

Malcolm wischte sorgfältig seine Schreibfeder ab und legte sie auf den Tintenlöscher. Er war ein Schwarzer, geboren als Sklave auf irgendeiner Plantage in Georgia, der sich auf eigene Faust gebildet hatte, und weil ihm Caney Blue begegnet war und *ihn* gleich umworben hatte, betrachtete er sich als Experte in Herzensangelegenheiten. »Du bist nicht nur ein verdammter Narr, du bist auch blind. Dieses Mädchen meint, du ziehst den Mond an einem Faden hinter dir her. Jeder weiß das außer dir.«

Die Faust, die sich um Jakes Magen gekrampft zu haben schien, entspannte sich wieder. Er wollte Malcolm glauben, und gleichzeitig wünschte er es *nicht*. »Sie ist eine McQuarry«, sagte er, als wäre damit die ganze Sache erledigt. Für ihn war sie das in großem Maße, obwohl ihm bereits klar war, dass Malcolm ihm nicht beipflichten würde.

Malcolm lächelte, nahm wieder die Schreibfeder und tat, als grübelte er. »Das ist sie sicherlich. Es sind Vollblüter, die McQuarry-Frauen, und das ist eine Tatsache. Miss Skye ist stark und stolz. Wenn sie einen schwachen Mann heiratet, wird sie sich bis zum Ende ihrer Tage miserabel fühlen, so ist sie nun mal. Wenn sie andererseits einen feinen, kräftigen Mann wie dich heiraten würde ... «

»Vergiss es!«, blaffte Jake. Seine Geduld war am Ende, denn bei seinem Wortgefecht am Morgen mit dieser kleinen Nervensäge war sie bereits beträchtlich strapaziert worden. Er stieß sich vom Türrahmen ab. Fort von dem Gedanken, mit Skye McQuarry verheiratet zu sein, mit ihrer lebhaften Intelligenz, ihrer grimmigen Entschlossenheit, ihrem fraulichen Körper und all den lockenden Geheimnissen ihrer Seele. Er wies auf das offene Hauptbuch. »Du musst dich auf die Bücher konzentrieren. Und wenn du schon dabei bist, finde für mich eine Möglichkeit, meinen Vertrag zu erfüllen, ohne zuerst zehntausend Eisenbahnschwellen zu liefern.«

Malcolms Lächeln erstarb, und sein schwarzes Gesicht wurde finster, als wäre ein Schatten darauf gefallen. »Das ist unmöglich«, sagte er.

Jake seufzte und verließ das Büro. Er würde zum Sägewerk zurückkehren und arbeiten, bis seine Muskeln genug schmerzten, um jeden Gedanken an diesen neuen, sonderbaren Schmerz in der Herzgegend zu vergessen. Oder – noch besser – er würde vielleicht von neuem versuchen, diesen braunen Hengst aufzuspüren.

Skye lag auf dem Bauch im hohen Gras auf dem Hügelhang und beobachtete den prächtigen Hengst, der dort mit hoch erhobenem Kopf stand, während die Mähne an seinem schlanken Hals im Wind flatterte. Er war langbeinig und hatte eine kräftige Brust, wie geschaffen, um schneller zu sein als der Wind. Sie lächelte, jedoch ein wenig traurig. Es war fast ein Frevel, solch ein herrliches Tier einzufangen und zum Reiten abzurichten. Vorausgesetzt natürlich, dass der Hengst überhaupt gefangen werden konnte. Manchmal wenn Skye ihn beobachtete, dachte sie, dass er gar nicht real, sondern nur eine Illusion war, das Bild in einem Traum.

Der Hengst warf den Kopf auf und drehte ihn in ihre Richtung; vermutlich witterte er sie in der Brise. Einen langen Moment blickten sie einander nur an. Dann wandte er sich mit einem lauten Wiehern, das wie nach einer freundlichen Herausforderung klang, ab und galoppierte davon, verschwand wie ein Geist in einem von Bäumen gesäumten Einschnitt.

Skye verweilte dort im Gras, noch lange nachdem er fort war. Es war wie ein Schock für sie, als sie zu sich kam und erkannte, dass sie irgendwann nicht mehr an den Hengst gedacht hatte, sondern sich stattdessen Jake Vigil in ihre Gedanken eingeschlichen hatte.

Sie wälzte sich auf den Rücken und starrte in den blauen und wolkenlosen Himmel. Sie sollte nicht länger bleiben. Christy hatte am vergangenen Abend einen Jungen geboren, und ihr Mann, Zachary, war immer noch nicht zurückgekehrt. Skye hatte versprochen, Caney und Megan eine Zeit lang abzulösen und bei Christy und dem Baby zu bleiben.

Bis zum Einbruch der Dunkelheit würde es noch Stunden dauern, doch der Mond war schon jetzt sichtbar, durchsichtig wie Gaze, und Skye fragte sich, ob es etwas nutzte, wenn sie sich bei diesem Anblick etwas wünschte. Sie hatte stets versucht, mit den Sternen zu reden, doch es war immer vergebens gewesen. Jake mochte wünschen, dass das Holz auf ihrem Land wuchs, aber darüber hinaus hatte er vermutlich niemals einen Gedanken an sie verschwendet.

Seufzend zupfte sie einen Grashalm heraus und schob ihn spielerisch zwischen die Zähne. Vermutlich konnte sie das Holz für einen Ehering eintauschen und hoffen, dass Jake sie im Laufe der Zeit lieben würde, wie solche Männer in solchen Vernunftehen oftmals ihre Frauen zu lieben begannen und umgekehrt, aber allein der Gedanke verletzte ihren Stolz. Es wäre schon schlimm genug, wenn er einen solchen Handel akzeptieren würde; und wenn er sie abweisen würde, würde sie zu gedemütigt sein, um die Stadt Primrose Creek jemals wieder zu betreten.

Das Geräusch eines Wagens, das von unterhalb heraufhallte, riss sie aus ihren Gedanken. Sie setzte sich auf und drehte sich, um in die andere Richtung zu spähen. Sie erkannte ein Maultiergespann und den Wagen, der über den engen Weg rumpelte. Eine Frachtladung, vermutlich auf dem Weg zum General Store oder zu Mr. Vigils Sägemühle. Er ließ ständig Dinge aus San Francisco oder Denver kommen oder sogar aus Chicago, wenn er irgendein modernes Ausrüstungsteil brauchte.

Skye blinzelte. Sie konnte Mr. Harrimans massige Gestalt erkennen, der auf dem Wagenbock hockte und mit seinen fleischigen Händen die Zügel hielt. Neben ihm saß ein kleiner Junge und klammerte sich an das Sitzbrett. Sein braunes Haar glänzte in der Sonne. Selbst aus dieser Entfernung konnte Skye erkennen, dass das Kind mager und blass war, und Mitleid stieg in ihr auf.

Armer kleiner Kerl. Er schien schreckliche Angst zu haben.

Mit einem Stirnrunzeln stand Skye auf, schüttelte ihren hoffnungslos zerknitterten Rock aus und machte sich auf den Weg zum Haus ihrer Cousine, das auf einer Anhöhe, fast direkt gegenüber von Bridget und Traces Haus, auf der anderen Seite des Creeks stand. Das Haus der Shaws mit seinem neuen Dach und den Glasfenstern, ganz zu schweigen von hölzernen Böden und vier getrennten und großen Räumen – in einer Gegend, in der Blockhütten die Regel waren –, wurde weit und breit bewundert.

Als sie eintraf, stand die Haustür einen Spalt offen. Caney war zwar nicht zu sehen, doch Skye konnte sie drinnen mit ihrer melodischen Stimme ein Spiritual singen hören. Wenn Caney Malcolm Hicks nicht heiratete – was sie vorhatte –, konnte sie vielleicht ihren Lebensunterhalt mit Auftritten auf einer Bühne verdienen, wie es Megan tun wollte.

Skye klopfte an den Türrahmen und trat ein. Caney stand am Herd mit seinem glänzenden Chrombesatz und rührte in einem Topf etwas um, das gut roch. Sie lächelte grüßend.

»Ah, Miss Skye, du bist ein willkommener Anblick.«

Skye blickte unruhig zur Tür von Christys und Zacharys Zimmer. »Wie geht es ihr?«

Caney seufzte. »Sie grämt sich sehr, dieses Mädchen, und ist überzeugt, dass Mr. Zachary nicht zu ihr zurückkommen wird, niemals. Will dem Baby nicht mal einen Namen geben.«

»Wo ist Megan?«, fragte Skye. Zurzeit befürchtete sie fast, hören zu müssen, dass ihre Cousine sich davongemacht hatte, um Ruhm und Abenteuer zu suchen.

Caney breitete weit die Arme aus und ließ sie sinken. »Das weiß nur der Himmel. Dieses Mädchen kommt noch in schlechten Ruf, wenn es nicht aufhört, sich dauernd herumzutreiben. Ständig träumt sie und verhält sich wie jemand aus einem dieser Shakespeare-Stücke. Nennt sich Ophelia oder Lady Macbeth!«

Skye lächelte. Megan liebte es, Rollen zu spielen, auch wenn sie die einzige Zuschauerin war.

»Caney?«, ertönte eine Stimme aus dem Elternschlafzimmer. »Ist Zachary dort bei dir?«

Skye und Caney tauschten Blicke.

»Nein, Miss!«, rief Caney zurück. »Es ist deine Cousine Skye, die gekommen ist, um eine Weile bei dir zu sitzen und deinen süßen Jungen zu bewundern.«

»Oh«, erwiderte Christy, offenkundig enttäuscht. Dann fügte sie mit erzwungener Fröhlichkeit hinzu: »Komm rein. Vielleicht macht es Caney nichts aus, uns etwas Tee aufzubrühen, bevor sie in die Stadt fährt.«

Caney forderte Skye mit einer Geste auf, das Zimmer ihrer Cousine zu betreten, und griff dann nach dem Teekessel.

Christy saß im Bett, und ihr schwarzes Haar fiel zerzaust und strähnig auf die Kissen hinter ihrem Rücken und über ihre Schultern und Brüste. Sie hatte stets einen blassen Teint gehabt, doch jetzt war sie alarmierend bleich, und in ihren grauen Augen war ein Ausdruck, der in Skye den Wunsch weckte, loszureiten, Zachary Shaw zu suchen und ihm dann bei lebendigem Leib die Haut abzuziehen, weil er zu einem solchen Zeitpunkt überhaupt fortgegangen war. Das neugeborene Baby, ein unmöglich winziges Bündel, lag in Christys Armbeuge, eingehüllt in eine leuchtend gelbe Decke, die von Bridget während des Winters gestrickt worden war.

»Lass mich das Baby sehen«, bat Skye und trat ans Bett.

Stolz schlug Christy die Decke zurück, um einen dunkelhaarigen Säugling zu zeigen, der zufrieden schlief. »Ist er nicht wunderschön?«, flüsterte sie.

Skye zog sich einen Stuhl heran und setzte sich. Ihr Nicken war aufrichtig. »Er ist wirklich ein prächtiger Junge«, stimmte sie zu. »Wie heißt er?« Sie wusste, dass das Baby noch keinen

Namen hatte, aber sie hoffte, die Erwähnung des Themas würde Christys Gedanken in eine positivere Richtung lenken.

Christys Miene verdüsterte sich, und sehr langsam deckte sie den Kopf des Babys wieder zu. »Darüber haben wir stets gestritten, Zachary und ich«, sagte sie und blickte wehmütig zum Fenster, als sehe sie dort einen Engel schweben, der darauf wartete, sie heim in den Himmel zu führen. »Wir hatten uns auf Elizabeth für eine Mädchen geeinigt. Wenn wir stattdessen einen Sohn bekommen würden, wollte ich ihn natürlich Zachary nennen, aber mein Mann bestand darauf, dass ein Junge einen eigenen Namen haben sollte, den er nicht mit dem Vater teilen muss ...«

»Christy«, unterbrach Skye, ergriff die schlanke Hand ihrer Cousine und drückte sie. Die Hand fühlte sich kalt an, sogar eisig. »Zachary ist wohlauf, weißt du. Wenn ihm irgendetwas zugestoßen wäre, hätte uns jemand benachrichtigt.«

Christy schniefte. »Ich benehme mich wie eine hysterische Gans, nicht wahr?«

Skye lächelte. »Nein. Du hast ein Baby bekommen, und du willst deinen Mann an deiner Seite haben; daran ist nichts falsch. Aber du wirst dich krank machen, wenn du dich zu sehr sorgst.«

»Ich kann mich anscheinend nicht zusammennehmen«, sagte Christy ärgerlich. Dann blickte sie mit ihren dunkelgrauen Augen Skye forschend an. »Wir haben so viele geliebte Menschen verloren, nicht wahr? Du und Bridget und Megan und ich. Manchmal hat es den Anschein, das Sterben würde niemals aufhören ...« Sie blinzelte gegen Tränen der Panik an. »Meinst du, das Schicksal würde so herzlos sein ...?«

Skye schüttelte den Kopf. »Nein. Ich bin überzeugt, dass Zachary bald zurückkehren wird. Dann könnt ihr beide der Familienbibel einen nagelneuen Namen hinzufügen. Möchtest du, dass ich sie dir bringe?«

Der alte, teure Band war in Bridgets Verwahrung, doch er gehörte allen vieren und Skye wusste, dass jede Geburt und jede Ehe gewissenhaft darin eingetragen waren, bis zurück zu dem ersten Besitzer, einem jungen irischen Einwanderer namens Robert McQuarry, der im Revolutionskrieg gekämpft und danach von General George Washington persönlich urkundlich Land übertragen bekommen hatte. Ebenso in der Bibel vermerkt waren natürlich Sterbefälle, doch zum Glück hatte es keine gegeben, seit die vier überlebenden McQuarrys den Primrose Creek erreicht hatten.

Christys Miene veränderte sich leicht bei der Erwähnung der McQuarry-Bibel. Sie wandte den Blick kurz ab und dann sah sie Skye in die Augen. »Ja«, sagte sie. »Bring mir bitte die Bibel.« Sie seufzte, entspannte sich ein bisschen und wurde dann von neuem ärgerlich, wenn auch weniger. »Ich sollte aus dem Bett heraus. Mir ist es gleichgültig, was die Ärzte sagen – es kann nicht gut sein, wie eine Invalide herumzuliegen.«

Skye nahm an, dass der Kummer Christy im Bett hielt, nicht irgendeine medizinische Notwendigkeit. Dass es tatsächlich das Beste für ihre Cousine sein würde, aufzustehen, sich anzukleiden und etwas frische Luft und Sonnenschein zu bekommen. »Ich könnte Bridget holen, wenn du möchtest«, sagte sie, ganz Unschuld, »Weißt du, damit sie sich um dich kümmert.«

Christy bekam ermutigend Farbe ins Gesicht, und ein gewisses Feuer leuchtete in ihren grauen Augen auf. »Wage es nicht«, sagte sie grimmig. »Ich habe gegen genug anzukämpfen, da kann ich auf ihre Predigten verzichten.« Die Cousinen waren zwar nicht mehr die geschworenen Feindinnen, die sie einst gewesen waren, doch sie neigten dazu, bei jedem Hilfsangebot der anderen zornig zu werden. Seit kurzem hatte es fast den Anschein, als gäbe es ein geheimes Einverständnis zwischen ihnen, als teilten sie irgendein Geheimnis.

»Wie du willst«, sagte Skye und verbarg ein Lächeln. Sie stand auf und streckte die Arme aus. »Lass mich meinen zweiten Cousin halten, während du aufstehst. Bewege dich nur nicht zu schnell.«

Christy übergab den Säugling, ein wenig widerstrebend, doch als Skye das Zimmer mit dem Baby auf dem Arm verließ, hörte sie Christy im Schlafzimmer herumgehen.

»Wie hast du das geschafft?«, wollte Caney wissen, und es klang ein bisschen verschnupft, weil jemand anders erreicht hatte, was ihr nicht gelungen war. »Ich habe den ganzen Morgen lang vergebens versucht, dieses Mädchen aufzumuntern.«

Skye lächelte und setzte sich in einen Schaukelstuhl am Kamin. Caney hielt ein Tablett; sie war im Begriff gewesen, Tee ins Schlafzimmer zu bringen. Jetzt stellte sie das Tablett auf einen kleinen Tisch in Skyes Reichweite. »Ich habe gedroht, Bridget zu holen«, erwiderte sie flüsternd.

Caney lachte, tief und weich. »Ich habe dich stets für ein cleveres Mädchen gehalten. Das Gold wäscht. Sein Geld spart. Seine Pläne macht, kühn wie ein Mann. Ich habe bei dieser Familie keine erlebt, die so war.«

Das Baby war ein warmes, süß duftendes Päckchen, und Skye glaubte plötzlich, einen Stich ins Herz zu verspüren. Sie zog die Decke zurück und schaute in das Gesichtchen. Für einen Moment, nur für einen kurzen, flüchtigen Augenblick, stellte sie sich vor, mit Jake verheiratet zu sein und von ihm dieses Kind zu haben. Sie würden ihn Jacob taufen, doch bei seinem ganzen Namen nennen, damit sie ihn nicht mit dem Namen seines Vaters durcheinder bringen würde …

»Was geht dir gerade durch den Kopf?«, fragte Caney mit ihrer besonderen Art von grober Sanftheit. Sie band ihre Schürze ab. Zweifellos wollte sie in die Stadt, um sich mit Mr. Hicks zu treffen. »Du hast einen Ausdruck in den Augen, der mich an deinen alten Großvater erinnert.«

Skye musste ein wenig errötet sein; das Blut war ihr in die Wangen gestiegen. Sie sah zu, wie Caney ihr Tee einschenkte, was sie normalerweise nicht getan hätte, doch Skye hielt jetzt das Baby auf dem Arm. »Ich nehme an, ich habe mir gerade etwas gewünscht«, erwiderte sie zaghaft und leise.

Caney tätschelte ihren Kopf, genauso wie sie es getan hatte, als Skye klein gewesen war und ihr in der Küche oder in der Wäschekammer auf der Farm der Familie vor die Füße gelaufen war. »Dein Tag wird kommen. Und zwar bald, nehme ich an.«

In diesem Augenblick kam Christy aus dem Schlafzimmer, bekleidet mit einem blassrosa Morgenmantel. Ihr glänzendes schwarzes Haar fiel ihr auf den Rücken, doch sie hatte es gebürstet, und in ihren Augen funkelte eine Spur von Energie.

»Sieh mal einer an!«, rief Caney, erfreut, dass ihre Schutzbefohlene auf und munter war.

Christy huschte durch das Zimmer, setzte sich auf den Stuhl neben Skye und reckte das Kinn vor. »Es ist ja nicht so, als wäre Lazarus aus dem Grab gekommen.«

Caney nahm das schlafende Baby behutsam von Skyes Arm und legte es in die Wiege, ein massives Stück aus Kiefernholz, ein Geschenk von Trace zusammen mit der Decke von Bridget. »Ich werde in die Stadt fahren«, sagte Caney. »Ich habe einen Picknickkorb gefüllt, den ich mit Mr. Hicks teilen werde.«

Christy verdrehte ihre schönen, umwölkten Augen, doch ein Lächeln spielte um ihre Mundwinkel. »Miss Caney Blue, du bist eine schamlose Person … Warum machst du dem Mann nicht einfach einen Heiratsantrag und bringst es hinter dich?«

Caney und Skye lachten. Christy klang allmählich wieder wie immer.

»Weil ich ihm keinen Schrecken einjagen will, der ihn verscheuchen könnte«, erwiderte Caney. »Du musst vorsichtig sein, wenn du um einen Mann wirbst. Ihn gut füttern und so. Ihn ein bisschen zähmen, damit er sich geschmeichelt fühlt, wenn er den Haushalt führen darf.«

Christy und Skye tauschten lächelnd einen Blick.

»Dann viel Glück«, wünschte Christy fröhlich. »Ich habe versucht, meinen Zachary ›zu zähmen‹, seit ich ihn kennen gelernt habe. Es ist hoffnungslos – er ist so wild wie eh und je.« Nach dem Funkeln ihrer Augen zu schließen, machte ihr das nicht viel aus.

Caney blickte Skye anzüglich an. »Vielleicht habe ich nicht dich gemeint, Miss Christy«, sagte sie. »Vielleicht habe ich versucht, jemand anderem die Idee zu vermitteln.« Sie wedelte mit dem Finger hin und her, um ihren Worten Nachdruck zu verleihen. »Wenn du einen Mann willst, Skye, bekommst du ihn nicht, indem du ihn von deinem Land jagst und versuchst, deine wahren Gefühle zu verbergen, sogar vor dir selbst. Männer sind scheue und schreckhafte Wesen, und eine Frau muss sich darauf einstellen und sie behutsam behandeln.«

Skye wandte den Blick ab. Waren ihre Gefühle für Jake so offenkundig?

Christy ergriff das Wort, die Gute, bevor Skye zu einer Antwort gezwungen war. »Du kommst beim Marshal's Office vorbei, nicht wahr? Fragst du, ob es eine Nachricht von Zachary gegeben hat?«

Caney nickte. »Das tue ich als Erstes«, versprach sie, holte ihren Hut und verließ das Haus, um sich auf den langen Fußweg zur Stadt zu machen.

»Sie hat das Herz auf dem richtigen Fleck«, sagte Christy und tätschelte beruhigend Skyes Hand, bevor sie sich eine Tasse Tee einschenkte.

»Weiß *jeder* Bescheid?«, erkundigte sich Skye ärgerlich.

Christy hob eine dunkle, perfekte Augenbraue und führte die Teetasse an die Lippen. Ihre Augen funkelten belustigt. »Dass du in Jake verknallt bist? O ja, ich nehme an, das ist allgemein bekannt. Primrose Creek ist nicht gerade ein Hort der Geheimnisse, nicht wahr?«

Skyes Augen weiteten sich, und sie spürte, dass sich ihre Wangen rötlich färbten. »Aber wie kann das sein – ich war mir nicht mal selbst sicher …«

Christy lächelte. »Dennoch hat es sich herumgesprochen.« Ihre Augen nahmen einen traurigen Ausdruck an. »Der arme Jake. Ich hatte kein Recht, ihn so zu benutzen, wie ich es getan habe …«

»Du hast ihn überhaupt nicht geliebt?«

Christy schüttelte den Kopf. »Nein. Doch ich dachte, ich könnte ihn lieben lernen. Hielt es für das Beste für Megan und mich, wenn ich Jake Vigil heirate. Das Dumme ist, ich habe nicht bedacht, was meine Pläne bei ihm anrichten könnten.« Sie wandte kurz den Blick ab und sah dann Skye wieder an. »Er ist ein guter Mann, Skye. Wenn du ihn wirklich liebst, wie ich Zachary liebe und Bridget Trace liebt, dann angel ihn dir. Ich finde, du und Jake, ihr würdet ein wundervolles Paar werden.«

»Beim Zeus«, murmelte Skye, denn dies war mehr, als Christy jemals über ihre kurze Beziehung mit Jake gesagt hatte, jedenfalls zu ihr. Sie stellte ihre Teetasse ab.

Christy schwieg einen Moment, nippte Tee und blickte wie in weite Ferne. Dann sah sie Skye wieder an, und ihre Miene war ernst. »Du wirst es nicht vergessen? Die Bibel rüberzubringen, meine ich?«

Skye fühlte sich von den Worten ihrer Cousine überrumpelt, obwohl sie es gewesen war, die den Vorschlag gemacht hatte, dass Christy und Zachary die Geburt ihres ersten Kindes in die Bibel eintragen sollten. »Klar«, sagte sie.

Christy wurde wieder nachdenklich. »Danke«, erwiderte sie geistesabwesend und ging auf und ab. Schließlich hielt sie in ihrer Wanderung inne. »Du hast die Eintragungen in der Bibel in letzter Zeit nicht gelesen, nicht wahr?«, fragte sie. Ihr Großvater hatte die Liste der Geburten stets die »Erzeuger-Liste« der McQuarrys genannt, und auch für die Sterbefälle und Ehen hatte es einen Spitznamen gegeben.

Es war eine merkwürdige Frage, auch wenn sie von Christy stammte. Skye runzelte die Stirn. Sie hatte die Eintragungen nicht mehr gesehen, seit Bridget den Namen des Großvaters als einen der Verstorbenen eingetragen hatte, und zu diesem Zeitpunkt war ihre Sicht durch Tränen getrübt worden. »Nein, Christy? Warum?«

Christy wechselte sprunghaft das Thema. »Hat Jake sich erklärt?«

»Sich erklärt?«, spottete Skye, sonderbar erleichtert. Was auch immer Christy hinsichtlich der Eintragungen in der Familienbibel andeutete, so war sie, Skye, nicht sicher, ob sie es wissen wollte. »Er denkt schlicht und einfach, dass alle McQuarry-Frauen Ärger bedeuten.«

»Ihr bedeutet Ärger, richtig, ihr alle«, sagte eine Männerstimme von der Türschwelle her. »Aber ich würde keine von euch als schlicht oder einfach bezeichnen.«

»Zachary!«, rief Christy erfreut und sprang so schnell auf, dass sie ins Schwanken geriet und sich an der Stuhllehne festhalten musste.

Skye erhob sich und stützte Christy am Ellenbogen. Zachary betrat das Zimmer und ging zu seiner Frau. Seine Kleidung war verknittert, und er war unrasiert und sah teuflisch gut aus. Er zog Christy mit einer Zärtlichkeit an sich, bei der es Skye warm ums Herz wurde, und küsste sie liebevoll. »Ich höre, wir haben einen Sohn«, sagte er, und seine Stimme klang rau vor Emotion. »Liebste, es tut mir so Leid, dass ich nicht hier war ...«

Zu diesem Zeitpunkt war Skye fast auf der Türschwelle. Sie wollte sich nicht verabschieden, denn Zachary und Christy Shaw hatten nur Augen füreinander und für das Baby.

Sie freute sich zwar für sie und war froh, dass Zachary sicher zurückgekehrt war, doch es war eine Leere in ihrem Herzen, als sie den Hang hinunter und über die Brücke aus Stämmen nach Hause ging.

Jake stand auf der Straße, und die Dampfsägen des Sägewerks kreischten hinter ihm, während er den kleinen Jungen vor sich mit einer Mischung aus Erstaunen und Zorn betrachtete. Er sei sieben, hatte der Kleine behauptet, und der Zettel an seiner schäbigen Jacke bestätigte, dass er Henry genannt wurde. Die normalen Geräusche des Alltags in einer geschäftigen Grenzstadt verklangen zu einem dumpfen Trommeln in Jakes Ohren, als er das Kind musterte, nicht fähig – nicht bereit –, in dieser störrischen Haltung und dem kleinen, nach oben gerichteten Gesicht seine eigenen Züge zu erkennen. Die schmutzigen Hände des Jungen waren zu Fäusten geballt, als erwartete er, weggejagt zu werden, und seine haselnussbraunen Augen spiegelten Hartnäckigkeit und Würde wider. Nach dem schwachen und spindeldürren Aussehen des Jungen zu schließen, musste es lange her sein, seit er eine gelegentliche Mahlzeit bekommen hatte.

»Deine Mutter hat dich hergeschickt?« Das war wirklich eine rhetorische Frage. Die Notiz, kurz und bündig, war von Amandas Hand unterzeichnet. Sie war schwanger gewesen, als sie aus Denver abgereist war, und sie hatte sich nie die Mühe gemacht, es Jake wissen zu lassen. Jetzt war sie es leid, »gebunden« zu sein, und überließ den Jungen der Obhut seines Vaters.

Henry nickte. »Ja, Sir. Das hat sie.«

Jake verschränkte die Arme. »Wo ist sie?«

»Als ich sie das letzte Mal gesehen habe«, antwortete Henry standhaft, obwohl seine Stimme ein wenig zitterte, »stieg sie in eine Kutsche nach San Francisco. Sagte, da wäre ein Mann, der sie heiraten würde.«

Jake schloss die Augen. Es gab nicht viele Frauen, die ihre Kinder verließen, auch nicht unter den schlimmsten Umständen, doch Amanda war ungefähr so mütterlich wie ein tollwütiges weibliches Wiesel und genauso warmherzig. Es war typisch für sie, den schlimmstmöglichen Zeitpunkt zu wählen, um Fersengeld zu geben.

»Wenn du mich nicht willst«, sagte der Junge trotzig, »kann ich bestimmt allein zurechtkommen.«

Jake ließ sich auf ein Knie sinken und legte sanft die Hände auf die schmalen Schultern des Kleinen. »Du bist mein Sohn«, sagte er und musste sich räuspern, bevor er weitersprechen konnte. »Irgendwie werden wir dies durchstehen. Unterdessen brauchst du etwas zu essen und vielleicht ein paar Stunden Schlaf.«

Das Kind wirkte so erleichtert, nicht weggeschickt zu werden, dass Jake den Blick abwenden und gegen Tränen anblinzeln musste. Dann stand er auf. »Komm mit«, sagte er mit belegter Stimme.

»Ist das dein Haus? Wirklich?«, fragte Henry ein paar Minuten später, als sie vor Jakes großem und bisher nur von ihm bewohnten Haus standen. Bei Jakes bestätigendem Nicken stieß er einen langen, leisen Pfiff durch die Lücke zwischen seinen Schneidezähnen aus.

Sie gingen zur Küche, deren Eingang sich an der Rückseite

des Hauses befand, und Henry staunte die ganze Zeit offenen Mundes. »Dieses Haus ist größer als alles, was ich in Virginia City gesehen habe. Auch schöner. Hast du Bilder von nackten Ladys?«

»Hast du dort gewohnt? In Virginia City?«, fragte Jake leichthin. Das Thema ›nackte Ladys‹ würde er später anschneiden. Viel später.

»Jau«, antwortete der Junge. »Mandy servierte dort Drinks, im Bucket of Blood.«

Jake presste die Lippen aufeinander. Servierte Drinks. Na klar. Und es passte zu Amanda, sich von ihrem eigenen Kind mit ihrem Kosenamen anreden zu lassen. Vermutlich hatte sie allen Freiern erklärt, Henry sei ihr kleiner Bruder, und hatte das Mitspielen des armen Jungen gebraucht, um den Schein zu wahren. »Was ist mit dir? Was hast du in Virginia City gemacht?«

»Ich bin in die Schule gegangen, jedenfalls eine Zeit lang. Meistens habe ich in einem der Mietställe geholfen. Ich bekam zwar keinen Lohn, doch der alte Squilly Bates, der Schmied, gab mir zu essen, und manchmal schenkte mir jemand einen Nickel, wenn ich sein Pferd striegelte. Einmal habe ich sogar fünfundzwanzig Cent bekommen.«

»Du bist also ein Arbeitsmann«, sagte Jake und stieß die Schwingtür zur Küche auf. »Wo hast du gewohnt?« Er betrat die Speisekammer und kehrte mit einem Rad Käse und einem Laib Brot zurück.

Henrys Augen wurden groß bei so viel Essen, und er schluckte sichtlich. Jake war sich nicht ganz sicher, aber er glaubte, den Magen des Kleinen knurren zu hören. »Meistens habe ich im Mietstall geschlafen. Auf dem Heuboden. Mandy hatte wirklich keinen Platz für mich.«

»Das kann ich mir denken«, murmelte Jake. Als er Amanda vor ein paar Jahren in Denver kennen gelernt hatte, hatte er sie irrtümlich für einen Engel gehalten und sich in sie verliebt. Wie sich herausgestellt hatte, war sie wie eine Straßenkatze aufgewachsen, und Jake konnte es keinem verdenken, dass er über eine fragwürdige Vergangenheit hinwegkommen und aufsteigen wollte. Schließlich war es nicht ihre Schuld gewesen, als Saloon-Mädchen geboren worden zu sein, das nie den Namen seines Vaters gekannt hatte.

Eines schönen Tages hatte sie es sich jedoch anders überlegt und ihm mit seiner eigenen Derringer-Pistole in die Schulter geschossen und obendrein seinen privaten Safe ausgeräumt. Jeder vernünftige Mensch hätte gedacht, sie könnte unmöglich noch tiefer sinken, als zu versuchen, den Mann zu töten, den sie angeblich liebte – doch so war es gekommen.

Jetzt, konfrontiert mit seinem Sohn, wusste Jake, dass sie ihm weit mehr geraubt hatte als den Inhalt seiner Brieftasche und seines Wandsafes.

Zum Teufel mit ihr, sie hatte ein Kind geboren, zweifellos sein Kind, und ihm nie etwas von der Existenz des Jungen erzählt. Er hätte den Jungen mit Freuden aufgenommen, ihn nach besten Kräften aufgezogen, wenn er von ihm gewusst hätte. Damals hätte er Amanda den Hals oder sonst etwas umdrehen können, wenn er sie in die Hände bekommen hätte – es führte zu nichts, darüber nachzudenken, was er mit ihr angestellt hätte.

Verspätet und etwas unbeholfen pumpte er Wasser und wusch sich die Hände im metallenen Spülbecken. Dann schnitt er Brot und Käse. Er hatte keine Milch im Haus, und so füllte er ein Glas Wasser aus der Pumpe. »Wasch dir die Hände am Spülbecken und setz dich auf einen Stuhl«, sagte er und nickte zum Tisch.

Henry gehorchte, und bald saß er am Tisch und bemühte sich, Käse und Brot nicht mit beiden Händen in den Mund zu stopfen. In Jake wallte eine Woge des Mitleids auf, als er daran dachte, was der Junge alles entbehrt hatte, und es folgte Zorn auf Amanda, der so stark und rein war wie die dünne Luft auf einer Bergkuppe.

Er fragte sich, was, zum Teufel, er jetzt tun sollte, und fand keine Antwort. Er konnte sein Geschäft nicht wie ein Kartenhaus zusammenstürzen lassen und davongehen, nicht wenn er für einen Sohn sorgen musste. Nein, um Henrys willen und für sich selbst musste er die Dinge in den Griff bekommen. Irgendwie.

Er glaubte Malcolms Stimme zu hören: »*Du könntest sie heiraten.*«

Skye McQuarry heiraten? Nicht mal, wenn die einzige Alternative war, eine Hure aus Diamond Lil's zu ehelichen. Dennoch weckte die Vorstellung, Skye zur Frau und folglich in sein Bett zu nehmen, eine Sehnsucht in ihm, die jede Faser seines Körpers zu erfassen schien. Er stellte sich ihre unverhüllte weiche Haut vor, den Duft ihres Haars …

Hölle und Verdammnis! Und wenn er auf die Knie sinken müsste, sie würde ihn nicht haben wollen. Und selbst wenn sie aus einer leichtsinnigen Laune heraus einer Ehe zustimmen würde, dann würde sie ihn sicherlich von dem Moment an, in dem er Ja sagen würde, bis zu seiner Beerdigung in den Wahnsinn treiben. Ohne Zweifel würde er ungefähr die gleiche Wirkung auf sie haben.

Er seufzte.

»Bist du sauer, weil ich hergekommen bin?«, fragte Henry, und die Hand mit der zweiten gebutterten Brotschreibe verharrte zwischen seinem Mund und der Tischplatte. »Ich kann jederzeit abhauen, wenn du es sagst. Oder vielleicht hast du Arbeiten, die ich tun könnte, um mir den Lebensunterhalt zu ver–«

Jake war mit zwei Schritten bei dem Jungen und fuhr ihm mit einer Hand durchs Haar. Er war kein sentimentaler Mann, doch in diesem Moment hätte er Henry fast in die Arme genommen und an sich gedrückt. »Hör zu«, sagte er leise. »Ich habe Aufgaben für dich – jeder Junge sollte aushelfen –, aber du brauchst nicht für dein Abendessen hier zu arbeiten, verstanden? Dies ist dein Zuhause.«

Henry wirkte verwirrt. »Gut, dass ich nicht singen muss«, sagte er. »Ich klinge wie ein Frosch, wenn ich es versuche.«

Jake lachte, und es wurde ihm bewusst, dass es das erste Mal seit vielen, vielen Monaten war. »Ehrlich gesagt, ich kann auch nicht singen.« Er zog sich einen Stuhl heran und setzte sich gegenüber von Henry hin. *Sein Sohn*. »Hast du den Nachnamen deiner Mutter benutzt oder meinen?«

»Bis jetzt hat man mich nicht nach dem Nachnamen gefragt«, erwiderte Henry. Er hatte ein großes Stück Käse auf Krümel reduziert, und jetzt blickte er sehnsüchtig auf den Rest. »Jeder brauchte nur Henry zu sagen. Dann wusste ich, dass man von mir sprach.«

Jake gab dem Jungen mehr Käse. Er würde unter anderem Milch und ein paar Eier kaufen müssen. Bis jetzt hatte er die meisten seiner Mahlzeiten im Diamond Lil's eingenommen, doch das musste sich ändern. »Es wäre mir eine Ehre, wenn du dich Henry Vigil nennen würdest«, sagte er.

Henry blinzelte. »Wirklich?«

Jake lächelte, so tief gerührt, dass er einen Moment brauchte, bis er sprechen konnte. »Wirklich«, sagte er.

Die Sonne war noch nicht hinter den Bergen im Osten aufgegangen, als Skye aus dem Bett sprang, sich Reitkleidung anzog und zum Stall eilte, wo sie zuerst alle Tiere fütterte und dann

Bridgets Stute Sis sattelte. Im Herrensattel und mit einem Lasso am Sattelhorn, lenkte sie die kleine Stute auf das Hochland zu, wo sie zum letzten Mal den braunen Hengst gesehen hatte. Es war vermutlich zu viel erhofft, dass sie ihn fangen würde, besonders weil sie Sis ritt, aber sie wollte es trotzdem versuchen.

Die Sonne war aufgegangen, als sie den Hengst fand, und dann war es sein schrilles, entsetztes Wiehern, von dem sie angezogen wurde. Sie fand ihn, von einem Rudel Wölfe in die Enge getrieben, in einem Canyon, und da war sie, ohne eine Schrotflinte oder auch nur eine Derringer, um die Raubtiere zu verjagen.

»Verschwindet!«, schrie sie die Wölfe an und trieb Sis mit den Hacken ihrer Stiefel an. Sis wollte nichts davon wissen. Die Stute scheute, drehte sich und versuchte in die entgegengesetzte Richtung durchzugehen. Skye parierte sie sofort, zog sie wieder herum, hielt sie am kurzen Zügel und verhinderte, dass sie zur Ranch zurückpreschen konnte.

Sis hatte etwas dagegen, und mit ungewohntem Temperament keilte sie mit der Hinterhand aus und legte einen beachtlichen Bocksprung hin, der in ein Kreiseln um die eigene Achse überging, fast wie bei der Pirouette einer Tänzerin. Skye segelte durch die Luft und landete mit einer Wucht auf dem Boden, die ihr den Atem nahm und sie Funken von silbernem Licht sehen ließ. Als sie sich aufsetzte und blinzelte, um die Welt wieder klar erkennen zu können, wurde ihr klar, in welche Klemme sie sich gebracht hatte. Sis war auf halbem Weg nach Hause, und die Wölfe, alle fünf, zeigten mehr Interesse an ihr als an dem Hengst.

Sie fluchte erbittert, obwohl sie Bridget versprochen hatte, sich diese schlechte Angewohnheit abzugewöhnen, und sie es auch wirklich versucht hatte. Nachdem sie in jede Hand einen Stein genommen hatte, stemmte sie sich auf die Füße und stellte sich der Zukunft, die im Augenblick überhaupt nicht langlebig zu sein schien. Großvaters Hut fiel ihr vom Kopf, und die paar Klammern, die ihr Haar gehalten hatten, lösten sich. »Hau ab!«, schrie sie, als der Leitwolf, eine magere Bestie mit schmutzig grauem Fell, auf sie zutrottete. »Verschwinde!«

Der Hengst wartete auf seine Chance zum Entkommen. Die übrigen Wölfe, die das Interesse ihres Leittiers an dieser seltsamen zweibeinigen Kreatur bemerkten, wandten die Köpfe zu ihr, um sie anzustarren, sie abzuschätzen.

Skye schleuderte einen ihrer kostbaren Steine – die Wölfe würden bei ihr sein, bevor sie sich bücken und ihn durch einen anderen ersetzen konnte – und wich taumelnd einen Schritt zurück. »Hilfe!«, krächzte sie mit schwacher Stimme, mehr, weil ihr nichts anderes einfiel, als in der Erwartung von Rettung. »*Hilfe*!«

Alle Wölfe rückten jetzt näher, und hinter ihnen stampfte der braune Hengst auf. Er war bereit, in die Hügel davonzugaloppieren, jedoch klug genug, den rechten Augenblick abzuwarten, damit er nicht von dem Rudel verfolgt wurde. Skye konnte alle Hoffnung aufgeben, ihn einzufangen, aber sie sagte sich, dass das jetzt ohnehin gleichgültig war, weil sie sterben würde. Sie wich einen weiteren Schritt zurück und warf den zweiten und letzten Stein.

Das Krachen eines Gewehrschusses erschreckte sie genauso wie die Wölfe und den Hengst. *Der Stein ist explodiert*, schoss es ihr durch den Kopf, bevor die Tiere in Richtung Hügel flüchteten. Weiteres Gewehrfeuer vertrieb sie obendrein. Wenn der Schütze jedoch wirklich versuchte, einen der Wölfe zu treffen, war er schlecht, denn die Kugeln prallten pfeifend und jaulend von den Felsen ab und fetzten ein Stück Rinde aus einem Baum, aber das war schon alles.

Skye fuhr herum, beschattete die Augen mit einer Hand und sah Jake Vigil, ausgerechnet ihn, auf seinem eigenen beeindruckenden Hengst. Ohne ihr auch nur guten Tag zu wünschen, preschte er das Lasso schwingend hinter dem braunen Hengst her und fing ihn ein.

Skye wurde blass und vergaß das Wolfsrudel. Sie hatte dieses Wildpferd seit Monaten verfolgt, und sie würde es sich nicht abnehmen lassen, weder jetzt noch jemals.

»Das ist *mein* Pferd!«, schrie sie im Laufen, als sie auf Rufweite heran war.

Jake war inzwischen von seinem Pferd gesprungen und hielt den Hengst, der sich immer noch befreien und flüchten wollte, am Lasso. »Ich sehe nirgendwo an ihm Ihr Brandzeichen, Miss McQuarry. Übrigens danke für Ihren Glückwunsch.«

Skyes Kopf wurde tiefrot, sie spürte es, und ihr Herz hämmerte, als wollte es aus der Brust springen. Sie sagte sich, dass es an den Wölfen und dem wilden Hengst lag, doch tief in ihrem Innern wusste sie, dass diese Umstände nicht viel damit zu tun hatten. »Was machen Sie hier draußen?«, fragte sie empört. »Dies ist *mein* Land.«

»Dies ist Bridgets Land«, korrigierte Jake ruhig und hielt das Lasso gespannt, während sich der Hengst ein wenig zu beruhigen begann. »Und was ich mache, sollte offensichtlich sein. Ich habe diesen Hengst eingefangen. Ich war schon hinter ihm her, seit er ein Jährling war – das habe ich Ihnen schon einmal gesagt, glaube ich.«

Skye fand ihren Lederhut, setzte ihn auf, riss ihn sich prompt wieder vom Kopf und schleuderte ihn zu Boden. Dann stampfte sie mit einem Fuß darauf. Und Jake Vigil tat das Schlimmstmögliche, was er in diesem Moment hätte tun können.

Er warf den Kopf zurück und brüllte vor Lachen.

»Gern geschehen«, sagte er, nachdem er sich schließlich von seinem Lachanfall erholt hatte, als hätte sie etwas geäußert. »Wenn ich Ihnen wieder die Haut retten kann, lassen Sie es mich nur wissen.«

3

Sie hatte sich perfekt zur Närrin gemacht, indem sie wütend den Hut auf den Boden gepfeffert und mit dem Stiefelabsatz auf der Krone herumgetrampelt hatte, aber das machte ihr nichts aus. Zum Teufel mit Jake Vigil, und ebenso zum Teufel damit, was er von ihr dachte, ob es nun gut oder schlecht war. Sie hatte nicht all dies durchgemacht, wobei sie fast *gestorben* wäre, damit er fröhlich mit ihrem Pferd davonreiten konnte.

»Wenn Sie mir nicht auf der Stelle dieses Pferd geben, werde ich Sie verhaften lassen«, drohte sie.

Der Hengst war zweifellos verschreckt; er hatte noch den Geruch von Wölfen in der Nase, und jetzt spürte er auch noch ein Lasso um den Hals. Für ihn war sicherlich das eine so tödlich wie das andere.

Jake arbeitete geschickt, hart und zugleich sanft, und sprach mit beruhigender Stimme auf das Tier ein. Er gab Skye keine Antwort, was in ihr wieder den Wunsch weckte, von neuem ihren Hut in den Dreck zu werfen und darauf herumzutrampeln.

»Ich kann das veranlassen«, sagte sie. »Meine Cousine ist mit dem Marshal verheiratet, wissen Sie.«

Er blickte sie mit einer Miene an, die sie nicht zu ergründen vermochte. Vielleicht kochte er vor Wut, möglicherweise lachte er sie auch immer noch aus. Beides war inakzeptabel. »Ja«, sagte er gleichmütig, ich weiß.«

Skye bereute es, eine solch alberne Bemerkung gemacht zu haben, und sie hätte sie zurückgenommen, wenn dies möglich gewesen wäre. Gewiss würde es ihrer Sache nicht helfen, wenn sie Jake an den Mann erinnerte, den Christy an seiner Stelle geheiratet hatte. Außerdem würde Zachary keinen Mann ins Gefängnis stecken, nur weil sie das verlangte, und er würde ihn auch nicht verhaften, weil er vor ihr ein Wildpferd gefangen hatte und es ihr nicht überlassen wollte. Sie wusste, was er sagen würde: *Besitz ist neun Zehntel des Gesetzes*. Nun, dieses Pferd wäre in ihrem Besitz gewesen, wenn Jake Vigil sich nicht eingemischt hätte.

Sie bückte sich, hob ihren Hut auf und versuchte, ihn zu retten und auszubeulen, indem sie mit der Faust in die Krone schlug. Dieser alte Hut war alles, was ihr von den Erinnerungsstücken an ihren Großvater geblieben war, und sie fühlte sich fast, als hätte sie etwas Heiliges entweiht, indem sie so die Beherrschung verloren hatte.

»Sie sollten das Ding wegwerfen«, sagte Jake in einem Tonfall, den Skye noch nie von ihm gehört hatte. »Den Hut meine ich. Er steht Ihnen nicht – verbirgt Ihr schönes Haar.«

Seine Worte riefen ein süßes Gefühl in ihr wach; sie betete darum, nicht rot zu werden. Ihm gefiel ihr Haar? Und was für ein alberner Gedanke war *das*, wenn der Mann im Begriff war, ihr einen Hengst wegzunehmen, auf den sie seit Wochen ein Auge geworfen hatte?

Er streichelte leicht über die Nüstern des Hengstes, doch dabei sah er Skye auf abschätzende Art an, bei der sie sich herrlich verlegen und zornig wie ein Grizzly fühlte, der von einer Biene gestochen worden war und Zahnschmerzen hatte. »Es gibt eine Möglichkeit, unsere Differenzen ein für alle Mal zu beseitigen«, sagte er nachdenklich.

»Ich kann mir denken, dass es mehrere gibt«, erwiderte

Skye. Sie bemühte sich, knapp und scharf zu sprechen, doch ihr Puls raste vor Erwartung und Aufregung, und auch vor Erleichterung darüber, dass sie sich nicht versprochen hatte. Herr im Himmel, aber ihre Gefühle waren so durcheinander, dass sie nicht einmal hoffen konnte, sich Klarheit darüber zu verschaffen.

»Ein Pferderennen«, sagte er.

Sie starrte ihn an. »Ein Pferderennen?«

Er grinste. »Ja. Wenn Sie mich auf diesem Pferd besiegen können –«, er wies auf den Braunen, »– gehört er Ihnen, und Sie bekommen ebenfalls das Bauholz, das Sie für das Haus haben wollen.«

Skye stockte der Atem. Sie hatte kein Pferderennen verloren, seit sie acht gewesen war, und damals war sie von ihrem Vater, einem der besten Reiter in Virginia, besiegt worden. »Und wenn ich verliere?«

»Ah, wenn Sie verlieren«, sagte er und schwieg kurz, um über diese Möglichkeit nachzudenken. Er musste lächeln. »*Wenn Sie verlieren*, werden Sie mich heiraten.«

Ihr Mund klaffte auf, und es kostete sie Mühe, ihn zu schließen. In ihren Ohren schien der Pulsschlag zu trommeln, und das ganze Universum schien sich zu einem Raum zusammenzuziehen, der kaum groß genug war, um sie beide aufzunehmen. Sie fühlte sich benommen und sogar schwindelig. Der Mann hatte Nerven! Diese Frechheit! Sie wollte ihn küssen und ihm einen Tritt versetzen, beides gleichzeitig.

Aus irgendeinem unerklärlichen Grund tat sie jedoch keines von beidem. Er hatte sie sprachlos gemacht, und als sie ihre Stimme wiederfand, brachte sie nur stotternd heraus: »Sie ... Sie wollen mich hei-heiraten?« Sofort bereute sie ihre Stammelei und wäre am liebsten im Boden versunken. »Warum?«

Er schob sich näher, den Hengst immer noch am Lasso, und fuhr mit dem Zeigefinger leicht über ihre Nase. »Ja«, sagte er. »Ich glaube, ich will Sie heiraten, und ich habe nicht die leiseste Idee, warum.«

Sie war völlig durcheinander. Wie konnte sie hier herumstehen und sich seine dreisten Worte anhören? Warum holte sie sich keine Waffe und erschoss ihn? Warum sagte sie ihm nicht geradeheraus, dass sie ihn ohnehin heiraten würde, ob es richtig oder falsch war, ob sie gewann oder verlor, wenn er ihr nur einen Antrag machen würde?

Weil sie eine McQuarry war, darum. Sie hatte mehr als das normale Maß an Stolz, selbst wenn es gegen ihre Interessen ging, aber diese Wahrheit zu wissen, half auch nicht viel. Sie war wie gelähmt.

»Mal angenommen, ich sage Ihnen, dass ich lange einsam gewesen bin?«, fragte er ruhig. Ernst. »Dass ich es leid bin, allein zu leben? Angenommen, ich sage, dass ich mir eine Familie wünsche?«

Sie verschränkte die Arme und wartete. Es war zu schön, um wahr zu sein, all das. Da musste noch etwas sein – und so war es auch. Ihre Bäume. *Er will mein Holz.* Am liebsten hätte sie auf ihn eingeschlagen oder ihn zumindest angeschrien, doch sie konnte nicht sprechen.

»Gestern tauchte ein kleiner Junge auf, buchstäblich auf meiner Türschwelle«, fuhr Jake mit einem Seufzen fort. »Nun, jedenfalls bei der Sägemühle. Es stellte sich heraus, dass es meiner ist. Er heißt Henry, obwohl ich finde, dass Hank besser zu ihm passen würde.«

Skye erinnerte sich an den Jungen, den sie gestern gesehen hatte, auf dem Kutschbock eines Frachtwagens, und sie fand endlich die Sprache wieder. Sie hatte ein großes Herz für Kinder, besonders für kleine verlorene Jungen wie Henry. »Es

›stellte sich heraus‹, dass es Ihrer ist? Wussten Sie denn nicht von ihm?«

Jake schüttelte den Kopf. »Ich wünschte, ich hätte von ihm gewusst. Dann wären die Dinge vielleicht anders – für ihn und für mich.«

»Hätten Sie bei seiner Mutter bleiben sollen?«

»Ich habe sie nicht verlassen«, sagte Jake. »Sie hat mich verlassen. Nachdem Sie mir mit meiner eigenen Derringer in die Schulter geschossen und mir jeden Dime geraubt hatte, den ich besaß. Ich habe sie nie wieder gesehen.«

»Sie hat den Jungen zu Ihnen geschickt.« Skye runzelte verwirrt und betroffen die Stirn. Sie ärgerte sich immer noch über die Sache mit dem Hengst und dem Holz, doch diesen Ärger hatte sie für den Moment beiseite geschoben.

Jake nickte. »Aus Virginia City.«

Sie starrte ihn an, bestürzt und sonderbar gekränkt. Es hätte sie nicht schmerzen sollen, zu hören, dass es andere Frauen in Jakes Leben gegeben hatte – aber das tat es. Oh, wie das schmerzte. »Sie liebten eine Frau, die auf Sie schoss? Was ist mit Ihnen nicht in Ordnung?«

Er lachte, doch in seinen Augen war ein melancholischer Ausdruck. »Ich habe nicht geschossen, sondern *sie*. Deshalb sollte die Frage richtig lauten: ›Was ist mit *ihr* nicht in Ordnung?‹ Und die Antwort darauf ist: ›Verdammt viel.‹ Zum einen ist sie verrückt und zum anderen eine Lügnerin. Natürlich ist sie auch eine Diebin und Räuberin. Aber sie ist ebenfalls schön und raffiniert, und ich nehme an, ich bin auf sie reingefallen. Jedenfalls, bis es zu spät war.«

Skye strich nervös eine Haarsträhne aus ihrem Gesicht fort. »Sie ist mir verdammt gleichgültig.«

»Warum haben Sie dann gefragt?«

Sie wünschte sich, auf ihn loszugehen; das Dumme war nur,

dass sie nicht wusste, was sie tun sollte, wenn sie bei ihm sein würde – ihm die Augen auskratzen, oder ihn umarmen, um ihn nie wieder loszulassen. Schließlich entschied sie sich, nichts zu tun und auf dem Fleck stehen zu bleiben.

»Ich habe nicht nach ihr gefragt. Meine Frage galt Ihnen.« Sie legte eine Pause an und atmete tief durch. »Sie wollen mich heiraten, weil Ihr Sohn eine Mutter braucht.«

»So ungefähr.«

»Hätte ich mein eigenes Zimmer?«

»Nein«, antwortete er ohne zu zögern. »Ich habe es Ihnen schon gesagt – ich wünsche mir eine Familie, und das erfordert eine richtige Ehefrau. Ich bin nicht an einer Scheinehe interessiert.«

Skye wandte sich ab und hoffte, dass es schnell genug geschah, um zu verbergen, dass ihre Wangen brannten und sicherlich rot geworden waren. »All dies geschieht, wenn ich das Pferderennen verliere«, sagte sie, um die Sache ein wenig klarzustellen. Sie fühlte sich immer noch wie betäubt. Gerade noch an diesem Morgen war sie ohne die geringste Hoffnung, Jake Vigil zu heiraten, aus dem Bett aufgestanden, und jetzt war er hier und machte ihr einen Antrag. Sie hätte überglücklich sein müssen, wenn da nicht eines gewesen wäre – die Ehe war für ihn nur eine geschäftliche Vereinbarung; von Liebe hatte er nichts erwähnt. Er wollte sie aus den einfachsten und praktischsten Gründen haben, und er hatte sich nicht einmal bemüht, etwas anderes vorzutäuschen.

»Ja«, stimmte er zu, und als sie ihn wieder anschaute, weil sie das vertraute Knarren von Leder gehört hatte, sah sie, dass er sich auf sein Pferd geschwungen hatte und den Hengst am langen Lasso führte. Es war keine gute Idee, zwei Hengste so nahe zueinander zu lassen; sie neigten dazu, sich zu bekämpfen, besonders wenn noch der Geruch von Wolf in der Luft hing.

»Wann?«, fragte sie und erstickte fast an dem Wort. »Wa-wann würde dieses Rennen stattfinden, meine ich? Und wo?«

Er lächelte. »Eine Woche von Sonntag an sollte früh genug sein. Die Straße zwischen dem Primrose Creek und meinem Haus sollte als Rennbahn reichen.«

Nach Skyes Schätzung waren es zwei Meilen von einem Punkt zum anderen; sicherlich keine unüberwindbare Distanz für zwei kräftige Pferde wie diese. Aber eine Woche vom Sonntag an! Der Hengst war noch nicht einmal zum Reiten abgerichtet, und außerdem, wie sollte sie ihn dressieren und trainieren, wenn Jake darauf bestand, dass er ihm gehörte? Er wollte den Hengst offenbar in die Stadt mitnehmen.

Jake machte eine Geste, als tippe er an einen imaginären Hut. Skye hatte schon längst bemerkt, dass er selten einen trug. »Abgemacht?«, fragte er.

Skye blickte zu ihm auf. Die Sonne stand hinter seinem Rücken, und ihr Schein umgab ihn wie eine Aura, sodass sie einen heidnischen Gott zu sehen meinte – vielleicht Apollo auf einem seiner Wagenpferde. Seinen Gesichtsausdruck konnte sie nicht erkennen. »Es gibt vieles, was wir nicht geregelt haben«, gab sie zu bedenken.

Er lachte. »Stimmt«, räumte er ein. Das Leder seines Sattels knarrte wieder, als er sich hinabneigte, eine Hand ausstreckte und einen Fuß aus dem Steigbügel zog, damit sie ihn zum Aufsitzen benutzen konnte. »Kommen Sie mit, Miss McQuarry. Ich bringe Sie nach Hause, damit Sie nicht von den Wölfen gefressen werden.«

Sie zögerte, doch dann ergriff sie seine Hand, schob einen Fuß in den Steigbügel und erlaubte Jake, sie hinter sich aufs Pferd zu ziehen. Auf dem schwankenden Pferderücken war sie gezwungen, die Arme um seine Taille zu legen, um nicht herunterzufallen, und sie nahm den Geruch seines Hemdes, der

Haut und der Haare wahr. Der eingefangene Hengst trottete folgsam hinter ihnen her.

»Sie werden diesen Hengst hier lassen müssen«, sagte sie, als sie Traces und Bridgets Haus erreicht hatten und sie von seinem Pferd stieg. »Nur dann kann ich rechtzeitig zum Rennen ein Pferd aus ihm machen, das sich satteln lässt.«

Jake blickte zu dem gefangenen Hengst zurück, wie um ihn einzuschätzen. Dann neigte er sich vor und stützte einen Unterarm aufs Sattelhorn. »Genau das ist der springende Punkt, Miss McQuarry. Ich erwarte nicht, dass Sie ihn zureiten. Sie wären keine besondere Frau mehr, wenn Sie abgeworfen oder getreten werden würden.«

»Ich bin schon abgeworfen und getreten worden!«, fuhr sie ihn an, ärgerlich über seine freche Annahme, dass sie ihr Wettrennen verlieren würde. Gleichzeitig war sie verwirrt, denn er *wollte* sie anscheinend heiraten, was bedeutete, dass sie verlieren musste. Oder nicht? »Ich habe mich mein ganzes Leben lang mit Pferden ausgekannt, *Mister* Vigil, und ich kann mich an keine Zeit erinnern, in der ich nicht geritten bin.«

»Das Reiten ist das eine«, predigte er von hohem Ross herunter, »und ein wildes Pferd zuzureiten, etwas anderes. Die Sache ist entschieden.«

Skye hätte ihm am liebsten irgendetwas an den Kopf geworfen. »Wenn Sie meinen, Sie könnten einfach ankündigen, dass etwas entschieden ist, und pfeifend von hier fortreiten ...«

Er grinste. »Wollen Sie aus unserer Abmachung aussteigen?«

Sie dachte, was sie alles bei einer Niederlage gewinnen und bei einem Sieg verlieren würde. Ihr Stolz ließ es nicht zu, dass sie ihre Ehre für einen Sieg opferte, und die Liebe ließ es nicht zu, den Sieg zu erringen. Sie war hin und her gerissen, doch sie wäre eher zu diesen Wölfen gelaufen und hätte sich fressen lassen, als das zuzugeben.

»Nein«, antwortete sie schließlich. »Wollen Sie aussteigen?«

»Kommt nicht in Frage«, erwiderte er. »Hank und ich brauchen eine Frau im Haus.« Dann zog er das Pferd herum und ritt fröhlich in Richtung Stadt davon. Den gefangenen Hengst führte er am Lasso mit.

»Was hat dies alles zu bedeuten?«, fragte eine Stimme hinter ihr.

Skye wandte sich um und sah Megan mit einem von Bridgets und Traces Zwillingen auf den Armen stehen. Ganz plötzlich begann Skye zum Gotterbarmen zu heulen.

»Was ist los?«, fragte Megan und kniff die Augen zu Schlitzen zusammen.

»Ich habe soeben meine ganze Zukunft auf ein Pferderennen gesetzt!«, schluchzte Skye.

»Und, ist das alles?«, fragte Megan ein wenig ungeduldig. »Was passiert, wenn du verlierst?«

Skye war bestürzt über Megans unbekümmertes Verhalten, doch sie bemühte sich nicht, das zu sagen. Es hätte ohnehin nichts genützt. »Dann werde ich Jake Vigil heiraten müssen.«

Megan wirkte kein bisschen mitfühlend. »Aha«, sagte sie und feixte ein wenig. »Dann hast du vermutlich ein Problem. *Ich* habe niemals gehört, dass eine McQuarry ein Pferderennen verloren hat.«

Skye war niedergeschlagen und hatte gleichzeitig das sonderbare Gefühl, insgeheim jubeln zu müssen. »Niemals«, flüsterte sie kläglich.

Megans Miene war nachdenklich. Später würde Skye denken, sie hätte in diesem Moment erraten sollen, welcher Plan in ihrer Cousine reifte. »Wir werden immer Freundinnen sein, nicht wahr, Skye?«, fragte Megan. »Freundinnen, wie wir Cousinen sind, ganz gleich was passiert, nicht wahr?«

»Natürlich«, erwiderte Skye. Ihr unbehagliches Gefühl verstärkte sich beträchtlich. »Megan, was geht dir durch den Kopf …?«

»Skye!«, unterbrach Bridget sie von der Türschwelle des Hauses her. »Megan! Wollt ihr nicht reinkommen? Ich brauche etwas Hilfe beim Wollekratzen und Spinnen.«

Skye und Megan sahen sich lange und schweigend an, eine stillschweigende Übereinkunft, nichts mehr über dieses Thema zu sagen, jedenfalls nicht in Bridgets Anwesenheit.

Jake lächelte auf dem ganzen Weg zur Stadt vor sich hin, wo er den braunen Hengst im Mietstall in die Obhut eines der Stallburschen gab. Er lehnte sich gegen den Korralzaun und bewunderte das Tier eine Weile, bevor er sich entschied, heimzukehren.

Doch als er den ersten Schritt in diese Richtung machte, sah er sich mit Zachary Shaw konfrontiert. Einst waren sie gute Freunde gewesen, doch seit der Marshal Christy McQuarry geheiratet hatte, war ihr Verhältnis angespannt.

Zachary rückte seinen Hut zurecht. Seine Haltung und seine gestrafften Schultern waren ein deutliches Anzeichen darauf, dass er etwas zu sagen hatte und sich nicht davon abhalten lassen würde, ganz gleich, wie unwillkommen seine Worte auch sein sollten. »Das ist ein prächtiges Tier«, bemerkte er.

»Danke«, erwiderte Jake unbeeindruckt. »Ganz gleich, was die Schwester deiner Frau dir erzählt haben mag, ich habe diesen Hengst selbst gefangen, und ich werde ihm mein Brandzeichen aufdrücken, wenn es so weit ist.«

Der Marshal runzelte die Stirn, sichtlich verwirrt. »Wovon, zur Hölle, redest du?« Skye ist also nicht zum Mann ihr Cousine, dem Marshal, gelaufen, um den Hengst für sich zu beanspruchen, dachte Jake. Sie stieg in seiner Achtung.

Jake hätte fast gelacht. Aber nur fast. »Schon gut. Wenn du mir etwas Geschäftliches zu sagen hast, lass es hören. Andernfalls werde ich mich auf den Weg zur Sägemühle machen.«

Shaw seufzte. Sie standen auf der einzigen richtigen Straße von Primrose Creek, zwei Männer, deren Differenzen bekannt waren. Passanten spitzten die Ohren, um etwas mitzubekommen. »Verdammt, Jake, hör mir zu. Da sind zwei Agenten drüben in Diamond Lil's Saloon und machen viel Lärm darum, dass sie am Ende des Monats deinen ganzen Betrieb übernehmen werden. Ich dachte, das würde dich vielleicht interessieren.«

Jake presste die Lippen aufeinander. Er blickte zum Saloon, der nur eines von mehreren Lokalen war, die in den letzten paar Jahren in Primrose Creek aus dem Boden geschossen waren und seither florierten. »Danke«, sagte er, und es klang fast wie ein Knurren.

»Stimmt das, Jake?«, fragte Zachary ruhig. »Steckst du in Schwierigkeiten?«

Es gab keinen Grund, seinem früheren Freund von dem Handel zu erzählen, den er mit der Eisenbahngesellschaft abgeschlossen hatte, und was er verlieren würde, wenn er seinen Teil der Abmachung nicht einhalten würde. Er konnte praktisch nur in den Diamond's Lil Saloon stürmen und ein Paar Köpfe gegeneinander schlagen, mehr war ihm in seiner Lage nicht möglich. Schließlich sah er Zach offen in die Augen. »Kein Grund zur Besorgnis«, sagte er kühl. »Ich kann damit fertig werden.«

Shaw seufzte. »Willst du deinen Groll für dich behalten, bis dir ein Leichenbestatter ein für alle Mal die Stiefel auszieht, oder was?«

Jake versteifte sich; unwillkürlich ballte er die rechte Hand zur Faust und entspannte sie dann wieder. »Malcolm hat mir erzählt, dass du Vater geworden bist«, sagte er und ignorierte die Frage. »Meinen Glückwunsch.« Damit ging er davon, wider besseres Wissen nicht zur Sägemühle, sondern in die entgegengesetzte Richtung zu Diamond Lil's Saloon.

Shaw war jedoch noch nicht mit ihm fertig. »Jake!«

Er blieb stehen, ohne sich umzuwenden, und wartete. »Ich habe dir nicht von den Bahnagenten erzählt, damit du in den Saloon gehst und sie auseinander reißt. Wer Verdruss macht, ob du oder sie, wird für diese Nacht, wenn nicht länger, in meinem Gefängnis landen. Ist das klar?«

Jake gab keine verbale Antwort, doch seine Meinung musste am plötzlichen Versteifen seiner Haltung und den langen Schritten zu erkennen sein, mit denen er seinen Weg fortsetzte. Er erreichte den Eingang des Saloons und wollte gerade die Schwingtür aufstoßen und eintreten, als Hank wie aus dem Nichts an seiner Seite auftauchte.

»Pa?«, fragte er. Der Junge musste sich noch daran gewöhnen, dass er einen Vater hatte – Jake gewöhnte sich ja gerade erst daran, dass er einer *war* –, und das Wort kam wie ein Krächzen heraus.

Jake schloss für einen Moment die Augen. *Nicht jetzt*, dachte er. Dann blickte er auf seinen Sohn hinab. »Solltest du nicht in der Schule sein?« Hank hatte ihm heute Morgen feierlich versprochen, Primrose Creeks behelfsmäßige Schule aufzusuchen.

»Dahin gehe ich nicht wieder«, erklärte er. »Da ist niemand außer einer Horde rotznäsiger Gören und dieser Ziege von Lehrerin.«

Jake, einen Augenblick zuvor noch wütend genug, um in den Bolzen einer Eisenbahnschwelle zu beißen, hatte jetzt Mühe, ein Grinsen zu unterdrücken. Aus dem Augenwinkel erhaschte er einen Blick auf Zachary Shaw, der vorgab, die gefiederten Hüte und weiblichen Flitterkram im Schaufenster des Hutmacherladens zu betrachten. Miss Ingmire, die Lehrerin, war selbst erst siebzehn, und dem Vernehmen nach sollte sie Mühe haben, die Ordnung in der Klasse aufrechtzuerhalten. Und was die rotznäsigen Gören anbetraf, nun, Jake nahm an, dass vermutlich Platz für ein weiteres war; sein Junge würde genau dazu passen.

Er trat zur Seite und legte eine Hand auf Hanks schmale, kleine Schulter. »Ich befürchte, es gibt einige Dinge in diesem Leben, bei denen wir keine Wahl haben, und die Schule ist eines davon. Du musst lesen, schreiben und rechnen können, wenn du eines Tages meine Holzfirma übernimmst.« Vorausgesetzt, es gab noch eine Firma, wenn Hank erwachsen sein würde. Wie die Dinge zur Zeit liefen, würden sie beide als Penner und Herumtreiber enden.

Es sei denn natürlich, er gewann am nächsten Sonntag das Pferderennen – wozu er völlig entschlossen war. Gewiss, es würde ihm gelingen, Skye zu überreden, ihn das nötige Holz fällen zu lassen, wenn sie erst Mann und Frau waren. Er würde doppelte und dreifache Schichten im Sägewerk arbeiten und den Termin der Bahngesellschaft einhalten. Seine Stimmung besserte sich, und er grinste. »Angenommen, ich würde dir erzählen, dass du bald eine Mutter bekommst. Wie würde Sie deiner Meinung nach über einen Jungen denken, der nicht in die Schule gehen will?«

Hank reckte das kleine Kinn ein wenig vor, und in seinen Augen blitzte es empört. »Wenn sie wie Mandy ist, werde ich wieder auf die Straße geschickt werden, ganz gleich, was sie denkt. Und ich werde mir auch nicht mehr die Ohren zu waschen brauchen.«

Jake hatte Mühe, die ausdruckslose Miene zu behalten, die er soeben hatte aufsetzen können. »Sie ist nicht wie Amanda«, versicherte er dem Jungen. »Ich glaube, du wirst sie mögen.«

Hank kniff die Augen zusammen. »Aber sie will, dass ich jeden Tag zur Schule gehe. Vielleicht sogar sonntags in die Kirche.«

»Das ist zu befürchten«, gab Jake zu. »Frauen legen großen Wert auf Schule und Kirchgang. Ich glaube, Reverend Taylor möchte sogar mit einer zusätzlichen Predigt an Mittwochabenden loslegen.«

Hank seufzte tief, und seine Schultern sanken herab, doch Jake glaubte, eine gewisse Aufregung in dem Kind zu spüren. Zweifellos hatte er oftmals davon geträumt, ein ganz normales Kind zu sein, mit normalen Eltern und einer Reihe von Regeln, die es zu befolgen galt.

»Lass uns heimgehen«, sagte Jake ruhig. »Du kannst morgen einen weiteren Versuch in der Schule unternehmen.«

Hank zögerte und fiel dann neben ihm in Schritt.

Eine Stimme hinter ihnen stoppte sie beide. »Vigil!«

Jake drehte sich um. Zwei Fremde standen auf dem hölzernen Gehsteig vor Diamond Lil's Saloon, und er schloss aus ihren Westen und Derbyhüten, dass es Männer der Eisenbahngesellschaft waren. Er legte die Hand leicht auf Hanks Kopf. »Ich wickle meine Geschäfte nicht auf der Straße ab, Gentlemen«, sagte er. »Wenn Sie mir etwas zu sagen haben, kommen Sie morgen früh in mein Büro im Sägewerk.«

Der größere der beiden Männer, ein dünner, pockennarbiger Typ mit vorstehenden Schneidezähnen, setzte ein gezwungenes Lächeln auf. »Nichts für ungut«, sagte er und tippte an seine Hutkrempe, eine Geste, die mehr Spott als Respekt ausdrückte. »Wir werden Sie als Erstes morgen früh besuchen.«

»Ich nehme an, Sie wissen, worum es geht«, sagte der zweite Agent. Er war klein und drahtig, der heimtückische Typ, bei dem man bei einem Kampf aufpassen musste.

Jake gab keine Antwort. Er wandte den beiden Männern

einfach den Rücken zu und setzte den Weg fort. Zachary, der sich offenbar an Jakes Absatz geklebt hatte wie ein Stück Pferdeapfel, fiel neben ihm in Schritt. Nach einem freundlichen Nicken zu dem Jungen kam er gleich zur Sache. »Es ist an der Zeit, Jake, dass wir hinter uns lassen, was geschehen ist. In Zeiten wie diesen braucht man seine Freunde.«

Jake starrte ihn wütend an und ging weiter. »Das werde ich mir merken, wenn ich mal einem begegne«, erwiderte er.

Shaw wirkte verärgert. »Verdammt!«, knirschte er. Dann erinnerte er sich an Hanks Anwesenheit und senkte die Stimme, damit kein hellhöriger Junge seine Worte hören konnte. »Verdammt!«, wiederholte er. »Ich versuche dir zu helfen!«

Jake kicherte spöttisch. »Vor fünf Minuten hast du mir noch angedroht, mich ins Gefängnis zu werfen.«

»Das könnte ich immer noch tun«, sagte der Marshal leichthin. »Wenn es auch noch kein Gesetz gibt, das deine sture, idiotische Art verbietet, sollte eines erlassen werden. Und jetzt habe ich eine andere Frage. Eigentlich zwei. Woher hast du dieses Kind? Und habe ich richtig gehört, hat er dich Pa genannt?«

Als es am nächsten Morgen hart an seine Bürotür klopfte, eine Stunde nachdem er Hank gezwungen hatte, wieder in die Schule zu gehen, seufzte Jake resigniert. Früher oder später würde er ohnehin mit den Eisenbahnleuten sprechen müssen. Also konnte es auch früher sein.

»Herein!«, grollte er.

Die Überraschung hätte nicht größer sein können, als Skye McQuarry, in einem gelben Kleid mit Rüschen an den Manschetten und am Saum, das Büro betrat. Ihre braune Haarfülle war in einem lockeren Knoten am Nacken gebunden, und ihre Augen glänzten, sogar als sich ihre Wangen vor Nervosität leicht röteten.

Jake stand so hastig auf, dass er fast seinen Stuhl umgeworfen hätte, und einen langen Moment starrte er sie nur an wie ein verliebter Jüngling, der zu verlegen ist, um ein Wort herauszubekommen. Sie war zuvor schon hübsch gewesen, trotz ihrer groben Kleidung und diesem alten ledernen Schlapphut, doch jetzt war sie wunderschön.

Etwas an seiner Verlegenheit musste ihr Selbstvertrauen gegeben haben, denn sie straffte die Schultern und begegnete seinem Blick offen heraus. »Wir müssen einige Dinge klären«, sagte sie. »Wenn ich dieses Rennen verliere – was nicht der Fall sein wird – und Sie heiraten muss, werden Sie mir versprechen, mich mit Respekt zu behandeln? Ich werde nichts Geringeres hinnehmen. Ich erwarte, Ihre gleichberechtigte Partnerin zu sein, und ich werde nichts gegen meinen Willen tun.«

Jake Vigil fand die Sprache wieder. »Ja«, sagte er. Dann räusperte er sich, immer noch benommen von ihrem Anblick und Duft, von seinem plötzlichen und starken Verlangen, sie in die Arme zu nehmen und es noch einmal von ihr zu hören. »Ja, Skye, das verspreche ich.« Er legte eine Pause ein. »Gott weiß, dass ich meine Fehler habe, aber ich bin kein Typ, der eine Frau ausnutzt.« Während seine Worte ehrlich waren, musste er zugeben, dass er ihrem Gedankengang nicht so gut folgten konnte, so durcheinander war er durch ihr unerwartetes Auftauchen.

Sie schaute ihn an, als glaube sie ihm. Konnte es sein, dass sie tatsächlich diese Ehe *wollte*? Nein, das konnte nicht sein.

»Danke«, sagte sie und wandte sich zum Gehen.

»Skye?« Er konnte nicht anders; ihr Name entschlüpfte ihm, wie eine Katze durch einen Türspalt huscht.

»Sie werden sichergehen und dieses Rennen nach Möglichkeit gewinnen wollen«, hörte er sich sagen. »Im Augenblick sind meine Aussichten als Ehemann und Ernährer nicht gerade beeindruckend.«

Sie lächelte wieder, und von neuem war er wie vom Blitz getroffen. Hatte Christys Lächeln jemals eine solche Wirkung auf ihn gehabt? Amandas Lächeln? Er konnte sich nicht erinnern, sich jemals in seinem ganzen Leben so gefühlt zu haben – so angenehm aus dem Gleichgewicht geworfen.

»Keine Sorge«, sagte sie. »Meine sind ausgezeichnet.«

»Ihre …?« Er war verwirrt und verlegen und wusste nicht genau, warum.

»Aussichten«, erklärte sie und verließ das Büro.

Er starrte immer noch auf die leere Türschwelle, als die beiden Eisenbahnagenten auftauchten, den Hut höflich in der Hand, das Verhalten unterwürfig.

»Nehmen Sie Platz«, sagte er und versuchte, sich an den Grund ihres Besuchs zu erinnern.

»Was Ihren Vertrag mit der Union Pacific anbetrifft«, begann der Große und zog einen Stuhl vor Jakes Schreibtisch, während sein Partner das Gleiche tat. »Da gibt es anscheinend einige Besorgnis im Vorstand …«

Jake sank auf seinen Stuhl und fuhr sich mit einer Hand durchs Haar. »Gentlemen, ich habe mein Wort gegeben, dass ich in den nächsten paar Wochen dreißigtausend Bahnschwellen liefern werde, und ich bin entschlossen, es zu halten.« *Und wie?*, fragte er sich. Selbst wenn Skye ihm Zugang zu ihren kostbaren Bäumen gab, würde er Probleme haben, den Termin einzuhalten, der gerade noch einen Monat entfernt war.

»Wie?«, fragte der zweite Agent und schlug die Beine übereinander.

»Ist die Bestellung überfällig?«, konterte Jake.

Die Agenten zeigten Nervosität, und einer schob einen Finger zwischen Hemdkragen und Hals, als schwitze er, »Nicht genau.«

In diesem Augenblick erkannte Jake die Wahrheit: Die Bahngesellschaft würde so oder so gewinnen. Wenn sie die Bahnschwellen nicht bekommen konnte, würde sie sich seinen Besitz unter den Nagel reißen – den Berg, um den er gekämpft und dessen Baumbestand er bearbeitet hatte, das Haus, das er erbaut hatte, die Ausrüstung und die Sägemühle. Hölle, am Ende würde sie vielleicht die ganze verdammte Stadt besitzen.

Er setzte sich auf dem Stuhl zurück und verschränkte die Hände, hauptsächlich, um nicht über den Schreibtisch zu springen und sie beide zu erwürgen.

»Laut Vertrag«, sagte einer der Agenten, der sich in der Totenstille unbehaglich fühlte, »bleiben Ihnen noch dreißig Tage. Aber Sie machen anscheinend nicht viel Fortschritte, und es könnte unmöglich sein, in solch kurzer Zeit ...«

Jake dachte an Skye und an Hank. Noch vor kurzem war er so entmutigt gewesen, dass er fast aufgegeben hätte. Er hatte sich einen Narren gescholten, all seinen Besitz auf dieses eine Geschäft zu setzen. Jetzt hatte der das Gefühl, jeden Grund zum Kämpfen zu haben, jeden Grund, erfolgreich zu sein.

»Sie werden Ihr Holz bekommen, und wenn ich dafür meine Seele verkaufen müsste«, sagte er. »Und jetzt gehen Sie. Ich habe Arbeit zu erledigen.«

Nachdem sie Jake verlassen hatte, ging Skye beim Mietstall vorbei, um nach dem Braunen zu sehen. Zwei der Stallburschen waren hart damit beschäftigt, ihn zuzureiten, und sie hatten nicht viel Glück.

Sie lehnte sich gegen den Zaun, dachte nicht an ihr gutes Kleid, ihre modischen Schuhe und ihr sorgfältig frisiertes Haar.

Sie war so sehr daran gewöhnt, Stiefel, einfache Röcke und Blusen und den Hut ihres Großvaters zu tragen, dass sie ihre heutige Aufmachung ganz vergaß.

Der Hengst war ein prächtiger Anblick, muskulös und kraftvoll und mit so starkem Willen, dass sich Skye mit ihm seelenverwandt fühlte. Ja, sie würden das Rennen am Sonntag gewinnen, sie und der Braune.

Zachary kam zu ihr, blieb neben ihr am Zaun stehen und legte die Arme auf die oberste Zaunstange. Sein Grinsen war herzlich und voller Belustigung. »Na, wen haben wir denn da? Obwohl du jemandem, den ich kenne, stark ähnelst, erkenne ich dich gar nicht.«

Skye lachte. »War das ein Kompliment oder eine Beleidigung?«, fragte sie.

»Eindeutig ein Kompliment«, erwiderte er, und sein Grinsen wurde noch breiter. »Ist das nicht das Pferd, das du in den letzten fünf, sechs Monaten verfolgt hast?«

Sie hatte versucht, ihren Plan geheim zu halten, nur Megan einzuweihen, doch es war offenkundig, dass ihre Cousine bei Christy darüber geplaudert und sie es Zachary weitererzählt hatte. Ihr Lächeln erstarb im Ansatz, und sie biss sich auf die Unterlippe, bevor sie antwortete. »Das ist es. Jake Vigil kam vor mir an ihn heran.«

»Hm«, murmelte Zachary nachdenklich. »Mir scheint fast, er wusste, dass du dieses Pferd haben wolltest und kam dir absichtlich zuvor, meinst du nicht auch? Ich nehme an, er sagte sich, der Braune wäre eine gute Trumpfkarte für ihn.«

Skye empfand ein flaues Gefühl im Magen. »Warum sollte er eine Trumpfkarte haben wollen?«, fragte sie, obwohl sie die Antwort bereits wusste. O Gott, sie wusste Bescheid!

Zachary seufzte. »Ich nehme an, er meint, er kann dieses Pferd als Tausch für die Rechte an deinem Holz einsetzen.«

In einem Moment brachen Skyes sämtliche zerbrechlichen Träume zusammen. Sie hatte sich etwas vorgemacht, und das mit Absicht. Wenn sie erst Jakes Frau war, konnte er die größten und besten Bäume fällen und zu Bahnschwellen zersägen. Vermutlich würde er das Interesse an ihr verlieren, wenn er erst hatte, was er wollte – er würde vielleicht sogar einen Vorwand für eine Scheidung finden, obwohl wahrscheinlicher war, dass er einfach sein Vergnügen bei den leichten Frauen suchte, wie es die anderen Männer taten.

Fast hätte sie einen schrecklichen Fehler begangen. Sie würde die Schande und Demütigung einer solchen Vereinbarung nicht ertragen, nicht einmal der Liebe wegen.

Was Jake anbetraf, so war er völlig davon überzeugt, das Rennen zu gewinnen, dieser arrogante Schuft.

»Skye?« Zachary wirkte besorgt.

»Wir werden sehen«, sagte sie und raffte ihr Kleid.

Die Besorgnis in Zacharys Miene wechselte zu Verwirrtheit. »Was sehen?«

Aber Skye machte bereits auf dem Absatz kehrt, entschlossen, zu Jake Vigils Büro zurückzukehren, ihm die Meinung zu sagen und ihm zu erklären, dass sein hinterhältiger Plan gescheitert war. Die Wette galt nicht mehr.

Er brauchte nicht zu wissen, dass er ihr das Herz gebrochen hatte.

Zachary hielt sie am Arm fest und zog sie zu sich herum. »Ruhig, Mädchen. Du siehst aus, als wolltest du jemanden erschießen.«

Er und Trace hielten eine schützende Hand über sie und Megan, ebenso wie ihre Frauen. So sehr Skye sie auch liebte, oftmals ärgerte sie sich darüber. Hielt man sie für ein Kind, hilflos und ohne Verstand? Tränen brannten in ihren Augen. Sie versuchte sie wegzublinzeln.

Das reichte für Zachary. Er zog sie mit sich, über die Straße und in sein Büro. Drinnen setzte er sie auf einen Stuhl, hängte seinen Hut auf den Haken bei der Tür und schenkte seinen berüchtigt schlechten Kaffee in zwei Tassen. Er stellte eine Tasse vor Skye auf den Schreibtisch und grinste. »Erzähl mir, was los ist«, scherzte er, »oder ich werde dich zwingen, das zu trinken.«

Skye schniefte. »Ich möchte einen Pferdediebstahl melden«, sagte sie.

»Was?«

»Das Pferd gehört mir. Ich habe es seit Monaten verfolgt. Ich will, dass Jake Vigil wegen Diebstahls festgenommen wird.«

Zachary ging um seinen Schreibtisch herum und ließ sich schwer auf seinen Stuhl sinken. »Nun denn«, murmelte er nachdenklich, und legte die Füße auf einen Stapel Steckbriefe. »Diese Situation wird immer interessanter.«

»Du musst etwas unternehmen.«

Zachary atmete tief durch. »Skye, ich kann niemanden grundlos verhaften, und das weißt du. Ich will, dass du dich beruhigst und mir versprichst, nichts Dummes zu tun.«

Ein solches Versprechen konnte Skye nicht machen, und es war verdammt gut, dass sie es nicht tat. Es würde unmöglich einzuhalten sein.

4

Im Mietstall war es dunkel, und der braune Hengst war nicht im Korral.

Skye, zum nächtlichen Herumschleichen mit einer Hose, einem von Traces Hüten und einem schwarzen Mantel bekleidet, schleppte einen Ballen Heu zu einem Fenster und kletterte hinauf, um nach innen zu spähen. Sie hatte keine richtige Erfahrung als Pferdediebin, denn das Schlimmste, was sie auf diesem Gebiet jemals getan hatte, war das Ausleihen des liebsten Wallachs ihres Vaters gewesen, ohne ihn um Einwilligung zu fragen. Sie war abgeworfen worden und hatte sich einen Arm gebrochen, und darüber hinaus hatte sie sich eine Strafpredigt ihres wütenden Großvaters anhören müssen, die er ihr nach einiger Zeit der Genesung und des Nachdenkens über ihren Fehler gehalten hatte.

Als sich ihre Augen an das Dunkel gewöhnt hatten, entdeckte sie den Braunen in einer nahen Box. Jemand hatte ihm einen Futtersack umgebunden, und in dieser unschuldigen Haltung sah er aus, als hätte er den Tag mit dem Ziehen eines Buggys oder gemütlichem Traben durch einen Stadtpark mit einem gut gekleideten Reiter auf dem Rücken verbracht.

Sie seufzte auf und rief sich in Erinnerung, dass sie jedes Recht hatte, den Braunen zu reiten, wenn sie das wollte; er gehörte schließlich ihr. Sie war es, die das Tier aufgespürt hatte, und in ihrem Herzen hatte sie es schon für sich beansprucht, bevor Jake Vigil dahergekommen und es ihr praktisch vor der Nase weggeschnappt hatte. Natürlich sah das Gesetz – namentlich Zachary – die Sache nicht genauso.

Sie hatte ihr eigenes Zaumzeug mitgebracht, und sie warf es zuerst durch das Fenster, damit sie nicht in letzter Sekunde zum Feigling wurde. Dann kletterte sie über das Fensterbrett, ein Bein nach dem anderen, und sprang auf den strohbedeckten Boden hinab, wobei sie kaum ein Geräusch verursachte. Einige der Pferde schnaubten und wieherten zwar, doch sie hörte nicht, was sie am meisten befürchtet hatte: eine menschliche Stimme, die einen Eindringling stoppte. Dennoch verharrte sie einen Augenblick stocksteif, lauschte angespannt und wartete, bis sich ihr rasender Puls beruhigte und das Blut nicht mehr in ihren Ohren zu rauschen schien. Sie bückte sich und hob das Zaumzeug auf. Dann näherte sie sich langsam dem Braunen und murmelte leise und – wie sie hoffte – in beruhigendem Tonfall vor sich hin.

Der Hengst schnaubte und bewegte sich nervös zwischen den hohen Stangen in seiner Box, und Skye hielt den Atem an. Orville Hayes, der alte Taugenichts, der in einem Anbau des Stalls hauste und des Nachts die Tiere im Stall bewachte, um sich seinen Lebensunterhalt zu verdienen, trank eifrig Schnaps im Golden Garter Saloon, wie üblich. Auf dem Weg zum Mietstall hatte Skye vor dem Saloon verharrt und es gewagt, einen Blick über die Schwingtür zu werfen, nur um sich zu vergewissern. Mr. Hayes hatte an der Bar gelehnt, und folglich vernachlässigte er seine Pflichten im Stall.

»Ruhig«, flüsterte sie dem Pferd zu. »Nur die Ruhe, mein Freund.«

Wie durch ein Wunder beruhigte sich der Hengst ein wenig.

Skye hatte keine Ahnung, ob jemand es geschafft hatte, ihn

seit seiner Gefangennahme am Morgen zu reiten oder nicht, doch es war unwahrscheinlich. Es dauerte Tage, manchmal Wochen, ein Wildpferd an einen Sattel zu gewöhnen, und manchmal war es überhaupt nicht möglich. Wenn sie den Hengst am Sonntag beim Rennen reiten würde, dann musste er wenigstens abgerichtet sein.

»Ruhig«, flüsterte sie von neuem. Die Boxentür quietschte ein bisschen, als Skye sie aufzog. Sie trat in die Box und legte dem Hengst eine Hand leicht auf die Flanke, damit er nicht in Panik geriet, schob sich an einer Seite vorbei und streichelte dabei über das glänzende Fell, bis sie in seiner Sichtweite war.

Sie tätschelte die Stirn des Braunen und gab ihm ein Zuckerstück von der Handfläche, wobei sie sorgfältig darauf achtete, ihre Finger von seinem Gebiss fern zu halten.

Als sie es wagte, hob sie langsam das Halfter an und streifte es ihm über den Kopf. Der Hengst schnaubte protestierend, trat und keilte jedoch nicht aus – wenn er das getan hätte, wäre sie vermutlich zu etwas von der Konsistenz von Mehlbrei zertrampelt worden –, und Skyes Mut wuchs. Behutsam streifte sie den Lederriemen über das andere Ohr und hielt das Gebiss am Zaum auf ihre offene Handfläche.

»Du brauchst einen Namen«, sagte sie, als der Hengst das fragwürdige Angebot annahm. Sie schob das Metall vorsichtig über seine Zunge, bis es hinter seinen Zähnen ruhte. Dann schnallte sie schnell und geschickt das Zaumzeug fertig an. Diese Prozedur hatte sie so oft durchgeführt, dass sie ihr in Fleisch und Blut übergegangen war. »Wie wäre es mit Lancelot? Gefällt dir das?«

Der Braune schnaubte und tänzelte ein wenig, doch er ließ sich von ihr rückwärts aus der Box und dann aus dem Stall führen. Zu schade, dass Pferdediebstahl ein Verbrechen ist, dachte Skye, denn ich habe gewiss den Dreh heraus.

Draußen, im Mondlicht und im Schein der Saloonlampen, blieb Skye mit den Zügeln in der Hand stehen und flüsterte wieder ernst mit dem Pferd. »Jetzt hör mir gut zu. Ich muss dieses Rennen am Sonntagnachmittag gewinnen, und um das zu schaffen, brauche ich deine Hilfe. Ich werde dir für deine Mitarbeit dankbar sein, denn wenn du nicht kooperierst, werde ich eine Schande für jede McQuarry sein, die jemals geatmet hat.« Sie biss sich auf die Unterlippe und blinzelte Tränen fort.

Sie konnte das Holz entbehren, das Jake haben wollte, solange es verantwortungsbewusst geschlagen wurde, davon hatten Trace und Zachary sie überzeugt, wenn es auch ein wenig problematisch war. Doch jetzt, konfrontiert mit der Realität, war allein der Gedanke, ein Leben mit einem Ehemann zu verbringen, der sie nicht liebte, unerträglich für sie. Sie hatte wahre Liebe aus der Nähe gesehen, zwischen Bridget und Trace und Christy und Zachary, die Art Liebe, die gegenseitig war. Sie wünschte sich die gleichen süßen Geheimnisse, das gleiche gemeinsame Lachen, die gleiche glühende Leidenschaft und Partnerschaft der Seelen.

»Also gut«, sagte sie, genauso zu sich selbst wie zu dem Hengst, der immer noch namenlos war, denn er hatte keine besondere Vorliebe für Lancelot gezeigt. »Wir müssen das gemeinsam schaffen, und wenn wir gewinnen wollen, müssen wir einander vertrauen können.« Damit schloss sie die Augen, schickte ein stummes Gebet zum Himmel und sprang auf den Rücken des Braunen.

Er stand eine scheinbare Ewigkeit wie erstarrt da, und jeder Muskel war gespannt, als sei er nahe daran, in Stücke zu zerbersten wie ein Tontopf, der zu lange auf dem Feuer stand. Dann ging ein leichtes Zittern durch Bauch und Flanken, und er schnaubte eine deutliche Warnung. Die nächsten Sekunden würden entscheidend sein. Entweder bockte er wie der Teufel, oder er ließ sich von ihr reiten.

Ihre Kehle war trocken, und ihr Herz hämmerte. Sanft tätschelte sie den angespannten, schweißfeuchten Hals des Tieres. »Ruhig«, sagte sie, und das war ihr ebenfalls zur zweiten Natur geworden, die Worte, die ihr Großvater stets bei nervösen Pferden benutzt hatte. »Ruhig, Junge. Ich werde dir nicht wehtun. Sei so lieb, und tu mir den gleichen Gefallen und wirf mich nicht ab. Ruhig, Junge.«

Der »Junge« war eindeutig ein besonnener Typ, der die Sache gründlich überlegte, das Für und Wider und beide Seiten abwog, denn sie standen beziehungsweise saßen wie ein Kriegerdenkmal da, sie beide, scheinbar den größten Teil eines Monats. Während Skye wartete, versuchte sie, nicht daran zu denken, wie es war, durch die Nachtluft geschleudert zu werden oder über den Boden zu rollen und vergebens zu versuchen, vier harten Hufen zu entkommen. Als er nicht bockte, war Skye angenehm überrascht, und während sie sich noch zu ihrem Händchen für Pferde beglückwünschte, ging der Hengst durch. Als sie den Stadtrand erreichten, schienen ihm Flügel gewachsen zu sein wie Pegasus, und es hatte den Anschein, als wollte er sich in die Lüfte erheben. Skye kam gar nicht in den Sinn, an den Zügeln zu zerren, um ihn zu verlangsamen; stattdessen spannte sie die Beine um seinen Leib, duckte sich über den Pferdehals und jubelte vor Freude.

»Er ist weg!«, jammerte Orville Hayes und drehte seinen Hut in den Händen, während er mit seinen alten Augen ins grelle Sonnenlicht außerhalb von Jakes Büro blinzelte. »Mr. Vigil, Ihr herrlicher Hengst ist einfach weg. Jemand hat ihn geklaut.«

Jake widerstand dem Drang, den Alten am Kragen zu packen und durchzuschütteln. »Was?«, fragte er, obwohl er Orville nur zu gut verstanden hatte. »Wo, zum Teufel, waren Sie, als dies geschah?«

Orville schluckte sichtlich und fummelte in seiner Nervosität weiter an seinem Hut herum. »Ich ... ich habe nur kurz beim Golden Garter vorbeigeschaut – nur auf einen einzigen Drink, wohlgemerkt ... denn Lil gibt mir schon seit langem keinen Kredit mehr –, und als ich zurückkehrte ...«

Jake blickte anzüglich zur Sonne, die weit über dem östlichen Horizont stand. »Und als Sie zurückkehrten, waren Sie so blau, das der Stall rings um Sie hätte abbrennen können, ohne dass Sie es mitbekommen hätten«, vollendete er, angewidert und resigniert. »Wann genau haben Sie bemerkt, dass mein Pferd gestohlen worden ist?«

»Erst ... erst vor ein paar Minuten«, bekannte Orville. »Sie werden mich doch nicht bei Lil anschwärzen, Mr. Vigil? Wenn ich diesen Job verliere, weiß ich nicht, was werden soll ...«

Jake atmete tief durch, stemmte die Hände auf die Hüften und dachte über die Lage nach. Orville arbeitete für niemand anders als die berühmte Diamond Lil; die Lady betrieb nicht nur einen florierenden Saloon und ein Bordell, sondern besaß auch die Mietställe und einige andere Geschäfte in der Stadt, und sie war als kaltschnäuzige Geschäftsfrau bekannt. Wenn er sie auf den armen alten Orville losließ, würde das den Hengst nicht zurückbringen, und außerdem hatte Jake eine ziemlich gute Vorstellung davon, wer der Pferdedieb war. Wenn er Skye McQuarry aufspürte, waren die Aussichten gut, dass er den Braunen ebenfalls fand.

Er rieb sich übers Kinn. »Ich weiß nicht«, sagte er in unverbindlichem Tonfall. »Tatsache ist, dass ich Sie feuern würde, wenn Sie für mich arbeiten würden.«

Orville getraute sich nicht, darauf hinzuweisen, dass er nicht für Jake arbeitete; das wäre angesichts der Umstände schlimmer als blöde gewesen. »Ich bin sofort zu Ihnen gegangen und habe es gemeldet, nicht wahr?«, greinte er. Sein Verhalten war von kriecherisch zu regelrecht Mitleid erregend gewechselt. »Ich war noch nicht einmal vorher beim Marshal.«

»Darum werde ich mich kümmern«, sagte Jake angespannt. Er wollte noch nicht gleich mit Zachary sprechen. Nein, er wollte jemand anders besuchen. Er verspürte ein merkwürdiges Gefühl tief in sich, allein bei der Erwartung der bevorstehenden Begegnung mit Skye McQuarry. »Sie machen weiter mit Ihrer Arbeit, und ich werde mich um den Pferdedieb kümmern.«

»Sie wissen, wer es getan hat?« Zu Orvilles anderen unrühmlichen Eigenschaften zählten eine neugierige Natur und ein Hang zum Verbreiten von Gerüchten.

Jake ignorierte die Frage. »Lassen Sie mein Pferd satteln«, sagte er und meinte Trojan, den Hengst, den er seit ein paar Jahren besaß. Dann machte er sich auf den Weg zum Sägewerk, wo er seinen Vorarbeiter informierte, dass er eine Zeit lang fort sein würde. Hank war in der Schule, und es sah aus, als ob der Junge endlich dort bleiben würde, sodass er sich auf die Suche nach Miss McQuarry konzentrieren konnte. Sie sollte leicht zu finden sein.

Zehn Minuten später ritt er aus der Stadt, halb belustigt, halb wütend. Einerseits musste er Skyes Frechheit bewundern, ganz zu schweigen von ihren reiterlichen Fähigkeiten. Andererseits hätte er sie am liebsten angeschrien, bis es von den Bergen widerhallte. Verdammt närrische Frau! Wusste sie nicht, dass ein wildes Pferd gefährlich war – besonders ein Hengst? Inzwischen konnte sie totgetrampelt worden sein oder sich ihren sturen McQuarry-Hals gebrochen haben.

Kaltes Entsetzen erfasste ihn. Vielleicht war sie *tatsächlich* verletzt oder tot. Vielleicht lag sie irgendwo tot oder schmerzvoll sterbend.

Er trieb sein Pferd mit den Hacken an und traf binnen Minuten bei Traces und Bridgets Haus ein. Bridget trat auf den Hof und beschattete mit einer Hand die Augen vor dem grellen Sonnenschein. Ihr Lächeln hätte ihn vielleicht erwärmt, wenn er nicht wegen Skye und dem Hengst so aufgebracht gewesen wäre.

»Jake! Was bringt Sie her? Trace ist leider unterwegs und bringt ein paar Pferde nach Fort Grant.«

»Ich will nicht zu Trace«, sagte Jake. Er bemühte sich, höflich zu sein, doch seine Worte klangen knapp und angespannt. »Ist Ihre Schwester da?«

Bridget runzelte die Stirn. »Ich nehme an, Skye ist hier irgendwo in der Umgebung – sie hatte bereits das Haus verlassen, als ich heute Morgen aufstand. Vermutlich ist sie bachaufwärts und wäscht Gold, oder sie treibt sich irgendwo in ihren Waldstücken herum.« Bridget verstummte. Vielleicht bereute sie, dass sie den Wald und damit das Nutzholz erwähnt hatte, ein bekannter Zankapfel zwischen Jake und Skye. »Ist etwas – nicht in Ordnung?«

Jake schaffte ein Lächeln, obwohl er vermutete, dass es so freudlos war, wie er sich fühlte und nur über sein Gesicht flatterte wie ein Geldschein, der lediglich mit etwas Spucke an einer Wand befestigt war. »Sie hat sich etwas von mir ausgeliehen«, sagte er in einem jovialen Tonfall, wie er hoffte. »Ich möchte es zurückhaben.«

Bridget seufzte. »Nun, wenn Sie sie sehen, sagen Sie ihr bitte, dass sie nach Hause kommen soll. Ich brauche Hilfe, um die Zwiebeln einzusetzen, und es ist auch Waschtag.«

Er nickte, überlegte kurz und ritt dann, einer Ahnung folgend, zur Hochwiese gerade unterhalb der Baumgrenze, wo er gestern Morgen den Hengst gefangen hatte. War das wirklich erst einen Tag her? Er fühlte sich, als sei in der Zwischenzeit ein Leben vergangen, und er erwartete, sich bis zum Abendessen durch zehn weitere zu kämpfen.

Da war sie mit dem Hengst, und als Jake sie erspähte, zügelte er sein Pferd, blieb im Sattel sitzen und beobachtete sie. Er war fasziniert. Wie ein Wanderer, der auf eine anmutige Nymphe trifft und vor lauter Ehrfurcht sprachlos und zu keiner Bewegung fähig ist. Ihm stockte der Atem. Er empfand eine Mischung aus Dankbarkeit und Zorn, Entsetzen und purer Freude.

Während er zuschaute, ritt Skye stolz und in vollendeter Harmonie auf dem Hengst in einem weiten Kreis durch das hohe Gras. Sie hatte den Hut offenbar zu Hause gelassen oder irgendwo verloren, denn ihr dunkelbraunes Haar flatterte hinter ihr in der Brise, so dicht und wild und glänzend wie die vom Wind zerzauste Mähne des Braunen.

Als sie ihn erblickte, verlangsamte sie nicht einmal das Tempo, doch sie lenkte den Hengst in seine Richtung. Als sie bei ihm war, lächelte sie ihn frech an, zügelte das prächtige Pferd und neigte sich herab, um ihm den Hals zu tätscheln.

»Das dachte ich mir«, brachte er mühsam hervor. Er war auf einmal so durcheinander, dass ihm nichts anderes über die Lippen kam.

In ihren großen brauen Augen war ein schelmisches Funkeln. Sie murmelte etwas Unverständliches und Liebevolles zu dem Hengst, und zum ersten Mal in seinem Leben beneidete Jake Vigil ein Pferd. »Er musste sich an mich gewöhnen«, erklärte sie und blieb mühelos auf dem Rücken des Braunen sitzen, während er tänzelte, begierig darauf, wieder zu galoppieren. »Und ich musste mich an ihn gewöhnen. Ich bin überzeugt, dass wir das Rennen gewinnen können, er und ich, da wir jetzt Freunde sind.«

»Woher wollen Sie wissen, dass ich Sie vor dem Sonntag nicht wegen Pferdediebstahls ins Gefängnis werfen lassen werde?«, fragte er. Er hatte einige Mühe gehabt, die Sprache wiederzufinden, und als es ihm gelang, klangen die Worte wie Donnerhall.

Bei der Aussicht, Zeit hinter Gittern zu verbringen, zuckte sie mit keiner Wimper. Natürlich würde sie nicht in eine Zelle gesteckt werden. Zachary Shaw, der Marshal, war ein Mitglied der Familie, und wenn er sie festnehmen *wollte*, würde er zu Hause in Teufels Küche geraten. »Ich bezweifle, dass Sie das tun werden«, erwiderte sie leichthin.

»Denken Sie nur an unsere Abmachung!«, blaffte Jake. »Wenn ich gewinne, werden Sie mich heiraten. Da gibt es kein Jammern und keine Fragen.«

Etwas schwer zu Deutendes flackerte in ihren Augen auf und verschwand wieder. »Ich denke daran«, sagte sie fast traurig. Dann reckte sie wieder das Kinn. »Da ich jedoch siegen werde, bin ich kein bisschen besorgt.«

Jake blieb fest von seinen eigenen Fähigkeiten überzeugt, was Pferde und das Reiten anbetraf, aber da war er und musste eine Frau praktisch *zwingen*, seine Braut zu werden, und das passte ihm nicht. Er ärgerte sich sogar maßlos darüber. Selbst wenn er vor dem finanziellen Ruin stand, war er eine bessere Partie als die meisten Männer der Stadt – er war stark und gescheit, sah gut aus und konnte sich sehen lassen, und wenn all seine Pläne scheiterten und er all seinen Besitz verlor, konnte er sich woanders ein neues Glück aufbauen, indem er nur die Ärmel aufkrempelte, in die Hände spuckte und an die Arbeit ging. Er würde ein guter Vater für seinen neu gefundenen Sohn und alle folgenden Kinder sein, ebenso ein ausgezeichneter Ehepartner …

Nur kurz erwog er angesichts dieser Gedanken, Skye

McQuarry hier und jetzt einen Heiratsantrag zu machen, sie einfach zu bitten, das Pferderennen zu vergessen und ihn zu heiraten, doch plötzlich hatte er das Gefühl, sein Hemdkragen spanne sich wie eine Schlinge und schnüre ihm die Luft ab und sein Magen zöge sich schmerzhaft zusammen. Frauen wollten »Ich liebe dich« und Versprechungen und jede Menge schöner Worte hören, und er war kein Poet – er war innerlich abgestorben, als er Christy verloren hatte. Nein, es war sogar schon zuvor geschehen. Irgendetwas in ihm war verwelkt, als er erkannt hatte, wie Amanda in Wirklichkeit war, und er hatte sich nur selbst etwas vorgegaukelt, indem er geglaubt hatte, Christy zu lieben.

»Mr. Vigil?«, fragte Skye, die Stirn leicht gerunzelt.

Er erkannte, dass er eine Weile in Gedanken versunken gewesen war und sich nicht auf die Unterhaltung konzentriert hatte. Sie hatte etwas Freches bezüglich ihres bevorstehenden Wettkampfs gesagt und wirkte jetzt enttäuscht, weil er nicht dementsprechend reagiert hatte. »Ich habe mir soeben nur unsere Hochzeitsnacht vorgestellt«, sagte er, obwohl das nicht stimmte. Bis vor einem Augenblick hatte es jedenfalls nicht gestimmt. Jetzt waren seine Gedanken von Skye erfüllt – mit ihrem Duft und der Weichheit ihres Haars, dem Klang ihrer Stimme, drängend und bittend und schließlich seufzend, den erregenden Konturen ihres Körper, für ihn in vertrauensvoller Hingabe entblößt …

Sie errötete bei seinen Worten und presste kurz die Lippen aufeinander, und Jake war es zum Jubeln zumute, zusätzlich zu dem zwangsläufigen Unbehagen, das solche Gedanken bei ihm auslösten.

»Warum bis Sonntag warten?«, fragte sie, und in ihren Augen blitzte es auf. »Warum regeln wir das nicht gleich? Wer als Erster in der Stadt ist, hat gewonnen.«

Jake ließ sich den Vorschlag durch den Kopf gehen, und ein Gedanke trommelte durch seinen Geist, durch Seele und Körper, mächtig wie ein Erdbeben: *Heute Nacht*.

»Also gut«, sagte er, erstaunt darüber, dass er es herausbrachte und seine Stimme fest klang. Er erstickte fast an diesen simplen Worten, als ihm klar wurde, wie viel auf dem Spiel stand. »Zählen wir bis drei?«

Sie lenkte den Hengst mit solch einer lässigen Geschicklichkeit neben ihn, dass er sich einen Moment tatsächlich fragte, ob sie den Stadtrand von Primrose Creek vor ihm erreichen konnte. »Zählen wir bis drei«, stimmte sie zu.

»Eins«, sagte Jake und machte sich auf den Start gefasst.

»Zwei«, zählte Skye.

»Drei!«, schrie Jake und trieb sein Pferd aus dem Stand mit einem kurzen Sprung zum Galopp.

Skye hielt mit, galoppierte tief über den Hals des Braunen geneigt, und ein, zwei Mal wäre Jake fast von seinem Pferd gefallen, weil er zu ihr blickte, statt auf den Weg. Gott im Himmel, aber sie bot einen schönen Anblick, wie verschmolzen mit diesem Wildpferd, als sei es ein Teil von ihr.

Sie jagten in gestrecktem Galopp zwischen Baumgruppen dahin – Birken und Espen, aber hauptsächlich Kiefern –, von tief hängenden Ästen gepeitscht, gelangten auf das Land der Qualtroughs und preschten Seite an Seite durch den Bach, dass das Wasser aufspritzte. Aus dem Augenwinkel erhaschte Jake einen Blick auf Bridget und Megan, Christys rothaarige Schwester, die strahlten und in die Hände klatschten. Offenbar hat Skye sie in die Wette eingeweiht, doch es ist nicht zu sagen, wem sie die Daumen drücken, dachte Jake verwirrt. Eine sonderbare Horde, diese McQuarrys.

Eine Strecke von zwei Meilen lag vor ihnen, nachdem sie den Creek durchquert hatten; sie war zerfurcht und an manchen Stellen eng, mit tiefen Senken und scharfen Biegungen, und Jake war hin und her gerissen. Er wollte das Wettrennen zwar gewinnen, wünschte es mehr als alles, was er sich jemals gewünscht hatte, doch er wusste auch, wie tollkühn Skye war und sorgte sich um sie. Wenn es um Pferde ging, hatte die Frau anscheinend keinen Funken von Vernunft in ihrem Körper; sie ritt volles Risiko, Hals über Kopf, mit einer Furchtlosigkeit, die ihn erstaunte.

Die Stadt kam in Sicht, und sie donnerte darauf zu. Der Hufschlag der beiden Hengste trommelte über den harten, trockenen Boden. Jake wartete bis zum letzten Moment und trieb dann sein Pferd zum Endspurt an, und Skye tat das Gleiche. Er überquerte die von beiden akzeptierte Ziellinie mit einer halben Länge vor ihr und zog seinen Hengst herum, und dann stockte ihm der Atem. Der Braune trat in ein Loch, geriet aus dem Tritt und Skye flog über seinen Kopf hinweg, bevor sie sich fangen konnte.

Jake beobachtete entsetzt, wie sich Skye in der Luft überschlug, was unendlich lange zu dauern schien, obwohl es nur Sekunden sein konnten. Lange bevor er vom Pferd springen und zu ihr rennen konnte, landete sie auf dem Rücken, die Arme ausgebreitet, mit einem Aufprall, der in Jake widerzuhallen schien.

Er fiel neben ihr auf die Knie. »Skye!«, rief er verzweifelt. Er schreckte davor zurück, sie zu berühren und konnte dennoch kaum dem Wunsch widerstehen, sie in die Arme zu nehmen und an sich zu drücken. Bewegungen würden ihr schaden, wenn etwas gebrochen war, und angesichts des schweren Sturzes war das ziemlich wahrscheinlich. »Bist du verletzt?«

Sie blinzelte in den blauen Himmel, als versuchte sie sich zu erinnern, ob sie ihn schon einmal gesehen hatte, und dann holte sie langsam und vorsichtig Luft. »Ich … ich glaube, nicht«, sagte sie. »Lass mich nur eine Sekunde liegen ... bis ich wieder Luft bekomme.« Sie hatten sich geduzt, ohne sich dessen bewusst zu sein.

Er strich ihr behutsam eine Haarsträhne aus der Stirn. Auf ihren Wangen waren Schmutzflecke, doch irgendwie fand er sie dadurch nur noch hübscher. »Ich helfe dir auf, wenn du bereit bist«, sagte er ein wenig dümmlich. Er musste schließlich *irgendetwas* sagen, und es kam ihm nichts anderes in den Sinn.

Sie atmete tief ein und langsam aus und dann noch einmal. Jake beobachtete fasziniert, wie sich bei den Atemzügen ihre Brüste hoben und senkten, und als ihm klar wurde, welche Freiheit er sich herausgenommen hatte, stieg ihm das Blut ins Gesicht.

Sie seufzte – doch er hätte geschworen, dass in ihren Augen ein lustiges Funkeln wie von Gelächter Versteck spielte – und setzte sich ohne seine Hilfe auf. »Ich nehme an, Sie haben gewonnen«, sagte sie – wieder beim Sie – mit einer Art unbeschwerter Resignation.

Jake richtete sich auf die Hacken auf. Er hatte *gewonnen*. Verdammt, das Rennen hatte er vor lauter Sorge um den Preis völlig vergessen gehabt. »Ich nehme es an«, sagte er verwirrt.

Sie rappelte sich auf, und Jake, völlig durcheinander, rappelte sich mit ihr auf. Er war sich nicht sicher, ob er eine Hilfe gewesen war, als sie einander im Staub gegenüberstanden. Ihre Unterlippe zitterte, doch ihr Kinn war stolz erhoben.

»Sie brauchen das nicht zu tun«, hörte er sich sagen. Woher, zur Hölle, war dies gekommen? Zum Teufel mit Holz und Pferd – wenn er diese Frau nicht in sein Bett bekommen konnte, und zwar bald, würde er innerlich verglühen.

Sie hob das Kinn noch ein wenig, und ihre Miene war ernst. Ohne den Blick von seinem Gesicht zu nehmen, klopfte sie Staub von ihrer Reithose. »Abgemacht ist abgemacht«, sagte sie.

Jake war es zum Jubeln zumute, und zugleich rutschte ihm vor Schreck das Herz in die Hose. »Richtig«, brachte er mühsam hervor. »Abgemacht ist abgemacht.«

Sie errötete entzückend, und er sah, dass sie schluckte. »Ich – ich möchte erst nach Hause. Mit meiner Familie reden – mich ein wenig waschen – ein Kleid anziehen …«

»Ich werde mit Richter Ryan sprechen«, sagte er. »Reverend Taylor ist nach Denver gereist, um seine Tochter zu besuchen.«

Sie nickte, nahm die Zügel des Braunen und schwang sich mit einer Geschmeidigkeit in den Sattel, die Jake Bewunderung abnötigte. Sie hatte jede Menge Mut, das war gewiss, gleich nach einem hässlichen Sturz wieder auf ein Pferd zu steigen. »Ich kann mir vorstellen, dass meine Schwester und die Cousinen dort sein wollen. Caney natürlich auch.«

»Vierzehn Uhr?«, fragte er ein wenig benommen, was nicht mit einem harten Sturz vom Pferd zu entschuldigen war.

»Vierzehn Uhr«, bekräftigte sie, und er glaubte noch die Andeutung eines Lächelns in ihren Augen zu sehen, bevor sie den Braunen herumzog und in Richtung Creek davonritt.

»Du hast das Rennen absichtlich verloren!«, warf Megan Skye in entzücktem Flüsterton vor, während sie die Reihe kleiner Knöpfe am Rücken von Skyes bestem Kleid – pfirsichfarbener Organza mit Spitze am Kragen und an den Manschetten – zuknöpfte. Sie hatte das Kleid den ganzen Weg aus Chicago, Illinois, kommen lassen und mit dem Geld bezahlt, das sie mit ihrer ersten Goldwäsche verdient hatte.

Skye musterte sich prüfend im Spiegel an der Wand von Bridgets und Traces Schlafzimmer, hob das Kleid am Saum an und drehte sich hin und her. Sie war ein Wildfang, war es ihr ganzes Leben lang gewesen, doch in dem feinen Kleid fand sie sich fast hübsch. »Du hast es weitererzählt, Megan McQuarry«, sagte sie. »Ich habe dich gebeten, es für dich zu behalten, und du hast Christy und Bridget von dem Rennen erzählt.«

Megan wurde rot, jedoch nicht aus Zerknirschtheit, wie Skye fand.

»Natürlich hat sie es uns erzählt«, sagte Christy, die mit Bridget das Schlafzimmer betrat. »Wir gehören zu deiner Familie. Wir sollten diese Dinge wissen.«

»Hast du wirklich absichtlich verloren?«, fragte Bridget mit gesenkter Stimme. Sie hätte auch von einem Frevel flüstern können.

»Höchstwahrscheinlich nicht«, erwiderte Skye, vielleicht ein wenig gereizt. »Abgesehen von einer Ausnahme, als Daddy mich auf einem Kentucky-Vollblüter besiegte, bin ich nie bei einem Pferderennen geschlagen worden.«

Megan zwinkerte mit ihren schönen, grünen Augen. »Vielleicht ist Jake Vigil ein kleines Opfer wert«, meinte sie. »Er sieht schließlich so gut aus und ist so reich.«

Jake sah in der Tat gut aus, doch Skye war es nun wirklich gleichgültig, ob er zwei Pennys besaß, um sie in seinen Hosentaschen gegeneinander klingeln zu lassen oder nicht. Zuvor hatte sie in ihm eine Art Held gesehen, direkt aus einem traumhaft schönen Roman, doch jetzt wusste sie, dass er ein Mann aus Fleisch und Blut war, verständlicherweise misstrauisch gegenüber Frauen, und sie liebte ihn mehr um seinetwillen. Sie wusste tief in ihrer Seele, dass sie ihm etwas bedeutete und sie eines Tages, wenn sie geduldig wartete, aus ganzem Herzen lieben würde.

Außerdem hatte er die Ziellinie als Erster überquert.

»Du liebst ihn wirklich«, sagte Megan strahlend. Christy und Bridget nickten, denn sie waren zweifellos zu dem gleichen Schluss gelangt.

Skye bejahte die Frage mit einem Nicken. Trotzdem spürte sie die Hitze von verletztem Stolz über die Unterstellung, das Rennen absichtlich verloren zu haben, in ihre Wangen steigen.

»Liebt er dich ebenfalls?«

Skye konnte nicht lügen, nicht bei ihrer Familie. Sie und Bridget und ihre Cousinen waren zusammen auf Großvater McQuarrys Farm in Virginia aufgewachsen. Welche Differenzen sie auch haben mochten, sie waren Verwandte. »Ich glaube, nicht«, gab sie zu.

Megans Gesichtsausdruck veränderte sich sofort. »Dann musst du ihn nicht heiraten!«

»Ich habe es versprochen«, erwiderte Skye. Ihr Ton sagte, dass es ihr ernst war, und Megans Miene spiegelte widerwilliges Verständnis wider.

Bridget sprach ernst, doch Skye glaubte in ihren blauen Augen einen freudigen Glanz zu erkennen. »Skye hat ihren eigenen Kopf, und den hat sie immer durchgesetzt. Wenn sie meint, sie sollte Jake Vigil heiraten, dann hat sie vermutlich Recht.«

Megan nickte. Bridget war glücklich verheiratet, ebenso wie Christy, und sie sagte sich vermutlich, dass sich Skyes und Jakes Ehe ebenso gut entwickeln würde. Eigentlich gab Bridgets Mangel an Widerspruch Skye Hoffnung, denn ihre ältere Schwester ließ sich nichts vormachen, und wenn sie gegen die Ehe gewesen wäre, hätte sie das ohne Zögern klipp und klar gesagt.

Megan nahm Skys Hände in ihre und drückte sie. »Was auch geschieht«, sagte sie, »ich werde bei dir sein. Du weißt, dass ich praktisch alles tun würde, um dir zu helfen.«

In Skyes Augen brannten Tränen der Rührung, und sie neigte sich zu ihrer Cousine und küsste sie auf die makellose Wange. »Ich weiß«, beteuerte sie.

Irgendwann später fand Bridget einen Moment, um mit ihrer Schwester allein zu sein, bevor sie zur Stadt aufbrechen mussten. Sie hielt die Bibel der McQuarrys mit beiden Händen. »Ich hätte es dir früher sagen sollen – vor deinem Hochzeitstag …«

Skye erinnerte sich daran, dass Christy die Eintragungen darin erwähnt hatte. Sie war so beschäftigt gewesen, so konzentriert auf den braunen Hengst und auf Jake Vigil, dass sie gar nicht mehr daran gedacht hatte. »Was ist?«

»Ich habe es Megan nicht erzählt«, sagte Bridget statt einer Antwort.

Skye öffnete die Bibel und ließ sich von Bridget die Eintragung zeigen, die sie lesen sollte. Aus Skyes Gesicht wich die Farbe, als ihr die Bedeutung der Eintragung dämmerte. »Wir sind Schwestern?«, flüsterte sie. »Aber warum hast du nichts davon gesagt?«

Bridget wirkte ernst, dann schuldbewusst, dann resigniert. »Ich nehme an, weil es ein Skandal ist, und zwischen unseren so genannten Vätern und Müttern hat diese Familie davon genug gehabt.«

»Aber warum hältst du diese Neuigkeit vor Megan geheim? Christy weiß es, da bin ich mir sicher.«

Bridget blickte fort, dann sah sie Skye entschlossen wieder an. »Megan ist die Impulsivste, die Hitzköpfigste von uns allen. Es ist Christys Sache, es ihr zu sagen, und sie meint, Megan ist noch nicht reif genug dafür.«

Skye schluckte hart und las wieder die Eintragung in der Bibel. Dann kam ein süßer, geheimer Frieden über sie, und sie lächelte. »Es ist vielleicht ein Skandal, aber je mehr ich darüber nachdenke, desto weniger macht mir das aus.«

Bridget lächelte. »Mir auch.« Lass uns jetzt gehen und dich verheiraten, kleine Schwester.«

Sie fuhren mit einem Zweispänner und einem Buggy in die Stadt Primrose Creek, und es wirkte fast wie eine Mini-Karawane. Skye saß mit Bridget und Trace im Buggy. Caney, Megan und Christy fuhren mit dem Zweispänner, Caney auf dem Wagenbock, und Megan und Christy saßen hinten, wiegten Babys und passten auf, dass der abenteuerlustige sechsjährige Noah nicht über die Heckklappe kletterte und vom Wagen stürzte.

Richter Ryan wartete mit Jake im Marshal's Office. Zachary war ebenfalls anwesend, und in seinen Augen tanzte ein belustigtes und schelmisches Lächeln. Jakes Sohn, der junge Hank, saß auf der Kante von Zacharys Schreibtisch, ließ die Beine baumeln und blickte misstrauisch drein. Jake wirkte nervös genug, um bei der ersten plötzlichen Bewegung von irgendjemandem aus der Haut zu fahren, und Skyes Herz flog ihm zu; sie vergaß ihre eigene Aufregung – wenigstens vorübergehend –, als sie seine sah.

Christy küsste ihren Mann leicht, und er nahm ihr Baby, Joseph, mit der Ungezwungenheit eines Mannes auf den Arm, der in einer großen Familie aufgewachsen ist. Dann ging sie zu Jake, sah ihm offen in die Augen und sagte: »Dies ist richtig für dich, Jake. Ich weiß, dass es so ist.«

An seinem Kinn zuckte ein Muskel, als er die Frau ansah, die er geliebt hatte, und zweifellos erinnerte er sich an den Tag vor etwas über einem Jahr, als er sie hatte heiraten wollen und sie ihn vor dem Altar hatte stehen lassen. Er sagte nichts, nahm ihre Worte jedoch mit einem kurzen Nicken zur Kenntnis.

Christy stellte sich auf die Zehenspitzen und drückte ihm einen kurzen Kuss auf die Lippen, auf die gleiche Art und dennoch anders als zuvor beim Küssen ihres Mannes. »Seid glücklich«, sagte sie.

»Fangen wir an«, sagte John Ryan, der Rundreiserichter, schroff. Er nahm eine Bibel in eine knorrige Hand und winkte mit der anderen Braut und Bräutigam zu sich. »Ich muss noch anwesend sein, wenn jemand in Virginia City aufgehängt wird.«

Skye hatte einen Moment das Gefühl, selbst die Stufen zum Galgen hinaufzusteigen. Sie spielte mit dem Gedanken, zur Tür zu flüchten, schloss diese Möglichkeit dann jedoch aus und nahm ihren Platz vor dem Richter ein. Jake stellte sich beklommen neben sie, während Hank hinzutollte, um eine mannhafte Position rechts neben seinem Vater einzunehmen, sichtlich stolz auf seine Rolle in der Zeremonie. Megan war Skyes Brautjungfer, wie sie es schon immer geplant hatten; bei Megans Hochzeit würde Skye ihre Brautjungfer sein.

Dort, in diesem überfüllten kleinen Büro, inmitten lächelnder Verwandter und quengelnder Babys, mit einem vor Rührung weinenden Gefangenen, der aus der einzigen Gefängniszelle spähte, wurden Jake Vigil und Skye McQuarry getraut. Die ganze Sache war so schnell vorüber, dass Skye überzeugt war, in Gedanken gewesen zu sein und alles verpasst zu haben. Doch sie hatte sich ein »Ja« hauchen gehört und von Jake das Gleiche vernommen.

Es war geschehen und – für Skye jedenfalls – unwiderruflich.

»Sie dürfen ihre schöne Braut jetzt küssen, Jake«, sagte Richter Ryan mit dröhnender Stimme und gutmütiger Ungeduld.

Jake zögerte, nahm dann Skyes zu ihm aufblickendes Gesicht erstaunlich zärtlich in die Hände, hob es an und drückte den Mund auf ihre Lippen. Es war ein kurzer, leichter Kuss, und dennoch brachte er Skye innerlich zum Zittern. Sie erkannte mit einem Prickeln von köstlichem Entsetzen, dass ihr bald eine Reihe intimer Geheimnisse enthüllt werden würden. Jake hatte ziemlich klar gemacht, dass sie in einer Ehe eine richtige Frau für ihn sein würde, die nicht nur sein Leben, sondern auch das Bett mit ihm teilte.

Sie war immer noch benommen, als er sie freigab, und als ein süßes, vertrauliches Lächeln um seine Lippen spielte, kaum mehr als ein leichtes Hochziehen eines Mundwinkels, stieg eine neue Woge der Freude in ihr auf. Ja, dachte sie. Er wird zu mir kommen, um mich zu lieben. Dafür werde ich sorgen.

Irgendwann steckte Jake Skye einen Ring an den Finger, und zum ersten Mal nahm sie sich einen Moment Zeit, um ihn zu betrachten. Sie sah einen breiten Ring mit glitzernden Diamanten.

»Er gehörte meiner Mutter«, sagte Jake, jetzt wieder schüchtern.

»Er ist wunderschön«, sagte Skye leise. Es war, als ob sie mit ihm allein wäre, denn die anderen schienen weit entfernt zu sein, nur durch einen Nebelschleier zu sehen.

»*Du* bist schön«, sagte er und nahm ihre Hand. »Sollen wir jetzt heimgehen, Mrs. Vigil, oder möchtest du lieber eine Weile mit deiner Familie zusammen sein?«

Er gehörte jetzt ebenfalls zur Familie, er und Hank, doch sie befürchtete, zusammenzubrechen und aus Freude zu weinen, wenn sie versuchte, dies laut zu sagen, und so nickte sie nur.

Er lachte, und seine haselnussbraunen Augen glänzten. »Was von beiden?«, fragte er sanft.

»Heim«, brachte sie heraus. »Lass uns heimgehen. Aber zuerst – zuerst möchte ich mit Hank sprechen.«

Jake nickte, und Skye wandte sich ihrem Stiefsohn zu und streckte ihm die Hand hin. Nach kurzem Zögern ergriff er sie, und sie führte ihn zur Seite und ging in die Hocke, um ihm ins Gesicht zu sehen.

»Ich habe einige Erfahrung mit lieben kleinen Jungs«, sagte sie. »Und ich glaube, wir beide werden einfach prima miteinander auskommen. Ich brauche nur eine Chance, um mich zu beweisen, Hank. Willst du mir die geben?«

Er dachte ernst über die Frage nach, doch sie sah auch Hoffnung in seinen Augen, tief drinnen und bange, aber Hoffnung. Ja, sie war da. »Ich hatte eine Ma, die fortging und mich allein ließ. Ich glaube nicht, dass ich eine weitere brauche.«

»Ich werde dich nicht verlassen«, sagte Skye, und es war ihr ernst. »Bestimmt nicht.«

Er kniff die Augen zu Schlitzen zusammen. »Wenn ich mitten in der Nacht Grippe bekomme und nach dir rufe, würdest du dann kommen?«

Sie blinzelte ein paarmal und schluckte. Ihre Antwort klang jedoch erstaunlich ruhig und fest. »Ja. Du hast mein Wort.«

»Würdest du mich zwingen, alles Gemüse aufzuessen, selbst wenn es mich krank macht?«

Sie lächelte. »Nein. Aber du musst wenigstens alles probieren, was ich auf den Tisch bringe. Wenn es dir nicht schmeckt, brauchst du es nicht zu essen. Abgemacht?«

Hank gab ihr feierlich die Hand. »Abgemacht.«

Fünf Minuten später, nachdem das Brautpaar die anderen unter vielen Glückwünschen und guten Wünschen verlassen hatte, stand es an der Tür von Jakes prächtigem Haus.

Jake nahm Skye auf die Arme und trug sie über die Schwelle. »Der Junge übernachtet bei Bridget und Trace«, sagte er. Seine Stimme, normalerweise ein Bariton, klang tiefer denn je. »Wir werden das Haus heute Nacht für uns allein haben.«

Skye freute sich darauf, ganz Frau zu werden, denn sie vermutete seit langem, hauptsächlich wenn sie des Morgens Bridgets strahlendes Gesicht sah und ihr Singen hörte, und ebenso nach ihren eigenen Gefühlen, dass die körperliche Liebe mehr war als reine Pflichterfüllung, wie ihre Mutter geglaubt hatte. Dennoch hatte sie ein wenig Angst davor, weil sie nicht genau wusste, was sie erwartete.

Jake trat die Haustür hinter ihnen zu. Irgendwo in der Nähe

tickte eine Wanduhr, und jedes Ticken brachte Skye näher zu ihrem Schicksal. Eine Mischung widerstreitender Gefühle stieg in ihr auf. Auf was, um Himmels willen, hatte sie sich eingelassen? Wie konnte sie es kaum ertragen, zu warten, bis er sie ein für alle Mal zu seiner Frau machte?

Er ging mit ihr die große Treppe hinauf, trug sie so leicht und behutsam, als sei sie aus dem dünnsten und kostbarsten Porzellan. Oben auf dem Gang verharrte er. Vor ihm standen die Flügel einer Doppeltür einen Spalt offen.

»Hast du Angst?« Er sah sie an, als sei er echt besorgt wegen ihrer Gefühle, und vielleicht war er das auch. Er war schließlich nicht grausam oder unfreundlich. Er liebte sie einfach nicht auf die Art, wie die meisten frisch getrauten Ehemänner ihre Braut liebten.

»Ein wenig«, bekannte sie.

Er trug sie in das Elternschlafzimmer, und sie nahm den verlockenden Duft von frisch gewaschenen und gestärkten Laken und Piment-Rum und Jake selbst wahr. Zum zweiten Mal küsste er sie, diesmal tiefer und intensiver.

Die Berührung seiner Lippen entflammte ihre Seele.

»Hab keine Angst«, sagte er. »Es gibt vieles, was ich dir nicht versprechen kann, Skye. Aber eines ganz bestimmt: Ich werde dir niemals wehtun. Nicht absichtlich.«

Es war keine Liebeserklärung, doch Jakes Worte, die wie ein Schwur klangen, trieben Skye trotzdem Tränen in die Augen. Alles in ihr verlangte danach, ihm ihr Herz auszuschütten, und nur mit verzweifelter Mühe schaffte sie es, ihm nicht zu sagen, was sie in diesem Augenblick empfand.

5

Jake entkleidete Skye langsam, ehrerbietig, wie ein Mann, der einen heiligen Schatz entdeckt. Sie war schüchtern wie jede Jungfrau, so temperamentvoll sie auch sonst war, und hielt den Blick gesenkt, bis er das letzte Kleidungsstück entfernt hatte. Dann sah sie unter ihren dunklen, dichten Wimpern zu ihm auf, und er glaubte, darin einen Funken von Aufregung, sogar Triumph zu sehen. Aber er sah auch eine gewisse Besorgnis. Er drehte sie in einer Pirouette, als wären sie Partner bei einem graziösen Menuett, und als ihm ihre wohlgeformte Rückseite zugewandt war, sah er die Blutergüsse.

Natürlich wusste er, woher sie stammten – vom Sturz vom Pferd an diesem Morgen, gegen Ende ihres Rennens, als sie auf dem Boden gelandet war, der nach der langen regenlosen Zeit knochentrocken und hart war. Ihre rechte Schulter hatte es am schlimmsten erwischt, sie war blau verfärbt und aufgeschrammt, und auch ihre Hüfte und eine perfekte Pobacke hatten einigen Schaden erlitten. In Jake stieg ein Gefühl von fast überwältigender Zärtlichkeit auf, der Wunsch, ungeschehen zu machen, dass etwas unendlich Kostbares beschädigt worden war. Er atmete tief durch und schloss für einen Moment die Augen. Es war ihm zwar klar gewesen, dass er sich zu Skye hingezogen fühlte, sie sogar mochte, doch die Tiefe seiner Gefühle für sie war eine große und erschütternde Überraschung für ihn.

Guter Gott, liebte er sie? War er wirklich so blöde gewesen, ein drittes Mal in seinem Leben in diese Falle zu tappen?

Als er die Augen öffnete, war sie ihm wieder zugewandt und sah in sein Gesicht auf. »Mr. Vigil?«, fragte sie leise.

Er lächelte fast, erfüllt von leidenschaftlichen Gefühlen und zugleich Panik. »Jake«, korrigierte er. Der Name kam heiser, jedoch ruhig heraus.

»Du – du findest mich – reizlos?«, fragte sie, und dieser bekümmerte Ausdruck war wieder in ihren Augen.

»Nein«, versicherte er ihr hastig. »Gott, nein. Es ist nur – mir hätte klar sein sollen ...«

Sie runzelte die Stirn, immer noch verwirrt.

»Dass du dich verletzt hast. Als du heute Morgen vom Pferd abgeworfen worden bist.«

Von einem Augenblick zum anderen breitete sich ein strahlendes Lächeln auf ihrem Gesicht aus. »Oh, das«, sagte sie. »Nun, Mr. ... äh ... Jake ... war nicht das erste Mal, dass ich von einem Pferd abgeworfen worden bin, und ich bin mir ziemlich sicher, dass es nicht das letzte Mal sein wird.«

Es schien ihr nicht klar zu sein, wie zart sie auf ihn wirkte. Er fühlte sich groß wie ein Grizzly, unbeholfen und unfähig, konfrontiert mit diesem schönen, vertrauensvollen Geschöpf aus Porzellan, und all die Kapriolen mit verschiedenen örtlichen Prostituierten bedeuteten nichts im Vergleich zu der Aussicht, mit seiner unschuldigen jungen Braut ins Bett zu steigen.

Behutsam hob er den rechten Arm und streichelte über ihren Arm hinab, von der Schulter bis zur Hüfte. Die Berührung war federleicht, löste jedoch einen Schauer bei ihr aus. Er war sofort alarmiert und verspürte den Drang, sie wie eine Kranke mit Decken einzuhüllen.

»Ist dir kalt?«

Sie lächelte – das geheimnisvolle Lächeln von Frauen – und schüttelte den Kopf.

»Du wirkst so klein«, sagte er.

Sie hielt unerschrocken seinem Blick stand. »Nun, das bin ich nicht. Eigentlich bin ich für eine Frau groß. Das hat jeder immer gesagt.«

Er dachte wieder an die Blutergüsse. »Ich will dir nicht – nicht wehtun.«

Ihr Blick wurde weicher. Der Blick dieser braunen, ausdrucksvollen Augen zog ihn an, schien nach seiner Seele zu greifen. »Ich weiß nicht viel über dies«, sagte sie und errötete ein wenig, »nur das, was ich bei Tieren gesehen habe.«

Vielleicht waren es seine Nerven, die ihn zum Grinsen veranlassten. »Bei Menschen ist es ein wenig anders«, sagte er. Sein Grinsen verschwand und ging in Bestürzung über. »Ich nehme an, es könnte beim ersten Mal wehtun … nur ein bisschen.«

Sie nickte. »Das hat mir Bridget erzählt.«

»Aha«, sagte Jake. Irgendwie war seine Hand auf ihrer glatten Schulter zur Ruhe gekommen, ohne dass er es bemerkt hatte, und mit den Daumen machte er jetzt kleine Kreise in den Vertiefungen oberhalb ihres Schlüsselbein. Er getraute sich nicht, auf ihre Brüste zu schauen; er war bereits am Rande seiner Selbstkontrolle angelangt und nicht sicher, wie lange er sich zurückhalten konnte, wenn er sehen würde, wie ihre Brustspitzen unter seinem Starren steif wurden.

Sie hob das Kinn und setzte das Gespräch mit dem besonderen Selbstbewusstsein fort, das nur Frauen gegeben ist. »Danach«, sagte sie, »wird es mir nichts ausmachen.«

Er wünschte so viel mehr für sie, als dass es ihr nichts ausmachen würde, wenn es zur Vereinigung kam, aber er hatte es mit einer frisch getrauten Braut zu tun, rief er sich in Erinnerung. Solche Dinge erforderten Zeit und Geschick, Zärtlichkeit und Geduld, Jake hatte all diese Qualitäten, doch er wäre der Erste gewesen, der zugegeben hätte, dass Letztere im Augenblick etwas knapp war. Wenn sie eines der leichten Mädchen aus Diamond Lil's Saloon gewesen wäre, hätte er sich vermutlich jetzt die Sachen vom Leib gerissen und wäre schnell zur Sache gegangen. Aber sie war keines dieser Mädchen. Bei Gott, sie war keines.

Er schluckte hart und hoffte, sie merkte ihm nicht an, dass er ebenfalls nervös war. Einer von ihnen, fand er, sollte seine Nervosität unter Kontrolle halten.

»Meinst du nicht, du solltest dich ausziehen?«, fragte Skye logisch. »Schließlich stehe ich hier nackt, und du hast alles außer einem Hut an.«

Er spürte, wie ihm bei dem Gedanken, sich vor dieser köstlichen kleinen Nymphe auszuziehen, heiß wurde – Gott, er fühlte sich wie ein unerfahrener Jüngling, nicht wie ein Mann mit langer und ziemlich farbiger Vorgeschichte. Widerstrebend zog er sein Jackett aus und lockerte die Krawatte.

Ein Stöhnen entwich ihm, als sie sanft seine Hände beiseite schob und sein Hemd aufknöpfte, und der Laut musste ihr gefallen haben, denn ihre dunklen Augen glänzten, als sie zu ihm aufblickte, während sie die ganze Zeit weiter mit geschickten Fingern sein Hemd aufknöpfte.

»Ich werde dir eine gute Frau sein, Jake Vigil«, sagte sie.

Da küsste er sie, plötzlich und mit einer Kraft, die sie beide überraschte. Als es vorüber war und er schwer atmend den Kopf zurücklegte und sie anschaute, sah er einen Ausdruck der Benommenheit in ihren Augen. Er wünschte, er könnte ihr sagen, dass er sie liebte, wünschte es sehnlich, doch trotz all seines Verlangens wusste er, dass eine Leere in ihm war, wo zärtliche Gefühle sein sollten. Eine Stelle, die geschlossen bleiben musste.

»Ich werde dich beschützen«, sagte er mit rauer Stimme. »Und immer für dich sorgen. Was auch immer geschehen mag.«

Sie erwiderte nichts, sondern streifte einfach sein Hemd über seine Schultern zurück. Er schlüpfte aus dem Hemd und ließ es achtlos auf den Boden fallen. Binnen Sekunden war er ebenfalls nackt.

Später konnte er sich nicht erinnern, wie er sie zum Bett gebracht, die Decke zurückgeschlagen und sich mit ihr auf die glatten Laken gelegt hatte. Er war wie im Fieber, in einem Delirium, und als er wieder klar denken konnte, jedenfalls ein wenig, lagen sie einander gegenüber und ihre nackten Schenkel berührten sich. Er legte eine Hand auf ihre Hüfte.

»Hab keine Angst«, sagte sie.

Unter allen anderen Umständen hätte ihn diese Bemerkung belustigt, doch jetzt, in seinem Bett, in dem seine frisch angetraute Frau auf ihn wartete wie auf ein Festmahl, war er stattdessen tief bewegt. Er streichelte mit dem Zeigefinger leicht von ihrer Schläfe bis zum Kinn, und zeichnete dann die Konturen ihres köstlichen Mundes nach. Als Nächstes wurde ihm bewusst, dass er sie wieder küsste und sich so verzweifelt wünschte, in ihr zu sein, dass er all seine Selbstkontrolle brauchte, um sie nicht auf der Stelle zu nehmen.

Stattdessen ließ er sich Zeit, führte sie in jede Nuance der Wonnen ein – entlockte ihr leise Schreie, als er ihre Handgelenke umfasste, ihre Arme über den Kopf hielt und an ihren Brüsten saugte, mal gemächlich, mal mit der Begierde, die ihn bereits erfüllte und das Blut durch seine Adern rasen ließ.

Schließlich küsste er über ihre seidige Haut bis zum Nabel hinab und umkreiste ihn mit der Zungenspitze. Als er das tat, schnappte sie nach Luft und wölbte sich ihm entgegen, wie um sich ihm anzubieten. Der weibliche Instinkt hatte Skyes Handeln und ihre Bewegungen übernommen.

Mit dieser Erkenntnis war er verloren.

Er bewegte sich weiter hinab, schob die Hände unter ihren Po und hob sie an seinen Mund wie einen Becher mit köstlichem Trank. Als sie seine Zunge spürte, schnell gefolgt von der Berührung seiner Lippen, schluchzte sie seinen Namen, krallte die Finger in sein Haar und bettelte um mehr.

Er konnte ihr das nicht versagen, doch er machte beharrlich weiter, noch drängender, bis ihre Erregung fast zur Ekstase wurde und ihr Po an seinen Händen zitterte. Als sie sich schließlich an ihm versteifte, feucht und angespannt, wandte er seinen letzten Rest von Selbstbeherrschung auf, um sie über den Gipfel zu führen. Als sie schließlich keuchend und seufzend auf die Matratze sank, spreizte er sanft ihre Beine und verharrte über ihr.

»Skye?« Er bat um ihre Erlaubnis, und sie wusste es.

Sie blickte verträumt, blinzelnd zu ihm auf, und ein Lächeln spielte um ihre Lippen. »Ja«, sagte sie atemlos, »o ja.«

Er drang langsam in sie ein. Er spürte, wie das Jungfernhäutchen nachgab, und obwohl sie ein wenig zusammenzuckte, als er diese letzte Barriere durchdrang, atmete sie bald schneller und begann sich im selben Rhythmus wie er zu bewegen.

Er war erstaunt.

»Oh«, wisperte sie. »Oh, Jake …«

»Pst.« Er küsste sie, und seine Zunge spielte mit ihrer.

Sie begann sich unter ihm aufzubäumen, zuerst sporadisch, doch dann mit ungezügelter Begierde. Bei dem gemeinsamen Auf und Ab bedeckte er ihr Gesicht und ihren Hals mit heißen Küssen.

Und dann schien schließlich für Jake Vigil das Universum zu explodieren und Sterne auszuspucken. Gleichzeitig klammerte sich Skye an ihn, grub die Fingernägel tief in seinen Rücken und schrie ihre Lust heraus, wieder und wieder.

Skye lag immer noch unter ihm, befriedigt, entspannt und äußerst verlegen, als sie an ihre Zügellosigkeit dachte. Nichts, aber auch *gar nichts*, das sie über den Liebesakt jemals gehört, gelesen oder sich vorgestellt hatte, war für sie eine Vorbereitung auf die Realität gewesen – auf das Fieber, das Verlangen, die Ekstase. Ihre Kehle war rau, und sie ärgerte sich bei dem Gedanken, dass sie in ihrer Raserei laut geschrien haben musste. Beim Anblick der zerwühlten Laken und dem kühlen Schweißfilm auf ihrer Haut wurde ihr klar, dass sie in ihrer Ekstase um sich geschlagen haben musste, und sie drehte den Kopf zur Seite.

Jake, immer noch schwer atmend, stützte sich auf die Unterarme, sorgfältig darauf bedacht, sie nicht zu zerdrücken. »Skye«, sagte er, und obwohl er es sanft aussprach, klang es wie ein Befehl, »Sieh mich an.«

Sie schaute ihn an, und ihre Wangen brannten. Ich habe *geschrien*, dachte sie beschämt. Ich habe mich auf dem Bett hin und her und auf und ab geworfen wie ein schamloses Flittchen. Was muss er von mir denken?

»Was geht dir durch den Kopf?«, fragte sie leise und zaghaft.

Sie senkte die Wimpern, und er küsste ihre Lider, zärtlich und sanft. Die Wärme seiner Lippen schickte ein Prickeln von neuem, unerwartetem Feuer durch ihren Körper und nahm ihr den Atem. Sie schnappte nach Luft. Ihr Herz schlug schneller, nahm Fahrt auf wie eine Dampflok, die bergabwärts fährt. »Ich habe mich nur ... gefragt ... ich meine, ich hatte nie ... ich bin mir einfach nicht sicher ...«

Er lächelte und küsste ihre Nasenspitze. »Sagen wir einfach, ich bin froh, dass du heute Morgen das Pferderennen verloren hast.« Ein mutwilliges Funkeln tanzte in seinen Augen.

Skye war ebenfalls froh, dass er gewonnen hatte, wollte es jedoch nicht zugeben. Jake sollte nicht denken, sie hätte sich absichtlich abwerfen lassen, denn das war nicht der Fall gewesen. Dessen war sie sich jedenfalls ziemlich sicher.

»Es tut mir Leid, dass wir keine Hochzeitsreise machen können«, sagte er und sah bekümmert aus. Skye sah eine Seite von Jake, die sie nie gesehen hatte, so tief sie ihn auch liebte; hinter all dieser Stärke und Kraft und Halsstarrigkeit schlummerte ein leidenschaftlicher, erfahrener Liebhaber, ein Poet, der keine schönen Phrasen drosch, sondern sich auf Liebkosungen und Küsse und geflüsterte Liebesworte verstand. »Jedenfalls können wir *jetzt* noch keine Hochzeitsreise machen.« Er wälzte sich neben ihr auf den Rücken, seufzte und starrte zur Decke. »Du solltest ebenso wissen, dass du einen Mann geheiratet hast, der auch noch jeden Cent verlieren könnte.«

Sie stemmte sich auf einen Ellenbogen und spähte auf sein Gesicht hinab. Er bot einen herrlichen Anblick, wie er da lag, breitschultrig und kräftig, das Haar zerzaust, und auf seinem Gesicht lag ein Ausdruck des inneren Friedens, den sie noch nie bei ihm gesehen hatte. Es gab ihr ein köstliches Gefühl von Macht, zu wissen, dass sie das bei ihm bewirkt hatte, wenn auch unabsichtlich, dass sie ihm mit ihrem Körper weiblichen Trost gegeben hatte.

»Das macht mir nichts aus«, sagte sie. »Wenn du Pleite gehst, meine ich. Wir können auf meinem Land leben.«

Sie sah Erstaunen in seinen Augen, als er sie anstarrte. »Es macht dir nichts aus?« Es klang, als könnte er nicht glauben, was er gehört hatte.

»Nun«, räumte sie ein und zog das Laken züchtig über ihre Brüste. »Natürlich macht es mir etwas aus. Ich meine, du hast für all dies hart gearbeitet. Aber es ändert nicht wirklich die wichtigen Dinge, nicht wahr? Wir haben einander und Hank immer noch. Wir sind jetzt eine Familie. Wir werden meine

Schwester und meine Cousinen und das Land am Primrose Creek haben.«

Er lächelte und zog das Laken von ihrem Körper, lächelte abermals, als sie errötete. »Du bist eine bemerkenswerte Frau, Mrs. Vigil«, sagte er. Mit der Fingerspitze umkreiste er eine der rosigen Brustspitzen, entzückt über ihre Reaktion und das kleine Aufstöhnen, das sie nicht unterdrücken konnte. »Komm her«, sagte er und zog sie in seine Arme. »Lass dir von mir zeigen, *wie* bemerkenswert.

Da war sie verloren, völlig, herrlich verirrt. Und es war ihr verdammt gleichgültig – im Moment jedenfalls –, ob sie gefunden werden würde.

Drei Tage nach der Hochzeit stand Hank am Morgen auf der Türschwelle von Jakes großer Küche und beobachtete Skye. Der Ausdruck in seinen Augen war misstrauisch und hoffnungsvoll zugleich. »Ich hätte nicht gedacht, dass ich eine andere Ma bekomme«, sagte er. »Eigentlich war die Ma, die ich hatte, nicht besonders.«

Skye, die den Inhalt der Speisekammer begutachtet hatte, der wirklich dürftig war, wischte sich die Hände an der Schürze ab, die sie aus einem Geschirrtuch anfertigt hatte, und lächelte auf den kleinen Jungen hinab. Er hatte sie bis jetzt sorgsam gemieden, abgesehen von ihrem kurzen Gespräch nach der Trauung, aber jetzt fühlte er sich offensichtlich bereit, eine Art ungeschriebenen Vertrag abzuschließen. Er war ganz das Abbild von Jake; Skye war davon überzeugt, dass er als Erwachsener genau wie er aussehen würde. »Ich verstehe«, sagte sie vorsichtig und hielt ihre Distanz, um das Kind nicht abzuschrecken. Der Junge erinnerte sie an ein einjähriges Reh, neugierig, doch auch wachsam, darauf vorbereitet, bei der kleinsten Provokation ins Unterholz zu springen. Ihr Tonfall war nachdenklich, fast gedankenverloren. »Nun, eigentlich hatte ich auch nicht erwartet, einen kleinen Jungen zu bekommen. Jedenfalls nicht sofort. Trotzdem bin ich wirklich froh, ihn bekommen zu haben.«

»Ich bin kein kleiner Junge!«, protestierte Hank.

Skye unterdrückte ein Lächeln. »Nein«, sagte sie mit einem nachdenklichen Kopfschütteln. »Das nehme ich auch nicht an.«

»Ich brauche nicht zu tun, was du mir sagst.«

Sie zog einen Stuhl an den runden Eichentisch, setzte sich und stützte das Kinn in die Hände. »Ich bin mir nicht ganz sicher, ob das stimmt«, sagte sie. »Ich erwarte, dass du dich hinter den Ohren wäschst, deine Zähne putzt und natürlich deine Pflichten und Schulaufgaben erledigst.«

Er verzog das Gesicht. »Frauen«, maulte er.

Skye hätte beinahe laut gelacht, doch irgendwie schaffte sie es, eine ernste Miene zu behalten. »Ich glaube, wir können lernen, Freunde zu werden, wenn wir es wirklich versuchen.«

»Aber du bist nicht meine Ma.« Das wollte er festgehalten wissen.

Jake hatte Skye erzählt, dass er wenig über die Vergangenheit seines Sohnes wusste. Sie fragte sich, was für ein Typ Frau ein Kind gebar, seine Existenz dem Vater verheimlichte und dann das Kind mit wenig oder keinen Bedenken verließ. Ihr Herz flog Hank zu, doch sie war vorsichtig genug, dies ebenfalls nicht zu zeigen. Die lange Erfahrung mit Noah hatte sie gelehrt, mit Kindern umzugehen wie mit Personen, die ihre eigenen Rechte hatten.

»Nein, ich bin nicht deine Mutter«, gab sie zu. »Das stimmt. Aber ich wäre gewiss stolz, wenn du mein Sohn wärst.«

Die haselnussbraunen Augen des Jungen weiteten sich, und dann kniff er sie wieder zusammen. »Das sagst du nur so dahin«, meinte er vorwurfsvoll.

Sie schüttelte den Kopf. »Absolut nicht. Ich sage niemals Dinge, die ich nicht meine. Du etwa?«

Er musterte sie lange schweigend, und sie wartete geduldig. »Manchmal«, gab er schließlich zu. »Manchmal lüge ich auch.«

Skye behielt eine sehr ernste Miene. »Oh.«

»Und manchmal spucke ich.«

Sie nickte gewichtig.

»Und wenn es mir irgendwo nicht gefällt, haue ich einfach ab.«

»Hm«, sagte Skye. »Nun, ich hoffe, es wird dir in Primrose Creek gefallen und du bleibst hier bei uns. Ich glaube, dein Vater wäre sehr enttäuscht von dir, wenn du abhauen würdest.«

Hank legte kurz die kleine, sommersprossige Stirn in Falten. »Wie ist es mit dir? Wärst du auch traurig? Wenn ich abhauen würde, meine ich?«

»O ja«, antwortete sie. »Weißt du, wir werden hier einige Babys haben, und sie werden einen älteren Bruder brauchen, der auf sie aufpasst. Natürlich werden sie ihren Cousin Noah haben, und schließlich werden die anderen Geschwister groß genug sein, um auch zu helfen, doch das wäre nicht das Gleiche, wie einen richtigen Bruder zu haben, direkt hier unter demselben Dach und so.«

Hank blickte nachdenklich und ein wenig hin und her gerissen drein. Eifer und Vorfreude funkelten in seinen Augen, obwohl er sein Bestes tat, um die Gefühle zu unterdrücken. Der arme, süße Kerl; nur der Himmel wusste, was er alles durchgemacht hatte, bevor er nach Primrose Creek gekommen war. Kein Wunder, dass er ein so robuster und ernster kleiner Mann war.

»Hast du meinen Pa geheiratet, um in diesem schönen Haus zu leben?«

Die Frage traf Skye unvorbereitet und versetzte ihr einen

Stich. Sie hatte Jake aus keinem anderen Grund außer Liebe geheiratet, doch sie war nicht bereit, ihre intimsten Gefühle einem Siebenjährigen zu erklären. Jake hingegen – trotz seiner inzwischen vielen gegenteiligen Beteuerungen – hatte sie höchstwahrscheinlich geheiratet, um an das Holz auf ihrem Land zu gelangen, obwohl sie nicht bezweifelte, dass er sie hoch schätzte. Ein so gut aussehender und fähiger, absolut guter Mann wie Jake Vigil hätte unter den Frauen auswählen können.

Sie entschied sich, die Frage völlig zu ignorieren, weil sie bereits zu lange mit einer Antwort gezögert hatte. »Da ist nicht viel in der Speisekammer«, sagte sie und richtete sich entschlossen auf, »aber ich habe ein paar Haferflocken und Sirup zusammengekratzt. Komm und iss dein Frühstück. Du darfst nicht zu spät zur Schule gehen.«

»Ich hasse die Schule«, sagte er und schlurfte missmutig zum Tisch.

Skye ging zum Herd, beschäftigte sich mit Rühren in Töpfen und Essen schöpfen, wie sie es tausend Mal bei Bridget gesehen hatte. Merkwürdig, wie solche einfachen Aufgaben wie das Kochen von Haferflocken und das Sorgen für ein Kind einem solche Freude bereiten konnten. »Nun, du brauchst Schulunterricht, wenn du einst in die Fußstapfen deines Vaters treten willst«, sagte sie. »Er ist ein sehr intelligenter Mann, weißt du. Hast du all seine Bücher in den Regalen im Arbeitszimmer gesehen? Er muss hunderte besitzen, und ich habe den Eindruck, dass er sie alle gelesen hat …«

Hank machte eine große Schau daraus, sich lärmend einen Stuhl heranzuziehen und sich an den Tisch zu setzen. »Noah sagt, du bist in Ordnung«, erklärte er. »So werde ich vermutlich eine Weile hier bleiben.«

Sie verbarg ein Lächeln.

»Mein Pa wird bald kaputtgehen«, vertraute ihr das Kind an. »Das sagen alle in der Schule. Dann will er mich nicht mehr vor den Füßen haben. Vermutlich wird er dich auch nicht mehr haben wollen.«

Skye hütete sich eine Weile davor, Hank in die Augen zu sehen, denn in ihren stiegen Tränen auf, und sie blinzelte dagegen an. »Dein Vater wird dich *niemals* weggeben«, sagte sie, und in diesem Moment wusste sie das mit völliger Sicherheit. »Niemals.«

Es war also mehr als ein Gerücht, die Anspielung auf Jakes finanzielle Lage. Er hatte es ihr gegenüber am Hochzeitstag selbst zugegeben. Da hatte es ihr nichts ausgemacht, abgesehen davon, dass es ihr um seinetwillen Leid tat, und jetzt war es ihr ebenfalls gleichgültig. Sie besaß Land, Nutzholzbäume und das Gold zum Auswaschen, das aus den Bergen herabgespült wurde und sich wie Treibsand im Bachbett absetzte. Sie hatte Kraft und Liebe und Talent, und wenn sie sich damit kein Leben aufbauen konnte, dann war sie einfach nutzlos.

Skye stellte die Schüssel mit dampfenden Haferflocken, großzügig mit Sirup gesüßt, vor Hank auf den Tisch. »Mach dir jetzt keine Sorgen. Dein Vater ist noch nicht bankrott. Und selbst wenn das der Fall wäre, könnten wir drei neu anfangen, indem wir einfach die Ärmel aufkrempeln und uns an die Arbeit machen.«

Er schaute sie lange und durchdringend an. »Die meisten ihrer Papas arbeiten für meinen Pa. Die Kinder in der Schule, meine ich. Jeder hat wirklich Angst.«

Skye getraute sich, dem Jungen übers Haar zu streicheln, und zu ihrer Überraschung zog er sich nicht zurück. Zum ersten Mal kam ihr in den Sinn, wie hochnäsig sie zu Beginn gewesen war, als sie sich kategorisch geweigert hatte, ihr Holz an Jake oder sonst jemanden zu verkaufen. Sie hätte niemals gedacht, auf wie viele Leute ihre ziemlich vergnügt getroffene Entscheidung Auswirkungen haben würde, und jetzt schämte sie sich.

Den ganzen Morgen hallten Hanks Worte in ihren Ohren nach. *Jeder hat wirklich Angst*.

Jake kam gegen Mittag heim und fand sie im Arbeitszimmer, wo in Leder gebundene Bücher rings um sie aufgestapelt waren. Er wirkte gequält und nicht ganz sicher, ob er willkommen war, doch als er sie sah, lächelte er, als sei etwas Amüsantes am Anblick einer Frau, die Bücher sortierte.

Seine Kleidung war mit Staub bedeckt und sein Haar voller Sägemehl, doch das machte Skye nichts aus. Als er sie an sich zog, erhoben sich ihre Sinne zu einem einzigen und drehten sich empor wie ein Wirbelwind aus Funken, die von einem Gartenfeuer emporsteigen. Mit dem Daumen rieb er einen kleinen Schmutzfleck von ihrer Wange und küsste sie auf die Stirn.

»Meine Frau«, sagte er, als könne er sein Glück nicht glauben.

Skye glaubte einen Kloß in der Kehle zu haben, so stark waren die Gefühle, die in ihr aufstiegen, und es dauerte einen Moment, bis sie sprechen konnte. »Was das Holz anbetrifft …«, begann sie.

Er legte ihr den Zeigefinger auf die Lippen. Es war eine sanfte Geste, die sie zweifellos beruhigen sollte, doch sie bewirkte bei Skye genau das Gegenteil. Sie war wie berauscht von seiner Berührung. Wenn Jake sie die Treppe hinauf zum Schlafzimmer gezogen hätte, wäre sie bereitwillig mitgegangen, obwohl es mitten am Tag war.

»Vergiss das Holz«, sagte er.

Sie blinzelte. »Aber es gehört jetzt dir, jedenfalls zum Teil …«

Er unterbrach sie mit einem Kopfschütteln. »Nein«, sagte er

mit fester Stimme und hielt sie von sich. Es war nur eine kurze Distanz – er umfasste mit den Händen noch ihre Ellenbogen –, doch Skye empfand sie als unendlich weit. »Das Land, diese Bäume – all das gehört dir. Und ich weiß, wie viel dir diese Bäume bedeuten.«

Skye verschlug es die Sprache. Sie war überglücklich und verwirrt zugleich.

»Ich bin der Haushaltungsvorstand«, fuhr Jake ernst fort, »und ich werde meine Schulden bezahlen und für meine Frau und Kinder sorgen. Irgendwie.«

»Du bist einfach stur, Jake Vigil«, warf sie ihm vor, als sie die Sprache wiederfand. »Du *brauchst* dieses Holz.

Er zog sich jetzt noch weiter von ihr zurück; sie spürte es, auch wenn sie geschworen hätte, dass er sich in Wirklichkeit nicht von der Stelle gerührt hatte. »Nein«, sagte er. »Ich muss mir am Morgen beim Rasieren im Spiegel in die Augen sehen können, ohne von mir angewidert zu sein. Wenn du aussteigen willst ...«

Skyes Augen weiteten sich, und ihr Mund öffnete sich. Sie musste sich zwingen, ihn wieder zu schließen. Als sie sprach, zitterte sie vor mühsam beherrschter Wut. »Schlägst du vor, dass ich aus dieser Ehe aussteige? Einfach zum Primrose Creek heimkehre und so tue, als ob sich nichts verändert hätte?«

Er seufzte schwer. »Nur, wenn du das willst.«

Sie starrte ihn an. »Nun, das werde ich nicht tun«, erklärte sie. »Ich bin keine Frau, die man einfach wegwirft, Jake Vigil. Ich bin eine Ehefrau, und ich habe vor, dies zu bleiben!«

Er grinste, und das Weiß seiner Zähne bildete einen starken Kontrast zum Schmutz auf seinem Gesicht. »Du hast dieses Rennen absichtlich verloren.«

Sie stampfte mit einem Fuß auf. »Das stimmt nicht!«

Er lachte. »Doch.« Er genoss sichtlich, dass sie aufgebracht war. »Ich glaube, du hast absichtlich verloren. Du *wolltest* mich heiraten.«

Sie hatte Jake heiraten wollen, sie war verrückt auf ihn und war es lange Zeit gewesen, aber sie hätte das Rennen gewonnen, hätte Jake Vigil und seinen zweitklassigen Hengst ihren Staub schlucken lassen, wenn es ihr möglich gewesen wäre!

Ärgerlich und nervös zupfte sie an ihrem Haar herum, straffte ihre Haltung, rieb Staub von ihren Händen. »Ich habe Käsekartoffeln zum Mittagessen gemacht.«

»Gib es zu«, sagte er. »Du wolltest mich heiraten.«

»Also gut«, sagte sie. »Es stimmt.«

Er grinste und verschränkte die Arme. »Warum?«

»Weil ich Holz zum Bau eines Hauses haben wollte«, log sie.

Er lachte. »Netter Versuch. Versuch es noch einmal.«

Ihr stieg das Blut in die Wangen. »Weil ich … weil ich Babys haben wollte.«

Bevor sie wusste, wie ihr geschah, riss er sie in seine Arme.

»Was ist mit dem Essen?«, fragte sie, und das Herz klopfte ihr bis zum Hals.

Er küsste ihre Stirn und neigte sich dann hinab, um eine ihrer Brustspitzen zu liebkosen. »An diesem Essen bin ich nicht interessiert«, sagte er und trug sie die Treppe hinauf.

Der Mann im Büro der Western Union las das Telegramm, das Skye auf das Formular geschrieben hatte, und beäugte sie durch fettige Brillengläser. Er war ein tatteriger alter Knabe, und sein Kinn zitterte vor Anstrengung, als er seine Kräfte zum Sprechen sammelte. »Dies geht an den Präsidenten der Bahngesellschaft, Mrs. Vigil«, sagte er.

Sie neigte sich vor und sprach in fröhlichem Flüsterton. »Das weiß ich. Schließlich habe ich es geschrieben.«

Er war immer noch skeptisch. »Ich nehme an, Sie haben das Mit Jake besprochen?«

»Ich kann mich nicht erinnern, Ihren Rat in dieser Sache oder in einer anderen erbeten zu haben, Mr. Abbot«, entgegnete Skye. »Dieses Holz gehört mir, und wenn ich es an die Eisenbahngesellschaft verkaufen will, dann ist das meine Sache. Darüber hinaus werde ich Sie bei der Western Union melden, wenn Sie dies meinem Mann gegenüber erwähnen und somit Dienstgeheimnisse ausplaudern.« Jake mochte bereit sein, alles zu verlieren, für das er gearbeitet hatte, indem er eine Menge von erstklassigem Bauholz verschmähte, doch sie würde ihn nicht gewähren lassen. Sie würde die Bäume selbst verkaufen, wenn er sich weigerte, das zu tun, die Bahngesellschaft würde gezwungen sein, sie von Jake zu Schwellen zersägen zu lassen, weil es kein anderes Sägewerk im Umkreis von hundert Meilen gab, und somit würde er seinen Vertrag erfüllen.

Mr. Abbot blinzelte. »Das ist die Höhe!«, sagte er, doch es klang ziemlich kleinlaut. Skye hatte nicht erwartet, dass er von ihrer Drohung eingeschüchtert sein würde, denn es war eine leere, doch offenbar hatte er sich ihre Worte zu Herzen genommen. »Ich weiß nicht, was aus der Welt noch werden soll, wenn eine frisch verheiratete Braut ihrem Ehemann das Geschäft stiehlt …«

»Ich werde herausfinden, wenn Sie etwas ausplaudern«, sagte Skye drohend. Vermutlich pokerte sie mit ihrem miesen Blatt ein bisschen übertrieben hoch, doch sie war ermutigt, weil sie Mr. Abbot erfolgreich geblufft hatte. Sie zählte die Gebühr für das Telegramm ab, legte jede Münze schwungvoll auf den Schalter und wartete hartnäckig, während Mr. Abbot die Worte telegrafierte, die alles ändern würden – zum Guten oder Schlechten.

Am nächsten Morgen kam Megan zu Besuch und bestaunte Jakes wunderschönes Haus. Als Megan oder irgendeine von ihnen in diesem Herrenhaus gewesen war, hatte Jake Christy einen Heiratsantrag gemacht. Damals hatte er ihr zuliebe allerlei feine Möbel bestellt, Stücke, die aussahen, als wären sie seither von niemandem mehr angerührt worden.

»Dies ist noch größer als Großvaters Haus«, sagte Megan bewundernd, als sie und Skye im großen Wohnzimmer saßen und Tee tranken.

»Hm«, murmelte Skye. Das Haus wirkte kalt und protzig, und sie hätte es vorgezogen, am Primrose Creek zu wohnen, natürlich mit Jake und dem kleinen Hank, und zwar in dem schlichteren Haus, das sie sich in ihren Träumen ausgemalt hatte. »Das war etwas anderes«, sagte sie schließlich. »Das Farmhaus, meine ich. Dieses Haus war stets von Lärm erfüllt, von Musik und – *Leben*. Dieses Haus hier ist wie ein Museum.«

Megan blickte sie spitzbübisch an. »Willst du dich beklagen, Skye McQuarry Vigil? Wenn ja, muss ich sagen, dass es dir an Überzeugungskraft mangelt – deine Augen glänzen und deine Haut glüht. Du siehst aus, als würdest du aus Freude jeden Moment zu singen anfangen.« Sie senkte die Stimme und neigte sich in dem mit Samt bezogenen Sessel vor. »Ist es wundervoll? Verheiratet zu sein, meine ich?«

»Verheiratet?«

»Du weißt schon, was ich meine«, sagte Megan. »*Verheiratet*.«

Skye stieg Hitze ins Gesicht. »Oh, das«, sagte sie.

Megan ließ sich nicht von dem Thema abbringen. »Nun, wie ist es, schön?«

»Ja«, gab Skye verlegen zu und konnte ein Strahlen nicht unterdrücken. »Und verlange nicht, dass ich dir mehr erzähle, denn das werde ich bestimmt nicht tun, Megan McQuarry.«

Megan lehnte sich zurück und lächelte spitzbübisch. »Es würde mir nicht im Traum einfallen, neugierig zu sein«, log sie. Neugier war ihre Berufung im Leben.

In diesem Augenblick flitzte Hank durch die Haustür und tauchte auf der Schwelle des Wohnzimmers auf. Seine Augen waren weit aufgerissen, und er war kreidebleich. »Feuer! Ein Feuer kommt!«, rief er.

Für Skye schien alles einen Moment stillzustehen, die Welt, die Zeit, selbst ihr Herzschlag. Es war das, was sie am meisten befürchtet hatte, sie alle, und es war eingetreten. »*Was*?«

»Pa schickt mich, dir zu sagen, dass Mr. Hicks mit dem Wagen kommt. Wir sollen packen, was wir können, und zum Flachland fahren ...«

Skye und Megan sprangen sofort auf und rannten zur Haustür. Sie erreichten sie gleichzeitig und starrten entsetzt auf den Rand einer schwarzen Rauchwolke, die am westlichen Horizont über den Wald zog. Flammen loderten daraus hervor, und obwohl das Feuer noch weit entfernt war, sah es aus, als wälze es sich geradenwegs auf Primrose Creek zu.

»Ich werde zu Hause gebraucht!«, rief Megan und rannte zu Speckles, der Stute, die sie am Zaun angebunden hatte. Sie nahm sich nicht die Zeit, damenhaft aufzusitzen, sondern warf sich wie ein Mann auf das Pferd und ritt breitbeinig.

Skye dachte besorgt an Bridget und Trace, an Noah und die Zwillinge und all die Pferde und das Vieh, doch im Gegensatz zu Megan galoppierte sie nicht zu ihrem früheren Zuhause. Sie war jetzt eine verheiratete Frau, verantwortlich für ein Kind, und wenn sie ihrer Schwester und ihren Cousinen zu Hilfe geeilt wäre, dann wäre Bridget die Erste gewesen, die sie aufgefordert hätte, heimzureiten und sich um ihre eigene Familie zu kümmern.

Sie wandte sich schnell um und strich Hank liebevoll eine

Haartolle aus dem besorgten Gesicht. »Wo ist dein Pa? Drüben beim Sägewerk?«

Hank nickte heftig. »Wir sollten uns auf den Weg machen. Pa sagte, er würde mich übers Knie legen, wenn ich nicht befolge, was er gesagt hat, denn es darf keine Zeit verschwendet werden!«

Jetzt nahm Skye den Geruch von Rauch wahr, den die Frühlingsbrise herantrieb, die den Morgen des Tages so angenehm gemacht hatte. Tränen brannten in ihren Augen. Vielleicht würde es jetzt nichts ausmachen, dass sie hinter Jakes Rücken das Holz auf ihrem Land der Bahngesellschaft zum Verkauf angeboten hatte. Wenn dieses Feuer sich weiterhin in der gleichen Richtung ausbreitete, würde es kein Holz mehr geben.

»Du gehst ins Arbeitszimmer«, sagte sie ruhig und legte Hank eine Hand auf seine schmächtige Schulter, »und sammelst so viele Bücher zusammen, wie du kannst. Ich hole Decken und Lebensmittel.«

Hank nickte und rannte ins Arbeitszimmer seines Vaters. Wenn er Zweifel hatte, ob es klug war, Bücher zu retten, statt andere, praktischere Dinge wie Stühle und Schüsseln, Töpfe und Pfannen, so äußerte er sie nicht.

Mr. Hicks traf nur Minuten später mit dem Wagen ein, und als die Luft schwerer und rußiger wurde und das Atmen schwerer fiel, fragte sich Skye verzweifelt, ob ganz Nevada brannte. Dennoch hetzte sie hin und her und half, den Wagen zu beladen. Als er voll war, drängte sie Hank auf den Bock und rannte zum Sägewerk, um im dichter werdenden Rauch nach ihrem Mann zu suchen.

Jake kam mit langen Schritten über die Straße zu ihr, packte sie an den Schultern und zog sie mit, bis sie neben dem Wagen waren. »Ihr müsst runter vom Berg, Skye«, krächzte er. »Fahr so weit, wie ihr es heute Abend schafft. Ich suche dich zuerst in

Fort Grant, und wenn ich dich dort nicht finden kann, werde ich nach Virginia City kommen.«

Skye war entsetzt. Es war ihr gar nicht in den Sinn gekommen, dass sie und Hank ohne Jake fortfahren würden. Es war undenkbar – sie waren eine Familie, sie drei. Sie gehörten zusammen, was immer auch geschah.

Er musste ihre Gedanken gelesen haben, denn bevor sie etwas sagen konnte, legte er ihr einen Finger unters Kinn, hob es an und schloss ihren Mund. »Streite einmal im Leben nicht mit mir. Dieser ganze Berg könnte abbrennen, wenn wir das Feuer nicht stoppen können. Alle Männer bleiben, um den Brand zu bekämpfen, und ehrlich gesagt, können wir keinen sonst gebrauchen, um den wir uns Sorgen machen müssen!«

Sie blickte sich um und sah zum ersten Mal in ihrer Panik, dass es auf der Straße von Flüchtenden auf Planwagen, Karren und Buggys wimmelte. Wo waren Bridget und ihre Kinder? Was war mit Christy und dem Baby, dem kleinen Joseph? Was würde aus den Häusern, den Ställen und Scheunen und dem Vieh werden?

Jake hob sie auf den Wagen. »Fahr«, sagte er.

Sie blickte einen langen Moment auf ihn hinab, liebte ihn, war jedoch nicht fähig, es ihm zu sagen, selbst in diesem Augenblick nicht, weil sie befürchtete, er würde sich von ihr abwenden. »Ich werde zurückkommen«, sagte sie. »Wenn Hank sicher in Fort Grant ist, komme ich sofort zurück.«

»Wage es nicht!«, warnte Jake. Seine Miene war hart, und sie wusste, dass es ihm todernst war. »Es ist mir ernst damit, Skye.«

Sie nahm die Zügel. »Mir auch«, antwortete sie und wendete den Wagen in einem weiten Bogen, um sich der Massenflucht aus Primrose Creek anzuschließen.

6

Als eine McQuarry besaß Skye viele außergewöhnliche Eigenschaften, doch eine Neigung zu blindem Gehorsam zählte nicht dazu. Ihre Absichten standen so fest, wie ihre Miene entschlossen war, während sie das Gespann immer weiter und immer schneller trieb, fort von fast jedem und allem, das ihr lieb war. Sie würde zurückkehren. So bald sie das konnte, würde sie nach Primrose Creek zurückkehren und selbst den Brand bekämpfen. Schließlich hatte sie so viel zu verlieren wie jeder sonst.

Rauch verfolgte die laute Kolonne der Flüchtlinge, trieb über ihnen wie eine dunkle, ätzende Woge und ließ Skyes Augen brennen, so heiß, als öffne sie die Tür zu einem auf Hochtouren brennenden Backofen und spähe hinein. Es war schwer, überhaupt die Straße zu erkennen und noch schwerer, zu atmen. Wild sprang dann und wann an der Fahrspur vorbei, flüchtete vor den Flammen, und Kleintiere – Eichhörnchen, Waschbären und Kaninchen – huschten durch die Furchen und in die Gräben. Ihr schrilles Quieken trug noch zu dem allgemeinen Lärm bei.

Neben ihr auf dem Wagenbock duckte sich Hank auf den Boden und presste Mr. Hicks' Halstuch auf sein Gesicht. Seine Augen waren groß vor Furcht, als er zu Skye aufblickte, während er sich mit einer Hand an den Sitz und mit der anderen an die Seite des Wagenbocks klammerte.

Schnell, drängte die Stimme des Instinkts, *schnell*. Und Skye hörte auf sie. Sie stand mit den Zügeln in der Hand da, hatte die Beine gespreizt, um das Gleichgewicht zu bewahren, und trieb das bereits schaumbedeckte Gespann immer wieder hart an. Wenn sie es wagte, den Blick von der Straße zu nehmen und durch den Rauch zu spähen, sah sie Bridget und Christy in einem Wagen, den sie teilten und hinten die kleineren Kinder trösteten, während Caney die Zügel hielt und in einem Tempo fuhr, das dem von Skye in nichts nachstand. Megan ritt auf ihrer feurigen Stute neben dem Wagen, und Noah hockte hinter ihr auf dem Pferd, die kleinen Arme um ihre Taille geschlungen.

Noah war stets Skyes besonderer Schützling gewesen, und sie war mit dem Herzen trotz Rauch und Ruß und Furcht bei ihrem Neffen. Er musste es spüren, denn er drehte den Kopf, und ihre Blicke trafen sich.

Sie lächelte ihn an, wollte ihn wissen lassen, dass sie ihn für sehr, sehr tapfer hielt.

Skye wusste nicht, wie weit sie gefahren waren, die McQuarry-Frauen und ihre verschiedenen Schutzbefohlenen, die Frauen der Stadt und ihre Schützlinge, als ihnen ein starker Trupp Kavalleristen aus Fort Grant entgegenkam. Die Männer waren auf einen Kampf vorbereitet, bei dem es für einige von ihnen um Leben und Tod gehen konnte, wie es der Tod für viele Geheimnisse und lang gehegte Träume in den Herzen all dieser entsetzten, jedoch entschlossenen Frauen und Kinder war. Für Skye zählte der Anblick dieser Soldaten zu den schönsten, die sie jemals gesehen hatte.

Sie waren dem Rauch entkommen, sie und die anderen, und obwohl es noch ein weiter Weg bis zum Fort war, konnte Skye schließlich die Wälle und Wachtürme von ihrem Platz auf dem Wagenbock sehen. Sie zügelte die Gespannpferde mit aller

Kraft und konnte dennoch die vier Pferde kaum zum Halten bringen. Caney stoppte den anderen Wagen neben ihr.

»Ich schirre eines dieser Pferde aus und reite zurück!«, rief Skye und hustete. »Megan kann die Stute laufen lassen und den Wagen den restlichen Weg fahren ...«

Caneys Augen blitzten vor Zorn und Entschlossenheit. »Du reitest nirgendwohin, Missy, also schlag dir diese verdammt blöde Idee aus dem Kopf! Du bist jetzt eine Mama für diesen kleinen Jungen, und du kannst ihn nicht verlassen!«

Skye blickte zu Hank hinab und sah ihn traurig zu ihr aufschauen. Caney hat Recht, dachte sie. Vor ein paar Tagen hatte sie noch gar nichts von Hanks Existenz gewusst, aber er war trotzdem ihr Junge, geboren aus ihrem Herzen, wenn auch nicht aus ihrem Körper. Sie liebte ihn mit einer plötzlichen Inbrunst, die sie erstaunt wieder erkannte: So hatte ihr Großvater, Gideon McQuarry, sie und Bridget, Christy und Megan geliebt. Es war ein Geschenk, diese vorbehaltlose Liebe zu einem anderen Menschen, für den Liebenden ebenso wie für den Geliebten. Und wichtiger als alles sonst auf der Welt.

Sie setzte sich auf den Wagenbock, hielt die Zügel locker in einer Hand und fuhr ihrem Stiefsohn durchs Haar. »Ich bleibe«, sagte sie schlicht, und bald fuhren sie und Caney und die anderen weiter zum Fort, während die Kavalleristen, mindestens hundert Mann, eilig nach Primrose Creek ritten.

Im Fort erhielten sie Quartiere in einer der Kasernen. Sie wurden in einem langen, großen Raum aufgenommen, in dem zwei Reihen Metallbetten standen und der eigens für sie frei gemacht worden war. In der Messe wurde ihnen eine heiße und stärkende – wenn auch nicht besonders schmackhafte – Mahlzeit serviert, und Bridget und Christy übernahmen inoffiziell das Kommando, beaufsichtigten das Einsammeln und Spülen von Geschirr und Bestecken. Bei Einbruch der Dunkelheit hatten sich auch die anderen Frauen der Stadt und der Umgebung eingerichtet. Niedergeschlagen, aber dennoch hoffnungsvoll kümmerten sie sich um die Kinder und warteten darauf, dass ihre Männer kommen und sie holen würden.

Als die Mahlzeit vorüber und die Kinder der Familie im Bett lagen, war Skye unruhig. Sie vergewisserte sich, dass Hank auf dem Feldbett neben ihrem schlief, und ging nach draußen unter den sternenübersäten Frühlingshimmel.

Sie blickte eine Weile zum Himmel, den Geruch von Rauch noch im Haar, in den Falten ihrer Kleidung und sogar auf der Haut, und betete, dass die Leute dort im Hochland sicher waren, was immer auch mit dem Land, dem Baumbestand und der Stadt geschehen mochte. Jakes Bild tauchte vor ihrem geistigen Auge auf, und ihre Augen füllten sich mit Tränen. Er konnte so leicht ums Leben kommen, verbrennen oder von einem niederkrachenden brennenden Baum oder Gebäude erschlagen werden oder an einer Rauchvergiftung sterben. Er war ihr Ehemann, und obwohl sie mehrmals Sex miteinander gehabt hatten, war ihr nie möglich gewesen, ihm zu sagen, dass sie ihn mit ganzem Herzen und mit ganzer Seele, nicht nur körperlich, liebte. Ihr alberner, sturer Stolz war im Weg gewesen, und jetzt würde sie vielleicht niemals mehr Gelegenheit haben, die Dinge in Ordnung zu bringen.

Verzagt stieg sie die Treppe zu einer der Brustwehren hinauf, wo sie einem von mehreren jungen Soldaten begegnete, die dort ihre Runden machten.

Der Ort, den sie als Primrose Creek kannte, die Stadt, in der sie zu Hause gewesen war, glühte rötlich vor dem Schwarz der Dunkelheit in der Ferne. Vielleicht war alles fort – das Haus, das Bridget und Trace liebevoll mit harter Arbeit erbaut hatten, die indianische Hütte, die Christy und Zachary in ein Heim umgewandelt hatten, die Bäume und Tiere auf ihrem und Megans Anteil des Landes, die Zelte und Schuppen und Saloons, das Sägewerk und Jakes pompöses Haus. Sie schloss die Augen, als sie sich das Ausmaß der Zerstörung vorstellte, und sagte sich, dass alles gut werden würde. Sie würden überleben, sie alle, und dann alles wieder aufbauen, so gut sie konnten. Im Laufe der Zeit würden der Wald und die Tiere zurückkommen, und die Bäume würden wieder wachsen.

Ein leises Geräusch zu ihrer Rechten riss Skye aus den Gedanken. Sie wandte den Kopf und sah Christy dort stehen, einen Schal fest um die schmalen Schultern geschlungen. Obwohl sie gerade erst vor ein paar Tagen ein Baby geboren hatte und sie sichtlich erschöpft war, hielt sich Christy kerzengrade wie eine echte McQuarry, und ihr Kinn war hoch erhoben, als sie Skyes Blick über das Land folgte.

»Es ist die härteste Sache der Welt, nicht dort mit Zachary zu sein«, sagte Skyes Cousine.

Skye nickte. »Ich muss dauernd an Jake denken.«

Christy seufzte. Sie hatte ihr dichtes schwarzes Haar im Nacken zu einen Knoten zusammengesteckt, doch die Haarnadeln hatten sich fast gelöst, und das Haar begann auf den Rücken zu fallen, aber sie schien nichts außer dem fernen Feuer und den Gedanken an den geliebten Mann wahrzunehmen, der dort mit den übrigen Männern den Brand bekämpfte. »Ich würde alles dafür geben, jetzt dort zu sein. Zu wissen, dass Zachary und die anderen wohlauf sind. Bridget macht sich auch Sorgen um Trace, doch sie lässt sich nicht anmerken, wie verzweifelt sie ist.«

Skye lächelte bei der Erwähnung ihrer Schwester. Bridget war die typischste der McQuarrys. Sie hatte den unbeugsamen Geist ihres Großvaters, und was ihr an körperlicher Statur fehlte, machte sie mit Mumm und Intelligenz wett. Im Grunde ihres Herzens war Bridget eine Wildkatze, jeder Herausforderung gewachsen, und wenn sie nicht die Zwillinge und Noah zum Versorgen gehabt hätte, wäre sie in diesem Moment an der Seite ihres Mannes. »Mach dir keine Sorgen um Bridget«, sagte Skye, und dann berührte sie ihre Cousine leicht an der Schulter, denn sie erinnerte sich an die bange Sorge, die ihre Cousine kurz vor der Niederkunft gehabt hatte, als Zachary nirgendwo zu finden gewesen war. »Aber was ist mit dir, Christy? Ist alles in Ordnung mit dir?«

Christy zögerte kaum wahrnehmbar, bevor sie nickte. »Ja«, sagte sie, den Blick immer noch auf das ferne Feuer gerichtet. Selbst aus so großer Entfernung war der Widerschein des Feuers auf Christys perfektem Gesicht zu sehen. »Man kann alles, was man hat, so schnell verlieren ... «

Diese Bemerkung war gewiss nicht zu widerlegen, und Skye legte den Arm um Christy und drückte sie kurz und beruhigend an sich. Alle vier Frauen vom Primrose Creek hatten in den vergangenen Jahren gewaltige Verluste erlitten. Die Farm, die sie alle ernährt hatte, war für immer verloren. Ihre Großmutter war gestorben, und das Traurigste von allem, sie hatten ihren geliebten Großvater beerdigen müssen, den Eckpfeiler ihres Lebens. Bridget hatte erleiden müssen, wie ihr junger Ehemann in den Krieg marschiert und in einem Kiefernsarg zurückgebracht worden war. Von ihnen allen war Christy jedoch nach Skyes Meinung die Empfindsamste und deshalb Verletzlichste gewesen; sie dachte gewiss wieder an Zachary und was es bedeuten würde, ihn zu verlieren.

»Wir hatten *uns*, Christy, du und ich und Bridget und Megan. Und auch Caney.« Sie dachte an die Familienbibel und das Geheimnis, das sie enthielt. »Gewiss wirst du es Megan jetzt sagen, oder? Dass wir vier Schwestern sind?«

Christy schüttelte den Kopf, seufzte philosophisch und schaffte ein schwaches Lächeln. Das war typisch Christy; sie war temperamentvoll, stolz und stur wie ein Maultier, das bis zum Bauch im Schlamm steckt, doch sie war ebenfalls die tapferste Person, die Skye jemals gekannt hatte. Niemand wusste besser als Bridget, Megan, Caney und Skye selbst, welche Angst Christy gehabt hatte, Zachary ihr Herz zu schenken, weil sie befürchtet hatte, dass es gebrochen werden würde, doch sie hatte es trotzdem getan und war glücklich geworden. Und bei allem wollte sie immer noch ihre kleine Schwester beschützen.

»Alles ist so schnell passiert«, sagte Christy und strich eine nach Rauch riechende Locke aus Skyes Stirn. »Ich hatte keine Gelegenheit, es Megan zu sagen.«

»Sie verdient, es zu erfahren.«

Christys Augen füllten sich mit Tränen. »Es wird ihr das Herz brechen.«

»Warum?«

»Sie dachte, mit Großvater geht die Sonne auf und unter. Wenn sie erfährt, dass er all diese Jahre gelogen hat …«

»Er wollte uns alle schützen.«

»Vielleicht«, erwiderte Christy. »Und vielleicht wollte er nur seinen Sohn schützen, den schlimmsten Schuft von allen, deinen – unseren – Vater.« Sie seufzte abermals. »Ich muss jedoch bekennen, dass es so etwas wie eine Erleichterung ist, zu wissen, dass Jenny nicht Megans und meine Mutter war. Sie liebte uns nicht sehr, und wir dachten stets, wir hätten irgendwie selbst die Schuld daran.«

»Wusste Caney davon?«, fragte Skye leise.

»O ja«, antwortete Christy. »Natürlich wusste sie Bescheid. Als die schöne Mätresse unseres geliebten Daddys sich mit jeder von uns abfand, kümmerte sich Caney um die Sache und sorgte dafür, dass keine Geschichten verbreitet wurden. Es war Großvater, der zwei von uns jedem seiner verbliebenen Söhne gab und darauf bestand, das wir alle in dem Glauben aufwachsen, von den Eltern geboren worden zu sein, die er uns zugeteilt hatte.«

»Ich frage mich, was Großmutter gedacht haben mag.«

Christy stieß ein völlig freudloses Lachen aus. »Großvater liebte sie bis zum Wahnsinn, doch wenn es um ernste Dinge ging – wie zum Beispiel um einen erstgeborenen Sohn, der so unerträglich war, dass sie ihm Geld gaben, damit er das Elternhaus verließ und sich nicht mehr blicken ließ –, war sein Wort Gesetz.«

Skye nickte. »Bridget hat mir seinen Namen nicht genannt. Den unseres Vaters, meine ich.«

»Thayer«, sagte Christy mit einer Stimme, die geistesabwesend und sehr müde klang. »Er wurde nach unserem Urgroßvater benannt. Welch eine Enttäuschung muss er für Großvater und Großmutter gewesen sein!«

»Sonderbar, dass ihn nie jemand erwähnt hat, dass es kein Porträt und keinen Brief gab …«

»Er war das, was die Engländer einen ›Remittance Man‹ nennen, jemand, der im fremden Land, besonders in den Kolonien, von Geldsendungen aus der Heimat lebt. Großvater zahlte ihm sein Erbe aus und schickte ihn fort, als er noch sehr jung war.«

»Wir hatten jedoch verschiedene Mütter«, fuhr Christy nach kurzem Schweigen fort. So viel hatte Skye von Bridget erfahren, doch Bridget war nicht sehr mitteilsam gewesen, was den Familienskandal anbetraf.

»Woher weißt du das?«

Christy atmete tief durch. »Großvater hinterließ einen Brief. Er war auf dünnes Papier geschrieben und steckte unter dem Leinen der Rückseite der Bibel.«

Skye empfand jetzt ein wenig Ärger. Bridget und Christy, die Ältesten der Schwestern, hatten sich natürlich für schlau gehalten und geschwiegen, aber es war falsch von ihnen gewesen, das Geheimnis so lange für sich zu behalten. Skye und Megan waren keine kleinen Kinder, und sie hatten ein Recht darauf, zu wissen, wer sie waren.

»Ich verstehe«, murmelte Skye.

Christy drückte ihre Hand. »Ich bin mir nicht sicher, ob du wirklich verstehst. Da gibt es noch mehr, Skye.«

Skye machte sich auf etwas gefasst. Sie spürte, dass dieses letzte Stückchen Neuigkeit das Überraschendste von allem sein würde. »Sag es mir«, drängte sie. Wenn sie Bridget das nächste Mal sehen würde, dann würde sie ihr die Meinung sagen, weil sie so viel vor ihr verheimlicht hatte.

Doch Christy sagte nichts mehr. Sie setzte ihre Nachtwache fort, blickte zum fernen Feuer und wartete auf Zachary. Das Thema war für sie beendet, jedenfalls für diese Nacht.

Die Hitze und der blendende Feuerschein waren fast unerträglich, und Jake beobachtete mit brennenden Augen, wie das Dach seines Herrenhauses einstürzte und ein Schauer aus Funken und Flammen durch den Rauch zum Himmel schoss. Das Sägewerk war niedergebrannt wie das meiste der restlichen Stadt – nur das Marshal's Office, der jämmerliche Schuppen von Schulgebäude und Diamond Lil's Saloon standen noch.

Jemand schlug ihm auf die Schulter. »Das Schlimmste ist vorüber. Das Feuer kehrt von selbst um.«

Er erkannte Trace Qualtrough, doch es glich einem Wunder, dass er das konnte, denn der Mann war von Kopf bis Fuß rußgeschwärzt. Das Weiß seiner Augen stach aus der Schwärze, und wenn er lächelte, musste Jake tatsächlich bei der Helligkeit von Traces Zähnen blinzeln.

»Meinst du, die Frauen sind wohlauf?«, fragte Jake.

Trace nickte. »Bestimmt.«

»Was ist mit deinem Haus am Primrose Creek?«

Trace wischte sich mit dem Unterarm über die Stirn, und danach war er schmutzig wie zuvor. »Ich bin die meiste Zeit des Tages auf dem Berg gewesen, doch Zachary ist nach Hause geritten, sobald wir ihn entbehren konnten. Er sagt, es steht noch alles.« Trace schaffte es, ein wenig ärgerlich auszusehen, obwohl Jake nicht genau wusste, woran er das bei all diesem Ruß erkennen konnte. »Du hast immer noch Skye und das Land und ihr Holz«, sagte Trace, jetzt etwas freundlicher. »Ein Mann, der eine McQuarry-Frau an seiner Seite hat, kann alles schaffen.«

Jake fuhr sich mit einer Hand durchs Haar und schaute sich um. Er konnte im Augenblick nicht ertragen, über Skye zu sprechen, konnte es nicht einmal ertragen, an sie zu denken. Es war, als würde es irgendwie Unglück bringen, wenn er sie in seine Gedanken ließ, als würden sie und der Junge in noch größerer Gefahr sein, als es bereits der Fall war. »Ist jemand verletzt?«

»Mike Finn ist ziemlich schlecht dran«, antwortete Trace ernst. »Ich nehme an, er hat zu viel Rauch eingeatmet. Und Malcolm hat einige hässliche Brandwunden am rechten Arm.«

»Werden sie behandelt?«

Trace nickte abermals. »Captain Tatum traf mit den Soldaten ein. Er ist der Sanitätsoffizier in Fort Grant.« Er seufzte. »Es gibt bereits Gerede darüber, diese Stadt aufzugeben und irgendwo anders neu aufzubauen. Du denkst doch nicht auch in dieser Richtung, oder, Jake?«

Es gab Leute, die behaupteten, Trace Qualtrough könne einem Pferd in den Kopf gucken und seine Gedanken lesen. In diesem Moment fragte sich Jake, ob der Mann die gleiche ungewöhnliche Fähigkeit bei Menschen besaß. »Wie auch immer, wir müssen neu anfangen«, sagte er. »Das kann genauso hier sein wie sonst wo.«

Trace grinste erfreut und klopfte Jake von neuem auf die Schulter. Asche stieg aus Jakes Hemd auf. »Ja, das kann genauso gut hier sein.«

In dieser Nacht, als die letzten Flammen gelöscht waren, wechselten sich die Männer bei der Wache ab, damit die paar übrig gebliebenen Gebäude bei erneut aufflackerndem Feuer nicht auch noch in Brand gerieten. Jake ließ sich überreden, zum Haus der Qualtroughs hinauszureiten, wo er im Bach badete und in dem Bett schlief, in dem Skye geschlafen hatte, bevor sie seine Frau geworden war. Der Duft ihrer Haut und ihres Haars haftete noch an den Laken, und Jake fiel getröstet sofort in tiefen Schlaf.

Trotz der alten Redensart, dass die Dinge für gewöhnlich am Morgen besser aussehen, hatte das helle Tageslicht einen ernüchternden Effekt auf fast jeden. Die meisten der Pferde und Rinder waren freigelassen worden, als sich das Feuer genähert hatte, und so hatten die Tiere wenigstens eine Chance gehabt, der Hitze, den Flammen und dem Rauch zu entkommen; jetzt mussten diejenigen Tiere, die überlebt hatten, wieder zusammengetrieben werden. Neu bestellte Felder waren entweder verbrannt oder mit einer Ascheschicht bedeckt, und tausende Bäume, die meisten davon auf Jakes eigenem Land, ragten schwarz und kahl und verkohlt empor.

Jake hatte es geschafft, den braunen Hengst mit einigen anderen Pferden auf dem Schulhof anzubinden, als sich die anderen Tiere in alle vier Himmelsrichtungen verstreut hatten, und an diesem Morgen war er froh darüber, denn der Hengst war alles, was ihm geblieben war – jedenfalls was materielle Dinge anbetraf. Skye und Hank waren sicher in Fort Grant oder in Virginia City, und das zählte mehr als alles sonst.

Er ritt zurück nach Primrose Creek. Von der Stadt war fast nur verkohlter Schutt übrig geblieben. Er ritt am niedergebrannten Sägewerk vorbei, für dessen Bau er fast fünf Jahre gebraucht hatte, und an der Ruine des einst so prächtigen Hauses, in das er am Hochzeitstag seine Frau gebracht hatte.

»Mr. Vigil?« Die Stimme war männlich und für Jake, der fast jeden in der Stadt kannte, völlig fremd.

Er drehte sich im Sattel und sah einen kleinen Mann mit staubigem Anzug und Bowlerhut in der Nähe stehen. »Ace Thompson«, sagte der Mann und streckte Jake die Hand hin. Jake hatte sich schon aus dem Sattel geneigt und die Hand geschüttelt, bevor Thompson fortfuhr; andernfalls hätte er vermutlich die ausgestreckte Hand ignoriert und Distanz bewahrt. »Ich bin von der Bahngesellschaft.«

Jake schwang ein Bein über den Hals des Braunen und sprang von ihm, um seinem Besucher gegenüberzutreten. Mit den Händen auf den Hüften seufzte er. »Nun, Mr. Thompson, wir haben anscheinend beide Pech. Es gibt hier kein Holz und kein Sägewerk mehr. Ich nehme an, Sie hätten mein Haus nehmen können, aber das ist ebenfalls verbrannt.« Er verschränkte die Arme. »Ich will verdammt sein, wenn ich eine Lösung des Problems wüsste.«

Thompson blickte überrascht. »Nun, es stimmt, dass Sie hier ernsthafte Verluste hatten«, sagte er. »Niemand streitet das ab. Aber wir haben die Holzrechte, die wir von Ihrer Frau gekauft haben, und wir möchten Schienen zwischen hier und Virginia City legen. Wenn Sie zustimmen, die Schwellen zu schneiden und zu bearbeiten, werden wir für Sie eine neue Ausrüstung finanzieren und ...«

Jake runzelte die Stirn. »Moment mal«, unterbrach er. »Was

soll das heißen, Sie haben die Holzrechte, die Sie *von meiner Frau gekauft haben*?«

Der kleine Mann blinzelte hinter schmutzigen Brillengläsern. Er nahm die Brille ab, hauchte auf die Gläser und polierte sie mit einem Zipfel seines Taschentuchs. »Wir haben angenommen, Sie wissen es.«

»Nun«, grollte Jake, der den kleinen Kerl am liebsten am Kragen gepackt hätte, »ich wusste es nicht. Wovon, zum Teufel, reden Sie?«

»Mrs. Vigil – Ihre Frau – bot uns an, so viel Holz zu verkaufen, wie wir brauchen.«

Die Erkenntnis, was passiert war, traf Jake wie ein körperlicher Schlag. Wie hatte Skye so etwas tun können? Wie hatte sie hinter seinem Rücken Geschäfte mit diesen Vipern machen können?

Thompson räusperte sich und fummelte an seinen Brillengläsern herum, die immer noch schmutzig waren, wie Jake bemerkte. »Mrs. Vigil …«

»Ich weiß, wie sie heißt«, fiel Jake ihm wütend ins Wort. Ihm schwindelte. Wie hatte Skye ihn so täuschen können? Sein Angebot, ihr überflüssiges Holz zu kaufen, hatte sie abgelehnt, bevor sie geheiratet hatten, und mit dem Ehering am Finger hatte sie sofort hinter seinem Rücken die Holzrechte verkauft! Er fühlte sich verraten und betrogen, war außer sich vor Zorn und wollte unbedingt seine Frau sehen und eine Erklärung verlangen. Die ganze Zeit hatte sie vorgetäuscht, ihn zu lieben, und in Wirklichkeit hatte sie seinen finanziellen Ruin geplant.

»Es tut mir Leid«, sagte der kleine Mann. »Anscheinend waren Sie nicht über die Absichten Ihrer Frau informiert. Doch ich befürchte, ich muss darauf bestehen, dass der Handel abgeschlossen ist und erfüllt werden muss.«

Jake wandte sich ab und schwang sich auf den Braunen. »Sie

haben das mit meiner Frau abgemacht«, sagte er. »Ich werde mich da nicht einmischen.«

Thompson schob den Bowlerhut in seinen Nacken und blickte zu Jake auf. Seine Brillengläser spiegelten die Sonne wider, und er zupfte nervös am Saum seines Jacketts. »Ich muss Ihnen noch mehr sagen«, erklärte er.

»Bedauere, ich habe keine Zeit, um zuzuhören«, erwiderte Jake mit einem bitteren Lächeln. Damit ritt er davon und aus der Stadt.

Zwei Stunden später traf er in Fort Grant ein. Offenbar hatten die Wachen ihn schon lange kommen sehen, denn das große Holztor schwang auf, als er sich näherte. Skye wartete auf ihn, als er durch das Tor ritt. Ihr Kopf war hoch erhoben, das Kinn gereckt, und ihre Augen glänzten.

Bei seinem Anblick brach sie in Tränen aus. »Gott sei Dank«, hörte er sie durch das Trommeln sagen, das in seinen Ohren gewesen war, seit er erfahren hatte, was sie getan hatte. »Gott sei Dank!«

Er saß ab und schritt langsam auf sie zu. »Du bist also wohlauf, du und der Junge?«, fragte er. Ein junger Soldat kam heran, nahm die Zügel des Braunen und führte das Tier fort, damit es getränkt, gefüttert und gestriegelt wurde.

Sie nickte und wischte mit dem Handrücken über ihr tränenfeuchtes Gesicht. Es sah aus, als wollte sie sich in seine Arme werfen, doch sie tat es nicht. Sie stand nur da, wie eingefroren, und sah ihn an. Verschlang ihn mit den Blicken.

»Trace und Zachary sind beide wohlauf«, sagte er, als er Bridget und Christy nahen sah.

»Dein Sägewerk?«, brachte Skye heraus. »Das Haus?«

»Weg«, sagte Jake und achtete darauf, Distanz zu halten.

Christy und Bridget waren heran, und er nickte ihnen grüßend zu und erzählte, dass ihre Häuser und Männer sicher waren. Erleichtert, jedoch noch sichtlich beunruhigt wegen Skye, kehrten sie zur Kaserne zurück und warfen besorgte Blicke über die Schulter zurück.

»Oh, Jake«, flüsterte Skye. »Es tut mir so Leid.«

Er wünschte sich, sie in den Armen zu halten und von ihr umarmt zu werden, doch er wollte sich nicht abermals hereinlegen lassen. Sie war eine Lügnerin, nicht besser als Amanda; sie hatte ihn verraten und verkauft, vielleicht aus purer Bosheit, vielleicht auch nur zum Spaß. Er hatte gedacht, sie sei so anders, und er hatte sich geirrt. Nun, er war ein mieser Frauenkenner, das hatte er zur Genüge bewiesen, und es war das Beste, er zog die Konsequenzen und trennte sich von ihr.

»Da ist ein Mr. Thompson in der Stadt, der dich sucht«, sagte er so kühl, als spreche er mit einem Fremden. »Er ist von der Eisenbahngesellschaft. Sagte, du hast ihr dein Holz verkauft.«

Sie schluckte und blinzelte. Schniefte. Dann nickte sie. »Das stimmt. Wenn du einverstanden gewesen wärst, hätte ich ...«

Er hob eine Hand. »Genug. Ich will nichts mehr hören.«

Sie sammelte Mut und machte einen Schritt auf ihn zu. »Du wirst mich trotzdem anhören, Jake Vigil!«

Jake blickte sich nervös um und sah, dass das Leben in Fort Grant so normal weiterging wie üblich. Soldaten wurden gedrillt, Wachen patrouillierten auf den Wehrgängen, eine kleine Abteilung bereitete sich auf einen Ausritt vor, vielleicht um die Soldaten in Primrose Creek abzulösen. »Was gibt es da zu sagen?«, zischte er. »Du hast mich hereingelegt, und das werde ich, bei Gott, von niemanden hinnehmen. Besonders nicht von meiner eigenen Frau!«

Sie hatte inzwischen die Hände auf die Hüften gestemmt, und in ihren Augen war ein eigensinniger Ausdruck. »Du lässt etwas aus«, entgegnete sie heftig. »Nachdem wir geheiratet hatten, habe ich dir angeboten, dir all das Holz zu schenken, das du brauchst. Und du hast abgelehnt! Jake, verstehst du denn nicht, ich musste etwas unternehmen, damit die Bahngesellschaft nicht …«

Er trat auf sie zu, bis ihre Nasen nur Zentimeter voneinander entfernt waren. »Genug!«, grollte er. »Ich will keine deiner Ausreden hören!«

»Du warst im Begriff, alles zu verlieren, für das du gearbeitet hast! Das Geld aus dem Verkauf an die Bahngesellschaft …«

»*Zum Teufel* mit der Bahngesellschaft *und* ihrem Geld! Ich hätte mir schon etwas einfallen lassen!«

Aus dem Augenwinkel nahm Jake kurz blondes Haar und blauen Stoff wahr. »Wenn ihr beide euch duellieren wollt«, sagte Bridget Qualtrough mit einer Würde, die vergessen ließ, dass sie eine kleine Frau war, »dann ist das gewiss eure Sache. Aber vielleicht würde es euch nichts ausmachen, dass unter euch auszukämpfen!«

Skye errötete, und Jake fühlte sich ebenfalls ein wenig beschämt, obwohl er immer noch überzeugt war, im Recht zu sein. Er atmete schwer, in tiefen, wütenden Atemzügen, und versuchte, sich zu beruhigen. Das dauerte eine Weile, und als er glaubte, sich unter Kontrolle zu haben und nicht wieder loszuschreien, nahm er seine Frau locker am Ellenbogen und zog sie nach kurzer Einschätzung ihrer Umgebung zur Kapelle. Bridget, die um der Ehre der Familie McQuarry willen eingegriffen hatte, zog sich zurück, jedoch nur bis zum hölzernen Gehsteig, wo sie sie aus schmalen Augen beobachtete und ihr Verhalten Jake an das einer Glucke erinnerte, die entschlossen war, ein ungeratenes Küken zu verteidigen.

Die kleine Kirche war zum Glück im Augenblick unbesucht, doch die Tür stand offen, um die Frühlingsbrise hereinzulassen, und Jake schob Skye auf eine der hinteren Bänke und nahm neben ihr Platz. Vielleicht lag es an der Kapelle, vielleicht trug sie dazu bei, dass er seinen Zorn unter Kontrolle bringen konnte, denn er fühlte sich jetzt ruhiger und unendlich trauriger.

»Mir ist nichts geblieben, was ich dir anbieten könnte«, sagte er mit rauer Stimme. »Kein Vertrauen, kein Haus, kein Geschäft, kein Geld.«

Sie berührte seinen Arm, zaghaft, zögernd. »Wir haben einander«, sagte sie. »Wir haben Hank. Und wir haben das Land am Primrose Creek. Wir werden uns ein Haus und einen Stall bauen und von vorne anfangen.«

Er schüttelte nur den Kopf.

»Was wird mit Hank?«, flüsterte sie unglücklich. »Ich habe ihm versprochen, seine Mutter zu sein.«

»Er kann so viel Zeit bei dir verbringen, wie er will.« Jake fuhr sich mit einer Hand durchs Haar und starrte auf den Steinboden der kleinen Kapelle.

»Das ist falsch«, sagte sie.

Er schlang die Finger ineinander und blickte kurz zu dem schlichten Holzkreuz an der Wand hinter der Kanzel. »Ich bin mir nicht sicher, wie ich es schaffen kann, aber ich werde eine andere Sägemühle aufbauen und betreiben, und dann werden wir uns ordnungsgemäß scheiden lassen. Ich werde für deinen Lebensunterhalt sorgen.«

»Ich will dein Geld nicht!«, begehrte sie auf. Sie kochte, wie ein Kessel, der auf einem Herd vergessen worden war und dessen Deckel jeden Moment zu rappeln beginnen konnte. »Jake Vigil, du bist ein verdammter Narr. Ich bin deine Frau. Ich versuche, Hank eine Mutter zu sein. Mein Platz ist bei dir, was auch geschieht.«

»Du hast gelogen.«

»Ich habe *nicht* gelogen. Ich habe nur versäumt, dir zu sagen …«

Er hob eine Hand, um ihr Schweigen zu gebieten. »Bitte, sag nichts mehr.«

Sie sank in sich zusammen und saß still neben ihm. Tränen rannen über ihre Wangen, und dass sie die Zähne in die Unterlippe grub, geschah vermutlich in dem Bemühen, sich wieder unter Kontrolle zu bringen.

Er stand auf. »Ich geh am besten zu dem Jungen und spreche mit ihm«, sagte er.

Sie gab keine Antwort.

Bevor er die Kapelle verließ, neigte er sich zu ihr und küsste sie auf den Kopf, und sie beide wussten, dass es eine Abschiedsgeste war.

Es war hart genug, Jake zu verlieren. Hank zu verlieren, wog noch schwerer. So wenig Zeit sie auch gemeinsam zusammen verbracht hatten, zwischen Skye und dem Jungen war eine so innige Verbindung entstanden, dass eine Trennung wie ein schmerzhaftes Zerreißen von Haut für sie war.

Am nächsten Morgen standen sie sich gegenüber, die Frau und das Kind, gerade innerhalb des Tors von Fort Grant. Jake hatte bereits den Wagen beladen und kletterte auf den Bock; er blickte starr geradeaus, wartete darauf, dass sich sein Sohn zu ihm gesellte. Zusammen würden sie ein Leben führen, das Skye ausschloss.

»Ich nehme an, du wärst eine ziemlich gute Ma geworden«, sagte Hank.

Skyes Herz schmerzte, und ihre Augen wurden feucht. »Ich möchte weiterhin deine Freundin sein, wenn du damit einverstanden bist«, brachte sie heraus. Dann rieb sie sich mit dem Handrücken über die Wange und schniefte.

Hank trat mannhaft einen Schritt auf sie zu und streckte ihr seine kleine Hand hin, wie um die Abmachung zu besiegeln. »Freunde.«

Skye nickte. Am liebsten hätte sie Hank in ihre Arme gerissen und ihn an sich gedrückt, wenn auch nur für einen Moment, doch es war ihr klar, dass ihm eine solche öffentliche Zurschaustellung peinlich sein würde, und so tat sie es nicht. »Pass auf deinen Vater auf«, sagte sie, bevor er sich abwenden konnte, um zum Wagen zu gehen.

Hank verdrehte die Augen auf eine Art, die lustig auf Skye gewirkt hätte, wenn ihr nicht gerade in diesem Moment das Herz gebrochen wäre. »Ich weiß nicht, was ich all die Zeit sonst getan habe«, erklärte er. Damit wandte er sich ab, rannte zum Wagen und kletterte zu Jake hinauf, gewandt wie ein Affe.

Jake beobachtete Skye, und als er mit einem gestiefelten Fuß die Bremse löste, hob er eine Hand. Zu schnell waren sie fort, außer Sicht.

Skye nahm an, dass sie hätte zurückwinken sollen, doch sie fand einfach nicht die Kraft dazu. Sie stand nur da, die Hände hinter dem Rücken verschränkt, während etwas in ihr starb, und sah benommen zu, wie der einzige Mann, den sie jemals geliebt hatte, der einzige Mann, den sie jemals lieben *würde*, mit seinem Sohn aus ihrem Leben davonfuhr.

Als sich das Tor schließlich hinter dem Wagen schloss und Skye aus all ihren Träumen ausschloss, trat Bridget hinter sie und legte einen Arm um sie. Sie und Bridget mussten einiges miteinander klären – hauptsächlich die Sache mit dem Geheimnis der McQuarrys –, doch gerade jetzt brauchte Skye ihre Schwester. Was hätte sie bei all den Problemen ohne Bridget getan?

»Komm mit«, sagte Bridget sanft. »Ich befürchte, wir müssen noch über etwas anderes reden.«

In Skye stieg plötzlich Furcht auf.

Bridget zog sie kurz zu sich heran und senkte die Stimme. »Megan ist fort.«

Skye starrte sie an. »Was?«

»Heute Morgen fuhr ein Frachtwagen nach Virginia City, angeblich leer bis auf einige Segeltuchplanen. Wir nehmen an, dass sich Megan darunter versteckt hat.«

»Aber so etwas würde sie doch bestimmt nicht tun – uns so zu beunruhigen …«

Bridget führte Skye zur Kaserne. »Sie hat eine Nachricht hinterlassen«, sagte sie. »Christy ist in einem schrecklichen Zustand, und selbst Caney ist ganz aus dem Häuschen. Wir müssen gemeinsam überlegen, was wir tun sollen.«

Am Ende konnten sie nichts tun. Megan hatte sich davongemacht, ohne zu wissen, dass sie vier Schwestern waren, keine Cousinen. Laut Brief, den sie hinterlassen hatte, würde sie noch vor ihrem nächsten Geburtstag ein berühmter Bühnenstar werden. Skye sollte Speckles, die Stute, behalten, bis sie das Tier holen lassen würde.

»Vielleicht können Zachary und Trace sie finden«, meinte Bridget.

Christy richtete sich kerzengerade auf und schüttelte den Kopf. Joseph, ihr Baby, saugte an ihrer Brust, sittsam bedeckt mit einem Schal, den Bridget ihr geborgt hatte. »Sie ist eine McQuarry«, sagte sie. »Wir müssen sie gehen lassen. Wenn wir Glück haben, findet sie zu uns zurück, wenn sie bereit ist.«

7

»Es gefällt mir nicht besonders, im Saloon zu wohnen«, sagte Hank zu Skye. »Deshalb verbringe ich so viel Zeit hier draußen.« Sie saßen nebeneinander auf einem Baumstamm am Ufer des Primrose Creek und fischten Forellen. Seit dem großen Feuer war ein Monat vergangen, und in der kleinen Gemeinde herrschte mehr Aktivität denn je. Die Eisenbahngesellschaft hatte eine eigene Mannschaft eingesetzt, um Bäume auf Skyes Land zu fällen, und laut Trace hatte Jake irgendwo einen Kredit aufgetrieben und eine neue, mit Dampf betriebene Säge gekauft, die Tag und Nacht mit Volldampf arbeitete und die Luft mit ihrem Kreischen und dem Geruch von Sägemehl erfüllte.

Megan hatte sich nicht gemeldet.

Skye blinzelte gegen den grellen Sonnenschein an, der sich auf dem Wasser des Baches spiegelte, und dachte wieder daran, dass Jake und Hank oben in Primrose Creeks einzigem verbliebenen Saloon wohnten. Welche Ironie! Weder Skye noch Bridget noch Christy waren geneigt, an ihre Mutter heranzutreten, doch Caney war nicht so zurückhaltend.

»Ich muss dieser Frau ein, zwei Dinge sagen«, hatte sie nach einer Konferenz über diese Sache angekündigt.

Bridget hatte Skye unterdessen geraten, Jake nicht nachzustellen, sondern ihn die Dinge selbst verarbeiten zu lassen. Sie hatte prophezeit, dass er zu Verstand kommen und erkennen würde, dass sie, sogar wenn sie die Dinge schrecklich verpfuscht hatte, nur versucht hatte, ihm zu helfen. Bis jetzt gab es jedoch keine Anzeichen darauf, dass er zu dieser Erkenntnis gelangt war, und Skye hasste den Gedanken, dass ihr Mann jede Nacht in diesem Saloon schlief. Es war auch kein Trost für sie, dass er theoretisch das Quartier mit seinem Sohn teilte, denn Hank verbrachte tatsächlich seine meiste Zeit bei Bridget und Trace und schlief im Zimmer mit Noah.

Um die Dinge noch mehr zu komplizieren, blieb Skyes Periode aus, und sie nahm an, dass sie schwanger war. Eigentlich war sie sich dessen sogar sicher. Bis jetzt behielt sie das Geheimnis für sich, doch in fünf oder sechs Monaten würde sie die Wahrheit nicht mehr verbergen können. Bridget und Caney beobachteten sie bereits verstohlen, als hätten sie einen gewissen Verdacht.

»Ich wünschte, wir könnten alle zusammenleben wie vor dem Feuer«, sagte Hank, und Skye erkannte, wie lange sie geschwiegen und geträumt hatte, statt sich an der Unterhaltung zu beteiligen. Seit ihrer Trennung von Jake fiel es ihr sehr schwer, sich auf irgendetwas zu konzentrieren, wenngleich sie wegen Megans plötzlicher Flucht beunruhigt war. Wie hatte sie einfach abhauen können, ohne auch nur auf Wiedersehen zu sagen?

Und dann war da Großvaters Täuschung. Es war fast mehr, als ein Mensch verarbeiten konnte.

»Ich wünschte auch, wir könnten das«, sagte sie traurig. Jake war ein ehrbarer Mann. Wenn er erst erfahren würde, dass er von neuem Vater wurde, würde er vermutlich auf eine Versöhnung bestehen, doch sie wollte nicht, dass er sein Leben mit ihr teilte, weil er sich dazu verpflichtet fühlte. Und sie hatte schreckliche Angst, nicht die Kraft zu haben, ihn abzuweisen, nicht einmal unter diesen Voraussetzungen, weil sie ihn so sehr liebte. Ihr Herz schmerzte wie ein schlechter Zahn; sie konnte nicht essen und fand keinen Schlaf. Anscheinend konnte sie nur warten. Warten und – Caneys Rat folgend, sich »nützlich zu machen« – Forellen fischen.

»Pa hat mich nach dir gefragt«, offenbarte ihr Hank. »Erst heute Morgen.« Ein Zerren an seiner Angelrute lenkte ihn einen Moment ab, und dann fuhr er fort: »Er sagte, er hat dich nicht den braunen Hengst reiten sehen, seit du ihn von Fort Grant zurückgebracht hast, und er fragte sich, ob du ihn verkauft hast.«

Skyes Enttäuschung war tief – wie konnte ein Mann sich mehr Sorgen um einen Hengst machen als um seine eigene Frau? –, doch sie schaffte es, ihre Reaktion zu verbergen, denn gerade in diesem Augenblick biss ein Fisch an, eine fette, glänzende Forelle, und sie brauchte beträchtliche Kraft, um ihn aus dem Wasser zu ziehen. »Sag ihm, dass ich ein paar von Traces und Bridgets Stuten von dem Hengst decken lassen will. Wenn sie erst Fohlen werfen, werde ich ihn vermutlich freilassen. Den Hengst, meine ich.«

Hank starrte sie an. »Das würdest du tun? Den Hengst freilassen? Ihn wieder wild werden lassen?«

Sie lächelte wehmütig, versah ihren Haken mit einem Köder und warf ihn wieder ins Wasser aus. »Klar. Er war nicht wirklich meiner. Ich habe ihn nur für eine Weile ausgeliehen.« Sie blickte über die Schulter zu ihrem ausgedehnten Baumbestand, der jetzt von den Holzfällern der Bahngesellschaft ausgedünnt worden war. »Sozusagen, wie wir Bäume von der Erde borgen. Wenn es richtig gemacht wird, gedeihen die verbleibenden Bäume, weil sie mehr Sonnenschein und Wasser bekommen – sozusagen mehr Bewegungsfreiheit.«

Ein strahlendes Lächeln hellte Hanks Gesicht auf. »Wir sehen ihn also wieder, nicht wahr? Den Braunen?«

»Klar«, antwortete Skye. »Jedes Mal, wenn wir auf seine Fohlen schauen, wird er da sein, durch sie verkörpert.« Und sie dachte: Jedes Mal, wenn ich mein Baby anschaue, den Sohn oder die Tochter, wird Jake da sein, von dem Kind verkörpert. Die Aussicht darauf war zugleich Freude und Kummer.

Nicht weit entfernt hörte Skye einen Wagen nahen, und sie war dankbar für die Ablenkung. Sie zog ihre Angelrute ein und legte die Angel beiseite. Dann wandte sie sich um, beschattete ihre Augen vor der blendenden Sommersonne und beobachtete den Wagen, der über die Anhöhe kam und auf die Wiese fuhr, wo sie ihr Haus hatte erbauen wollen.

Der Wagen wurde von sechs Maultieren gezogen, und obwohl Malcolm Hicks, Caneys Kavalier, die Zügel führte, saß Jake Vigil neben ihm auf dem Sitz.

Skye verharrte auf der Stelle, verschränkte die Arme und wartete, als ihr getrennt lebender Ehemann vom hohen Wagenbock sprang und auf sie zuschritt.

Er sprach nicht sofort, sondern schaute sie nur an, wobei er absolut nichts von seinen Gefühlen preisgab – wenn er welche hatte. Sie wusste nicht, ob das der Fall war oder nicht, denn er wachte im Allgemeinen so scharf über seine Gefühle wie ein Brückenwächter über eine Brücke.

»Was willst du?«, war sie schließlich gezwungen zu fragen. Wenn sie nicht das Schweigen gebrochen hätte, würden sie vermutlich noch beim ersten Schnee da stehen und einander anstarren.

»Du hast mir gefehlt«, bekannte Jake, doch er ließ sich Zeit, bevor er das sagte. Er hakte die Daumen hinter die Riemen seiner Hosenträger.

Skye war sprachlos, wagte nicht, zu hoffen, dass Bridget Recht gehabt hatte, dass das Warten vorüber war und Jake Vigil schließlich erkannt hatte, wohin er gehörte. Zu ihr und Hank, gleich hier ans Ufer des Primrose Creek.

Sie zeigte leicht auf den Wagen, wo Mr. Hicks wartete. Der Planwagen war hoch mit frisch geschnittenen Brettern beladen. »Ich habe kein Holz bestellt.«

Jake lächelte. »Doch«, sagte er, »das hast du. Ich hatte mich nur geweigert, es dir zu verkaufen, erinnerst du dich?« Er entdeckte seinen Sohn, der in der Nähe stand und die Ohren spitzte. »Hallo, Hank. Wie wäre es, wenn du Malcolm mit dem Gespann zur Hand gingest?

Hank, dem die Neugierde anzusehen war, gehorchte. Als er außer Hörweite war, fuhr Jake fort: »Ich habe nicht mehr klar denken können, seit wir in Fort Grant miteinander geredet haben.«

Sie stemmte die Hände auf die Hüften. »Seit *du* geredet hast, meinst du. Du hast nicht viel zugehört, wie ich mich erinnere.«

Er lachte wehmütig und nickte. »Ja, ich glaube, ich habe nicht zugehört. Die Sache ist die, dass ich versucht habe, ohne dich zu leben, und ich habe mich jeden Moment dieser Zeit miserabel gefühlt. Ich denke an dich in der Nacht und am Morgen und all die Zeit dazwischen. Du bist die Frau, mit der ich mein Leben verbringen will – ich glaube, ich wusste das bereits seit jenem Abend, an dem wir in der Gemeindehalle tanzten, doch ich fand nicht den Mut, um die Chance zu ergreifen.« Er legte eine Pause ein und atmete ein paar Mal tief durch. »In den vergangenen Wochen habe ich viel nachgedacht, Mrs. Vigil. Ich habe Amanda nie geliebt, und ebenso wenig Christy. Ich wusste nicht, was Liebe ist, bis ich dich kennen lernte. Ich bitte dich, mir noch eine Chance zu geben, Skye. So einfach ist das.«

Skye glaubte, einen Kloß in der Kehle zu haben. Es war ihr

unmöglich, Worte herauszubringen, aber Tränen schossen in ihre Augen, und das verriet ihm weit mehr, als alle Worte, die sie in einer Stunde hätte sagen können.

Jake trat näher und umfasste mit den großen Händen ihre Schultern. »Dies ist die erste Ladung des Bauholzes, das wir für den Bau unseres Hauses brauchen werden«, sagte er. »Du brauchst nur zu sagen, dass Hank und ich hier mit dir leben können.«

Sie schluckte. »Du meinst …?«

Er nickte. »Ja. Wenn du uns haben willst.«

Sie schlang die Arme um seinen Nacken, und er lachte laut und drehte sie in einem Schwindel erregenden Kreis, bevor er sie wieder auf dem Boden absetzte und tief küsste. Als sie wieder zu Atem kam, hörte sie Mr. Hicks und Hank jubeln wie Zuschauer beim Zieleinlauf eines Sackhüpfens. Ihr war selbst zum Jubeln zumute.

»Ich liebe dich, Jake«, sagte sie, und ihre Augen wurden von neuem feucht.

Er rieb zärtlich mit den Lippen über ihren Mund. »Gott sei Dank dafür«, erwiderte er.

Sie nahm seine Hand und führte ihn ein Stück am Bachufer entlang, erfüllt von süßer Nervosität. »Da ist etwas, das ich dir sagen muss.«

Er hob eine Augenbraue, und seine Miene war misstrauisch. »Was?«

»Du wirst Vater werden«, sagte sie. »Wieder.«

»Bist du sicher?« Er flüsterte fast.

»Ganz sicher«, erwiderte sie mit einem Nicken. Sie kannte ihren Körper und spürte, dass darin ein Kind wuchs. Jakes Kind.

Einen langen Augenblick stand Jake nur da und wirkte wie erschlagen. Dann stieß er einen solchen Jubelschrei aus, dass

Skye fast die Balance verloren hätte und in den Creek gestürzt wäre. Er hob sie wieder hoch, diesmal mit einem Arm unter den Knien und den anderen stützend an ihrem Rücken, trug sie weiter das Ufer hinauf und durch das hohe Gras, wie eine Trophäe, die er bei einem Wettkampf gewonnen hatte.

»Meine Frau bekommt ein Baby!«, rief er Malcolm und Hank mit einer Stimme zu, die von den Sierras widerzuhallen schien.

Malcolm grinste bei der Ankündigung. Hank strahlte, und seine kleine Brust schien anzuschwellen, so stolz wirkte er. Skye erinnerte sich an ihre Unterhaltung in Jakes Haus, als sie Hank gesagt hatte, es würden Babys kommen und sie würde jede Menge Hilfe bei deren Betreuung von ihm brauchen.

Jake küsste Skye aufs Ohr und stellte sie behutsam auf die Füße. Dann ging er zu Hank und hockte sich auf die Hacken, damit er mit ihm auf Augenhöhe war. »Das ist in Ordnung für dich, nicht wahr?«, fragte er.

Hanks sommersprossiges Gesicht strahlte. Seit er nach Primrose Creek gekommen war, hatte er beträchtlich zugenommen, und mit jedem Tag schien er mehr Vertrauen in die Zukunft und in andere Leute gewonnen zu haben. Zweifellos war er sich Jakes Liebe sicherer als der von jemandem sonst, und so sollte es sein. »Ich werde ihm das Spucken beibringen«, sagte er. »Es sei denn, es wird ein Mädchen. Mädchen spucken nicht.«

Jake lachte und fuhr ihm durchs Haar. »Nun, jedenfalls die meisten nicht.« Er richtete sich auf und wandte sich Skye zu. »Nun, Mrs. Vigil«, sagte er. »Vielleicht macht es dir nichts aus, uns zu sagen, wo du unser Haus hinhaben willst und all das.«

»Ich will kein riesiges Haus«, warnte sie. Sie hatte das Gefühl, ihr Herz müsste vor Glück zerspringen, und wenn sie nicht so bemüht gewesen wäre, ihre Würde zu bewahren, wäre sie mit großen Freudensprüngen über die Wiese getanzt, die Arme emporgereckt und das Gesicht dem blauen Himmel zugewandt.

Er lachte. »Keine Sorge«, sagte er. »Im Moment könnte ich mir keinen Hühnerstall erlauben, jedenfalls keinen von meinem eigenen Geld.«

»Aber ihr seid bereit, mit mir hier zu leben? Du und Hank?« Sie konnte es kaum glauben, obwohl dies genau das war, was Bridget in Fort Grant und mehrmals auch hier prophezeit hatte. Und Bridget hatte in den meisten Dingen Recht, ob es der übrigen Familie gefiel, das zugeben zu müssen oder nicht.

»Ich bin mehr als bereit«, erwiderte Jake mit belegter Stimme und legte wieder die Arme um sie. »Ich liebe dich.«

In ihren Augen tanzten mutwillige Funken. »Das sagst du so, Mr. Vigil«, scherzte sie. »Das sagst du so. Ich werde einen Beweis brauchen.«

Er wurde köstlich rot, räusperte sich und blickte verstohlen zu Mr. Hicks und Hank, die mit dem Gespann und dem Wagen beschäftigt waren. Während Mr. Hicks das Holz auszuladen begann und bei der Arbeit vor sich hin pfiff, schirrte Hank die Maultiere aus und führte eines nach dem anderen zum Bach.

»Entspann dich«, flüsterte Skye und streichelte mit der Spitze ihres Zeigefingers über seine Hemdbrust hinab, über jeden einzelnen Knopf hinweg. »Ich kann bis heute Abend warten. Aber nicht länger, Mr. Vigil. »Keine Minute länger.«

Er lachte. »Ich bin überredet, Mrs. Vigil.« Und dann küsste er sie von neuem.

Einen Monat später
Zimmer 11, Comstock Hotel
Virginia City, Nevada

»Du kannst nicht ernsthaft erwarten, etwas zu hören«, sagte Skye, als Jake lauschend den Kopf auf ihren nackten Leib legte. »Es ist noch zu früh.«

Er drückte einen Kuss auf die Stelle, an der sein Ohr gewesen war, was seiner Frau ein leises, Stöhnen entlockte. Obwohl sie jetzt seit zwei Monaten verheiratet waren, hatten sie es gerade erst geschafft, in die Flitterwochen zu fahren. Am Nachmittag waren sie mit dem Wagen in Virginia City eingetroffen, und bis jetzt hatten sie das Zimmer nicht einmal verlassen, um etwas zu essen.

»Wenn unser Baby ein Geräusch macht, möchte ich da sein, um es zu hören«, sagte Jake und setzte sich auf dem zerwühlten Laken im Bett auf. Sie befanden sich gleich gegenüber des berühmten Opernhauses von Virginia City, und Jake hatte versprochen, wenigstens eine Vorstellung zu besuchen, bevor sie nach Primrose Creek heimkehrten.

Bis jetzt, so schien es Skye, waren sie diejenigen gewesen, die alle Vorstellungen selbst gegeben hatten. Das Sonderbare war, dass ihr Sex von Mal zu Mal noch besser war als zuvor; es schien gar nicht möglich zu sein, doch so war es.

Skye streckte sich träge und wand einen Finger um eine Locke von Jakes Haar. Sie hoffte, ihre Töchter würden sein Haar haben; ihr eigenes war glatt, ohne die geringsten Locken. »Dieses Baby wird nach der Geburt viel Lärm machen«, sagte sie. »Willst du dann auch da sein, um das zu hören?«

Er lachte. »Selbstverständlich. Das heißt, wenn ich nicht damit beschäftigt bin, den Lebensunterhalt für meine Frau und die wachsende Familie zu verdienen.« Er begann wieder ihren Leib zu küssen.

Skye stöhnte leise auf. »Jake ...«

»Hm?«

Sie erzitterte unter seinen Liebkosungen. »Ich habe Hunger, und du hast versprochen, mit mir das Opernhaus zu besuchen.«

Er umkreiste erregend mit der Zungenspitze ihren Nabel und verfolgte dann einen strategischen Pfad hinab. »Das habe ich. Und ich werde mein Versprechen einhalten. Danach ...«

»Nicht danach«, sagte sie, aber ihr Atem beschleunigte sich bereits und ihre Hüften hoben und senkten sich in diesem alten, nur zu vertrauten Rhythmus. »Jetzt.«

»Danach«, murmelte er.

Skye schnappte nach Luft. »Danach«, stieß sie hervor.

Sie aßen im Speiseraum des Hotels zum Abendessen Steaks und gingen dann über die zerfurchte Straße zum Opernhaus. Ein Plakat neben dem Kassenschalter kündigte eine berühmte Sopranistin namens Nellie Baker an, die von einem Orchester begleitet wurde. Skye hatte zwar noch nie den Namen der Sängerin gehört, freute sich jedoch, ihren Auftritt zu erleben.

Drinnen fanden sie ihre Plätze und nahmen Platz, das Programmheft in der Hand. Von außen wirkte die Bezeichnung »Opernhaus« für das rustikal wirkende Gebäude ziemlich hochtrabend, doch innen war es alles anders als rustikal. Goldfarbe und Samt herrschten vor, hinter den Gaslichtern, von denen die Bühne beleuchtet wurde, befanden sich Reflektoren aus Messing, und die Gemälde auf den Wänden selbst wirkten wie die Fresken in Italien.

Skye war es fast schwindelig vor Glück – zuerst die langen leidenschaftlichen Stunden allein mit Jake auf ihrem Zimmer, dann das köstliche Abendessen und jetzt ein Abend der Kultur. So bezeichnete Christy es jedenfalls. Christy liebte das Leben in Primrose Creek wie jede von ihnen, doch sie neigte dazu, den Mangel an »feinen kulturellen Dingen« zu beklagen.

Skye trug ein besonderes Kleid aus leichter roter Wolle, mit schwarzem Samt am Kragen und den Manschetten, von Bridget und Caney nur für sie und eigens für diesen Anlass maßgeschneidert. Sie trug ein Kind, und der Mann, den sie liebte, war neben ihr und erwiderte die Liebe. Sie hatte nicht gewusst, dass es möglich war, so viel zu haben, und fragte sich, ob es gefährlich sein konnte, so viel Glück zu erleben. Ob es das Schicksal erzürnte?

Jake musste ihr Gesicht beobachtet haben, denn er hob mit Daumen und Zeigefinger leicht ihr Kinn an und schalt sie. »Was ist denn das? Habe ich da in diesen schönen Augen für einen Moment einen Schatten gesehen?«

Sie lächelte, und die Plätze ringsum füllten sich weiter mit allen Arten faszinierender Leute, mit Sattelstrolchen und Millionären, Heiligen und Sündern, Matronen und elegant gekleideten Damen. »Ich hatte gehofft, vielleicht Megan zu sehen«, gab sie zu. »Meinst du, sie ist bereits weitergezogen?«

Er küsste sie zärtlich auf die Stirn. »Vielleicht.«

»Sie weiß nicht …«

Er glättete eine Haarsträhne an ihrer Schläfe. »Sie wird zurückkommen, wenn sie bereit ist, Skye. Das musst du glauben.«

Sie seufzte und nickte.

Er berührte ihre Nasenspitze. Die Geste hatte etwas Intimes – sie hätten allein sein können, so wirkte sie sich auf Skye aus – und unendlich Zärtliches. »Die Dinge ändern sich stets«, erinnerte er sie ruhig. »Doch wir werden es schaffen. Wir alle – die McQuarrys und Qualtroughs, Shaws und Vigils.«

In diesem Augenblick erloschen die Gaslampen, doch Skye starrte weiterhin auf ihren Mann, und sie wusste, dass ihre Augen glänzten. »Ich liebe dich so sehr«, flüsterte sie.

»Das sagst du nur, weil du es so meinst«, erwiderte er.

Das Orchester spielte auf, und die Sopranistin kam auf die Bühne, eine große, rundliche Frau, mit Federn und Perlen geschmückt. Sie sang eine Stunde lang, und obwohl Skye bessere Stimmen im Kirchenchor gehört hatte, hielt die Frau sie so in Bann, dass sie kaum den Blick von ihr löste. Trotz ihrer Leibesfülle und all ihrer Mängel als Sängerin drückte Nellie Baker starke Gefühle selbst in der kleinsten Geste aus, und als sie ihre Schlussnummer sang, ein sentimentales Lied über eine arme Oma, die an der Felsenküste von Irland saß und das Meer beobachtete und vergebens auf die Rückkehr ihrer Söhne und Enkel wartete, war Skye zu Tränen gerührt.

Jake gab ihr sein Taschentuch, und sie tupfte über ihre Augen, während sich ein grauhaariger Minenarbeiter in einer anderen Sitzreihe laut in ein Halstuch schneuzte, das er aus seiner Brusttasche gezogen hatte.

»Das war *schön.*« Skye seufzte, als der Applaus endete und die Lampen wieder angingen. »Meinst du, sie kennt Megan? Dass die beiden Kolleginnen im Schaugeschäft sind und so?«

Jake grinste, zog ihre Hand an seinen Mund und küsste die Fingerspitzen. Dann lachte er und zog sie auf die Füße. »Komm, Mrs. Vigil. Wir werden hinter die Bühne gehen und fragen. Und dann machen wir einen Spaziergang im Mondschein.«

Niemand von der Besetzung der Produktion dieses Abends kannte jemanden namens Megan McQuarry, und obwohl Skye enttäuscht war, überraschte es sie nicht. Denn nach allem, was sie wusste, hatte sich ihre Cousine – Schwester – einen Künstlernamen zugelegt.

Skye und Jake bahnten sich einen Weg durch die Menge der lauten Theaterbesucher. Meinungen schwirrten durch die Luft und mischten sich mit Pianomusik aus den vielen Saloons.

Skye und Jake spazierten fort von der Main Street mit den Spielhallen und Bordellen, Hotels und anderen Etablissements, einen Hügel hinab und auf einen Kirchhof. Von dort aus konnten sie die wilde Pracht des Tals überblicken. Virginia City selbst war praktisch über Nacht aus dem Boden geschossen, als die Comstock Lode, die berühmte Silberader, entdeckt worden war; es gab meilenweit keinen Baumbestand. Wären nicht Tonnen hochgradigen Silbers praktisch unter den Straßen der Stadt vergraben gewesen, hätte sich wohl niemand diesen Platz ausgesucht, um sich dort niederzulassen.

Skye verbrachte eine wundervolle Zeit, doch sie freute sich bereits darauf, nach Primrose Creek heimzukehren, zurück zu den Bäumen und dem Bach und der ziemlich großen Hütte, die Jake erbaut hatte, hauptsächlich mit seinen eigenen Händen. Trace und Zachary waren natürlich eine große Hilfe gewesen, ebenfalls Malcolm Hicks, doch es war Jake gewesen, der bis spät in die Nacht gearbeitet hatte, sogar nach einem vollen Tag im Sägewerk.

Er nahm ihre Hand und küsste die Knöchel. »Ich bin froh, dass wir nicht hier, sondern in Primrose Creek leben.«

Sie lachte. »Ich hatte gerade ähnliche Gedanken.«

»Wir können morgen heimkehren, wenn du es möchtest.« Er zog sie sanft an sich und küsste sie aufs Haar. Er roch nach gutem Tabak, nach Seife und diesem einzigartigen Duft, der nur ihm eigen war.

Sie sah zu ihm auf. »Du hast diese Sopranistin gehasst«, warf sie ihm vor, doch sie lächelte dabei.

»Nicht persönlich.« Er grinste. »Ich war nicht gerade hingerissen von ihrer Stimme, das stimmt, aber ich bin bereit, jede Art Tortur über mich ergehen zu lassen, wenn dich das glücklich macht. So sehr liebe ich meine Braut.«

Sie verdrehte die Augen. »So schlimm war ihre Stimme nun auch wieder nicht. Dieses letzte Lied war sehr rührend.«

»Dieses letzte Lied war blöde«, sagte er. Skye hatte die Feststellung gemacht, dass Jake meistens offen heraus sagte, was er dachte. Es machte ihr jedoch nichts aus: Sie war von den McQuarrys daran gewöhnt.

Er strich ihr eine Haarsträhne aus der Stirn zurück. »Hast du dich heute Abend amüsiert?«, fragte er mit einer Zärtlichkeit, bei der sie das Gefühl hatte, aus ihrem Herzen löse sich ein Vogel und fliege über das Tal. »Nur das zählt für mich.«

»Ich habe den Abend genossen«, sagte sie, legte den Kopf schief und berührte das Grübchen in seinem Kinn mit einer Fingerspitze. »Aber ich würde lieber dich genießen.«

Er lachte laut und küsste sie. »Unersättliches Mädchen«, sagte er.

»Das habe ich nie geleugnet«, erwiderte sie, und er lachte von neuem.

Sie wandten sich um und sahen die Lichter von Virginia City auf dem Hügel. Dann gingen sie Arm in Arm den Hügel hinauf zum Hotel.

Teil II
Megan

Für all meine treuen Leserinnen und Leser
mit Dankbarkeit und Liebe

1

Primrose Creek, Nevada
Juni 1870

Staub wallte um die Postkutsche auf, als Megan McQuarry ihr schwarzweiß gestreiftes Seidenkleid raffte und ausstieg. Sie war endlos lange, strapaziöse Tage gereist, hatte jedoch auf dem ganzen Weg auf ihr Äußeres geachtet. Bei jeder Gelegenheit hatte sie sich gewaschen, was selten genug gewesen war, und ihr Bestes getan, um ihr kastanienbraunes Haar ordentlich zu kämmen und dafür zu sorgen, dass ihr Hut tadellos, genau im richtigen Winkel, saß. Sie war ohne einen Penny, ein erbärmlicher Mangel, mit nichts anderem als einem Koffer voller verpasster Stichworte und gescheiterter Träume als Ergebnis ihrer zwei selbstständigen Jahre, doch sie hatte noch den gewaltigen Stolz der McQuarrys. Ihre Rückkehr nach Primrose Creek war das Eingeständnis einer Niederlage, das war nicht zu leugnen, aber nicht ohne ein bittersüßes Gefühl, endlich heimzukehren. Das bedeutete schließlich, dass sie ihre Schwester Christy und ihre beiden Cousinen Bridget und Skye und die anderen wieder sehen würde. Sie waren so vernünftig gewesen, dort zu bleiben, und jetzt hatten sie ein Zuhause, Ehemänner und Kinder. Ihr Leben war ausgefüllt und voller Farbe und Leidenschaft; das wusste sie aus den Briefen, die ihr Skye in den vergangenen beiden Jahren geschrieben und in denen sie stets um ihre Rückkehr nach Primrose Creek gebeten hatte.

Sie seufzte und straffte die schmerzenden Schultern, wappnete sich auf das, was vor ihr lag. Ihre Verwandten würden sie willkommen heißen, das wusste sie; sie würden sie in fröhliches Gelächter und Liebe einhüllen, sie in ihr Leben einschließen und gegen den zwangsläufigen Tratsch verteidigen, den ihre Rückkehr auslösen würde. Aber sie würden auch ärgerlich und verwirrt sein, weil sie so plötzlich weggegangen war und nur eine kurze Nachricht hinterlassen hatte.

Megan beschattete die Augen und blickte zum Fahrer der Postkutsche hoch, der ihren alten Koffer losschnallte und sich anschickte, ihn vom Wagendach herunter vor ihre Füße zu werfen. Sie hoffte, er würde kein Trinkgeld erwarten, denn sie hatte ihr letztes Geld in einer Postkutschenstation für einen Teller Eintopf ausgegeben. Seither hatte sie nichts mehr gegessen.

»Seien Sie bitte vorsichtig damit«, sagte sie und wies auf den Koffer. *Er ist alles, was ich besitze*. Und so war es. Ihren Anteil an erstklassigem Holz- und Grasland, das den vier McQuarry-Frauen vererbt worden war, hatte sie längst durch einen Bankier und einen Anwalt an irgendeinen Rancher verkaufen lassen, und nun würde sie die arme Verwandte sein, die bis an ihr Lebensende dankbar für jeden Bissen Brot und jedes Stück Stoff sein musste. Wenn das nur das Schlimmste wäre, dachte sie.

»Ja, Ma'am«, antwortete der Fahrer und ließ den Koffer auf den hölzernen Gehsteig fallen, woraufhin Staub zwischen den Brettern emporstieg. Megan hätte dem Kerl am liebsten die Haut abgezogen, doch sie war zu erschöpft, hungrig und deprimiert.

Sie wollte gerade den abgenutzten Griff des Koffers greifen, um das hässliche Stück über die Straße zum Büro ihres Schwagers zu schleppen – Zachary Shaw war der Town Marshal –, als eine große Hand mit einem ledernen Handschuh sie sanft beiseite schob. Sie blickte auf, erwartete Zachary zu sehen oder vielleicht Trace Qualtrough, Bridgets Mann, oder Jake Vigil, der ungefähr zum Zeitpunkt ihrer, Megans, Flucht Skye geheiratet hatte. Stattdessen sah sie das Gesicht eines Fremden; ein Mann mit gebräunter Haut, weizenblondem Haar und grünblauen Augen grinste auf sie herab. Seine Zähne waren kräftig und weiß wie Neuschnee, der unter morgendlichem Sonnenschein glänzt.

Er tippte an die Krempe seines verwitterten Lederhuts. »Wollen Sie hier in Primrose Creek bleiben, Ma'am? ich hoffe, Sie sind nicht nur auf der Durchreise – das wäre eine bittere Enttäuschung für mich.«

Megan war weiß Gott an schmeichlerische Männer gewöhnt, auch an gut aussehende, doch da war etwas an diesem Mann, das ihr den Atem stocken ließ, als wäre sie kopfüber in einen eiskalten Gebirgsbach gestürzt. All ihre Sinne, betäubt durch Probleme und die lange Reise von San Francisco, erwachten augenblicklich, und sie erkannte am Ausdruck seiner Augen, dass er ihre Reaktion auf ihn bemerkte und erfreut war.

Sie war wütend, auf ihn und auf sich selbst. Wenn sie eines nicht gebrauchen konnte, dann war das ein Mann, so faszinierend und gut er auch sein mochte. »Danke«, sagte sie steif, »aber sicher wird mein Schwager mir bei meinem Gepäck behilflich sein ...«

Der Fremde blickte sich demonstrativ um. »Ich sehe niemanden«, bemerkte er in fröhlichem Tonfall. »Ich bin Webb Stratton, nur falls Sie befürchten, dass wir uns nicht richtig miteinander bekannt gemacht haben.«

Der Name wirkte auf Megan, als sei ein Fass bergab gerollt und ihr in die Magengrube gedonnert. Sie wartete, um ihr Gleichgewicht wiederzufinden, und streckte dann eine leicht zitternde Hand aus. »Megan McQuarry«, sagte sie reflexartig.

Es war fast unerträglich, dass ausgerechnet dieser Mann die erste Person sein sollte, der sie bei ihrer Heimkehr begegnete. Sie musste zugeben, dass jedoch eine gewisse ironische Gerechtigkeit darin lag.

Sein Grinsen verbreiterte sich in offensichtlichem Erkennen, und er schüttelte ihre Hand und schien nicht zu bemerken, dass das Blut aus ihrem Gesicht gewichen war und sie leicht schwankte. Mr. Stratton hatte ihr Land gekauft, das Land, das sie nie, *nie* hätte verkaufen sollen. Sie zuckte zusammen, als sie daran dachte, was ihr Großvater über solch einen Verrat gesagt hätte.

»Nun, Miss McQuarry«, sagte Mr. Stratton, immer noch entspannt und ihre Hand haltend. Megan empfand widerwillige Dankbarkeit, denn bei ihrem leeren Magen und ihrem vielen Kummer war sie sich nicht ganz sicher, ob sie sich aus eigener Kraft auf den Beinen halten konnte. »Ich kenne Ihre Familie. Ihre Verwandten sind Nachbarn von mir.«

Röte kroch in Megans Wangen. Skye, sowohl ihre beste Freundin als auch ihre Cousine, würde wahrscheinlich Verständnis für ihre vielen Fehler haben, doch hinsichtlich des Verkaufs ihres Landes würden Bridget und Christy ihr Vorwürfe machen, besonders wenn sie herausfinden würden, wie sie von einem nichtsnutzigen Mann übers Ohr gehauen worden war. Sie setzte zu einer Erwiderung an, schloss dann jedoch den Mund.

»Mein Wagen ist gleich dort drüben«, sagte Mr. Stratton und nickte zum Ende der Straße hin. Erst da ließ er ihre Hand los, und sie fragte sich verwundert, warum ihr gar nicht in den Sinn gekommen war, sie ihm längst zu entziehen. »Ich würde Sie und Ihr Gepäck gern zum Primrose Creek fahren.«

Sie war nicht der Typ Frau, der Gefälligkeiten von Männern annahm, die ihr unbekannt waren, doch Mr. Stratton war eigentlich kein völlig Fremder und Primrose Creek war nicht San Francisco. »Sehr gut«, sagte sie. »Danke.«

Während Mr. Stratton den Wagen holte, hatte sie Zeit, über die überstürzte Entscheidung nachzudenken. Der Wagen wurde von zwei Wallachen aus guter Zucht gezogen, bemerkte Megan, als sie sein Nahen beobachtete; wie jeder sonst in ihrer Familie wusste sie gute Pferde zu schätzen.

Stratton stellte den Bremshebel fest und sprang leichtfüßig zu Boden. Megans Aufmerksamkeit galt wieder ihm, seiner großen Gestalt, den breiten Schultern, der Denimhose des Viehzüchters, dem karierten Hemd und der Wildlederweste. Sein Hut und seine Stiefel waren abgenutzt, und im Gegensatz zu den meisten anderen Männern, die Megan kannte, trug er keine Waffe.

Megan hielt sich kerzengerade und bemühte sich, die neugierigen Blicke ringsum zu ignorieren. Sie glaubte die Spekulationen fast zu hören – *Ist das nicht das McQuarry-Mädchen? Das weggelaufen ist, um Schauspielerin zu werden? Ganz schön unverschämt von ihr, zurückzukommen und zu erwarten, unter anständigen Leuten zu leben, als sei nichts passiert …*

Der dumpfe Aufprall ihres Koffers, der hinten in Mr. Strattons Wagen landete, riss sie in die Gegenwart zurück. Er zog grüßend seinen Hut, als zwei mollige Matronen auf dem Gehsteig vorbeigingen. »Als Letztes hörte ich, dass es als unhöflich gilt, die Leute anzustarren«, bemerkte er. Auf frischer Tat ertappt, plusterten die beiden Frauen ihren Busen wie Präriehühner und schlenderten weiter. Megan glaubte fast zu sehen, wie sich ihr Gefieder sträubte.

Sie musste unwillkürlich vor Belustigung lächeln, so müde und entmutigt sie auch war. Webb – *Webb*? – grinste wieder, als er ihr auf den Wagenbock hinaufhalf. Er umrundete den Zweispänner, stieg neben ihr hinauf, nahm die Zügel und löste die Bremse. Der leichte Wagen setzte sich in Bewegung.

»Sie sind anscheinend das Thema ernsthafter Spekulationen«, bemerkte er trocken, als sie das Ende der Straße erreichten und die betriebsame kleine Stadt verließen, um aufs bewaldete Land zu fahren.

Megan seufzte leise. Ihr Lächeln war bereits verschwunden, und sie hatte die Hände in den Schoß gelegt und um ihre leere Handtasche geklammert.

»Sicherlich ist Ihnen klar, Mr. Stratton …«

»Webb«, unterbrach er freundlich.

»*Webb*«, gestand Megan mit einiger Ungeduld zu. Sie begann von neuem. »Sicherlich ist Ihnen klar, dass das Land, das Sie im vergangenen Jahr gekauft haben, meines war.«

Er behielt nachdenklich die Straße im Auge, doch Megan argwöhnte, dass er über diesen Weg auch in tiefem Schlaf hätte fahren können. »Nun ja«, gab er nach einer Weile zu. »Ich nehme an, dies war mir sofort klar.« Er warf ihr einen Seitenblick zu, was sie süß erschauern ließ. »Macht das was?«

Sie setzte sich sogar noch gerader auf und hob das Kinn. »Ich habe mich nur ungern von meinem Besitz getrennt«, sagte sie steif. »Die Umstände machten es erforderlich.« Das war natürlich nicht seine Schuld, aber dieses Wissen änderte nichts daran, wie sie sich fühlte. »Vielleicht könnten wir irgendwelche Bedingungen aushandeln, damit ich das Land zurückkaufen kann.«

Abermals ließ er sich Zeit, um über ihre Worte nachzudenken. Es ärgerte sie; es war ihm bewusst, wie gespannt sie auf seine Antwort war – sie konnte es in seinen blauen Augen sehen –, doch offenbar machte es ihm nichts aus, sie ein wenig zappeln zu lassen. »Das könnte ich nicht tun«, sagte er schließlich. »Ich habe mir selbst dort ein Haus gebaut. Auch einen ordentlichen Stall und einen Korral.«

Megan biss sich auf die Unterlippe und kämpfte gegen Tränen an. Es würde sie umbringen, jemand anders auf ihrem Teil von Großvaters Erbe wohnen zu sehen, doch das hatte sie niemand anderem als sich selbst zuzuschreiben. Sie war so naiv gewesen, Davy Trent seine schönen Versprechungen zu glauben, und sie schämte sich mehr über ihre kurze Beziehung zu diesem diebischen Stinktier als über alles andere, was sie jemals getan hatte. Sie hatte einige wertvolle Lektionen gelernt, aber zu einem hohen Preis.

Für die McQuarry, die sie war, bedeutete das Land so viel wie ein Teil ihres Herzschlags und Knochenmarks, und dennoch hatte sie es verkauft, und den Ertrag ausgehändigt, damit sie und Davy sich eine kleine Ranch in der Nähe von Stockton kaufen und heiraten konnten. Stattdessen hatte er sie betrogen, verlassen und gedemütigt mit kaum einem eigenen Penny zurückgelassen.

»Werden Sie erwartet? Von Ihren Verwandten, meine ich?« Webbs Stimme klang freundlich und ruhig, und das neckende Funkeln in seinen Augen war verschwunden.

Sie schluckte schwer und schüttelte den Kopf. »Es wird eine Überraschung sein, nehme ich an«, sagte sie. »Mein jetziges Auftauchen, meine ich.«

Er nahm seinen Hut ab und setzte ihn wieder auf. Die Geste erinnerte Megan an ihren Großvater, Gideon McQuarry. Er hatte die gleiche Angewohnheit gehabt; es war ein Zeichen darauf gewesen, dass er nachdachte. »Sie werden sich freuen, Sie wiederzusehen, wissen Sie«, sagte Webb.

Megan nagte einen Moment an ihrer Unterlippe, um sich ein wenig zu erholen. »Sie werden mich aufnehmen«, sagte sie sehr leise. Es war anscheinend nicht notwendig, darauf hinzuweisen, dass das Aufnehmen von jemandem Welten davon entfernt ist, ihn willkommen zu heißen. Ihm zu verzeihen.

»Sie sind eine Schauspielerin«, sagte er, ohne seinen Tonfall zu ändern.

Sie richtete sich etwas gerader auf und blickte kurz zu ihm. »Ja.«

»Welche Art Rollen haben Sie gespielt?«

Diese Frage verblüffte sie. Es war kein Spott in seinem Tonfall oder Verhalten, und nichts wies darauf hin, dass er sie wegen ihres Berufs für eine lockere Frau hielt, wie es viele Männer taten. »Hauptsächlich Shakespeare«, erwiderte Megan. »Ophelia. Kate in *Der Widerspenstigen Zähmung*.«

Er lachte. »Ich kann Sie nicht als Ophelia sehen. Wenn ich Sie so ansehe, würde ich sagen, Sie sind nicht der Typ Frau, der wegen eines Mannes den Verstand verliert. Wegen keines Mannes. Nun, was die Rolle der Kate anbetrifft, kann ich mir das gut genug vorstellen.«

Megan war erstaunt, nicht so sehr über seine Äußerungen – offen und unverblümt, wie sie waren –, sondern mehr über seine Kenntnis von Shakespeares Werken. Nach ihrer Erfahrung fanden die meisten Cowboys sie unverständlich, wenn sie überhaupt Notiz davon nahmen. Etwas zögernd erzählte sie ihm, dass die Ophelia ihre liebste Rolle gewesen war, einfach wegen der Herausforderung, die sie darstellte, weil sie so im Widerspruch zu ihrer eigenen Natur stand. Sie gestand ihm sogar, dass ihr die Bühnenauftritte fehlen würden.

Webb hörte zu und nickte ein paarmal, gab jedoch keinen weiteren Kommentar. Kurz danach kam das Dach von Christys und Zacharys Haus in Sicht. Einst eine verlassene Indianerhütte mit leckenden Tierhäuten als Dach, war das Haus zu einem der schönsten der Gegend geworden, und laut Skyes jüngsten Briefen sollte es ein sehr glückliches Heim sein. Joseph, Megans Neffe, war bereits zwei, und sein Schwesterchen, Margaret, näherte sich ihrem ersten Geburtstag.

Megan war begierig darauf, diese Kinder zu sehen, Christys Arme um sich zu spüren, wieder Teil des Clans zu sein. Natürlich wünschte sie, überhaupt nicht von zu Hause fortgelaufen zu sein, doch hinterher ist man immer klüger. Außerdem hatte sie während ihrer kurzen Karriere allerhand Erfahrungen gemacht, gelernt, in jemanden Vertrauen zu setzen, selbst wenn es bitter enttäuscht wurde. Und sie hatte bei Gott etwas über Männer gelernt – besonders über Davy Trent.

Christy kam auf den Hof heraus, als sie den Wagen nahen hörte, und beschattete die Augen vor dem Sonnenschein des späten Morgens. Caney – die gute Caney – gesellte sich bald zu ihr, doch Megan konnte an ihrer Haltung nicht erkennen, in welcher Stimmung sie war. Caney Blue, eine Schwarze, hatte viele Jahre lang für Gideon und Rebecca McQuarry gearbeitet. Als die Farm in Virginias Shenandoah Valley nach dem Krieg zur Begleichung von Steuerschulden verkauft worden war und Megan und Christy, frisch aus England, ihren Erbanteil, ein Viertel einer Parzelle von 2500 Morgen – bekannt als Primrose Creek –, angetreten hatten, war Caney mitgekommen.

Christys Gesicht spiegelte Freude wider, als sie ihre Schwester erkannte. Sie schlug eine Hand vor den Mund, raffte mit der anderen ihr Kleid und rannte auf den Wagen zu, gelenkig wie ein junges Mädchen. »Megan!«, rief sie.

Megan sprang herunter und warf sich Christy in die Arme. Das Geschwisterpaar umarmte sich, lachte und weinte zugleich vor Freude, während Caney lächelnd abseits stand. Webb Stratton lud wortlos den Koffer ab und trug ihn ins Haus.

»Lass dich ansehen!«, rief Christy strahlend, packte Megan an den Oberarmen und hielt sie auf Armeslänge von sich. »Du bist schön!«

Megan fühlte sich nicht schön, sondern erschöpft, schmutzig, benutzt und weggeworfen, und sie glaubte, einen Kloß in der Kehle zu haben. Sie brachte bei dem Aufruhr ihrer Gefühle kein Wort heraus und schloss Christy von neuem fest in die Arme.

Webb kehrte aus dem Haus zurück und kletterte auf den Wagenbock.

»Danke«, sagte Christy so herzlich zu ihm, als wäre er losgefahren und hätte die Welt nach Megan abgesucht und dann wie eine verlorene Tochter nach Primrose Creek zurückgebracht. »Vielen, vielen Dank.«

Er nickte nur, schenkte Megan kurz einen Blick seiner kornblumenblauen Augen und trieb das Gespann an. Der Wagen rumpelte über das hohe, grasbewachsene Ufer des Baches.

»Wo, um Himmels willen, bist du gewesen?«, fragte Christy gutmütig, hakte sich bei Megan ein und führte sie zum Haus. Auf der Türschwelle standen ein kleiner hellblonder Junge und ein winziges dunkelhaariges Mädchen.

»Das möchte ich auch gern wissen«, sagte Caney und fiel neben den Schwestern in Schritt. Ihre schönen dunkelbraunen Augen waren leicht zusammengekniffen.

Skye hat also ihr Versprechen gehalten und meinen Aufenthaltsort nicht preisgegeben, dachte Megan. Vielleicht hatte sie der Familie sogar verschwiegen, dass sie gelegentlich einen Brief von der auf Abwege geratenen McQuarry erhalten hatte.

»So ungefähr überall«, gab Megan zu. Sie sehnte sich nach Schlaf und zuvor Tee und einem schönen, heißen Bad. Tränen der Freude rannen über ihre Wangen, als sie die Kinder erreichte und vor ihnen auf die Knie ging, ohne an ihre Röcke zu denken. Die Kleinen betrachteten sie neugierig, Joseph, eine Miniatur-Version seines Vaters, Margaret ein verkleinertes Abbild ihrer Mutter mit einem Daumen im Mund. »Ich bin eure Tante Megan«, sagte sie.

Joseph streckte ihr in ernstem Gruß seine kleine Hand hin,

und Megan schüttelte sie. Margaret klammerte sich an ihren Bruder und wich scheu zurück außer Megans Reichweite.

Megan lächelte und erhob sich.

Christy legte einen Arm um ihre Taille, und sie betraten das kühle, wohlriechende Haus. Es war von Licht erfüllt, und die gebohnerten Böden glänzten. Vorhänge flatterten leicht an den offenen Fenstern, und gerahmte Aquarelle, vermutlich Christys eigene Werke, schmückten die Wände. Kaum zu glauben, dachte Megan, dass es dasselbe Haus ist, in dem wir uns bei unserer Ankunft in Primrose Creek vor ein paar Jahren unsere Mahlzeiten an einem offenen Feuer zubereitet und auf Betten aus zusammengeschobenen Heuballen geschlafen haben.

»Du hast also Webb Stratton kennen gelernt«, sagte Christy, und ihr Tonfall war eine Spur weniger herzlich. Sie ging zum Holzkasten neben dem glänzenden Herd und legte Holz nach, um Wasser für Tee zu erhitzen. Plötzlich hing Spannung in der Luft wie die Ruhe vor dem Sturm. Skye mochte Megans Vertrauen nicht enttäuscht haben, doch die Familie wusste, dass sie, Megan, das Undenkbare getan und einen Teil des Landbesitzes verkauft hatte. Das würden sie ihr vorwerfen, ebenso die Sorgen, die sie ihnen gemacht hatte.

»Ja«, erwiderte Megan, in dem halbherzigen Versuch, Würde zu zeigen. Sie zog die Nadeln aus dem Hut, nahm ihn ab und legte ihn auf den massiven Kiefernholztisch. Zweifellos hatte Trace dieses Stück wie viele andere in seiner Werkstatt auf der anderen Seite des Creeks gezimmert. Er und Bridget hatten ein großes Blockhaus zu ihrem Heim gemacht, und nach den letzten Berichten hatten sie vier Kinder, einschließlich Noah, Bridgets Sohn aus ihrer ersten Ehe.

Joseph und Margaret hielten sich in sicherer Entfernung und beobachteten Megan, als erwarteten sie, ihr könnten Flügel wachsen und sie würde durch das Zimmer fliegen. Sie lächelte sie an, bevor sie sich auf einen Stuhl an den runden Eichentisch setzte, wo die Familie ihre Mahlzeiten einnahm.

»Kommt jetzt mit Caney«, sagte Caney zu den Kindern und scheuchte sie zu einem der Schlafzimmer. »Als ich das letzte Mal nachgeschaut habe, war euer Spielzeug von hier bis nach England verstreut.« Caney war nicht dumm. Sie hatte vermutlich die Veränderung im gefühlsmäßigen Klima gespürt, noch bevor Christy und Megan sie wahrgenommen hatten.

»Wir waren überrascht, als du deinen Anteil des Landes an einen Wildfremden verkauft hast«, sagte Christy und beschäftigte sich mit falscher Munterkeit, die Megan nur allzu vertraut war, am Herd.

Megan hakte nervös die Finger ineinander. »Es tut mir Leid«, sagte sie.

»Leid«, echote Christy. In ihre Wangen schoss Röte, und ihr Rücken war so gerade, als hätte sie einen Besenstiel verschluckt. »Es tut dir Leid.«

Megan seufzte. Sie hatte mit einem solchen Empfang gerechnet, doch das machte die Konfrontation nicht leichter. »Ja«, erwiderte sie müde.

Christy stellte den Teekessel hart auf die glänzende Platte des großen Herdes aus Eisen und Chrom. »Du hättest wenigstens schreiben können.«

Megan blickte auf ihre Hände hinab, die sie in den Schoß gelegt hatte. »Ich habe geschrieben«, sagte sie sehr leise. »An Skye. Ich habe sie gebeten, euch nicht zu sagen, wo ich bin.«

Christy hielt in ihrer Geschäftigkeit inne und tupfte sich mit dem Saum ihrer blauweiß karierten Schürze über die Augen. »Nun, da hat sie gewiss deine Wünsche respektiert.« Sie richtete sich wieder kerzengerade auf und holte tief Luft, bemüht, ihre Gefühle wieder unter Kontrolle zu bekommen. »Das ist ja auch etwas, nehme ich an.« Sie wandte sich schließlich zu ihrer

Schwester um. »Oh, Megan, wie konntest du nur? Wie konntest du uns verlassen und uns solche Sorgen bereiten?«

Megan atmete aus; bis dahin war ihr gar nicht klar gewesen, dass sie den Atem angehalten hatte. »Ich habe mich geschämt«, sagte sie leise.

Christy wirkte verblüfft, als hätte sie jede Antwort der Welt erwartet, nur nicht diese. »Geschämt?«, wiederholte sie, und ihre Stirn über den kohlschwarzen Augen legte sich in Falten. »Das verstehe ich nicht.«

Megan zwang sich, dem Blick ihrer Schwester standzuhalten, obwohl sie am liebsten fortgeschaut hätte. Sie spürte, wie Hitze in ihr Gesicht stieg. »Ich war – ich habe einen blöden Fehler gemacht.«

Christy durchquerte die Küche, vergaß die Teezubereitung und sank gegenüber von Megan auf einen Stuhl. In ihren Augen schimmerten Tränen. »Oh, Megan, gewiss meinst du nicht, dass irgendetwas, was du getan haben magst, so schlimm ist, dass …«

Megan schluckte hart. »Da war ein Mann«, sagte sie, und allein diese Äußerung weckte in ihr das Gefühl, scharfe Steine in der Kehle zu haben. Ich … ich lernte ihn kennen … kurz nachdem ich mich dieser ersten Theatertruppe angeschlossen hatte. In Virginia City.«

Christy griff über die Tischplatte und nahm eine von Megans Händen in ihre beiden. In diesem Moment erkannte Megan, dass sie ihre Schwester ins Vertrauen hätte ziehen können und Verständnis gefunden hätte, aber diese Erkenntnis kam zu spät. Der Schaden war bereits angerichtet. »Sprich weiter«, sagte Christy weich.

»Sein Name war – ist – Davy Trent. Er … nun, ich dachte, er sei ein besonderer Typ Mann … einer wie Zachary oder Trace oder Skyes Jake … aber das war ein Irrtum.«

Christy wartete einfach, doch ihr Griff wurde etwas fester.

Megan schniefte und hob das Kinn. Sie war so weit gekommen, und sie würde dies bis zum Ende durchstehen. Einen neuen Anfang machen, hier unter diesen Leuten, die sie liebten, obwohl sie von ihr enttäuscht worden waren. »Ich bin so dumm gewesen.« Megan hob ihre freie Hand kurz an den Mund und zwang sich weiterzusprechen. Christy wartete schweigend, blass. »Er … er sagte, wir würden heiraten. Da stand eine Ranch zum Verkauf … wir wollten sie kaufen, dort leben …«

»Aber?«, fragte Christy.

»Er betrog mich. Ich verkaufte den Besitz am Primrose Creek, und statt eine Anzahlung für die Ranch zu machen und zu heiraten, nahm Davy das Geld und verschwand.« Ihr kam ein altes Sprichwort in den Sinn, das ihr Großvater oft zitiert hatte. *Eine Närrin und ihr Geld werden bald getrennt*.

Christy rutschte auf die Kante ihres Stuhls und nahm Megan in die Arme, drückte sie. »Wie schrecklich.«

»Da wollte ich nach Hause zurückkehren, aber ich war zu verlegen, und ich hatte kein Geld für die Fahrt mit der Postkutsche«, fuhr Megan fort, als die kurze Umarmung endete. »Ich arbeitete als Kellnerin und schrubbte Böden, bis ich genug gespart hatte, um heimreisen zu können.«

Christy seufzte. »Du hättest uns telegrafieren können, dass du in Schwierigkeiten steckst«, sagte sie. »Zachary und ich wären sofort zu dir gekommen.«

Megan schüttelte den Kopf. Ihre Augen brannten und waren trocken; es wäre eine Erleichterung gewesen, zu weinen, aber sie konnte es nicht. »Ich bin jetzt hier«, sagte sie.

»Und du kannst einen neuen Anfang machen«, sagte Christy weich. Sie strich eine Haarsträhne von Megans Schläfe zurück. »Alles wird in Ordnung kommen, Megan.«

Megans Kehle war wie zugeschnürt, und sie getraute sich auch nicht, noch etwas zu sagen, bis sie Zeit gehabt hatte, sich zu fassen. Sie nickte nur.

Das Wasser für den Tee begann zu kochen und überzuschwappen, doch beide Frauen ignorierten das. »Bist du sicher, dass er ein für alle Mal fort ist?«, fragte Christy. »Dieser Schuft, der dich betrogen hat? Vielleicht kann Zachary den Kerl finden und wenigstens dein Geld zurückholen ...«

Megan lachte bitter auf und schüttelte den Kopf. »Er ist längst fort.«

»Das ist zweifellos das Beste für dich«, sagte Christy und erhob sich, um den Tee aufzubrühen.

»Erzähl mir von Webb Stratton«, hörte Megan sich sagen.

Christy eilte geschäftig in der Küche hin und her. Sie runzelte die Stirn, was bei ihr regelrecht süß aussah. »Ich weiß nicht viel über ihn«, sagte sie mit sichtlichem Bedauern. »Er stammt irgendwo aus dem Norden, Montana, glaube ich, doch er hat Zachary erzählt, dass er eine Weile herumgezogen ist, bevor er sich hier niedergelassen hat. Und Trace sagt, er weiß mehr über das Führen einer Ranch als die meisten anderen im Hochland.« Ein plötzliches Lächeln hellte ihr Gesicht auf. »Er ist unverheiratet, weißt du. Webb, meine ich. Er lebt ganz allein in diesem großen Haus.«

Megan wusste genau, was Christy dachte, und blickte sie aus zusammengekniffenen Augen an. »Ich bin nicht interessiert«, sagte sie.

Christy war unbeeindruckt. Sie verhielt sich, als hätte Megan überhaupt nichts gesagt. »Ich glaube, wenn wir uns schon von einem Teil von Großvaters Land trennen mussten, dann hätte es jemand viel Schlimmeres als Webb Stratton bekommen können.«

Jedes Mal, wenn Megan den Namen des Mannes hörte,

empfand sie ein sonderbares Gefühl, das einem leichten Schwindel glich. Sie versteifte sich ein wenig, bemüht, sich gegen das Gefühl zu wappnen. »Ich habe ihn gefragt, ob er mir das Land zurückverkauft«, sagte sie. »Er hat abgelehnt.«

»Das überrascht mich nicht«, meinte Christy. »Er hat ein schönes zweigeschossiges Haus und einen festen Stall auf dem Land errichtet. Auch Zäune. Und er hat einen Brunnen gegraben. Daneben besitzt er weitere tausend Morgen. Trace und Zachary sind auch der Meinung, dass sie an seiner Stelle nicht verkaufen würden.«

»Haben Sie versucht, das Land zu kaufen?«

»Nein, aber sie haben des öfteren lang und breit darüber diskutiert.« Christy kam an den Tisch und brachte auf einem Tablett Plätzchen und getrocknete Aprikosen auf einem Porzellanteller, der ihrer Mutter gehört hatte, und die vertraute Teekanne mit Blumenmuster. Megan nahm den Duft von Orange Pekoe wahr und fühlte sich einen Moment wie benommen, und ihre Hand zitterte, als sie ein Stück getrocknete Aprikose nahm.

Christy bemerkte es sofort und schenkte Tee für ihre Schwester ein. Während Megan dann immer noch gegen die Schwäche ankämpfte, die von dem Hunger hervorgerufen worden war, ging Christy zur Speisekammer und holte Käse, Brot und frische Butter. Sie ließ Megan in Ruhe essen und streichelte leicht über ihre Schulter, als sie die Küche verließ, um ein Bad und ein Bett vorzubereiten.

Megan aß sich satt und ließ sich dann in das unbenutzte Schlafzimmer führen, wo Caney und Christy sie entkleideten und ihr in den kupfernen Badezuber halfen, der mit warmem Wasser gefüllt war. Caney wusch ihr das Haar, und Christy legte Handtücher, die Dose mit parfümiertem Puder und ein frisch gewaschenes Nachthemd zurecht.

Nach dem Bad trocknete Megan sich ab, puderte sich großzügig ein, zog das Nachthemd an und kroch zwischen herrlich saubere Laken. Zum ersten Mal seit fast zwei Jahren schlief sie tief und ohne Angst.

Alle McQuarry-Frauen sind schön, rief sich Webb Stratton an diesem Nachmittag in Erinnerung, als er, in einem Hemd, einer Wildlederhose und einer schweren Lederschürze schwitzend, am Schmiedefeuer hinter seinem Stall arbeitete. Es hätte ihn eigentlich nicht überraschen sollen, herauszufinden, dass Megan mit ihrem kupferfarbenen Haar und den grünen Augen sie alle noch übertraf.

Er warf mehr Holz ins Feuer und betätigte den Blasebalg mit hartem Pumpen beider Arme. Pferde beschlagen, Vieh zusammenzutreiben und mit einem Brandzeichen zu versehen, die Zäune abzureiten und Heu aufzugabeln – all dies war harte Arbeit, und Webb genoss sie. Des Abends, wenn er sich auf seinem schmalen Bett ausstreckte und die Augen schloss, versank er in einen Platz in seinem Unterbewusstsein, den weder schöne noch Albträume erreichen konnten, und wenn er aufwachte, begann der ganze Kreislauf von neuem.

Er runzelte die Stirn, als er mit einer Zange ein Metalleisen ins Feuer hielt und wartete, bis es rot glühend war, um am Amboss zurechtgehämmert zu werden. Megan McQuarry hatte einen Platz in seinen Gedanken erobert und sich dort anscheinend eingenistet, denn er konnte nicht aufhören, sich den Duft ihrer Haut, das lebhafte Funkeln in ihren Augen, die einladende schlanke Gestalt ihres Körpers vorzustellen. Bis heute Morgen in der Stadt war sie nur ein Name auf einem Dokument für ihn gewesen, nicht mehr, doch jetzt hatte er sie kennen gelernt, erlebt, wie stolz sie war, hatte sie von ihren Rollen als Schauspielerin und von den Orten, zu denen sie gereist war, reden gehört und eine echte Vorstellung von ihrer Intelligenz, ihrer Würde und der inneren Kraft bekommen, Eigenschaften, die er in ihr gar nicht vermutet hätte. Als er neben ihr gesessen und zugehört hatte, war ein Kontakt zwischen ihren Schenkeln entstanden, und die Berührung hatte irgendetwas verändert.

Er zog das Eisen aus dem Schmiedefeuer, legte es auf den Amboss und hämmerte darauf ein, dass Metall gegen Metall klirrte. Immer weiter arbeitete er, erhitzte Eisen, bis es rot glühte, hämmerte und bearbeitete das Eisen, bis die Form passte. Gelegentlich tauchte er das Eisen in einen Bottich mit Wasser und blinzelte in die zischende Dampfwolke, die wie ein Schleier rings um ihn aufstieg.

Er hielt die rechte Hinterhand der Pinto-Stute in einer Hand und nagelte mit der anderen ein Hufeisen an, als Trace Qualtrough auf seiner neuesten Errungenschaft heranritt, einem Apfelschimmel, den er irgendwo ihm Süden von einem Pferdehändler gekauft hatte, und sich aus dem Sattel schwang.

»Stratton«, sagte er als Gruß und tippte an die Krempe seines verbeulten Lederhuts. Ein so wohlhabender Mann wie Trace hätte sich einen schönen, neuen Hut leisten können, doch er schien besonders an diesem zu hängen, denn seit Webb seinen Nachbarn kannte, hatte er ihn niemals einen anderen tragen sehen.

Webb nickte. »Tag«, sagte er. Er wusste, was der Besuch zu bedeuten hatte – er und Trace waren gute Freunde, aber sie waren auch Geschäftsleute, die nichts davon hielten, mitten am Tag ihre Zeit mit einem Plausch zu verplempern –, und so war es nicht nötig, nach dem Grund des Besuchs zu fragen. Jetzt war Megan von ihren Reisen nach Hause gekommen, und die McQuarry-Frauen und ihre jeweiligen Männer wollten das Land zurückkaufen.

Er schlug den letzten Nagel ein, ging in die Hocke, um sich zu vergewissern, dass das Hufeisen genau passte, und richtete sich zu seiner vollen Größe auf. Dann gab er der Pinto-Stute einen Klaps auf die Kruppe, und sie wieherte und trottete davon, um sich einen Fleck mit gutem Gras zu suchen.

»Wir werden dir einen fairen Preis zahlen«, sagte Trace. Er war nicht der Typ, der lange um den heißen Brei herumredete, und das war eine der Eigenschaften, die Webb an ihm mochte.

Er schüttelte den Kopf. »Ich habe vor, hier zu bleiben.«

Trace ließ seinen Blick über das große Blockhaus, das Gras und den Baumbestand, das Vieh und die Pferde auf der Weide schweifen. »Ich nehme an, das kann ich dir nicht verdenken«, erwiderte er mit einem Seufzen der Resignation. »Musste es jedoch versuchen.«

Webb nickte. Er wusste alles übers Versuchen auch bei schlechten Aussichten. Die meisten Männer im Westen wussten das.

»Bridget möchte, dass du morgen Abend zum Essen kommst«, fuhr Trace fort. »Es gibt eine Feier, weil Megan heimgekommen ist.«

Webb wusste, dass er hätte ablehnen sollen – der gesunde Menschenverstand riet ihm, sich von er rothaarigen Miss McQuarry fern zu halten, jedenfalls bis er seine impulsiven Gefühle unter Kontrolle bekommen konnte –, doch die Gastfreundschaft eines Nachbarn musste respektiert werden, und außerdem freute er sich auf Essen, das von einer Frau gekocht worden war, und etwas nette Gesellschaft. »Ich würde euch gern besuchen«, sagte er.

Trace nickte. »Sie wird den Tisch ungefähr um die Zeit decken, wenn die abendlichen Pflichten erledigt sind, nehme ich an«, erwiderte er. Dann stieg er auf sein Pferd, hob kurz eine Hand zum Abschied und ritt davon.

Webb schaute ihm nach, bis er außer Sicht war. Dann ging er zum Bach, um sich zu waschen. Er würde das Vieh morgen früh füttern und in der Stadt oben in Diamond Lil's Saloon ein richtiges heißes Bad nehmen. Vielleicht würde er sich sogar die Haare schneiden lassen und seinen Sonntagsanzug anziehen. Bei diesem Gedanken grinste er vor sich hin. Die McQuarrys waren nicht der Typ Leute, die leicht aufgaben, und wenn sie das Land nicht auf dem einem Weg zurückbekommen konnten, würden sie es auf einem anderen versuchen. Es würde ihm nicht entgehen, wenn Bridget, Christy und Skye ihn und Megan bei jeder Gelegenheit zusammenbringen wollten, um sie beide zu verkuppeln.

Er kniete sich ans Ufer des Primrose Creek und klatschte sich eisiges Wasser ins Gesicht, dann in den Nacken, und wenn das Wasser auch etwas Schweiß und Ruß abwusch, kühlte es nicht die Hitze, die in seinem Blut aufgewallt war. Er würde todsicher nicht in *diese* Familie einheiraten – er liebte seine Frauen weniger eigensinnig –, doch der Gedanke, das Bett mit Megan McQuarry zu teilen, befiel ihn wie ein dämonisches Fieber.

Er band die Schürze ab und zog das Hemd aus, um seine Brust, den Rücken und die Arme mit Wasser zu bespritzen. Vielleicht hätte er nicht so übereilt Traces Einladung zum Abendessen annehmen sollen, aber da es nun mal geschehen war, nutzte es nichts, sich mit Reue herumzuplagen. Er richtete sich auf, nahm seine Kleidungsstücke und ging zum Haus.

Es war groß, aber spärlich möbliert, und als er durch die Seitentür die Küche betrat, war er wieder bestürzt über deren Leere. Er hoffte, eines Tages zu heiraten und die Zimmer mit Leben zu erfüllen, mit Kindern, aber im Moment musste er sich mit seiner eigenen Gesellschaft und der seines großen

Hundes, einer Promenadenmischung namens Augustus, zufrieden geben. Er dachte immer noch öfter als ihm lieb war an Eleanor, die Frau seines Bruders, und an die Kinder, die sie ihm vielleicht geschenkt hätte, aber sie war oben in Montana auf der Ranch der Familie, der Southern Star, und sie würde dort wahrscheinlich bleiben.

Er schenkte sich eine Tasse lauwarmen Kaffee ein, der seit dem Frühstück auf dem Herd stand, nippte daran und zuckte zusammen. Er fragte sich, ob Megan McQuarry eine gute Köchin war, und musste dann lachen. Irgendwie konnte er sich nicht vorstellen, dass sie Kaffee kochen, geschweige denn, ein Hähnchen braten oder Haferflocken zubereiten konnte. Jemand hatte ihr den Mumm genommen – das war deutlich an ihrer Miene und dem verletzten Ausdruck ihrer Augen zu merken –, aber höchstwahrscheinlich würde sie nicht lange in Primrose Creek bleiben, wenn sie den Schneid wiedergefunden hatte. Sie war nicht der Typ, der sich irgendwo niederließ und zur Ruhe setzte; sobald eine Schauspieltruppe im Umkreis von 50 Meilen vorbeikommen würde, dann würde sie sich ihr anschließen.

Webbs gute Stimmung verschlechterte sich ein wenig. Mit einer angewiderten Grimasse schüttete er den Kaffee in die gusseiserne Spüle und ging zur Treppe.

Sein Zimmer, eine der drei ziemlich großen Kammern, hatte einen Kamin für kalte Nächte, doch das Bett war nur eine Pritsche, wie diejenigen in einem Mannschaftsquartier der Cowboys, dicht am Kamin und mit zerknitterten Laken und einer alten Steppdecke. Allein der Anblick des Bettes vertiefte sein Gefühl der Einsamkeit: Er würde noch fünf oder sechs Stunden weiterarbeiten müssen, wenn er erhoffte, in dieser Nacht Schlaf zu finden. Da gab es natürlich immer noch Whisky, ganz zu schweigen von den freundlichen und bereitwilligen

Frauen, die in Lils Etablissement arbeiteten, doch für beides war er nicht in Stimmung.

Er zog sich um, verließ das Haus, um in den Stall zu gehen, und begann mit einer Mistgabel die Boxen auszumisten. Als er damit fertig war, war die Sonne untergegangen. Er kehrte ins Haus zurück, wärmte sich einige der Bohnen auf, von denen er seit ein paar Tagen aß, und setzte sich zum Essen hin. Dann sagte er sich, dass die Bohnen kein weiteres Aufwärmen vertragen konnten, trug den Topf nach draußen und kratzte den Inhalt in eine blaue Abwaschschüssel aus Emaille mit verrosteten Kanten.

Augustus trottete heran, um sein Abendessen zu verschlingen, und Webb tätschelte grinsend das Fell des Tieres. Schlecht geplant von mir, dachte er. Der Hund würde morgen im Stall schlafen müssen.

2

Megan erwachte beim ersten Vogelgezwitscher und brauchte einen Moment, um sich in ihrer Umgebung zurechtzufinden. Ich bin daheim, dachte sie erleichtert – ich teile kein Bett in einem zweitklassigen Hotel mit zwei anderen Schauspielerinnen oder friere auf einer harten Bank im Hinterzimmer irgendeines schäbigen Saloons. Ich trage keine Tabletts in einer Imbisshalle und scheuere keine dreckigen Böden. Sie atmete tief die frische, klare Luft des Hochlands ein und stieß sie langsam aus. Sie war daheim. Sie stand auf, wusch sich mit dem Wasser aus der Schüssel auf dem Tisch beim Fenster das Gesicht und wand ihr bereits zu Zöpfen geflochtenes Haar zu einer kleinen Krone. Dann zog sie das einzige gute Kleid an, das sie besaß, blauweiße Baumwolle mit Blumenmuster und mit einem sittsamen Besatz auf dem kleinen Ausschnitt. Als sie ihr Zimmer verließ, sah sie Caney bereits am Herd stehen und Feuer machen. Rötliche Sonnenstrahlen sickerten durch die östlichen Fenster und schufen kleine Lichtinseln auf dem Holzboden.

»Ich wollte etwas Hafergrütze und Würstchen zurechtmachen«, sagte Caney, und die Kühle ihres Tonfalls kränkte Megan ein wenig, denn es war, als spreche die gute, treue Schwarze mit einem Eindringling, statt mit einer alten Freundin. »Zachary hat am Morgen gern eine gute Mahlzeit, etwas Kräftiges.«

Megan nickte, ein wenig schüchtern und zurückhaltend. »Kann ich irgendwie helfen?«

Caney stellte geräuschvoll eine Pfanne auf die Herdplatte. »Ja, das kannst du«, erwiderte sie mit nur einer Spur von Schroffheit. »Du kannst dich an diesen Tisch setzen und mir aus den Füßen bleiben.«

Die Worte waren nicht sehr freundlich, doch sie waren vertraut, und allein aus diesem Grund beruhigten sie Megan, wenn auch nur ein bisschen. Sie zog sich einen Stuhl heran und setzte sich, denn kein vernünftiger Mensch wollte sich mit Caney streiten, nicht einmal die vier McQuarry-Frauen. »Ich möchte erklären …«

Caney gebot ihr mit erhobener Hand Schweigen. »Nein, Miss. Ich will keine ›Erklärungen‹ hören. Ich will nur wissen, ob du hier in Primrose Creek bleibst, wo du hingehörst, oder wieder abhaust und uns mit Fragen und Sorgen zurücklässt.«

Megan senkte den Kopf und blickte dann wieder auf. »Ich habe vor, zu bleiben.«

Caney betrachtete sie schweigend, scheinbar ewig, wie es Megan vorkam, und widmete sich dann wieder ihrer Küchenarbeit. Zachary kam aus dem Elternschlafzimmer und betrat gähnend die Küche, das blonde Haar war vom Schlaf zerzaust. Zu der Hose trug er ein Unterhemd mit Knopfleiste, Hosenträger und Stiefel. Er nickte freundlich den Ladys zu, schlenderte zum Waschständer bei der Hintertür und blickte blinzelnd in den kleinen Spiegel, der an der Wand hing. Mit einem resignierten Seufzen neigte er sich über die Waschschüssel, um sich Wasser ins Gesicht zu klatschen, und dann schäumte er Seife aus der Dose mit dem Rasierpinsel auf und begann das morgendliche Ritual des Rasierens. Am Abend würde er die ganze Prozedur wiederholen müssen, und Megan fragte sich flüchtig, ob es bei Webb Stratton des Gleiche war.

Allein der Gedanke, dass sich Stratton solch einer intimen männlichen Tätigkeit widmete, so normal sie auch war, weckte in Megan ein sonderbares Gefühl, als hüpften Heuschrecken durch ihren Magen und spielten Fangen. Sie errötete und senkte den Blick auf ihre Hände.

»Gestern, als du dich ausgeruht hast, hat Trace mit Webb gesprochen«, sagte Zachary, der bereits das Rasiermesser schwang. »Über den Rückkauf des Landes. Er will nicht verkaufen.«

Caney äußerte sich nicht dazu, doch es war offenkundig, dass sie die Ohren spitzte. Als Teil der Familie war sie in fast alles eingeweiht, was in den drei Haushalten vorging.

Megan nickte. »Ich weiß«, sagte sie.

Zachary blickte über die Schulter zu ihr. Sein Kinn war noch halb bedeckt mit Rasierschaum, und er hielt das Rasiermesser in der Hand. Sein Grinsen war jungenhaft, und für einen Moment beneidete sie Christy um die leidenschaftliche, bedingungslose Liebe, die er für sie empfand. Wie Trace Qualtrough und Jake Vigil liebte er seine Frau und Familie, und er hatte keine Bedenken, das aller Welt zu zeigen.

»Wir haben hier viel Platz«, sagte er. »Ob du willst oder nicht, die Dinge werden sich von selbst erledigen, wenn du einfach hier bleibst.«

Sie blinzelte ein wenig, gerührt von seiner Versicherung, dass für sie immer noch ein Platz in Primrose Creek war. Sie vermutete, dass Zachary und Christy und all die anderen damit rechneten, dass sie bei den ersten Anzeichen von Problemen wieder Fersengeld geben würde. »Ich möchte dir und Christy nicht zur Last fallen«, sagte sie. »Und das werde ich nicht.«

»Zur Last fallen!«, schnaubte Caney leise, und wendete die Wurst, die in der großen schwarzen Pfanne briet. Zachary grinste von neuem und widmete sich wieder seiner Rasur.

Er hatte dann bereits fertig gefrühstückt, seinen Marshalstern angesteckt, den .45er umgeschnallt und sich auf den Weg zur Stadt gemacht, als Christy in der Küche auftauchte, bekleidet mit einem lavendelfarbenen Morgenrock, das dunkle Haar zu einem einzigen, dicken Zopf geflochten, die cremefarbene Haut glühend vom Schlaf, guter Gesundheit und irgendeinem süßen, privaten Geheimnis. Ihr Anblick ließ Megan an eine exotische Nachtorchidee denken, die im Mondschein blühte, und sich am Tag wieder zu einer würdevollen Knospe schloss. Joseph und die kleine Margarete folgten ihrer Mutter dichtauf, verschlafen und ernst in ihren Nachthemden aus Flanell und mit den nackten Füßen.

Megan ging das Herz vor Zuneigung auf, als sie die Kinder sah, ihre Nichte und ihren Neffen. Bei den Gedanken daran, was sie alles in den vergangenen beiden Jahren versäumt hatte, glaubte sie einen Kloß in der Kehle zu haben, und sie musste schlucken, bevor sie »guten Morgen« herausbrachte.

Christy verharrte bei Megan, neigte sich hinab, um ihre Schwester auf den Kopf zu küssen, und ging dann zu Caney, um sie vom Spülbecken wegzuscheuchen, wo sie das Geschirr abspülte. »Geh zum Tisch und setz dich einen Augenblick«, sagte Christy zu ihrer Freundin.

Zu Megans Überraschung gehorchte Caney und ließ sich von Christy Kaffee und dann das Frühstück servieren. Die Kinder nahmen ebenfalls am Tisch Platz und löffelten aus Schüsseln warme Haferflocken mit frischer Sahne und Sirup.

»Gehst du zur Schule?«, fragte Megan Joseph. Obwohl er die Gesichtsfarbe seines Vaters hatte, konnte sie in seinen Zügen und dem Augenausdruck deutlich Christy erkennen.

»Ich bin noch zu klein«, sagte er. »Aber ich kann lesen. Und auch reiten. Ich habe ein Pony bekommen.«

Megan lächelte. »Das ist ja toll«, sagte sie.

»Ich gehe vielleicht niemals auf die Schule«, fügte der Kleine nach einigem Grübeln hinzu.

»Da bin ich aber anderer Meinung«, bemerkte Christy leichthin, während sie sich zu den anderen an den Tisch gesellte und an ihrem Kaffee nippte. »Du wirst bestimmt zur Schule gehen, Joseph Shaw.«

Er furchte die Stirn. »Ich will Pa's Deputy werden. Da werde ich keine Zeit für die Schule haben.«

Christy verkniff sich ein Lächeln, doch Megan sah eine Spur davon in ihren grauen Augen tanzen. »Von welchem Nutzen ist ein ungebildeter Deputy?«, fragte sie, und ohne auf eine Antwort zu warten fügte sie hinzu. »Frühstücke jetzt zu Ende. Du hast Pflichten zu erledigen, wenn ich mich nicht irre.«

»Ich muss die Hühner füttern«, vertraute Joseph Megan gewichtig an.

»Und ich könnte beim Jäten des Gartens ein wenig Hilfe gebrauchen«, kündigte Caney an.

Megan machte eine Schau daraus, ihre Ärmel aufzukrempeln. »Darum kann ich mich kümmern«, sagte sie. »Mich hier ein wenig nützlich machen.«

Eine kurze Stille folge, und Joseph war es, der sie brach. »Heute Abend gibt es eine Party«, sagte er. »Drüben in Tante Bridgets Haus. Sie macht einen Kuchen mit Kokosnussglasur.«

»Das sollte eine Überraschung sein, junger Mann«, sagte Christy. Sie lächelte, aber da war auch etwas Beunruhigtes an ihrem Verhalten. Sie warf Megan nervös einen Seitenblick zu, so schnell, dass sie es sich auch nur eingebildet haben konnte.

Tante Bridget?, dachte Megan ein wenig verspätet. Bridget und Christy hatten zwar irgendwann in der Vergangenheit ihren Frieden geschlossen, doch sie hatten nie ein enges Verhältnis miteinander gehabt, auch nicht, nachdem sie das sprichwörtliche Kriegsbeil begraben hatten. Sie waren zu verschieden, diese beiden Cousinen, und gleichzeitig waren sie zu wesensgleich.

Als Megan und ihre Schwester später Seite an Seite in dem kleinen Kornfeld arbeiteten – Megan hackte Unkraut aus, Christy untersuchte die Ähren nach Insekten und warf die gefundenen in einen alten Benzinkanister –, brachte Christy das Thema »Party« zur Sprache.

»Sie haben Webb Stratton eingeladen«, sagte sie leichthin. »Bridget und Trace, meine ich. Sie bestanden darauf, weil sie Nachbarn sind.« Eigentlich tat das fast jeder, denn das Leben im Westen konnte hart und einsam sein, und selbst das kleinste Ereignis wurde zu einer gemeinschaftlichen Feier gemacht.

Megan äußerte sich nicht dazu. Die Sommersonne auf ihrem Rücken und ihrem Haar tat ihr gut; selbst das Schmerzen ihrer Muskeln und die Schwielen vom Stiel der Hacke waren willkommen.

Christy verharrte in dem Kornfeld und hielt nach ihren Kindern Ausschau. Sie sah, dass sie unter Aufsicht von Caney eifrig Unkraut jäteten, und lächelte. Als sie wieder Megan anblickte, war ihre Miene jedoch ernst. »Da ist etwas, das ich dir sagen muss«, sagte sie.

»Das habe ich bereits vermutet«, hörte sich Megan sagen, und erst als es heraus war, wurde ihr klar, dass sie fast vom Moment ihrer Rückkehr in das Haus ihrer Schwester an etwas Unterschwelliges gespürt hatte. Sie hielt in der Arbeit inne und stützte sich auf den Hackenstiel. »Was ist es, Christy?«

»Du warst so schnell fort, und wir hatten gerade erst darüber nachgedacht ...«

Megan wartete, machte sich auf etwas Schlimmes gefasst. War Christy oder Zachary oder eines der Kinder krank – sogar todkrank? Oder ging es um Caney?

»Bridget und Skye dachten, wir sollten morgen darüber reden, nur wir vier – deshalb waren sie noch nicht hier, um dich zu sehen –, aber ich, nun, ich glaube, wir haben es zu lange aufgeschoben.«

»Was versuchst du, mir beizubringen?« Inzwischen stieg Angst in Megan auf.

Christys Augen füllten sich mit Tränen, und gleichzeitig lächelte sie. Bei Christys Lächeln dachte Megan an einen Regenschauer im Frühling, wenn die Tropfen in den Sonnenstrahlen glitzern. »Großvater hat uns irregeführt, Megan. Uns alle. Wir – du und ich und Bridget und Skye …«

Megan schloss die Augen, vergaß die Hacke und ließ sie fallen. Sie fühlte sich zu benommen, um sie aufzuheben. *Sag es nicht*, dachte sie. *Sag nicht, dass wir gar keine McQuarrys sind, denn das würde ich nicht ertragen.*

»Wir sind Schwestern. Wir vier.«

Megan starrte ihre Schwester an, die Augen weit aufgerissen. Sie war wie betäubt und zugleich erleichtert. »*Was*?«

»Wir hatten denselben Vater«, sagte Christy leise. »Wir stammen anscheinend von verschiedenen Müttern ab, aber ohne Zweifel vom selben Vater.«

Megan konnte es nicht fassen. »Papa? Onkel J.R.?«

Christy schüttelte den Kopf. »Es gab einen anderen Bruder – Thayer. Er war Großvaters Sohn, den er mit einer Geliebten gezeugt hatte.«

Megan erinnerte sich an die leidenschaftliche Liebe ihres Großvaters zu ihrer Großmutter Rebecca. »Großvater hatte eine *Geliebte*?«

»Das war, bevor er Großmutter kennen lernte«, sagte Christy sanft. »Ich weiß nicht, warum sie nie geheiratet haben. Der springende Punkt ist, dass Thayer eine Schande war und Großvater ihn mit zweiundzwanzig nach einem Ereignis, das mit zu viel Whisky und einem Duell zu tun hatte, für immer verbannte. Er sagte, Thayers Name dürfe nie wieder in seinem Haus erwähnt werden, und offenbar meinte er es ernst.«

Megan wandte sich ab, ging durch das Kornfeld bis zum Rand des Gartens, wo sie sich umdrehte. Zorn war in ihr aufgestiegen, gemischt mit Verwirrung und einfach purer Furcht. All diese Jahre hatte sie sich für eine andere Person gehalten, als sie war. Sie war sich jetzt selbst fremd.

»Lauf nicht davor fort, Megan«, sagte Christy, diesmal ganz ihre große Schwester, stark und eigensinnig. »Thayer McQuarry war unser Vater, deiner, meiner und der von Bridget und Skye. Großvater wollte nichts mit ihm zu tun haben, aber er konnte und wollte sich nicht von uns abwenden, und so ließ er uns suchen, schickte uns heim und ließ uns von den Söhnen aufziehen, die er anerkannte.«

Megan fühlte sich krank, dann überglücklich und schließlich wieder krank. Sie presste eine Hand an die Stirn und ließ sie wieder sinken. »Guter Gott«, flüsterte sie.

Christy stellte den Benzinkanister beiseite. Sie trat um die am Boden liegende Hacke herum, ging zu Megan und legte ihr eine Hand auf die Schulter. »Es ist nicht so schrecklich – oder?«

»Unsere Mütter …?«

»Ich weiß nichts über sie«, gab Christy zu. »Nur, dass es Frauen waren, mit denen sich Thayer einließ, nachdem er von zu Hause fortgegangen war.«

»Wie … wie hast du es erfahren …?«

Christy seufzte. »Als Bridget die Zwillinge bekam, trug ich die Geburt in der McQuarry-Bibel ein. Dabei fiel mir Thayers Name auf, und ich sah, dass wir alle vier als seine Töchter aufgeführt sind, nicht als die von Papa oder Onkel J.R. Ich glaube, uns zu täuschen war für Großvater die eine Sache, aber eine Lüge in das Buch Gottes zu schreiben eine andere.«

»Ich war hier, als der kleine Gideon und Rebecca geboren

wurden«, rief sich Megan in Erinnerung, und die Erkenntnis schmerzte. »Du wusstest es. *Du wusstest es*, Christy McQuarry, und *du hast es mir nicht gesagt*!«

Christy blieb ruhig, doch ihre Augen spiegelten Schmerz wider. Schmerz und ehrliches Bedauern. »Bridget und ich haben über die Sache diskutiert. Wir hatten beschlossen, es dir und Skye zu sagen, wenn ihr älter seid. Reifer. Dann kam der Waldbrand, und danach bist du weggelaufen.«

»Du hattest kein Recht, mir so etwas zu verschweigen!«, erwiderte Megan anklagend. Sie fühlte sich wie der verlorene und herumwandernde Geist einer Person, die nie wirklich existiert hatte. »Du hattest kein Recht!«

»Ich hatte keine Wahl«, korrigierte Christy. »Du bist abgehauen!«

Megan ballte die Hände zu Fäusten. Sie hatte noch nie einen anderen Menschen geschlagen und würde damit auch nicht anfangen, doch die Versuchung war da. Bei Gott, wie sie da war! »Du hattest jede Menge Zeit!«

»Aber nicht viel Information. Schließlich fand Bridget einen Brief von Großvater im Umschlag der Bibel versteckt. Danach setzten wir uns mit Caney zusammen und versuchten, alles aus ihr herauszubekommen, was sie über die Sache weiß. Sie hat immer noch nicht ihr gesamtes Wissen darüber preisgegeben.«

Megan wischte sich mit dem Handrücken über die Wangen. »Sie hat das Geheimnis bewahrt? All die Zeit?«

Christy seufzte. »Sie hat geglaubt, das Richtige zu tun, Unser Vater war ein Schuft, Megan. Schließlich kam er in New Orleans ums Leben. Er ... er wurde mit der Frau eines anderen Mannes erwischt.Caney sagte sich, wir hatten genug Kummer, wir vier, ohne dass dies aufgerührt würde.«

Megan schwieg lange, versuchte verzweifelt, ihr Gleichgewicht wiederzugewinnen, sowohl das körperliche als auch das seelische. Als sie wieder sprach, klang ihre Stimme wie ein heiseres Flüstern. »Und Skye? Wie lange hat sie es gewusst?«

Christy wich ihrem Blick aus, doch nur für einen Moment. »Seit ich Joseph bekam«, antwortete sie. »Sie und Jake heirateten zu dieser Zeit. Und kurz danach gingst du fort.«

Megan schluckte. Sie war so begierig darauf gewesen, zu ihrer Familie zurückzukehren, doch nun wurde ihr klar, dass sie in Wirklichkeit einige Zeit Abstand von ihr brauchte, eine Möglichkeit, die Dinge mit dem Verstand und dem Herzen zu verarbeiten. Sie starrte ihre Schwester an, immer noch verblüfft, und versuchte, alles zu begreifen.

Christy sprach, hastig, doch beruhigend. »Dies ist ein Schock, ich weiß. Aber Bridget und Skye und ich haben ein viel engeres Verhältnis, seit wir die Wahrheit erfahren haben.«

»Du warst nicht – wütend?«

»Auf Großvater?«, fragte Christy und verschränkte wie fröstelnd die Arme. »Ja, zuerst. Doch nach einer Weile begann ich zu verstehen. Er hat geglaubt, das Richtige zu tun – das Beste für alle. Er liebte uns, Megan. Genug, um uns nach Virginia zu bringen, wo wir als McQuarrys aufwuchsen. Viele Leute hätten sich von uns abgewandt und unsere Existenz verleugnet. Das wäre viel leichter für ihn und für jeden sonst in der Familie gewesen, meinst du nicht auch?«

Megan hatte das Gefühl, vor Beklemmung kaum Luft zu bekommen, doch sie nickte. Sie verstand – ja, sie verstand wirklich –, doch sie war noch weit davon entfernt, richtig verarbeiten zu können, was sie erfahren hatte. Als sie sich wieder ein wenig gefasst hatte, ging sie ins Feld zurück, hob die Hacke auf und begann methodisch zu hacken.

Christy überließ sie dem Trost ihrer Arbeit.

Zwielicht mit purpurfarbenen und bläulichen Schatten breitete sich auf den Hängen der Hügel aus, als Webb zum Haus der Qualtroughs ritt. Die Fenster waren von einladendem Lampenschein erhellt, und zwischen den Bäumen auf der anderen Seite des Creeks sah er das Schimmern von Licht im Haus der Shaws. Er musste an die dunklen, leeren Zimmer denken, die er vor einer halben Stunde zurückgelassen hatte.

Trace kam aus der Haustür und grinste im schwindenden Tageslicht. »Wo ist dein Promenadenbello?«, fragte er.

»Ich wusste nicht, dass Augustus eingeladen ist«, antwortete Webb.

»Nun, du kannst ihm wenigstens einige Essensreste mitnehmen«, meinte Trace.

Webb saß ab und führte sein Pferd in Richtung Stall. Trace ging neben ihm her.

»Ich bin mächtig froh, dass du kommen konntest«, sagte er.

Webb behielt eine ausdruckslose Miene. »Ich werde meine Meinung nicht ändern und das Land nicht verkaufen«, erwiderte er. »Das ist dir doch klar, oder?«

Trace lachte. »Hölle, ja«, sagte er, als sie den Korralzaun erreichten. Er löste den Haken der Verriegelung und zog den Zaun auf, um Webb und den Wallach in den Korral zu lassen. »Ich frage mich, ob *dir* klar ist, dass ein Nein gegenüber einer McQuarry-Frau nur der Beginn einer Diskussion ist, nicht das Ende.«

Webb grinste und schnallte den Sattelgurt auf, um abzusatteln. »Ich vermute, ich habe so eine dunkle Ahnung«, erwiderte er.

Trace nahm den Sattel und hängte ihn auf eine Zaunstange, während Webb das Zaumzeug abstreifte und ebenfalls aufhängte. »Megan ist eine bezaubernde Frau«, sagte er, als er die Gatterpforte öffnete, den Korral mit Webb verließ und die Pforte hinter ihm wieder schloss.

Webb hätte fast die Augen verdreht. »Ja«, stimmte er zu, und seine Stimme klang seltsam rau. »Das ist sie gewiss.«

»Du musst mächtig einsam sein, ganz allein in diesem großen Haus.«

»Nicht einsamer als der nächste Mann«, antwortete Webb. Was verdammt einsam ist, dachte er, wenn man an all die armen alten Cowboys, Minenarbeiter und Holzfäller denkt, die allein an den Ufern des Primrose Creek lebten.

Trace fuhr sich mit einer Hand durchs Haar und stieß ein tiefes Seufzen aus. Er war ein aufrichtiger, freimütiger Mann, dem jede Art Täuschung Unbehagen bereitete, so unschuldig oder augenfällig sie auch sein mochte. »Du könntest eine Frau gebrauchen, nicht wahr?«, platzte er heraus.

Webb lachte und blieb stehen, um seinen Freund dort im Hof eines glücklichen Zuhauses zu betrachten. »Ich weiß nicht, ob *gebrauchen* das Wort ist, das ich verwenden würde«, sagte er. »Aber ja, es würde mir nichts ausmachen, zu heiraten. Ich warte nur auf die richtige Frau, das ist alles.«

»Nun«, erwiderte Trace, »vielleicht ist Megan die richtige Frau.«

Webb dachte daran, dass das faszinierende rothaarige Geschöpf mit ihren ebenfalls schönen Schwestern und Cousinen im Haus wartete. Es war kein Geheimnis, dass Trace, Zachary und Jake in den Ehen, die sie geschlossen hatten, glücklich waren. Ebenso wenig war es ein Geheimnis, dass die McQuarry-Frauen – so schön und temperamentvoll sie waren – so stur wie Maultiere und voller Ansichten waren, die nicht unbedingt zu denen ihrer Geschlechtsgenossinnen passten. Solche Qualitäten waren anstrengend genug bei einem Pferd, bei einer Frau konnten sie zur Ursache aller Arten von Kummer und Arbeit führen. Er hatte mit dem Aufbau und Betreiben einer Ranch genug zu tun, ohne sich das auch noch aufzuhalsen.

Oder nicht?

»Seit wann versuchst du dich als Kuppler?«, fragte er.

Er sah sogar in der Dämmerung, dass Trace rot wurde. »Es ergibt einfach Sinn, das ist alles. Du brauchst eine Frau, und Megan braucht einen Ehemann.«

Webb kniff die Augen zusammen und senkte die Stimme. »Was meinst du mit ›Megan braucht einen Ehemann‹?«

Trace seufzte. »Nicht *das*«, entgegnete er, und Webb wusste, dass Trace ihm vermutlich einen Fausthieb verpasst hätte, wenn sie nicht so gute Freunde gewesen wären. Gleich hier und jetzt hätte Trace auf ihn eingeprügelt, weil er es gewagt hatte, auch nur *anzudeuten*, dass Megan, eine unverheiratete Frau, schwanger sein könnte und deshalb einen Mann suchte. »Sie hat hier einen gewissen Ruf.«

Ah«, sagte Webb und verschränkte die Arme. Durch die Tür des Hauses drangen helles Gelächter und das Klappern von Geschirr, Laute, die etwas Lockendes für ihn hatten, ihn anzogen. Er wich jedoch nicht von der Stelle und blickte Trace fragend an.

»Sie ist davongelaufen und Schauspielerin geworden«, fügte Trace hinzu.

Webb hätte fast laut gelacht. »*O Gott*, nein«, sagte er in gespieltem Entsetzen. »Das darf doch nicht wahr sein!«

Trace lächelte. »Nun, es ärgert natürlich die Ladys in Primrose Creek«, sagte er, und Webb wusste, dass er damit nicht Bridget, Christy und Skye meinte. Ohne ein weiteres Wort gingen die beiden Männer ins Haus.

Megan wirkte an diesem Abend melancholisch, wenn nicht gar distanziert, als sie am anderen Ende des langen Tischs Webb gegenübersaß; er ertappte sie zweimal dabei, als sie inmitten der liebevollen Eheleute und den lärmenden Kindern zu ihm schaute, und jedes Mal errötete sie und blickte fort.

Webb erinnerte sich daran, dass vermutlich niemals eine schüchterne McQuarry geboren worden war, und fragte sich, ob es keine Verlegenheit war, die das Zartrosa ihrer Wangen verstärkte. Zweifellos wusste sie, dass sich ihre Familie Hoffnung machte, sie gegen 625 Morgen erstklassiges Land einzutauschen, und das musste an ihrem Stolz zehren, ob sie nun in den Plan eingeweiht war oder nicht.

Dank seines schäbigen, erbärmlichen Bastards von einem Vater, Thomas Stratton senior, ganz zu schweigen von seinem älteren Bruder Tom junior, hatte Webb seit langem gelernt, mit seiner Miene und Haltung nichts von seinen Gefühlen zu verraten, und diese Fähigkeit kam ihm hier bei all den McQuarrys, Qualtroughs, Shaws und Vigils zugute. Niemand brauchte zu wissen, dass er den Gedanken an eine Ehe mit Megan McQuarry allmählich faszinierend fand, und das nach all diesen Jahren, in denen er gedacht hatte, dass keine Frau außer Eleanor ihn einfangen und vor den Traualtar schleppen könnte.

Nach dem Essen rührte er in seinem Kaffee, als er zum dritten Mal Megans Blick auf sich spürte – es war wie ein plötzlicher Sonnenstrahl, obwohl er überzeugt war, dass sie ihm nicht die Gunst irgendeiner Art Wärme oder Helligkeit gewähren wollte –, und er sah auf, sodass sich ihre Blicke trafen. Sie starrte so wütend zurück, als wollte sie seine Haut versengen, und das veranlasste ihn zu einem Grinsen.

Sie blickte hastig fort, und er lachte in sich hinein.

»Wirst du für den Viehauftrieb im Frühjahr Leute anheuern?« Die Frage kam von anderen Ende des Tisches, und die Uhr auf dem Kaminsims tickte ein paarmal, bevor Webb sich darüber klar wurde, dass eine Antwort von ihm erwartet wurde.

Er wandte den Kopf und sah, dass Trace ihn beobachtete,

ein Brötchen in einer Hand und ein Buttermesser in der anderen. »Ja«, antwortete er, mehr oder weniger in Gedanken mit Megans Anwesenheit und ihrer Beachtung beschäftigt. »Ich brauche mindestens ein Dutzend Leute. Wie ich sie finden werde, steht jedoch noch in den Sternen.«

Trace und Zachary äußerten sich mitfühlend, während Jake Vigil, der jüngste Zuwachs zur Familie, der vor ein paar Jahren Skye McQuarry geheiratet hatte, regelrecht grimmig wirkte. Er betrieb einen großen Holzhandel und ein Sägewerk in der Stadt, und er und Skye hatten ein ziemlich großes Haus auf ihrem Abschnitt des Landes bachabwärts erbaut. »Viel Glück«, sagte er. »Die Arbeiter, die ich bekommen konnte, musste ich von den Böden der Saloons kratzen.«

Skye, eine brünette Schönheit mit braunen Augen, einem sinnlichen Mund und einer lebensprühenden Natur, schaute ihren Mann liebevoll und bewundernd an. Sie hatten zwei Kinder in ihrem Haushalt, wie Webb wusste: Jakes Sohn Hank aus einer früheren Beziehung, und ein Mädchen im Babyalter aus ihrer Ehe, das mit dem guten Aussehen ihrer Mutter gesegnet war.

Zachary neigte sich auf seinem Stuhl vor, und obwohl er seinen Marshalstern nicht trug, war dessen silbriger Glanz stets in seinen Augen. Der Marshal war schnell mit seinem .45er, und sogar noch schneller mit dem Verstand. »Es gab viel Vieh- und anderen Diebstahl unten im Flachland«, sagte er, an alle gerichtet. »Die Banditen könnten schließlich in diese Richtung ziehen.«

Vigil stieß ein Seufzen resignierter Zustimmung aus, und Trace nickte bedrückt. Zachary richtete den Blick auf Webb. »Sie sollten vielleicht ein Eisen tragen«, sagte er. »Wenn Sie diese Ranch ganz allein führen, könnten Sie ein leichtes Opfer werden.«

Megan blickte alarmiert zu Webb, und das munterte ihn auf. Unwillkürlich war sie um seine Sicherheit besorgt. Wie schön.

Er schüttelte den Kopf. Er hatte keine Waffen mehr getragen, seit – nun, seit dem Tag, an dem er die Erfahrung gemacht hatte, dass er nicht fähig war, einen Menschen kaltblütig zu töten –, und er hatte nicht vor, jetzt damit anzufangen. Auf der Ranch hatte er ein Gewehr für die Jagd und gelegentlich, um ein krankes Rind oder verletztes Pferd mit einem Gnadenschuss zu erlösen, aber das war alles. »Nicht nötig«, sagte er, und vor seinem geistigen Auge sah er plötzlich Übelkeit erregende Bilder von seinem älteren Bruder, der blutend am Boden lag. Webb hatte Tom für tot gehalten, gedacht, er habe einen Mord begangen, und immer noch quälte ihn der Gedanke, wie nahe er daran gewesen war, die letzte Sünde zu begehen.

»Nicht nötig?«, wiederholte Megan und sprach an diesem Abend Webb zum ersten Mal direkt an. »In diesen Hügeln treiben sich Gesetzlose und abtrünnige Indianer herum, Mr. Stratton. Es gibt Bären und Wildkatzen und Schlangen.«

Er trank einen Schluck von seinem Kaffee und genoss ihn. Während sein eigenes Gebräu einem fast die Tränen in die Augen treiben konnte, war Bridgets Kaffee köstlich. »Ich bekenne, dass ich mich vor Wildkatzen fürchte«, sagte er milde. »Vor Banditen, Indianern, Bären und Schlangen habe ich jedoch keine große Angst.«

Megan kniff ihre ausdrucksvollen Augen zu seegrünen Schlitzen zusammen, und für Webb war es, als weiche jeder in diesem überfüllten Raum in eine andere Dimension zurück, nicht mehr als eine Gestalt auf den Gemälden, sodass nur er und Megan allein anwesend blieben. »Dann sind Sie ein Narr«, sagte sie, und ihre Wagen waren mit aprikosenfarbenen Flecken getupft, was darauf hinwies, dass ihr seine Zweideutigkeit über die Wildkatzen nicht entgangen war.

Er lächelte. »Das mag sein«, räumte er ein. »Dennoch werde ich das Revolverschwingen ihrem Schwager, dem Marshal, überlassen und die Dinge auf meine Weise regeln.«

»Es würde mich interessieren, wie Sie die Dinge ›regeln‹, wenn Sie es – sagen wir mal – mit einer Wildkatze zu tun haben«, sagte sie, sichtlich ärgerlich, weil sie ihn vielleicht für zu selbstsicher oder sogar arrogant hielt.

So etwas wie Jubel stieg in seinem Herzen auf, süß und schmerzlich zugleich, doch nichts von seinen Gefühlen war seinem Gesicht anzusehen. »Nun«, sagte er, »ich nehme an, das kommt auf die Wildkatze an.«

Jemand räusperte sich, und plötzlich war der Raum wieder mit Leben erfüllt, pulsierte praktisch vor Energie und Persönlichkeiten. Megan starrte Webb weiterhin einen Moment an und schaute dann demonstrativ fort.

Verdammt!, dachte Webb. Er wollte sich nichts aus ihr machen. Er konnte sich nicht *erlauben*, sich etwas aus einer Frau zu machen, jedenfalls nichts aus Megan McQuarry. Sosehr er sich auch eine Frau wünschte, sie war eine ungeeignete Kandidatin. Dennoch blieb sie in seinen Gedanken wie eine Klette, die sich in den Schweif eines Pferdes verhakt hat, und es nutzte überhaupt nichts, sich in Erinnerung zu rufen, dass sie eine Schauspielerin war, eine unabhängige Frau, die dazu neigte, sich auf und davon zu machen, sobald sie sich langweilte. Er konnte sie einfach nicht aus seinen Gedanken verbannen.

3

»Nun, was hältst du von Webb?«, fragte Bridget, die geschäftig das Geschirr abtrocknete, das Megan ihr anreichte.

Skye und Christy waren in der Nähe, Skye wiegte ihre Tochter neben dem Kamin, und Christy räumte den langen Tisch ab. Caney, normalerweise Teilnehmerin an all ihren Zusammenkünften, war in der Stadt und machte Abendessen für ihren Kavalier, Mr. Hicks. Die Männer waren Gott sei Dank nach draußen gegangen, um Pfeife und Zigarre zu rauchen, und die anderen Kinder schliefen entweder oder spielten auf dem Hof Fangen.

Megan betrachtete die Frauen eine nach der anderen. Bridget, Christy, Skye. Ihre *Schwestern*. Sie liebte alle drei, doch sie war auch wütend auf sie. Sie hätten sie ebenso gut an einem kalten und einsamen Platz verlassen können, anstatt sie im Unklaren zu lassen, wie sie es getan hatten. »Was *soll* ich denn von ihm halten?«, fragte sie, als der Deckel des Topfes mit ihrem Zorn zu klappern begann, weil der Zorn kurz vor dem Überkochen war. »Dass er ein guter Ehemann wäre?«

Sie wurden rot, alle drei, doch Megans Gedanken waren längst zu einem anderen, dringenderen Thema abgeschweift. »Christy hat mir von Thayer McQuarry und seinen vielen Großtaten erzählt«, sagte sie sehr ruhig zu Skye und fixierte sie mit einem kurzen, durchdringenden Blick.

Bridgets Lächeln war weich und ein wenig wehmütig. »Ich weiß nur von vieren«, bemerkte sie. »Großtaten, meine ich. Uns.«

Niemand äußerte sich dazu. Jedenfalls nicht zu Bridgets kläglichem Versuch, die Atmosphäre aufzuheitern.

»Wie konntet ihr?«, fragte Megan flüsternd, und in ihren Augen blitzten Zorn und Schmerz. »Wie *konntet* ihr das nur tun, ihr drei?«

»Du hast uns keine Chance gegeben, es dir zu erklären«, bemerkte Bridget und stellte einen abgetrockneten Teller ins Regal neben dem Herd. Sie war diejenige der vier Frauen, die stets am schnellsten wieder Tritt fasste, wenn sie gestolpert war, was nicht oft geschah. »Bist einfach weggelaufen.«

Skye sah Megan mit großen Augen an. »Was macht das jetzt noch aus?«, wollte sie wissen, und ihr Ton war leicht vorwurfsvoll. Für Skye zählte die Familie; für sie war Blut wirklich dicker als Wasser. »Wir sind wieder alle zusammen. Wir sind *Schwestern*. Was sonst zählt?«

»Die *Wahrheit* zählt!«, entgegnete Megan zornig, stemmte die Hände auf die Hüften, und das Geschirrtuch baumelte wie eine Flagge an ihrem Oberschenkel. »*Loyalität* zählt.«

»Gerade *du* musst von Loyalität reden«, bemerkte Bridget ruhig. Es war schwer, sie zu verärgern, doch wenn sie erst einmal gereizt war, gingen vernünftige Leute in Deckung. »Einfach so zu verduften! Uns alle mit Fragen und Sorgen zurückzulassen!«

Megan warf einen Seitenblick zu Skye. »Das stimmt überhaupt nicht«, sagte sie und empfand keine Genugtuung, als ihre Cousine – *Schwester* – zusammenzuckte.

»Ich musste dir schwören, keinem zu sagen, wo du bist!«, platzte Skye heraus, und ihre kleine Tochter wurde ein wenig unruhig, kuschelte sich an ihre Mutter und schlief ein. »Das hätte ich dir niemals versprechen sollen.«

Bridget und Christy tauschten Blicke, sagten jedoch nichts.

Megan schlang die Arme fest um sich. Es war eine Angewohnheit, die sie als Kind entwickelt hatte und die dazu diente, ihre Gefühle unter Kontrolle zu bekommen, sich nicht von deren Tiefe hinreißen zu lassen. Verstandesmäßig begriff sie die Situation gut genug, doch ihr Herz und ihr Geist mussten noch mit der Realität fertig werden, dass sie nicht die Person war, die zu sein sie stets geglaubt hatte. Sie war in einer Identitätskrise. Ihre Schwestern mochten sich damit begnügen, so wenig über ihre gemeinsame Vergangenheit zu wissen, doch sie, Megan, war so voller Fragen, dass ihr fast schwindelig war.

Sie dachte über diese drei geliebten Frauen nach, die das Herz und Lebensblut ihrer Familie waren. Bridget hatte Trace und ihre Kinderschar; Christy hatte Zachary, Joseph und die kleine Margaret; und Skye hatte Jake, ihren Stiefsohn Henry, für gewöhnlich Hank genannt, und das Baby Susannah. Zweifellos ließ ihnen die Hektik ihres Alltagslebens wenig Zeit, sich Fragen über ihren enterbten Vater zu stellen, über die verschiedenen Mütter und diesen letzten Verlust der Eltern, die sie in all diesen Jahren ungeachtet aller Fehler für ihre eigenen gehalten hatten.

»Der Brief«, brachte Megan schließlich heraus. »Lasst mich Großvaters Brief sehen.«

Bridget nickte, holte die McQuarry-Bibel von ihrem Ehrenplatz auf dem Kaminsims und trug sie zum Tisch. Megan setzte sich, schwach in den Knien, und starrte auf das dicke, schwarze Buch, als könnte es weitere erschütternde Geheimnisse enthalten.

Die Familienbibel war alt und abgegriffen, und die goldenen Lettern auf dem rissigen Einband waren fast völlig verblichen. Die Ecken hatten Eselsohren, der Buchrücken löste sich fast vom Einband, und die Seiten waren vom Alter fast durchscheinend. Behutsam, über Megans Schulter geneigt, drehte Bridget die Bibel um und hob den hinteren Einbanddeckel an. Ein Kuvert aus Pergamentpapier ragte aus einem Riss in dem alten Einband hervor.

Mit zitternder Hand zog Megan vorsichtig das Kuvert hervor, öffnete es und entnahm ihm ein einzelnes Blatt.

Die Handschrift, zwar verblichen, war kräftig, deutlich und leicht nach rechts geneigt, und es war zweifellos die von Gideon McQuarry. Allein bei dem vertrauten Anblick der Buchstaben und Worte wurde sich Megan schmerzlich klar, wie sehr ihr der Großvater fehlte, aber sie war auch zornig. O ja, sie war wütend, und ihre Augen waren voller Tränen, sodass sie nicht lesen konnte.

Christy nahm den Brief, setzte sich neben sie und las mit ruhiger Stimme vor.

»17. April 1862, McQuarry Farm, Virginia.

Meine geliebten Enkelinnen,

jeder Mensch muss seine Sünden beichten, wenn er die Hoffnung haben will, in den Himmel zu kommen, und Täuschung ist sicherlich eine Todsünde. Ich habe euch ebenso getäuscht wie meine Söhne Eli und J.R. und ihre Frauen – sie sind schwache Leute, sie alle, und ich wage nicht, mich darauf zu verlassen, dass sie die Dinge nach meinem Tod in Ordnung bringen. Aus diesem Grund schreibe ich diesen Brief, in der ernsten Erwartung, dass ihr ihn eines Tages finden und die Wahrheit erfahren werdet, wenn auch verspätet. Ich bete, dass ihr mir irgendwann verzeihen werdet …«

Er beschrieb in seinem Brief Thayer McQuarrys Geburt durch eine ungenannte junge Frau aus seiner Bekanntschaft. Als er Rebecca heiratete, kurz nachdem er herausfand, dass er bereits der Vater eines Sohns war, arrangierte Gideon, dass er den Jungen selbst aufziehen konnte. Der Mutter seines Sohns war das Sorgerecht entzogen worden, und Rebecca hatte das Kind als ihr eigenes begrüßt.

In seinem ganzen Leben, schrieb Großvater, war Thayer eine Schicksalsprüfung, und als er das Mannesalter erreichte, war er eine Schande für die Familienehre, ein Gotteslästerer, ein exzessiver Trinker, Spieler und Schläger, der mit den Frauen anderer Männer tändelte. Großvater bezahlte ihn schließlich, damit er die Farm und Virginia für immer verließ, und – wie Christy Megan schon erzählt hatte – er verbot den übrigen Familienmitgliedern sogar, den Namen des Mannes in seiner Anwesenheit auszusprechen. Offenbar wurden seine Anweisungen gut befolgt, denn keine der Schwestern hätte jemals im Traum gedacht, dass ihr Großvater drei Söhne hatte statt zwei.

Nach seiner Verbannung zeugte Thayer vier Kinder, und nach jeder Geburt schickte Großvater Caney, um das Baby heim auf die Farm zu holen. Als die Frauen seiner beiden verbliebenen Söhne kein Kind empfangen konnten, gab er zwei Babys Eli und zwei J.R., damit sie sie als ihre eigenen aufzogen. Er sagte sich, dass es eine charakterlich festigende Wirkung auf seine Söhne haben würde, wenn er ihnen echte Verantwortung übertrug, aber letzten Endes machten sie ihre Sache nicht viel besser, als es ihr älterer Bruder getan hätte.

In Megan wallte eine Fülle von Gefühlen auf, während sie zuhörte. Großvater hatte vielleicht niemals die Namen ihrer Mütter erfahren, und wenn doch, dann hatte er sie nicht verzeichnet, ebenso wenig den Geburtsort und die genaue Zeit der Geburt. Selbst ihr Geburtstag konnte ein nur erfundenes Datum sein, einfach eine weitere Lüge.

Sie blätterte die Bibel vorne auf, wo die Generationen von Nachkommen der McQuarrys verzeichnet waren, und suchte ihren Namen, indem sie mit der Fingerspitze an den aufgeführten Namen auf den vergilbten Seiten hinabfuhr. *Megan Elizabeth McQuarry*, las sie schließlich. *Geboren im Sommer 1850.*

Sie schluckte und sah zu ihren Schwestern auf. Alle erwiderten offen ihren Blick, das musste man ihnen lassen. »Gewiss kann uns *jemand* sagen …«

Christy legte seufzend einen Arm um Megans Schultern. »Ich glaube, Caney weiß es, aber sie hat bereits mehr gesagt, als sie preisgeben wollte.«

»Ich dachte, sie wäre heute Abend hier«, sagte Megan, immer noch benommen.

Bridget nagte an ihrer Unterlippe und nickte dann. »Sie ist entschlossen, Mr. Hicks vor dem ersten Schnee vor den Traualtar zu schleppen, und sie hat viel Zeit damit verbracht, den armen Mann in diese Richtung zu lenken.«

Megan rief sich den Wortwechsel mit Caney an diesem Morgen in Christys Küche in Erinnerung und fragte sich, ob Mr. Hicks der wahre Grund für Caneys Abwesenheit bei diesem feierlichen Abendessen war. Caney war wütend auf sie gewesen, weil sie vor zwei Jahren ohne ein Wort des Abschieds fortgegangen war, und sie hatte kein Geheimnis daraus gemacht. Wahrscheinlich hatte sie sich einfach gesagt, dass es nichts zu feiern gab.

»Ich muss mit ihr reden«, sagte Megan.

»Dazu hast du jede Menge Zeit«, versicherte Skye ihr. Inzwischen schlief Susannah, eine süße Miniatur-Version ihrer Mutter, tief und fest auf ihrem Arm. Skye erhob sich vorsichtig aus dem Schaukelstuhl, legte das Kind auf Bridgets Sofa und deckte es mit einer gehäkelten Decke zu. »Außerdem haben wir alle es versucht.«

»Warum sollte Caney uns nicht alles erzählen?«, grübelte Christy mit gerunzelter Stirn.

Bridget stand am Herd und schüttete heißes Wasser aus

einem Topf in eine blaue Porzellankanne. »Es ist immerhin möglich, dass sie wirklich nicht mehr weiß«, meinte sie.

Christy und Skye blickten so skeptisch drein, wie Megan sich fühlte. »Sie weiß mehr«, sagten sie wie aus einem Munde.

Bridget lachte wehmütig. »Da habt ihr bestimmt Recht. Ich nehme an, es geht um einen schrecklichen Skandal.«

»Wie könnte es noch schlimmer sein?«, meinte Megan.

Bridget verdrehte die Augen, doch Christy ergriff Megans Hand und drückte sie beruhigend.

»Sie könnten mit anderen Männern verheiratet gewesen sein – unsere Mütter, meine ich«, sagte Bridget. »Oder vielleicht waren es Frauen mit schlechtem Ruf.«

Skye wurde ein wenig blass und blickte nervös zu ihrem schlafenden Kind, als hätte Susannah es gehört und könnte sich gebrandmarkt fühlen. »Bridget!«, zischte sie.

Bridget lächelte. Es machte ihr Spaß, Öl ins Feuer zu gießen, das war schon immer so gewesen. »Nun, es ist möglich, nicht wahr?«, gab sie im Flüsterton zurück. »Es scheint, als ob unser lieber alter Daddy nicht der Typ Mann war, mit dem anständige Frauen verkehren wollen, nicht wahr?«

»Blödsinn!«, warf Christy scharf ein. Sowohl Megan als auch Skye empfanden so etwas wie Ehrfurcht vor Bridget, weil sie die Älteste von ihnen und die Direkteste in Sprache und Verhalten war, doch Christy litt nicht an dieser Krankheit. »Männer wie Thayer McQuarry sind *genau* der Typ Mann, mit dem anständige Frauen verkehren wollen. Das Einzige, was wir wirklich bezüglich unserer Mütter folgern können, ist die Tatsache, dass sie nicht übermäßig intelligent gewesen sein müssen.«

Stille folgte, und jede der Frauen dachte über die Tragweite dieser Möglichkeit nach, und eine nach der anderen schloss sie mit einem festen Kopfschütteln aus. Dummheit war eine so unakzeptable Eigenschaft für sie bei ihrer Mutter wie ein unmoralischer Charakter.

»Was macht das alles aus?«, fragte Skye. »Es liegt alles hinter uns. Können wir nicht einfach von jetzt an weitermachen?« Ihr Blick fand Megan und verweilte auf ihr. »Vielleicht bist du unglücklich, weil du erfahren hast, dass Bridget und ich deine Schwestern sind, nicht deine Cousinen, aber ich finde, das ist eine der besten Neuigkeiten, die ich jemals gehört habe!«

Megan wurde weicher, und ihr Herz öffnete sich, zumindest für Skye. Sie beide waren seit dem Säuglingsalter zusammen gewesen; sie hatten Wiege und Kinderwagen geteilt, Puppen und Ponys, Sorgen und Geheimnisse. Sie rieb sich mit den Fingerspitzen über die Schläfen. »Es ist nicht so einfach – jedenfalls nicht für mich.«

Skyes Miene war typisch treuherzig. »Warum nicht?«, fragte sie.

»Ja, warum nicht?«, drängte Bridget, eine Augenbraue erhoben.

Megan legte beide Hände auf die alte Bibel, als könnte sie so etwas mehr von dem Geheimnis lüften. »Versteht ihr denn nicht?«, flüsterte sie und blickte ihre Schwestern der Reihe nach an. »Wir wissen überhaupt nichts über unsere Mütter, und *fast* nichts über unseren Vater. Das bedeutet, wir sind uns nicht nur untereinander praktisch fremd, sondern auch uns selbst.«

Skye furchte die Stirn, und Bridget nestelte an ihren Haarklammern, die die Fülle ihres blonden Haars hielten, das im Nacken zu einem lockeren Knoten zusammengesteckt war. »Wir sind immer noch die gleichen Leute, die wir immer gewesen sind, Megan.«

Megan nickte, doch sie war immer noch besorgt und durcheinander. Im Laufe der Zeit würde sie sich vermutlich erholen – und das war der Hauptunterschied zwischen ihr und ihren Schwestern. Sie hatten einige Zeit gehabt, um sich an einen Gedanken zu gewöhnen, der für sie völlig neu war.

»Ich werde ein bisschen frische Luft schnappen«, sagte sie. Sie erhob sich etwas unsicher von ihrem Stuhl am Tisch und ging zur Tür, und niemand versuchte, sie aufzuhalten.

Die Brise war kühl und frisch, und sie erfrischte Megan ein wenig wie stets, klärte ihren Kopf. Sterne machten den Himmel zu einem silbernen Netz, das von einem himmlischen Fischer ausgeworfen worden war, und im tiefen Gras stimmten Grillen ihren Chor an. Die älteren Kinder warfen Steine in den Bach, während die Männer in der Nähe standen und ihre Stimmen tief und ruhig die klare Abendluft erfüllten.

Megan schlenderte in die andere Richtung, folgte dem mondbeschienenen Bach aufwärts und versuchte, Sinn in die Dinge zu bringen, auseinander zu klauben, was sie erfahren hatte, sich zu entscheiden, welchen Weg sie einschlagen sollte. Sie hatte vorgehabt, in Primrose Creek zu bleiben, doch jetzt hatte sie Zweifel, ob dies die richtige Idee war. Es war schwer – wenn nicht gar unmöglich – für eine Frau, ehrbare Arbeit zu finden, besonders in einer solch kleinen Gemeinde, und sie war sich überhaupt nicht sicher, ob sie ihr Leben lang unter dem Dach von jemand anderem schlafen wollte, selbst wenn es Christy war.

Sie schniefte und wischte sich mit einem Handrücken über die Wange. Der Bach gurgelte und plätscherte über die bunten Steine, die in Jahrhunderten glatt geschliffen worden waren.

»Können Sie auch so gut kochen wie Ihre Cousine?« Es war Webb Strattons Stimme hinter ihr aus der Dunkelheit; das wusste sie, ohne sich umdrehen zu müssen. Ihr erster Impuls war, ihn entschieden fortzuschicken, doch sie ignorierte die innere Stimme, weil etwas anderes, Stärkeres in ihr sich über seine Gesellschaft freute.

Sie wandte sich zu ihm um, die Arme verschränkt, das Kinn erhoben. Ihr Gesicht war im Schatten, und sie war sich ziemlich sicher, dass er keine Spuren von Tränen darauf erkennen konnte. *Bridget ist nicht meine Cousine, sondern meine Schwester*, wollte sie sagen, doch sie tat es nicht. Die Kenntnis davon war noch zu frisch, zu neu, um sie mit jemandem zu teilen. »Ja. Ich kann kochen wie jede Frau in der Familie. Caney hat es uns alle gelehrt – außer Christy, die nicht das richtige Talent dazu hat –, und sie ist die beste Köchin, die man sich vorstellen kann.«

Webb stand ein paar Schritte entfernt, lässig in seiner Haut, sich seines Weges durch eine trügerische und verwirrende Welt sicher. Einst hatte sich Megan ebenfalls so gefühlt, doch seither hatte sie gelernt, dass es ein Irrtum von ihr gewesen war, ihrem eigenen Urteil zu vertrauen. Sie war so verloren wie jede andere verirrte Seele. »Ich dachte, eine Schauspielerin hat keine Neigung zu häuslichem Leben«, sagte Webb.

Sie versteifte sich ein wenig, bereits in der Defensive, obwohl sie keine Bedrohung wahrgenommen hatte. Was war an diesem Mann, das ihr das Gefühl gab, irgendein vielbeiniges Geschöpf zu sein, das versucht, auf Eis zu tanzen? »Ich bin eine komplexe Person, Mr. Stratton«, sagte sie schließlich. »Voller Überraschungen.«

»Das glaube ich«, pflichtete er ihr bei. »Irgendetwas bedrückt Sie heute Abend. Was ist es?«

Es war eine kühne Frage, um nicht zu sagen, eine verdammt offene, und zu ihrem Kummer beantwortete Megan sie, bevor sie es sich anders überlegte. »Ich frage mich, ob meine Rückkehr richtig war«, vertraute sie ihm leise an. »Einst hatte ich einen Platz in der Familie, doch jetzt fühle ich mich, als ob er verschlossen worden wäre, während ich fort war. Vielleicht gehöre ich nicht mehr hierher.«

Webb schwieg lange, und als er schließlich sprach, klang seine Stimme ernst. »Es könnte sein, dass Sie nur etwas Abstand brauchen.«

Sie nickte, obwohl ihr bereits das Herz brach, wenn sie nur daran dachte, Primrose Creek und die Menschen, die sie liebte, zu verlassen.

In diesem Augenblick überraschte Webb sie. »Ich könnte eine Frau in meinem Haus brauchen«, sagte er ruhig.

Megan verschlug es die Sprache. Gewiss hatte er nicht gesagt, was sie zu hören geglaubt hatte – oder? Wofür hielt er sie?

Er lachte und fuhr sich mit einer Hand durch sein sandfarbenes Haar. »Ich meine es nicht ganz so, wie es herauskam«, sagte er. »Nicht, dass es Ihnen an Attraktivität mangeln würde.«

Megan öffnete den Mund und schloss ihn wieder. Sie wusste nicht, ob sie Mr. Stratton ins Gesicht schlagen oder ihn anhören sollte. So nahe bei ihm zu sein, rief ein köstlich beunruhigendes Gefühl tief in ihr wach, als ob sie fallen würde, und es weckte in ihr den Wunsch, sich mit beiden Händen an etwas oder jemandem festzuhalten. Weil er der Einzige war, der da war, verzichtete sie auf das Festhalten und hielt die Arme weiterhin verschränkt.

»Worauf ich hinauswill«, fuhr er unbeirrt fort, »ist, dass ich jemanden anheuern möchte. Jemanden, der kocht und sich um das Haus kümmert und dergleichen. Ich will, wie ich schon beim Essen sagte, so viele Männer anstellen, wie ich kann, und so werden viele Teller zu füllen sein.«

Megan glaubte, dass ihre Lippen trocken waren, und sie befeuchtete sie mit der Zungenspitze. »Wollen Sie mir Arbeit als Ihre Haushälterin anbieten, Mr. Stratton?«

»Webb«, sagte er. »Und ja, das ist genau das, was ich im Sinn hatte.«

Sie nahm das in sich auf. »Sicherlich ist Ihnen klar, dass solch ein Arrangement zu Klatsch führen würde.«

»Das nehme ich an«, pflichtete er ihr bei. »Andererseits ist Job eben Job. Ich werde Ihnen einen guten Lohn zahlen, und Sie werden das gesamte untere Geschoss ganz für sich allein haben.« Er legte eine Pause ein. »Außerdem bezweifle ich, dass Sie der Typ sind, der kneift und wegläuft, weil ein paar alte Klatschtanten dummes Zeug reden.«

Ich hatte Recht, dachte Megan. Er ist völlig selbstsicher.

Er sprach, als hätte sie bereits zugestimmt, mit ihm zu gehen, ihm den Haushalt zu führen und für ihn zu kochen. Wie würde es sein, unter demselben Dach wie dieser Mann zu schlafen, in einem Haus, das auf dem Land erbaut worden war, das ihr gehört hatte? Das ihr immer noch gehören würde, wenn sie nicht so dumm gewesen wäre?

»Woher soll ich wissen, dass Sie ein Gentleman sind?«, fragte sie, hauptsächlich um Zeit zu gewinnen. Webb Stratton war vermutlich vieles, aber kein Dummkopf. Es musste ihm klar sein, dass er von Trace, Zachary und Jake gejagt und wie ein tollwütiger Köter zur Strecke gebracht werden würde, wenn er jemals bei ihr zudringlich werden würde.

Er hielt seinen Hut und drehte die Krempe langsam in den Händen.

Bei seinem Lächeln blitzten die Zähne weiß in der Dunkelheit. »Ich bin kein Gentleman, Ma'am«, sagte er, »aber das braucht Sie nicht zu beunruhigen. Ich werde meinen Umgang auf die Stadt beschränken.«

Megan war nicht besonders beruhigt, denn seine Freundlichkeit gab ihr das Gefühl, verletzlich statt sicher zu sein. Außerdem hasste sie die Vorstellung, dass er »Umgang« in der Stadt haben würde.

»Ich werde keinerlei Art von Dummheiten hinnehmen«,

warnte sie, nur für den Fall, dass er mehr als eine Haushälterin erwartete.

Er war im Begriff gewesen, davonzuschlendern, zurück zum Haus, vermutlich um sich zu bedanken und zu verabschieden, doch bei Megans Worten verharrte er stocksteif. »Sie meinen, Sie werden den Job annehmen?« Er wirkte angenehm überrascht, als hätte er sich bereits damit abgefunden gehabt, eine Ablehnung zu bekommen.

»Ich brauche Arbeit«, sagte sie, »und Ihre ist wahrscheinlich die einzige respektable Möglichkeit, die ich finden werde.«

Er stieß einen leisen Pfiff aus.

»Haben Sie erwartet, dass ich Ihr Angebot ablehne, Mr. Stratton?«

»Vielleicht«, sagte er. »Vielleicht habe ich im Unterbewusstsein damit gerechnet. Eigentlich war ich mir nicht sicher, ob Sie versuchen, mich in den Bach zu schmeißen oder nicht ...« Er blickte bachabwärts, zu dem Lachen der Männer und dem Herumtollen der müden Kinder, die entschlossen waren, die Schlafenszeit so lange wie möglich hinauszuschieben. »Ich verspreche Ihnen, Miss McQuarry, dass Sie es nicht bereuen werden, die Arbeit bei mir angenommen zu haben. Manchmal wird die Arbeit hart sein, wenn viele hungrige Cowboys Essen verlangen, aber auf meiner Ranch wird Ihnen niemand etwas zuleide tun.«

Sie streckte ihm die Hand hin. »Dann akzeptiere ich.«

Er zögerte, ergriff die Hand und schüttelte sie. Bei der Berührung empfand sie ein süßes Prickeln. Er war stark, seine Hand war schwielig von harter Arbeit, und doch war eine Sanftheit in der Art, wie er ihre Hand anfasste, die ihr das Gefühl vermittelte, behütet, sogar geschätzt zu sein. »Ich werde Sie morgen abholen«, kündigte er an. »Werden Sie noch in Zacharys und Christys Haus wohnen?«

Sie nickte bestätigend und fragte sich, was ihre Verwandten sagen würden, wenn sie ihnen erzählte, dass sie als Haushälterin zu Webb Stratton gehen würde.

Zweifellos würden sie erfreut sein, nicht nur weil sie sie loswurden, sondern weil sie annahmen, dass ihr Plan klappte, dass sie den Rancher heiraten und die verlorenen 625 Morgen wieder ein für alle Mal in den Kreis der Familie zurückbringen würde.

»Ich werde bereit sein«, sagte sie, und als er sie verließ, seufzte sie und blickte zum Himmel über den Bergen in der Ferne, an dem Sterne funkelten.

In dieser Nacht in ihrem alten Bett in Zacharys und Christys Haus schlief sie nicht gut, sondern wälzte sich hin und her und grübelte, bis sie schließlich in einem heißen Durcheinander von Träumen gefangen war.

»Du brauchst das nicht zu tun, weißt du«, sagte Christy am nächsten Morgen, als Megan ankündigte, dass Webb sie bald abholen würde. »Du bist hier absolut willkommen.«

Megan, die am Herd stand, hatte bereits Frühstück für Zachary gemacht, einfach um Übung zu bekommen. Caney war am gestrigen Abend nicht heimgekehrt oder lag noch im Bett. »Christy«, erwiderte Megan freundlich, »Ich mag meinen Anteil an dem Land aufgegeben haben, aber ich habe immer noch den Stolz, den Großvater uns allen hinterlassen hat. Ich muss meinen eigenen Weg gehen, und ich will mit mir ins Reine kommen.«

Christys Gesicht war gerötet, und ihre grauen Augen schienen Funken zu sprühen. »Dein Kopf, Megan McQuarry, ist so hart wie Tamarakholz. Du gehörst zu deiner Familie.«

»Ich *werde* bei meiner Familie sein, nur ein paar Meilen entfernt, jedenfalls.« Sie sprach ruhig, denn obwohl sie sich über Christy aufregte, liebte sie ihre Schwester wie immer.

Christy atmete tief durch. »Es wird Gerede geben«, warnte sie. »In der Stadt, meine ich.«

Die Geräusche eines Wagens – Klirren, Knarren und das Schnauben von Gespannpferden – kamen näher, und Megans Puls beschleunigte sich. Webb traf ein, um sie heimzuholen. *Heim.* Doch die Ranch gehörte ihm, nicht mehr ihr. Und das durfte sie nicht vergessen.

»Ich bin überzeugt, dass das Gerede bereits begonnen hat«, sagte sie und erinnerte sich an die beiden Matronen, die getuschelt und gegafft hatten, als sie in Primrose Creek eingetroffen war. Sie hörte, wie Webb die Gespannpferde zügelte und der Wagen anhielt. »Ich muss dies tun, Christy. Ich muss meinen eigenen Weg gehen.«

Christy setzte wieder zu einer scharfen Erwiderung an, besann sich dann jedoch anders und nickte nur.

Megan eilte zu Zacharys Spiegel, an dem er sich zu rasieren pflegte, spähte hinein und kniff ihre Wangen, um ihnen etwas Farbe zu geben. Zu spät erkannte sie, dass Christy sie mit einem neugierigen Lächeln beobachtete.

Webb klopfte höflich an die Tür, obwohl sie weit offen stand, um den Sonnenschein des Frühlings und die nach Wildblumen duftende Brise hereinzulassen, und Megan musste sich zur Zurückhaltung zwingen, um nicht zu ihm zu laufen und ihn zu begrüßen.

Christy übernahm die Begrüßung. »Kommen Sie herein, Webb«, hörte Megan ihre Schwester herzlich sagen. »Ich nehme an, Megan hat ihre Sachen bereits gepackt.«

Megan hätte ihre Wangen nicht zu kneifen brauchen, sie spürte, wie Hitze ihren Nacken bis zum Haaransatz hochkroch und ihre Haut rötete.

Webb stand auf der Schwelle, den Hut in der Hand, ein Rancher in Haltung und Verhalten. Megan hätte seine Gesellschaft nicht gegen die Dandys aus San Francisco getauscht, die mit Seidenhemden und polierten Stiefeln bekleidet waren – jedenfalls nicht in diesem Augenblick.

»Morgen«, sagte er und neigte den Kopf ein wenig. Er klang schüchtern und wirkte tatsächlich so.

Megan ließ sich nicht täuschen. Mr. Stratton war ungefähr so zurückhaltend wie eine zusammengerollte Klapperschlange, und wenn sie ihn nicht im Auge behielt, würde er sie sicherlich beißen. »Guten Morgen«, sagte sie in kühlem, leicht unnahbarem Tonfall. »Ich bin bereit. Würde es Ihnen etwas ausmachen, meinen Koffer zu holen?«

»Zeigen Sie mir nur, wo er ist«, sagte er. Christy oder die Kinder hätten genauso gut nicht anwesend sein können, denn Megan hatte den Eindruck, dass die ganze Welt zu einem Nebelschleier schrumpfte, in dem nur sie beide sich aufhielten, sie und Webb Stratton, wie bei der Erschaffung der Welt.

Sie wies mit leicht zitternder Hand zur Tür ihres Zimmers, und nachdem Webb Stratton Christy einen Blick zugeworfen hatte, der um stumme Erlaubnis bat, holte er Megans Sachen aus ihrem Zimmer.

»Wir werden hier sein, wenn du uns brauchst«, sagte Christy zu ihrer jüngeren Schwester. »Zachary und die Kinder und ich. Genau hier.«

Megan wollte vieles sagen, doch ihre Kehle war wie zugeschnürt. So nickte sie nur und umarmte Christy, und ihre Schwester drückte sie an sich und hielt sie lange fest. Die beiden Frauen lösten sich verlegen voneinander, als sie gleichzeitig merkten, dass Webb zurückkehrte.

Megan schaute im Haus in die Runde, als breche sie zu einer langen Reise auf und könne all dies nie wieder sehen. Dann küsste sie Christy auf die Wange und schritt zur Tür. Webb folgte ihr dichtauf und trug den großen Koffer, der all ihren irdischen und unerheblichen Besitz enthielt. Er öffnete die Heckklappe seines Wagens, legte den Koffer auf die Ladefläche und schob ihn bis hinter den Sitz. Megan wartete neben dem Wagen, bis er zu ihr kam und ihr auf den Sitz half, gewandt wie ein Gentleman, der eine Lady von einem Tanzfest heimbegleitet.

Sie blickte starr geradeaus, als er das Gespann zu seiner Ranch lenkte, aus Angst, ihr Entschluss könnte ins Wanken geraten, wenn sie zu Christy zurückblickte. Sie schluckte hart und zwang sich, sich nicht umzuschauen

Es zahlte sich nie aus, zurückzublicken. Hatte Großvater das nicht unzählige Male gesagt?

Webb schien zu spüren, dass sie nicht reden wollte, und er schwieg auf dem ganzen Weg zu seinem Ranchhaus.

Als Megan ihren Teil der Parzelle am Primrose Creek zum letzten Mal gesehen hatte, waren dort nur Gras, Bäume, Wiesen und Wasser gewesen, mit den Bergen im Hintergrund vor dem blauen Himmel. Jetzt stand auf dem Platz ein Haus, das so schön war wie das von Bridget oder Christy, ein zweigeschossiges Holzgebäude mit verglasten Fenstern, vier Kaminen und vorne mit einer überdachten Veranda. Der Stall war viermal so groß wie das Haus, bemerkte Megan, und der ausgedehnte Korral war mit einem weiß getünchten Zaun umgeben. Rinder und Pferde streiften auf den nahen Weiden herum und weideten im saftigen Gras.

Sie war fasziniert von dem Anblick.

»Gefällt es Ihnen?«, fragte Webb. Seine Stimme klang ruhig und verriet eine Spur Stolz.

Sie atmete tief durch. »Es – es ist sehr schön.«

»Sie können ein paar Blumen pflanzen. Ein paar Vorhänge nähen. Wenn Sie Zeit haben, meine ich.«

»Ja«, stimmte Megan zu. Sie zwang sich, die Emotionen unter Kontrolle zu bringen, die mit ihr durchzugehen drohten, raffte ihre Röcke und wollte vom Wagen herunterklettern. Webb ergriff ihren Arm und hielt sie auf dem Sitz zurück.

»Bleiben Sie sitzen«, sagte er. »Ich helfe Ihnen runter.«

Sie war nervös bei dem Gedanken, dass er die Hände um ihre Taille legte, doch ihr fehlte die Kraft, sich zu widersetzen. »Sehr gut«, murmelte sie, und bevor sie wusste, wie ihr geschah, schwebte sie zwischen Himmel und Erde. Webb hielt sie mit den starken Händen umfasst. Es hatte den Anschein, dass sie dort für eine Ewigkeit hing, ein Geschöpf weder des Bodens noch des Himmels, und in Webbs Augen blickte.

»Ich zeige Ihnen Ihr Zimmer«, sagte er, ging zum Heck des Wagens, ließ die Heckklappe herunter und zog den Koffer von der Ladefläche. »Ich nehme an, Sie wollen den Rest des Tages damit verbringen, sich einzuleben.«

Megan nickte nur sprachlos. Dann hörte sie einen Hund überschwänglich bellen, und als sie sich umwandte, sah sie einen großen gelblichen Hund aus Richtung Stall auf sie zuspringen.

»Das ist nur Augustus«, sagte Webb, der mit dem Koffer an ihr vorbei zum Haus ging. »Er hat viele Schrullen, aber er wird Sie nicht beißen.«

Es war Megan nie in den Sinn gekommen, dass das Tier sie beißen würde. Sie liebte alles mit vier Beinen und Fell.

»Hallo«, begrüßte sie ihn.

Er sprang an ihr hoch, legte seine riesigen Pfoten auf ihre Schultern und leckte ihr übers Gesicht.

Megan lachte.

»Augustus«, grollte Webb, ohne auch nur zurückzublicken. »Runter mit dir.«

Augustus ignorierte seinen Herrn und leckte Megan vom

Kinn bis zur Stirn ab, immer wieder, und dabei winselte er freudig.

Megan kraulte ihn hinter den Ohren, und da ließ er sich japsend auf alle viere fallen und trottete neben ihr her, als sie Webb zum Haus folgte.

Im Haus war es kühl und sauber, und es roch nach Bienenwachs, Lampenöl und Holzfeuer. Vor dem Kamin in der Küche lag ein Läufer, und Augustus ließ sich darauf mit einem lang gezogenen Seufzen nieder, als wäre er erschöpft.

Megan betrachtete den großen Herd, die offenen Regale mit Dosenwaren, verschiedenen Lebensmitteln und ordentlich gestapeltem blauem Geschirr und den gebohnerten Boden. Obwohl die Küche keine feminine Note hatte, war sie auf rustikale Weise anheimelnd, und Megan stellte sich Bilder an den Wänden, Geranien in Töpfen und duftendes Gebäck im Backofen vor. Von diesem Fantasiebild war es kein weiter Sprung mehr, sich eine Schar blonder Kinder – einige mit der Augenfarbe von Megans Vater, einige mit grünen Augen – vorzustellen.

»Hier werden Sie schlafen!«, rief Webb, und seine Stimme hallte aus einem Raum gleich neben der Küche.

Megan wurde aus ihren Träumereien gerissen und folgte dem Ruf. Das Zimmer war klein, hatte jedoch ein hohes Fenster und einen kleinen Ofen für die kalten Nächte im Hochland. Das Bett war schmal und sah aus, als stamme es aus dem Mannschaftsquartier von Cowboys, aber es lag eine schöne Steppdecke darauf, und das Kissen wirkte weich.

Unter dem Fenster befand sich ein Waschständer, mit Waschschüssel und Wasserkrug, sehr schlicht, aus weißem Emaille mit roten Kanten und hier und da angeschlagen. Webb hatte ein Handtuch und ein Stück Seife hingelegt, und Megan war sonderbar gerührt bei dem Anblick. Webb hatte sich bemüht, dafür zu sorgen, dass sie sich heimisch fühlte, das konnte sie sehen.

»Sie können Ihre Kleider auf diese Haken hängen«, sagte er und wies überflüssigerweise auf ein Brett mit einer Reihe von Holzdübeln, das an der Wand befestigt war.

»Danke«, sagte Megan. Das einzige anständige Kleid, das sie besaß, trug sie am Leib, und sie hatte die Kleidungsstücke abgelehnt, die Christy ihr hatte schenken wollen, weil sie es nicht ertragen konnte, Almosen zu nehmen, nicht einmal von ihrer Schwester. Was würde ihr neuer Arbeitgeber denken, wenn er des Morgens die Küche betreten und seine Haushälterin in Taft mit Federn oder Perlen und gerüschter Seide antreffen würde? Sie lächelte bei diesem Gedanken.

Webb ging zur Tür und wich Megan in überraschend weitem Bogen aus, wenn man bedachte, dass das Zimmer sehr klein war. »Wenn Augustus Sie besuchen will, scheuchen Sie ihn einfach fort«, sagte er.

Megan nickte, nicht in der Lage, etwas zu sagen.

Sie war eine Nomadin, ohne eigenes Haus. Warum hatte sie – zum ersten Mal in ihrem Leben – das Gefühl, endlich heimgekehrt zu sein?

4

Megans erste Aufgabe als Haushälterin bestand darin, für Webb das Frühstück zu machen, und als er vom Stall hereinkam, hatte sie Pfannkuchen zubereitet, zusammen mit dicker, kräftiger Bratensoße. Sie war amüsiert und sonderbar gerührt, als sie sah, dass er einen Teller für Augustus füllte und auf einen sonnenbeschienenen Platz mitten auf dem Küchenboden stellte, bevor er sich selbst zum Frühstücken setzte. Megan hatte bei Christy Toastbrot und ein pochiertes Ei gegessen und war deshalb nicht hungrig.

Während Webb und der Hund mit beeindruckendem Appetit aßen, überprüfte Megan den Inhalt der Regale.

»Das schmeckt gut«, sagte Webb zwischen zwei Bissen. Er klang überrascht. Wieder einmal.

Megan erlaubte sich ein kurzes Lächeln, doch sie neigte dazu, sich ganz auf die jeweils vor ihr liegende Aufgabe zu konzentrieren, und im Augenblick war sie damit beschäftigt, im Geiste eine Einkaufsliste aufzustellen. »Danke«, sagte sie. »Ich kann auch reiten, und Vieh treiben, wenn Sie das brauchen.« Er und die anderen Männer hatten doch gestern Abend den Mangel an Arbeitskräften in und um Primrose Creek beklagt, nicht wahr?

Sie hörte, dass er seine Gabel ablegte. »Das ist keine Arbeit für eine Frau«, sagte er.

Megans Einkaufsliste wurde aus ihren Gedanken geblasen wie Federn, die im Wind davonfliegen. Sie wandte sich um. »Wie bitte?«, fragte sie. Augustus winselte kurz, als spüre er etwas Unheilvolles nahen.

In Webbs Augen tanzten Funken; offensichtlich amüsierte er sich über ihren Ärger, und die Erkenntnis wirkte auf Megan, als hätte er Öl in ein beginnendes Feuer gegossen. »Ich meinte, ich habe Sie nicht angeheuert, um Vieh zu treiben oder zu bränden oder Zäune abzureiten und zu überprüfen. Gleich hier ist genügend zu tun, um Sie beschäftigt zu halten.«

Megan runzelte die Stirn. »Aber wenn Sie einen Mangel an Arbeitskräften haben …«

»Einen Mangel an Arbeitskräften?«, wiederholte Webb. »Ich müsste erst mal drei oder vier Männer anheuern, bevor ich von einem Mangel an Arbeitskräften sprechen könnte. Ich nehme an, ich werde nach Virginia City reiten und versuchen müssen, ein paar Cowboys anzuwerben.« Er legte eine Pause ein und fuhr dann fort: »Ist noch Kaffee da?«

Sie nahm den Topf von der Herdplatte, trug ihn zum Tisch und füllte seine Tasse. Webb und der Hund hatten ihre Teller leer geputzt, und das gefiel ihr. Augustus hätte vermutlich alles und jedes gefressen, das stimmte, aber Webb hatte das Frühstück genossen, und das gab ihr nach langer Zeit das Gefühl, etwas geleistet zu haben. Dennoch war sie noch ein wenig aufgebracht wegen seiner Annahme, sie könne keine Rancharbeit bewältigen.

»Offenbar verstehen Sie nicht, was es bedeutet, eine McQuarry zu sein«, sagte sie.

Webb nickte zum Stuhl am anderen Ende des Tisches hin. »Nehmen Sie Platz«, sagte er ruhig. Weil sein Tonfall nach einer Einladung klang statt nach einem Befehl, gehorchte Megan.

Als sie saß, fragte er: »Was bedeutet es, eine McQuarry zu sein?«

Die Sanftheit der Frage und das echte Interesse, das sie in Webbs Augen sah, brachten sie durcheinander. Er fragte nicht nur, um höflich zu sein, sondern wollte es wirklich wissen. Oder nicht? Sie hatte einst das Gleiche bei Davy angenommen, und sie wusste ja, wohin das geführt hatte. Sie nagte an der Unterlippe, zögerte und seufzte dann. »Ich kann reiten, seit ich gehen kann, Mr. Stratton. Ich kann auch schießen, und ich habe zufällig meinen Anteil des Viehs getrieben.«

»Die Milchkühe von der Weide zu holen, ist nicht das, was ich im Sinn hatte«, erwiderte er. »Es wird nicht von Ihnen verlangt werden, überhaupt zu schießen, und wenn Sie die Zeit finden sollten, könnte ich ein paar neue Hemden brauchen. Sie können doch nähen, oder?«

Sie nickte. In Wahrheit hatte sie nie mehr mit Nadel und Faden getan, als einen Saum genäht oder etwas geflickt, aber sie konnte praktisch alles schaffen, zu dem sie entschlossen war, davon war sie überzeugt.

»Gut«, sagte er. »Vielleicht können Sie später in die Stadt fahren. Einige Kurzwaren und dergleichen besorgen.«

Sie würde den Bürgern der Stadt schließlich ohnehin gegenübertreten müssen, also konnte sie es genauso gut hinter sich bringen und alle wissen lassen, dass sie sich nicht von ihrer Missbilligung einschüchtern ließ. »In Ordnung«, stimmte sie zu, und sie musste ein wenig unsicher geklungen haben, denn sie sah etwas wie Mitgefühl in Webbs Augen.

Sie hasste Mitgefühl; es war nahe verwandt mit Mitleid, und das konnte Megan nicht ertragen. Vor Jahren, als sie und Christy mit der Frau, von der sie annahmen, es sei ihre Mutter, nach England gereist waren, wurden sie sofort nach St. Martha's gebracht, eine ehrwürdige Internatsschule, die von ihrem englischen Stiefvater ausgewählt worden war. Dort waren sie als ungehobelte Kolonialisten aus einem Land betrachtet worden, in dem Sklaven gehalten wurden. Sie waren ohne einen Penny und krank vor Heimweh nach Großvater und der Farm gewesen, und diejenigen Schüler, die sie nicht verachtet hatten, waren voller Mitleid für sie gewesen. Einige hatten sie verachtet und bemitleidet.

»Was geht in Ihrem Kopf vor?«, fragte Webb geradeheraus.

Wieder fühlte sich Megan gezwungen, auf der Hut zu sein. Sie war nicht bereit, die Erinnerungen, die sie gelegentlich noch immer verwirrten, immer noch in den Winkeln ihrer Seele quälten, mit jemandem zu teilen. Sie hatte Skye nichts von diesen seelischen Verletzungen erzählt, nicht einmal Christy. »Ich habe daran gedacht, dass Sie Mehl und Zucker brauchen, ganz zu schweigen von Fett«, log sie. »Sind Hühner da?«

»Hühner?«, echote er, als hätte er das Wort noch nie gehört.

»Sie wissen doch«, erklärte sie fröhlich, »diese Tierchen mit Knopfaugen und Federn. Sie legen Eier und ergeben eine wunderbare Sonntagsmahlzeit, gebraten und mit Stampfkartoffeln serviert.«

In seinen Augen leuchtete wieder Heiterkeit auf. »Oh«, sagte er. »Die. Nun, nein. Ich nehme an, dazu bin ich noch nicht gekommen.«

»Sie müssen Hühner haben«, sagte Megan.

»Ich werde einen Hühnerstall machen, während Sie aus der Stadt besorgen, was Sie brauchen«, erwiderte Webb. »Es macht Ihnen doch nichts aus, allein zur Stadt zu fahren, oder?«

Sie schüttelte den Kopf. Sie hatte die Fahrt natürlich oft gemacht, und sie war es gewohnt, die Dinge allein zu erledigen.

Zwanzig Minuten später fuhr Megan im leichten Wagen ihres Arbeitgebers gen Primrose Creek, eine Einkaufsliste in einer Tasche ihres Kleides und eine hübsche Summe von

Mr. Strattons Geld in der anderen. Es kam ihr in den Sinn, dass sie einfach weiterfahren, das Geld, den Wagen und das Gespann behalten könnte, doch sie erwog den Gedanken nie ernsthaft. Sie war keine Diebin, und sie würde nicht davonlaufen, wenn es sich vermeiden ließ. In der vergangenen langen Nacht hatte sie den Entschluss gefasst, sich zu behaupten und zu bleiben.

Einiges von diesem Vorsatz geriet jedoch ins Wanken, als sie schon angestarrt wurde, als sie die Stadt erreichte und über die Main Street fuhr. Entschlossen stoppte sie den Wagen vor dem General Store des alten Gus und band die Zügel des Gespanns fest, wobei sie aus dem Augenwinkel beobachtete, wie sich eine schnatternde Schar aufgetakelter Frauen auf dem Gehsteig vor dem Geschäft versammelte. Sie hörte das Getuschel, und das Blut stieg ihr ins Gesicht, doch sie schaffte trotzdem ein höfliches Lächeln. Schließlich war sie Schauspielerin gewesen, und eine gute obendrein.

»Ihre Augen trügen nicht, Ladys«, sagte sie, breitete die Arme aus und machte einen großartigen Knicks. »Megan McQuarry ist mit all ihrem Ruhm nach Primrose Creek zurückgekehrt.«

Die Frauen murmelten miteinander und tauschten Blicke, wie um sich gegenseitig zu versichern, ja, sie sahen tatsächlich dieses schamlose Weib, hörten tatsächlich, dass sie es *wagte*, sie in einer so unverschämten Art und Weise anzusprechen.

»Das ist die Höhe!«, sagte eine fette, weißhaarige Frau, kaum größer als die Jockeys aus Metall, die als Haltepfosten zum Anbinden von Pferden vor dem Farmhaus der McQuarrys gedient hatten. In ihrem schwarzen Kleid wirkte sie wie eine gedrungene Krähe.

Als irgendwo in der Nähe ein weibliches Lachen ertönte, wandten Megan und all die Ladys den Kopf und sahen Diamond Lil ein Stück entfernt auf dem Gehsteig stehen. Lil war ein prächtiges Geschöpf, groß und schlank, mit pechschwarzem Haar und bernsteinfarbenen Augen. Sie trug die jüngste San Franciscoer Mode in pinkfarbener und goldener Seide, und ihr mit Spitze besetzter Sonnenschirm war schon ein Kunstwerk an sich.

»Machen Sie sich nichts aus dem Begrüßungskomitee«, sagte Lil zu Megan, als wäre das halbe Dutzend Frauen der Stadt ebenso wenig vorhanden wie die Straße selbst oder so uninteressant wie die ausgestellten Arbeitsstiefel im Schaufenster von Gus' Laden. »Sie wissen nichts Besseres mit ihrer Zeit anzufangen, nehme ich an, als sich die Mäuler über das Kommen und Gehen anderer Leute zu zerreißen.«

Megan starrte Lil fasziniert an. Sie hatte die Frau nie aus der Nähe gesehen, doch Diamond Lil war eine Institution in Primrose Creek und besaß außer ihrem berüchtigten Saloon und Bordell verschiedene Geschäfte. Dann hielt sie ihr die Hand hin. »Megan McQuarry«, sagte sie.

Lil ergriff die dargebotene Hand und schüttelte sie freundlich. »Lilian Colefield«, erwiderte sie. Sie musterte Megan. »Ich hörte, Sie waren Schauspielerin.«

Getuschel und Geraune setzten bei der Ansammlung von Primrose Creeks Version der vornehmen Gesellschaft ein.

Megan umfasste alle mit einem beschwichtigenden Blick und hielt wieder Lils ruhigem Blick stand. »Ja«, sagte sie laut und deutlich.

»Ich spiele mit dem Gedanken, ein Theater neben meinem Saloon zu eröffnen. Ich könnte vielleicht jemanden wie Sie engagieren.«

Die Ladys gackerten darüber wie aufgeschreckte Hühner, und Megan unterdrückte ein Lachen. Sie hatte einen Job bei Webb Stratton angenommen und keinen Grund, ihn aufzugeben, aber es war nett, zu wissen, dass sie eine andere Wahl hatte. »Danke«, sagte sie. »Ich werde mir das merken.«

Lil musterte den Wagen und das Gespann. »Das sieht nach Webb Strattons Wagen aus.«

Megan empfand die Worte wie einen Schlag – *es geht mich nichts an, was Webb treibt, wenn er in der Stadt ist*, ermahnte sie sich –, doch sie verbarg ihre Reaktion, indem sie noch breiter lächelte, »Ich bin seine Haushälterin«, sagte sie so laut, dass alle es hören konnten.

Weiteres Gemurmel unter den Ladys. Megan nahm an, dass sich dies zu einem ergiebigen Tag für die Klatschtanten entwickelte.

Lil genoss anscheinend die Reaktionen auf Megans Erklärung. »Nun, Glück für Sie«, sagte sie.

Megan spürte, wie Hitze in ihre Wangen stieg, doch sie war sich nicht ganz sicher, weshalb sie hätte erröten sollen. Es war ja nicht so, als ob zwischen ihr und Mr. Stratton etwas wäre. Sie war nur seine Haushälterin. »Ich nehme an, ich sollte während meiner Arbeitszeit die Einkäufe erledigen«, sagte sie.

»Besuchen Sie mich, wenn Sie Lust haben, in meinem Theater aufzutreten«, bot Lil an.

»Das werde ich tun«, versprach Megan. Die Schauspielerei hatte ihr Spaß gemacht, wenn auch nicht die damit verbundene Lebensweise, aber sie hoffte, sie würde nicht wieder auf der Bühne landen, freiwillig oder notgedrungen. Sie wünschte sich, Sonnenschein in sich aufzunehmen, nicht das schwache Glühen des Rampenlichts, und es war ihr nur zu bewusst, dass ihre Schwestern sehr unter den Ladys von Primrose Creek leiden müssten, wenn sie sich mit Frauen wie Diamond Lil Colefield einlassen würde. »Danke«, sagte sie noch einmal.

Im Laden begrüßte Gus sie mit einem freundlichen Lächeln. Der liebe Gus. Er hatte keinen dünkelhaften Knochen in seinem großen, bärenhaften Körper, und er war den McQuarrys von Anfang an ein guter Freund gewesen. Megan erinnerte sich gut an den Tag, an dem sie mit ihrer Schwester und Caney in Primrose Creek eingetroffen war. Christy war resolut in die Stadt gefahren, um die Brosche ihrer Mutter für verzweifelt gebrauchtes Geld zu verkaufen. Gus hatte Christy 50 Dollar – ein Vermögen – für die Brosche gegeben, sie aufbewahrt und ihr klar gemacht, dass Christy sie wiederbekommen würde, wenn sie die Mittel dafür hatte. Später, als Zachary und sie geheiratet hatten, war von ihm die Brosche als Geschenk für seine Braut ausgelöst worden.

»Hallo, Gus!«, sagte sie herzlich.

»Miss Megan!«, dröhnte er, sichtlich erfreut. »Willkommen, willkommen!«

Sie lächelte und zog die Einkaufsliste aus ihrer Tasche. »Ich möchte Vorräte einkaufen.« Bald darauf begutachtete sie Baumwollstoff für die Hemden, die Webb wünschte, während Gus die Dinge zusammenstellte, die auf einem Stück braunem Packpapier aufgeschrieben waren, und sie sorgfältig in Holzkisten verstaute.

Als Megan ihre Auswahl getroffen und Gus' Schwester Bertha den entsprechenden Stoff von den Ballen geschnitten hatte, bezahlte sie die Rechnung und bemerkte Gus' Dankbarkeit und Berthas unverhohlene Überraschung. Seit dem großen Brand vor zwei Jahren, als das meiste der Stadt gebrannt hatte, waren die Zeiten in Primrose Creek hart gewesen, und viele Leute hatten vermutlich ihre Rechnungen nicht bezahlen können.

Gus lud die Kisten auf den Wagen und plapperte dabei die ganze Zeit in seinem gebrochenen Englisch. Er habe von der Farm der Witwe Baker einige Küken bestellt, sagte er, und er versprach, ein paar davon zu Webb Strattons Ranch zu bringen, sobald sie eintrafen. Wie Lil hatte Gus dazu beigetragen, Megans Stimmung beträchtlich zu heben, hatte ihr das Gefühl gegeben, willkommen zu sein, und sie war in heiterer Laune, als sie sich auf den Rückweg zu Webbs Ranch machte.

Webbs Ranch. Das sollte sie sich merken.

Sie erreichte die ferne westliche Seite von Bridget und Traces Land, die an die Morgen grenzte, die sie Stratton verkauft hatte, und zügelte das Gespann auf einer Anhöhe, um vom Wagen aus alles zu betrachten, was sie aufgegeben hatte. Eine niederschmetternde Woge des Bedauerns überflutete sie, und es folgte Zorn, heißer Zorn auf sich selbst und auf Davy Trent. Resolut nahm sie die Zügel und trieb das Gespann wieder an, und der Wagen rumpelte und schwankte den Hügelhang hinab zum Haus, das Webb erbaut hatte.

Er hatte Holz im Hof gesägt, offenbar für den Hühnerstall, und sein Oberkörper war nackt. Die Hosenträger hingen an den Seiten herab. Er schwitzte. Megan zwang sich, fortzublicken, doch es gelang ihr nicht.

Er grinste und schlüpfte in sein Hemd, ließ es jedoch offen. Die Hände stemmte er auf die Hüften. »Sieht aus, als hätten sie genügend Lebensmittel bis zum nächsten Frühjahr eingekauft«, bemerkte er. Er wirkte erfreut.

»Es wäre schön, etwas Rindfleisch und eine Schweinehälfte zu haben«, sagte sie in geschäftsmäßigem Ton und spürte wieder Hitze in sich aufsteigen, als er sie vom Wagen hob. Was, im Namen von allem, das ihr heilig war, stimmte mit ihr nicht? Vielleicht bekam sie Fieber. »Haben Sie eine Kühlkammer?«

Seine Hände verweilten an ihren Hüften, kurz nur, doch lange genug, um tief in Megan ein sonderbares heißes Prickeln auszulösen. »Ein Eishaus«, sagte er. »Ich werde es Ihnen zeigen, aber erst lade ich diese Kisten aus.«

Sie erlaubte ihm zu helfen, nicht weil sie faul oder die Arbeit zu viel für sie war, sondern weil sie sich erhitzt und ein wenig benommen fühlte. Ein Sonnenstich, sagte sie sich. Rothaarige

Personen mussten sich davor hüten, zu viel Sonne abzubekommen.

Als alle Kisten im Haus waren, führte Webb sie zum »Eishaus«. Es war eine Höhle, in die Seite eines Hangs gegraben und mit Stroh ausgekleidet. Eisblöcke, vermutlich im Hochwinter aus dem Bergen heruntergeholt, kühlten die feuchte Luft. Von einem der Dachbalken, die das Grassodendach stützten, hing an einem Haken ein erlegter Hirsch.

»Wildbret«, sagte Megan, bereits mit der Planung des Abendessens beschäftigt.

»Klingt gut«, erwiderte Webb. Er stand auf der Türschwelle, die Arme verschränkt, und beobachtete sie. Weil sein Gesicht im Schatten war, konnte sie seinen Gesichtsausdruck nicht erkennen, doch seine Stimme klang herzlich und ruhig und schuf eine Intimität zwischen ihnen, die Megan hätte beunruhigen sollen, es jedoch nicht tat. »Wie sind die Dinge in der Stadt verlaufen?«

Megan konnte nicht widerstehen, es ihm zu erzählen. Ihr Lächeln war mutwillig, doch sie nahm an, dass er das in der Dunkelheit der Höhle nicht sehen konnte. »Diamond Lil hat mir einen Job angeboten, als Schauspielerin in ihrem neuen Show-Theater. Ich nehme an, Sie sollten nett zu mir sein, denn ich bin anscheinend ziemlich begehrt.«

Er lachte und stützte sich mit einer Schulter an den schweren Türrahmen. »Das werde ich mir merken.«

Megan war sich darüber im Klaren, dass die Dinge im Haus aus den Kisten ausgeräumt und sortiert und an die richtigen Stellen verteilt werden mussten, doch Webb blockierte den Weg. Obwohl nichts Bedrohliches an seinem Verhalten war – eigentlich fühlte sich Megan zu ihm hingezogen, nicht von ihm abgestoßen –, wagte sie es nicht, sich an ihm vorbei ins Freie zu zwängen.

»Ich – ich muss Arbeit erledigen«, sagte sie.

Sein Grinsen blitzte auf. »Ich auch«, sagte er. Dann wandte er sich zu Megans enormer Erleichterung ab und ging davon, gab den Weg frei.

Megan hastete aus der Höhle, als sei darin ein Feuer ausgebrochen und Flammen leckten an ihren Hacken empor. Vorübergehend geblendet vom strahlenden Sonnenschein, prallte sie gegen Webbs Rücken und wäre gefallen, wenn er sich nicht schnell umgedreht und sie mit beiden Händen an den Oberarmen festgehalten hätte. Sie fühlte sich so entsetzlich, als hätte sie sich ihm absichtlich in die Arme geworfen – nicht, dass sie jemals so etwas tun würde.

Er starrte auf sie nieder und hielt sie immer noch. Dann lachte er, tief und kehlig, und ließ sie los. »Passen Sie auf«, mahnte er. »Sie könnten sonst fallen.«

Tatsächlich, dachte sie, ich könnte fallen.

Vielleicht war das bereits geschehen.

Megan hatte Webb Stratton drei Tage den Haushalt geführt, als Skye und Caney zu einem Höflichkeitsbesuch vorbeikamen. Sie trafen sie im Mannschaftsquartier an, wo sie den Boden fegte. Es war ein neues Gebäude, noch nie von Cowboys benutzt, nur von ein paar Ratten und anderem Getier, das sich seine Nester darin gemacht hatte. Webb war an diesem Morgen nach Virginia City aufgebrochen, weil er hoffte, dort eine Mannschaft anheuern zu können, und Megan hatte seither hart gearbeitet, hauptsächlich um sich von der Tatsache abzulenken, dass er ihr bereits fehlte.

Nicht, dass sie irgendein Recht gehabt hätte, sich irgendwelche Gedanken über den Mann zu machen. Sie konnte anscheinend einfach nichts dafür.

Augustus, der in einer Insel des Sonnenlichts gerade hinter der Tür des Mannschaftsquartiers döste, erhob sich, um die Ankömmlinge mit freundlichen, abschätzenden Wuffs und einigem Lecken an den Händen zu begrüßen. Skye lachte und kraulte ihn hinter den Ohren. Caney betrachtete die frisch geputzten Scheiben des Fensters, das geöffnet war, um die Brise hereinzulassen, und die dünnen aufgerollten Matratzen auf den Metallpritschen an den Seitenwänden.

»Du hast also nicht vergessen, wie man arbeitet«, bemerkte Caney.

Skye stupste sie mit dem Ellenbogen an. »Hör auf, zu nörgeln«, sagte sie, doch ihr Tonfall war liebevoll. »Du hast keinen Grund, so brummig zu sein.«

Megan verharrte auf den Besenstiel gestützt und erstaunt, plötzlich Gäste zu haben. »Kommt ins Haus«, sagte sie. »Ich mache uns Tee.«

»Ich möchte sehen, wo du schläfst«, kündigte Caney an.

Megan und Skye tauschten Blicke und schauten dann schnell zur Seite, damit sie nicht in Gekicher ausbrachen, wie es so oft der Fall gewesen war, als sie junge Mädchen gewesen waren. »Ich habe das ganze untere Geschoss für mich«, sagte Megan, ging voran über den Hof und durch die Küchentür ins Haus. Augustus trottete neben ihr her und wedelte mit dem Schwanz.

»Ich werde mir trotzdem ansehen, wo du schläfst«, beharrte Caney.

Megan seufzte. In der Küche wusch sie sich die Hände und klatschte sich am Spülbecken Wasser ins Gesicht. Nachdem sie sich abgetrocknet hatte, zeigte sie ihnen ihr Zimmer mit dem schmalen Bett und die Reihe von Kleiderhaken, wo ihre Kleider hingen. Sie besaß acht, keines wirklich geeignet für das Leben am Ufer des Primrose Creek, doch es waren ihre eigenen und sie pflegte sie.

Caney inspizierte alles – den Ofen, die Steppdecke, den Riegel am Fenster. Ihr Gesicht spiegelte ernste Konzentration wider.

»Zufrieden?«, fragte Megan und hob eine Augenbraue.

Caney schnaufte, sagte jedoch nichts.

»Trinken wir Tee«, schlug Skye heiter vor.

Megan lächelte und nickte.

Wieder in der Küche, setzten sich Skye und Caney an den Tisch, während Megan Tee aufbrühte.

»Wo ist dieser Mann überhaupt?«, wollte Caney wissen.

»Ich nehme an, du meinst Mr. Stratton?« Megan sah sie fragend an. Caney war stets mürrisch gewesen, selbst zu ihren besten Zeiten, und allein die Tatsache, dass sie zu Besuch gekommen war, hatte etwas Beruhigendes. »Er ist nach Virginia City geritten, um Cowboys anzuwerben.«

Skye sah besorgt aus. »Du bleibst ganz allein hier?«

Megan sagte nichts, denn die Antwort war offenkundig.

»Ich muss schon sagen!«, staunte Caney.

»Um Himmels willen, ich bin eine erwachsene Frau!«, fuhr Megan sie an, mit ihrer Geduld am Ende. Augustus kam zu ihr, tappte mit den Pfoten über den Holzboden und stieß mit der Schnauze nach ihrer rechten Hand. »Mit einem Hund. Außerdem habe ich Zeit zum Denken gewollt, erinnert ihr euch?«

»Dieser Hund ist kein Schutz«, wandte Caney ein. Immerhin sprach sie zu Megan, das war schon etwas. »Du kommst besser zurück über den Creek und schläfst bei Miss Christy, bis Webb heimkehrt.«

Megan hatte nicht vor, das Haus unbeaufsichtigt zu lassen, auch nicht für eine Nacht. Sie hatte eine Menge zu erledigen. »Ich nähe Hemden für Mr. Stratton«, sagte sie, obwohl sie Webb nicht mehr »Mr. Stratton« nannte und auch in Gedanken nur seinen Vornamen benutzte. »Ich habe Schnittmuster aus

Zeitungspapier gemacht und mit Nadeln an den Stoff geheftet, aber ich traue mich noch nicht, die Stücke auszuschneiden.«

Caney winkte ab. »Ich werde dir zeigen, wie das geht«, sagte sie.

Diese Erklärung kam angesichts der Kluft, die zwischen Caney und der Jüngsten ihrer vier Schutzbefohlenen entstanden war, einer Umarmung und einem Kuss gleich. Megan *glaubte* jedenfalls, die Jüngste zu sein. Jetzt war sie sich gar nicht mehr sicher, was sie und ihre Schwestern anbetraf.

Megan setzte Wasser auf und schüttete Teeblätter in einen Topf. »Danke«, sagte sie sanft und wandte ihre Aufmerksamkeit dann Skye zu. »Wo ist die kleine Susannah an diesem schönen Tag?«

Skye strahlte bei der Erwähnung ihrer Tochter. »Sie ist bei Bridget.«

Megan ging zum Tisch und setzte sich, während sie darauf wartete, dass das Wasser kochte. »Du bist glücklich mit Jake, nicht wahr?«, fragte sie leise.

»Wahnsinnig glücklich«, bekannte Skye und wurde verlegen.

Megan heftete den Blick auf Caney. »Und wie ist es bei dir? Hast du Fortschritte bei Mr. Hicks gemacht?«

Caneys dunkles Gesicht verdüsterte sich wie das Land bei einem heraufziehenden Unwetter. »Erwähne den Namen dieses Mannes nicht bei mir. Ich habe ihm den Laufpass gegeben.«

Megan war bestürzt, während Skye ausgesprochen verlegen und zugleich belustigt wirkte.

»Was?«, fragte Megan, überzeugt, dass sie sich verhört haben musste.

»Ich habe darauf gewartet, dass mich dieser Mann heiratet«, fuhr Caney fort. Offenbar war sie entschlossen, Malcolm Hicks als »dieser Mann« zu bezeichnen, sofern sie überhaupt über ihn sprach. »Ich habe ihm gesagt: ›Such dir irgendeine andere

Frau, die dir die Socken stopft und sich deine langatmigen Geschichten anhört und dir Schweinsfüßchen und Bohnen zum Abendessen kocht. Ich bin mit dir fertig.'«

»Aber warum?« Megan war wirklich überrascht. Caney war stets so entschlossen darauf bedacht gewesen, Mr. Hicks' Zuneigung zu gewinnen. »Ich dachte, du liebst ihn.«

Caneys schöne dunkle Augen füllten sich mit Tränen. »Ich will seine Ehefrau sein, nicht sein Mädchen für alles. Wenn er mir keinen Heiratsantrag macht und mit mir vor Reverend Taylor tritt, werden sich die Dinge niemals ändern.«

Das Wasser begann zu kochen, und Megan stand auf, ging zum Herd und zog den Wasserkessel mit Hilfe eines leeren Mehlsäckchens als Topflappen von der Platte. Als der Tee zog, kehrte Megan zum Tisch zurück. »Es tut mir Leid«, sagte sie und meinte es ehrlich. »Ich nehme aber an, er wird zur Vernunft kommen. Du wirst ihm schrecklich fehlen.«

»Hm!«, schnaubte Caney. »Wo ist der Stoff, von dem du gesprochen hast?«

»Ich hole ihn, wenn wir Tee getrunken haben«, erwiderte Megan freundlich.

»Ich will keinen Tee«, sagte Caney schroff.

Megan holte den gefalteten Stoff aus ihrem Zimmer und legte ihn auf den Küchentisch. Caney breitete den Stoff sofort aus und begutachtete ihn, während Skye für sich und Megan Tee einschenkte. Sie nippten an ihrem Tee und hielten die Tassen vorsichtig von dem Stoff entfernt, den Caney betrachtete.

»Hast du bei diesem Mann die Schultern gemessen?«, fragte Caney. »Bevor du das Schnittmuster gemacht hast, meine ich?«

Megan nickte. Das ließ wieder Hitze in ihr aufwallen, als sie daran dachte, wie sie mit einem Stück Kordel Webbs Oberkörper abgemessen hatte.

»Er ist ein großer Mann«, bemerkte Caney.

»Hm-hm«, bestätigte Megan und sah von Caney weg, nur um Skyes fröhlichen, nur allzu wissenden Blick aufzufangen.

»Sieht auch gut aus«, sagte Skye.

»Redet so eine verheiratete Frau?«, tadelte Megan, doch sie lächelte dabei. Webb sah tatsächlich gut aus.

»Woher weißt du, dass ein solcher Mann keine Frau hat?«, spekulierte Caney. Sie war bis jetzt anscheinend zufrieden mit Megans Schnittmuster, denn sie nahm sich eine Schere und begann einen Hemdsärmel auszuschneiden.

Megan hatte sich die gleiche Frage gestellt, Webb jedoch nie gefragt, und sie hatte nicht vor, das zu tun. Nicht, dass es ihr gleichgültig war, ob er jemals eine Frau geliebt hatte – das interessierte sie –, doch wenn er ihr von seiner Vergangenheit erzählen würde, dann würde sie das ebenfalls tun müssen, und dazu war sie nicht bereit. Noch nicht.

»Vielleicht hat er darauf gewartet, die richtige Frau zu finden«, sagte Skye, und ihre Worte wurden begleitet vom *Schnippschnapp* der Schere und Augustus' tiefem, zufriedenem Gähnen. Der Hund lag zu Megans Füßen und schmiegte seinen großen, weichen Körper warm an ihren Knöchel. »Webb, meine ich.«

Megan errötete. »Vielleicht hat er bereits irgendwo eine Frau«, sagte sie.

»Blödsinn«, meinte Skye. »Wenn er eine hätte, wäre sie hier bei ihm.«

Megan war sich nicht sicher, warum sie sich über diesen Punkt stritt; wenn sie völlig ehrlich war, musste sie sich eingestehen, dass sie den Gedanken, Webb könnte verheiratet sein, *hasste*. Was natürlich völlig unvernünftig von ihr war, denn Mr. Strattons Privatleben ging sie nichts an. Sie war bei ihm angestellt, um zu kochen, sauber zu machen und zu nähen; das war alles.

»Vielleicht«, stimmte sie seufzend zu. Ob Webb eine Frau geheiratet hatte oder nicht, es gab bestimmt Frauen in seinem Leben. Hatte er ihr nicht offen heraus gesagt, dass er sein romantisches Leben auf die Ladys beschränken würde, die für Diamond Lil arbeiteten? Es ließ ihr Blut brennen, als wäre es aus Kerosin, wenn sie sich vorstellte, dass er vermutlich in solche Etablissements ging.

Caney hatte das erste Hemd fertig zurechtgeschnitten und begann mit dem zweiten, nachdem sie einige Teile des Schnittmusters zu ihrer Zufriedenheit geändert hatte. »Wenn er irgendwo Frauen hat, könntest du das herausfinden, indem du ihn danach fragst«, meinte sie.

Megan war entsetzt. »Das würde ich nicht tun!«, stieß sie empört hervor.

Skye lächelte über den Rand ihrer Teetasse hinweg. »Aber du willst es wissen – oder?«

Megan starrte sie wütend an. »Nein.«

»Lüg nicht. Ich kenne dich zu gut. Du bist *verknallt* in ihn.«

»Das bin ich nicht!«

Caney verdrehte die Augen. »Ihr beide verhaltet euch wie kleine Kinder.«

Megan und Skye tauschten wieder einen Blick, diesmal einen ernsten.

»Wie alt war ich, als ich auf Großvaters Farm kam?«, fragte Megan ruhig.

Caney hielt in ihrem Schnippeln inne und sah Megan an, und ihre Augen waren dunkle Seen der Traurigkeit und ererbten Leidens. Sie presste die vollen Lippen aufeinander, und für einen Moment dachte Megan, sie würde eine Antwort verweigern. Sie hatte beim Ausschneiden des Stoffes gestanden, doch jetzt sank sie auf einen Stuhl, als sei sie zu erschöpft zum Stehen. »Du, Miss Megan, warst ungefähr zwei Wochen alt.«

»Woher kam ich?«

Caney schwieg lange, doch ihr Blick war fest und ruhig. »Ich nehme an, du weißt wie die anderen, das du Mr. Thayers Kind bist.«

»Das meinte ich nicht«, sagte Megan.

Caney seufzte schwer. »Du bist in New Orleans geboren worden. Deine Mama starb, und sie hatte euch zwei.«

Megan und Skye wirkten plötzlich wie Statuen in irgendeinem griechischen Park, erstarrt im Mondschein.

»Wir zwei?«, wiederholte Skye. Sie hatte ihre Teetasse abgestellt, doch ihre Hände zitterten immer noch.

Caneys Augen füllten sich mit neuen Tränen. »Ihr seid Zwillinge, ihr beiden. Oh, ihr saht nie gleich aus, das stimmt, aber es war stets ein besonderes Band zwischen euch. Habt ihr euch nicht darüber gewundert?«

Unwillkürlich hielten Skye und Megan einander an den Händen, doch ihre Aufmerksamkeit galt allein Caney.

»Warum?«, flüsterte Megan. »Warum hast du uns *nichts davon gesagt*?«

»Ich hatte eurem Großvater versprochen, nichts davon zu sagen, darum«, antwortete Caney. »Wenn ich es noch einmal tun müsste, würde ich nicht anders handeln. Es hat genug Ärger in dieser Familie gegeben.«

Skye atmete schwer und langsam, wie um Fassung ringend, und ihre Hand umklammerte Megans Hand fester. »Erzähl uns, was du über unsere Mutter weißt«, drängte Megan.

»War sie – war sie eine – Lady der Nacht?«, fragte Skye bange.

Caneys Gesicht spiegelte Schmerz und Widerstreben wider – und das Wissen, dass es sinnlos war, die alten Geheimnisse zu bewahren. »Sie war ein irisches Serviermädchen«, sagte sie, und ihre Miene verdüsterte sich wieder. »Sechzehn Jahre jung. Das hübscheste Ding, das man je gesehen hat.«

»Hat unser Vater sie verlassen?«

»Dieser Schuft!«, stieß Caney zornig hervor. »Vergesst ihn. Eure Mama starb am Tag nach eurer Geburt. Hätte ohnehin keine zwei Babys durchbringen können. Sie hatte keine Familie, und ihre Arbeit hatte sie bereits verloren. Sie wäre verhungert, wenn Gideon McQuarry nicht von ihr erfahren und eingegriffen hätte, um dafür zu sorgen, dass sie eine anständige Unterkunft und etwas zu Essen hatte.«

Etwas vom Glanz dieses schönen Sommertags war dahin, wenigstens für Megan, wenn sie an dieses arme junge Mädchen dachte, aber jetzt wusste sie wenigstens, woher sie stammte. Und sie wusste, dass sie Skyes Zwillingsschwester war. Dieses Wissen war wundervoll, und zugleich kam es ihr vor, als hätte sie es schon immer gewusst.

»Wie war ihr Name?«, fragte Skye.

Caney seufzte. »Maureen«, sagte sie sehr leise. »Ich kannte sie nicht lange. Euer Großvater schickte mich mit dem Auftrag nach New Orleans, mich um sie zu kümmern. Ich sollte sie und ihr Baby nach der Geburt nach Virginia heimbringen – niemand dachte im Traum daran, dass es Zwillinge werden würden –, doch dann starb sie. Durch Mr. Thayer ist irgendetwas in ihr zerbrochen. Sie lebte noch einen Tag, und dann schloss sie einfach die Augen und starb. Das Traurigste, was ich jemals erlebt habe.«

Megan und Skye schwiegen und stellten sich die Szene vor. Skye hatte ein Kind geboren, und Megan konnte sich vorstellen, wie eine Geburt sein musste. Sie verstanden gut genug, was Maureen durchgemacht haben musste.

»Wer von uns wurde zuerst geboren?«, fragte Megan.

»Wer hat uns den Namen gegeben?«, wollte Skye fast gleichzeitig wissen, sodass sich ihre Worte mit denen Megans vermischten.

Caneys Lächeln war traurig. »Miss Skye, du bist als Erste geboren worden. Fünf Minuten später«, fuhr sie fort und wandte sich Megan zu, »kamst du zur Welt. Eure Mama hat euch die Namen gegeben – ich nehme an, sie hatte sie sich schon lange zuvor ausgedacht.«

»Und unser Vater?«

»Thayer McQuarry?« Caney machte ärgerlich eine weitere wegwerfende Geste. »Dieser Schuft? Er war zu dieser Zeit im Gefängnis.«

»Im Gefängnis?«, fragte Skye.

»Er hatte sich auf ein weiteres Duell eingelassen«, erklärte Caney. Sie erhob sich und begann wieder Stoff zu schneiden, suchte Zuflucht in der Arbeit, die sie stets getan hatte. »Tötete den Sohn eines Senators. Einen Monat später hängte man Thayer auf.«

Megan schlug eine Hand vor den Mund.

»Ich wünschte, ich hätte niemals gefragt«, murmelte Skye, und ihr Blick war gequält.

Caneys Lächeln wirkte noch strahlender, weil es völlig unerwartet war. »Nun, das ist das Dumme bei einer McQuarry. Sie stellt einfach weiter Fragen, bis sie die Wahrheit herausfindet, auch wenn es besser wäre, die Antworten nicht zu wissen.«

Weder Megan noch Skye versuchten auch nur, dies abzustreiten. Ihr Großvater hatte sie fast alles gelehrt, was sie brauchten, um im Leben zurechtzukommen – nur nicht das Aufgeben.

5

»Webb? Bist du das?«

Webb, der an der Theke in Virginia Citys berüchtigtem Bucket of Blood Saloon stand, blickte von dem Glas Whisky auf, das er noch nicht angerührt hatte, und starrte erstaunt in den schmierigen Spiegel, der von Flaschen umgeben war. Er wandte sich um und sah sich seinem Bruder Jesse gegenüber. Vor sieben Jahren, als Webb ihn zum letzten Mal gesehen hatte, war Jesse gerade sechzehn gewesen, unreif und schlaksig, doch jetzt war er ein erwachsener Mann. In seinen blauen Augen war ein hartes Glitzern, das Webb besorgt machte, doch der tief geschnallte .45er an der Hüfte seines jüngeren Bruders beunruhigte ihn viel mehr.

»Was, zur Hölle, treibst du hier?«, fragte er.

Jesses Adamsapfel hüpfte auf und ab und beruhigte sich dann wieder. Jesse trat neben seinen Bruder und stand Schulter an Schulter mit Webb, musterte ihre Spiegelbilder in dem großen Spiegel. Abgesehen von den zehn Jahren, die zwischen ihnen lagen – obendrein ereignisreiche Jahre –, sahen sie sich sehr ähnlich. »Ich könnte dir die gleiche Frage stellen«, erwiderte Jesse schließlich.

»Ich versuche, einige Kuhtreiber anzuheuern«, sagte Webb und fügte hinzu, als Jesse nichts sagte: »Wie geht's Pa?« Jede Erwähnung seiner Familie war zutiefst persönlich für Webb; er hatte nie darüber in Primrose Creek gesprochen, obwohl er den Ort als seine Heimat betrachtete. Er brauchte sich keine Sorgen zu machen, dass jemand mithörte. Im Bucket of Blood war es laut. Selbst mitten am Tag war der Saloon von blechernem Pianogeklimper, dem Klicken der Billardkugeln, den lautstarken Wortgefechten und dem trunkenen Geschrei seiner Gäste erfüllt.

Jesse nickte dem Mann hinter der Bar zu, und ein Glas wurde zu ihm hingeschoben. Er schenkte sich aus Webbs Flasche ein, prostete Webb spöttisch zu und trank. »Pa? Nun, der ist bösartiger und verkommener denn je«, sagte er.

Webb schloss die Augen. *Bösartig* war ein passendes Wort, um den alten Mann zu beschreiben; ein Grizzly mit der Schnauze voller Wespen war im Vergleich dazu freundlich.

»Hat er nie ein Kopfgeld auf mich ausgesetzt?«, fragte Webb und trank schließlich doch einen Schluck von seinem Whisky. Seine Hand zitterte ein wenig, als er das Glas anhob, und er hoffte, dass sein jüngerer Bruder es nicht bemerkte.

»Warum, zum Teufel, sollte er das tun?«, fragte Jesse. »Er würde dich eher selbst abknallen.«

Webb seufzte. »Und Eleanor?«, fragte er sehr ruhig. Es war sonderbar; er liebte Eleanor Stratton, seine Schwägerin, von dem Tag an, an dem sie als Braut seines älteren Bruders auf die Southern Star Ranch gekommen war, und einmal hatte sie sich Trost suchend an ihn gewandt und ihm Grund gegeben, zu glauben, dass sie das Gleiche für ihn empfand. Wenn er jetzt versuchte, sich ihre Gesichtszüge vorzustellen, konnte er nur Megan McQuarrys Gesicht sehen.

»Wie sonst«, antwortete Jesse. »Jedenfalls ging es ihr prima, als ich zum letzten Mal dort war. Das ist ein paar Jahre her. Ich bin nicht viel willkommener auf der Ranch als du, großer Bruder.«

Webb hatte erwartet, dass Eleanor zu ihrer Familie im Osten zurückkehren würde, nachdem Tom getötet worden war. Nachdem er Tom getötet, ihn mit bloßen Fäusten zu Tode geprügelt hatte. Bei der Erinnerung daran wurde ihm übel, und er schob das Glas von sich. Vor seinem geistigen Auge sah er Blut. Das Blut seines Bruders. »Es überrascht mich, dass sie geblieben ist«, sagte er nach einer Weile, und seine Stimme klang selbst für ihn rau und fremd. »Jedenfalls hatte ich angenommen, sie hätte wieder geheiratet und wäre in die Stadt gezogen.«

Jesse sah ihn verwirrt an. Die Zeit hatte ihn zu einem harten Mann gemacht, und in seinen Augen war eine kalte Distanziertheit, die Webb tief in seinem Innern schmerzte. Er war alles gewesen, was Jesse gehabt hatte, und er hatte ihn verlassen. Wenn der Junge inzwischen auf die schiefe Bahn geraten war, musste er sich einen Teil der Schuld geben. »Ich nehme an, Tom würde das missbilligen«, sagte er.

Für Webb schien bei diesen Worten die Welt stehen zu bleiben. Tom war tot. Er, Webb, hatte neben seiner Leiche gekniet, während sein Zorn nachgelassen hatte, und nach dem Puls gefühlt. Er hatte keinen gespürt.

Plötzlich lachte Jesse auf. »Guter Gott«, schnarrte er und füllte sein Glas fast bis zum Rand mit Whisky. »Du hast gedacht, du hättest ihn getötet!«

Selbst im Bucket of Blood erregte eine solche Bemerkung Aufmerksamkeit. Webb nahm die Whiskyflasche mit einer Hand, packte seinen jüngeren Bruder mit der anderen am Ellenbogen und schob ihn hastig durch die Schwingtür hinaus. Als sie draußen auf dem durchhängenden hölzernen Gehsteig waren, lachte Jesse immer noch. Webb zog ihn in eine Gasse, ließ die Whiskyflasche auf den Boden fallen, wo sie zerschellte, packte Jesse am Kragen seines verschlissenen Hemdes und stieß ihn gegen eine Bretterwand.

»Er lebt?«, fragte er. »Tom *lebt*?«

Jesses Miene wurde eisig, und er riss sich aus Webbs Griff los. »Ja, was er nicht dir zu verdanken hat. Er hat ein Jahr gebraucht, um über die Prügel hinwegzukommen, die du ihm verpasst hast.«

Webb schloss die Augen, doch die Erinnerungen verfolgten ihn trotzdem, quälend und frisch, mit dem Geruch von Blut erfüllt. Er hatte Ellie an jenem Morgen vor sieben Jahren gefunden, als sie sich versteckt hatte, die zarten Arme mit Blutergüssen bedeckt und die Augen von Schlägen geschwollen. Er hatte ihr aufgeholfen, sie zum Haus zurückgeführt und ihre Wunden so behutsam behandelt, als wäre sie ein verletztes Kind. Sie hatte nicht zugegeben, selbst dann nicht, dass Tom irgendwann in der Nacht betrunken nach Hause gekommen war und sie geschlagen hatte, doch Webb hatte Bescheid gewusst. Er war in der vergangenen Nacht selbst nicht zu Hause gewesen, sonst hätte er die Schreie gehört. Gott wusste, dass er sie schon zuvor gehört und auch eingegriffen hatte.

»Verlass ihn«, hatte er gesagt. »Ich werde für dich sorgen.«

Sie hatte ihn angestarrt, benommen, den Kopf geschüttelt und sich zusammengekauert wie ein kleines Tier, das sich vor weiteren Schlägen zu schützen versucht. Er hatte sie in sein eigenes Schlafzimmer getragen, aufs Bett gelegt und sanft zugedeckt. Dann hatte er sich mit kaltem Zorn auf die Suche von Tom gemacht.

»Sie haben jetzt einen Sohn«, sagte Jesse und riss Webb aus der hässlichsten seiner Erinnerungen. »Haben ihn Tom den Dritten genannt.«

Webb wünschte, er hätte die Whiskyflasche nicht fallen gelassen, denn jetzt konnte er einen Schluck gebrauchen. Eigentlich eine ganze Flasche. »Wie alt?«, presste er hervor.

»Der Junge?« Jesse runzelte die Stirn, aber da war etwas am

Ausdruck seiner Augen, ein Wissen, ein Verdacht. Das Stirnrunzeln ging in ein Grinsen über. »Er müsste jetzt ungefähr sechs sein. Ellie muss schwanger mit ihm gewesen sein, als du Tom diese Prügel verpasst hast.«

Webb fluchte. »Hat er sie … weiterhin …?«

»Du meinst, ob Tom immer noch säuft und Ellie schlägt?«, fragte Jesse ohne erkennbare Emotion. »Nein. Als sie den Jungen bekam, veränderte sie sich. Wollte sich von niemandem mehr etwas antun lassen, auch nicht von Pa. Als Tom sich zum ersten Mal wieder betrank – und bis dahin war viel Zeit vergangen, wenn man bedenkt, in welcher Verfassung du ihn zurückgelassen hast –, empfing sie ihn mit einer Schrotflinte im Anschlag an der Haustür und schwor, ihn zu töten, wenn er jemals eine Hand gegen sie oder das Kind erheben würde.« Jesse lächelte in der Erinnerung, und seine Miene spiegelte eine Niederträchtigkeit wieder, die Webb zur Verzweiflung brachte. »Ich nehme an, er muss die Botschaft verstanden haben. Danach gab es nie irgendwelche Probleme.«

Webbs Gedanken jagten sich Schwindel erregend; er wandte sich von seinem jüngeren Bruder ab, drehte sich dann wieder zu ihm um. »Mein Gott«, flüsterte er, nahm den Hut ab und setzte ihn sofort wieder auf, so durcheinander war er. »All diese Zeit …«

»All diese Zeit hast du über die Schulter Ausschau nach Verfolgern gehalten, hast gedacht, das Gesetz wäre hinter dir her?« Diesen Gedanken schien Jesse lustig zu finden. Er brüllte vor Gelächter, und Webb hätte ihn vielleicht mit einem Faustschlag zum Verstummen gebracht, wenn er nicht vor langer Zeit der Gewalt abgeschworen hätte. Seit jenem Tag auf der Southern Star, als er geglaubt hatte, seinen Bruder getötet zu haben, hatte er seine Fäuste nicht mehr eingesetzt und keine Waffe getragen, und er traute sich selbst noch immer nicht.

»Hältst du das für lustig?«, fragte er sehr ruhig.

Das war eine Warnung, und Jesse verstand sie sofort. Er wurde eine Spur blasser und lächelte unsicher und dümmlich. »Hey, Webb. Ich bin's, Jesse. Dein kleiner Bruder.« Er klopfte Webb auf die Schulter. »Komm. Ich gebe einen aus.«

Webb hatte tausend Fragen, doch er wusste, dass er nie fähig sein würde, die meisten davon auszusprechen. Er würde seine Neugier auf Jesse beschränken und vergessen, dass der alte Mann und Tom jemals existiert hatten. Was den Jungen, Thomas Stratton III., anbetraf – nun, er war noch nicht bereit, an ihn überhaupt zu denken. »Nein«, sagte Webb, »ich werde *dir* ein Steak spendieren. Wir haben einiges zu besprechen.«

Jesse war erfreut über die Aussicht auf eine kostenlose Mahlzeit; er war stets ein guter Esser gewesen – die Arbeit auf der Southern Star und jeder anderen Ranch war hart und machte jedem Appetit, ganz zu schweigen von einem heranwachsenden Jungen –, und auf Webb wirkte er ein wenig vom Glück verlassen. Wer weiß, wie lange der Junge nichts anderes als Reitproviant gegessen hatte, und nach seinem Äußeren und seiner Fahne zu schließen, hatte er den Whisky auf leeren Magen getrunken.

Im Speiseraum des Comstock Hotels, bei fast blutigen Steaks mit Mais in Rahm und Bratkartoffeln, erzählten sich die Brüder Kurzversionen ihrer jüngsten Vergangenheit. Jesse hatte die Southern Star nach einem besonders hässlichen Krach mit dem alten Mann verlassen und sich seither herumgetrieben, dann und wann als Cowboy auf irgendeiner Ranch gearbeitet oder sich als Treiber verdingt, wenn ihm das Geld ausgegangen war. Er sprach jedoch mit Wehmut von daheim, und Webb sah Groll in den Augen seines Bruders, als er sagte, er sei sicher, dass ihr Vater inzwischen das Land und Vieh Tom junior überschrieben hatte.

Das wären wir gut los!, dachte Webb. Er hatte das Land geliebt, natürlich, denn ihm lag die Rinderzucht im Blut, doch er hatte jetzt eine eigene Ranch, die am Primrose Creek. Er würde sie zu einem Betrieb aufbauen, der gleichwertig oder sogar noch größer wie die Southern Star werden würde, aber an diesem Punkt endete die Ähnlichkeit. Er wünschte sich Kinder, Söhne und Töchter, und wenn sich sein Wunsch erfüllte, würde er sie nicht gegeneinander ausspielen, wie es Tom senior getan hatte, das stand fest. Ebenso wenig würde er drei Frauen verschleißen, eine nach der anderen auf einem einsamen, vom Wind gepeitschten Friedhof am schlammigen Missouri River bei ihren vielen unglückseligen Babys beerdigen, die in Särgen beigesetzt worden waren, nicht größer als Schuhkartons.

»Woher hast du das Geld herbekommen, um dir eine eigene Ranch zu kaufen?«, wollte Jesse wissen. Er hatte sein Steak aufgegessen und machte sich über ein Stück Kirschkuchen her.

Webb hatte einen Teil seiner Löhne gespart, seit er mit vierzehn den ersten erhalten hatte, und nach dem Verlassen der Southern Star hatte er ein paar Mal Herden nach Texas und Mexiko getrieben. Im Laufe der Zeit war er Trailboss geworden, und als solcher hatte er einen Prozentsatz am Gewinn erhalten. Er sah jedoch keinen Grund, all dies Jesse zu erklären, der offenbar mehr dazu neigte, all das Geld zu verplempern, das ihm jemals zwischen die Finger kam. »Ich habe gearbeitet«, sagte er. »Im Augenblick suche ich einige Kuhtreiber. Kennst du welche?«

Jesse strahlte. »Na klar. Ich werde die Arbeit annehmen. Ebenso sieben oder acht meiner Freunde und ein paar Fremde obendrein, nehme ich an, wenn der Lohn stimmt.«

»Der Lohn ist nicht berauschend«, sagte Webb, »aber es gibt gute Quartiere, und ich habe eine Frau angestellt, die kocht.« Es war anscheinend eine gewaltige Untertreibung, Megan als

»Frau, die kocht«, zu beschreiben, aber er wollte ihren Namen nicht hinausposaunen. Auf irgendeine unerklärliche Weise war er fast heilig für Webb.

»Hast du nie geheiratet?«, erkundigte sich Jesse zwischen zwei Bissen Kuchen.

Webb schüttelte den Kopf. Er hatte Ellie geliebt, und das wussten sie beide. Hölle, vermutlich wusste es jeder in Montana. »Und du?«, fragte er, obwohl er überzeugt war, dass Jesse nicht über das Stadium herausgekommen war, Saloon-Mädchen nachzustellen.

»Ich habe keine Pläne, mich niederzulassen«, sagte Jesse stolz, als sei er der erste Mann, dem jemals diese Idee gekommen wäre.

Webb lächelte in sich hinein. »Verstehe«, sagte er, als die Kellnerin kam und seine Kaffeetasse füllte. »Nun, ruf deine Freunde zusammen, wenn du zu Ende gegessen hast. Ich werde jeden Mann anheuern, der warmes Blut in den Adern und ein Reitpferd hat.«

Jesse nickte. Webb nahm an, dass er eine Sonderbehandlung erwarten würde, weil er der Bruder vom Boss war. Es hatte keinen Sinn, ihm die Illusion so früh schon zu rauben. Jesse würde seine Aufgaben erledigen müssen wie alle anderen.

Jesse aß seinen Kuchen auf und bestellte ein zweites Stück, und Webb schaute belustigt zu, als sein Bruder es so schnell verschlang wie das erste. Während Webb seinen Kaffee genoss, stand Jesse dann auf, offensichtlich gestärkt. »Wo treffen wir uns?«, fragte er. »Und wann?«

Webb hatte an diesem Tag Glück gehabt, und nicht nur wegen des Wiedersehens mit Jesse, dem Bruder, den er zurückgelassen hatte. Er hatte damit gerechnet, Probleme mit dem Anheuern der dringend benötigten Männer zu haben, doch jetzt schien ihm das Schicksal diese ebenfalls zu liefern. Es bereitete ihm Unbehagen, wenn Probleme sich einfach wie von selbst lösten.

»Ich habe hier ein Zimmer«, sagte er. »Morgen früh werde ich mit den Männern reden und jedem, der anheuert, ein Frühstück spendieren. Wenn du ein Bett willst, besorge ich dir eins.«

Wieder spielte dieses Grinsen um Jesses Mundwinkel. »Oh, ich habe ein Bett für die Nacht«, sagte er. »Trotzdem vielen Dank. Wir treffen uns dann morgen vor dem Saloon.«

»Gleich nach Sonnenaufgang«, mahnte Webb, obwohl er eigentlich nicht in der Position war, Forderungen zu stellen. Die meisten der Männer in Virginia City waren Minenarbeiter, und es war unwahrscheinlich, dass sie ihr Pferd sattelten und ins Hochland ritten, um als Cowboys zu arbeiten. Er würde jede Hilfe nehmen, die er bekommen konnte, und froh darüber sein.

Kurz nachdem Jesse mit einem Nicken gegangen war, trank Webb seinen Kaffee aus, bezahlte die Zeche und ging nach oben. In seinem Zimmer zündete er die Kerosinlampe an, zog seine Stiefel aus und streckte sich auf dem Bett aus, um in einem Buch zu lesen, das er von daheim mitgebracht hatte. Er stellte fest, dass er zu müde war, um sich zu konzentrieren, und so zog er sich aus, drehte den Docht der Lampe herunter und versuchte zu schlafen.

Doch dann dachte er an Jesse, wie er ihn in Erinnerung gehabt hatte. Vor sieben Jahren war der Junge sensibel und dünn gewesen, mit einer Liebe zu Büchern und zu Pferden, und er hatte sich verzweifelt bemüht, die Anerkennung des alten Mannes zu erlangen, doch es war vergebens gewesen. In Tom senior war eine grausame Ader, und je stärker Jesse danach gestrebt hatte, sich selbst zu beweisen, desto weniger Aufmerksamkeit hatte er bekommen.

Schließlich schlief Webb ein, und es hätte ihn nicht überrascht, wenn er von der Southern Star geträumt hätte, von dem alten Mann, von Tom junior, von Ellie und Jesse, sogar von all diesen gestorbenen Babys. Gott wusste, dass er als Junge hunderte von Albträumen deshalb gehabt hatte, davon geträumt hatte, dass sie ihn immer wieder riefen und ihre dünnen Stimmchen vom rauen Wind Montanas verweht wurden.

Stattdessen verfolgte ihn Megan McQuarry in seinem Schlaf. Megan, mit dem kupferfarbenen Haar und den unglaublich grünen Augen, ihrem feurigen Wesen und der schnellen irischen Zunge. Er erwachte gut ausgeruht und begierig darauf, den langen harten Ritt heim nach Primrose Creek anzutreten. Zurück zu Megan.

Er war angenehm überrascht, als Jesse in der Morgendämmerung vor dem Hotel mit gesatteltem Pferd und zum Aufbruch bereit auf ihn wartete. Er war nüchtern – schon unglaublich genug –, und ebenso waren das die zwölf Männer, die er für die Arbeit auf Webbs Ranch rekrutiert hatte. Alle hatten halbwegs anständige Pferde und genügend Ausrüstung.

Webb sprach mit jedem Einzelnen. Ziemlich viele von ihnen wirkten unsympathisch auf ihn, doch er hatte keine große Wahl. Er musste Rinder und Pferde treiben und der Armee verkaufen, und das konnte er nicht alleine schaffen.

Mit Jesse an der Seite lenkte Webb sein Pferd in Richtung Berge und ritt heim.

Er kommt zurück.

Megans Herz schlug schneller bei dieser Erkenntnis, und sie beobachtete von dem Stück Land aus, das sie für einen Küchengarten gerodet hatte, als Webb und ein Dutzend Männer zum Haus ritten. Sein Gesicht war von der Hutkrempe beschattet, und dennoch hätte sie geschworen, dass er lächelte.

Sie bemühte sich um die würdevolle Miene einer Lehrerin, doch zuvor tastete sie noch mit beiden Händen zu ihrem Haar, um sich zu vergewissern, dass es ordentlich war. Während die anderen Männer zum Stall ritten, um dort ihre Pferde unterzustellen, bevor sie im Mannschaftsquartier ihre Plätze auswählten, ritten Webb und ein junger, blonder Cowboy zu ihr. Augustus flitzte wie verrückt bellend um die Hausecke, um seinen Herrn zu begrüßen.

Die beiden Männer hielten am Rand des Gartens und schwangen sich von ihren Pferden. Webb lächelte tatsächlich, wie Megan sah, doch sie wagte nicht anzunehmen, dass sie der Grund für seine gute Laune und die Ausgelassenheit war, mit der er mit dem Hund lachend zur Begrüßung kämpfte, und so behielt sie ihre ernste Miene bei. Innerlich war sie jedoch überglücklich, Webb wieder zu sehen; ein wildes Glücksgefühl stieg in ihr auf und tanzte in ihrer Seele.

»Sieht aus, als hätten Sie hart gearbeitet«, bemerkte Webb und nickte zu dem neu gerodeten Stück Garten hinüber. Er lächelte immer noch, als ob er wüsste, dass ihre Ernsthaftigkeit nur eine List war. Vielleicht hatte er sogar angenommen, dass sie ihn bitterlich vermisst hatte.

Augustus hatte sich ein wenig beruhigt, doch er winselte immer noch vor Freude. Launischer Hund. Seit Webbs Verlassen der Ranch hatte Augustus sie kaum aus den Augen gelassen, und jetzt galt seine ganze Aufmerksamkeit jemand anders und sie war wie Luft für ihn. Megan raffte ihre Röcke, sich plötzlich bewusst, dass das Kleid aus hellgrüner Seide und einst am Ausschnitt und Saum mit Federn besetzt war. Sie hatte den Flitterkram entfernt und die Ärmel aufgekrempelt, doch das Kleid sah immer noch wie das aus, was es war – die modische Aufmachung für eine Frau auf einer Bühne, in einer Tanzhalle oder an irgendeiner Vergnügungsstätte. Sie sah, dass der Junge sie mit offener Anerkennung betrachtete, doch sie war von Kopf bis Fuß von der Arbeit schmutzig und errötete. »Ich hole das Abendessen«, sagte sie.

Webb kniff leicht die Augen zusammen, als er ihr Kleid betrachtete, und sie glaubte, dass seine Kinnpartie einen härteren Zug annahm. Er nickte knapp. »Das wäre prima«, sagte er brummig.

Der junge Mann stieß ihn mit dem Ellenbogen an, und er schreckte zusammen, zuerst ärgerlich, doch dann ging der Ärger in Belustigung über.

»Das ist mein jüngerer Bruder Jesse«, stellte Webb vor. »Jesse, dies ist Miss McQuarry, meine Haushälterin.«

Megan hatte den Eindruck, dass Webb kurz vor dem Wort *Haushälterin* gezögert hatte, als ob er auf der Zunge gehabt hätte, dass sie etwas mehr war, doch das bildete sie sich bestimmt nur ein. Sie hatte hart gearbeitet, seit Webb vor vier Tagen fortgeritten war, und heute war sie seit dem Mittag draußen und hatte eine Hacke geschwungen und Steine entfernt. Kein Wunder, dass sie sich ein wenig seltsam und schwindelig fühlte. »Guten Tag«, sagte sie zu Jesse, immer noch verlegen wegen ihres Kleides, das für diese Art Arbeit so unpassend war.

Jesse wurde rot. Er war vielleicht ein Jahrzehnt jünger als Webb und hatte keine so kräftige und muskulöse Figur, doch er sah gut aus, und im Laufe der Zeit würde er der Typ Mann werden, nach dem sich die Frauen umdrehen, wie bei seinem älteren Bruder. »Tag«, erwiderte er.

Webb zog einen Handschuh aus und wies zu den Nebengebäuden. »Die Quartiere sind in dem Haus dort«, sagte er zu Jesse. »Füttere und tränke dein Pferd dort im Stall und bring deine Ausrüstung unter. Wenn du dich gewaschen hast, wird Miss McQuarry etwas zum Abendessen auf dem Tisch haben.«

Jesse wirkte ein wenig bestürzt, als hätte er erwartet, im Haus zu schlafen, und Megan selbst war etwas verwirrt. In ihrer Familie waren Verwandte grundsätzlich Verwandte. Sie verdienten – und bekamen – das Beste von allem, ganz gleich, wie klein sie sein mochten.

»Klar«, murmelte Jesse schließlich und führte sein Pferd fort.

Megan strich mit den Händen, die Blasen bekommen hatten, über ihr Kleid hinab, sich ihres Äußeren schmerzlich bewusst. Wenn ich nur gewusst hätte, wann er zurückkehren wird, dachte sie, dann hätte ich vielleicht gebadet, mich frisiert und etwas Schönes angezogen …

Was waren das für Gedanken? Sie war eine Haushälterin, keine Ehefrau oder Geliebte. Von neuem tastete sie nach ihrem Haar. Dann wandte sie sich verlegen ab und eilte mit glühendem Gesicht ins Haus.

Sie ging auf ihr Zimmer, wusch sich schnell, tauschte ihr Kleid gegen das einzige schlichte, das sie besaß, und kämmte ihr Haar. Gott sei Dank war frisch gebackenes Brot da, und sie hatte früher am Tag einen Topf mit Bohnen und Schweinebauch aufgesetzt. Es waren auch Eier da, von Bridgets Hühnern, die Trace und Noah gestern Abend gebracht hatten und die in einem Korb im Eishaus lagerten.

Sie holte diese Eier und kochte sie, öffnete ein paar Dosen Obst von den Küchenregalen und wärmte einige Brötchen auf. Als sie in der Küche hin und her eilte, wurde ihr plötzlich bewusst, dass Webb auf der Türschwelle stand, den Hut in der Hand. Ein Ausdruck von seltsamer Zuneigung war in seinen blauen Augen.

»Es ist ein bisschen spät im Jahr, um einen Gemüsegarten anzulegen, nicht wahr?«, fragte er.

»Es ist erst Juni«, sagte sie durcheinander gebracht und eilte zwischen Herd, Regal und Tisch hin und her. »Es gibt vieles, was wachsen wird.«

Er zuckte mit den Schultern, hängte seinen Hut auf den Haken neben der Tür und trat ein. Seine Kleidung war schmutzig, und er konnte ein Bad und eine Rasur brauchen, doch für Megan sah er auch so wundervoll aus. Ihr Puls beschleunigte sich bei dem Gedanken, dass er wieder von dieser Nacht an unter demselben Dach wie sie schlafen würde. Sie würde vermutlich kein Auge zutun können.

Er ging zum Waschständer, glücklich umtollt von dem Hund, dessen Pfoten über den Holzboden tappten und dessen Zunge heraushing. Webb schüttete Wasser aus dem Krug in die Schüssel und begann sein Gesicht zu waschen und sich die Hände zu schrubben. Megan stand wie erstarrt da und beobachtete ihn. Fast hätte er sie dabei ertappt, doch sie konnte sich gerade noch rechtzeitig abwenden.

Kurz darauf schlenderten die Cowboys herein, angeführt von Jesse Stratton, und sie grüßten Megan höflich mit Nicken und gemurmeltem »Ma'am«. Sie hatten sich höchstwahrscheinlich im Bach gewaschen, und obwohl sie immer noch zu verdreckt für eine feine Gesellschaft waren, hatten sie Hunger und bemühten sich um gute Manieren, jedenfalls die meisten. Sie ertappte ein paar dabei, wie sie verstohlen zu ihr blickten, und vermutete, dass die Männer sie in ihrem Kleid im Garten gesehen hatten. Natürlich wagte niemand, eine diesbezügliche Bemerkung zu machen, und sie nahmen ordentlich Platz, Webb am Kopf des Tisches, und machten sich über das Essen her, das Megan für sie aufgetischt hatte.

Megan beobachtete sie, während sie am Herd Kaffee kochte, und sagte sich, dass Webb Recht gehabt hatte – drei Mahlzeiten pro Tag für so viele Männer zu kochen würde mehr Arbeit sein, als sie jemals bewältigt hatte. Sonderbar genug, ihr gefiel der Gedanke; wie die anderen McQuarrys hielt sie nichts von Müßiggang.

Als das Essen vorüber war, verfütterte Megan die wenigen Reste an Augustus, der geduldig gewartet hatte, ausgestreckt auf dem Läufer vor dem Kamin in der Küche und ein Auge halb geöffnet, um die Vorgänge am Tisch zu beobachten. Die Männer bedankten sich höflich und gingen, einschließlich Jesse. Zu zweit und dritt verschwanden sie in der Abenddämmerung, Kaffeebecher in den Händen, bis Megan mit Webb allein war.

»Das war eine prima Mahlzeit«, sagte Webb. Er verweilte am Tisch, beobachtete sie, und das Licht der Lampen schimmerte golden in seinem Haar.

Sie lächelte ihn an. »Warum scheint es Sie stets zu überraschen, Mr. Stratton, wenn ich etwas gut mache?«

Er hatte den Anstand, gekränkt zu wirken. Er wurde sogar ein wenig rot am Haaransatz. Er musste sich dringend rasieren, doch in Megan stieg trotzdem der Wunsch auf, über seine Bartstoppeln zu streicheln. Umso mehr war sie darauf bedacht, Distanz zu ihm zu wahren.

»Ich meine, Sie sehen mehr wie eine Schauspielerin aus, weniger wie eine Haushälterin«, sagte er.

»Ich wusste nicht, dass Sie einen Bruder haben«, erwiderte sie, weil seine Bemerkung sie durcheinander brachte – auf nicht ganz unangenehme Art – und sie das Thema wechseln wollte.

»Ah, ja. Jesse. Er lief mir in Virginia City über den Weg. Es stellte sich heraus, dass er vor über zwei Jahren von zu Hause fortgeritten ist.«

Megan begann im Becken unter dem breiten östlichen Fenster Geschirr zu waschen. Dort fielen des Morgens die rosafarbenen und goldenen Strahlen der aufgehenden Sonne herein. »Von zu Hause?«, fragte sie sehr leise. »Sie meinen die Familienranch in Montana?« Wenn er nicht antworten wollte, wenn er die Frage zu direkt fand, konnte er immer noch so tun, als hätte er sie nicht gehört.

»Für mich ist das Zuhause hier am Primrose Creek«, sagte er ohne zu zögern.

Sie war seltsam erfreut über die Antwort, auch wenn sie den Verlust dieses Landes betrauerte, das einst ihr gehört hatte. »Warum sind Sie dort fort?«, fragte sie, spülte einen Teller und vermied es, Webb anzusehen. Was veranlasste sie, so kühn zu sein? Webb Strattons Vergangenheit ging sie nichts an.

Er schwieg lange. Dann seufzte er. »Ihre Familie ist eng verbunden«, sagte er. »Bei meiner ist das anders.«

Sie wartete.

»Wir kamen nic miteinander aus, Pa und ich. Tom junior – das ist unser älterer Bruder – und ich konnten es kaum im selben Zimmer miteinander aushalten.«

Bei seinen Worten empfand sie eine Seelenverwandtschaft mit Webb, denn auch sie hatte ihren Anteil an familiären Streitigkeiten erlebt. »Was ist mit Ihrer Mutter?«, fragte sie behutsam.

»Meine Mutter«, sagte er nachdenklich. Megan wagte es, aus dem Augenwinkel verstohlen zu ihm zu blicken, weil etwas an seinem Tonfall ihre Aufmerksamkeit geweckt hatte, und sie sah, dass er in die Ferne starrte, die Hände um seinen Kaffeebecher gekrampft. Er schien etwas weit jenseits der Holzwand des Hauses zu sehen, das ihn stark beunruhigte. »Sie starb, als ich fünf war, und ich erinnere mich kaum an sie. Pa heiratete Jesses Ma, Delia, nachdem meine noch nicht mal ein halbes Jahr vorher verstorben war – in all der Zeit, die ich sie kannte, hörte ich ihn nie ihren Vornamen aussprechen. Er nannte sie stets nur ›Frau‹.«

Megan konnte nicht anders, sie trat hinter Webb und legte ihm leicht eine Hand auf die Schulter und fand Trost in der Tatsache, dass er sich nicht zurückzog. »Wie war sie? Jesses Mutter, meine ich?«

Er lächelte, doch ein Schatten von Traurigkeit senkte sich über seine Augen. »Zart. Hübsch. Fast noch ein Mädchen, als sie auf die Ranch kam. Sie verlor mehrere Babys, bevor sie es schaffte, Jesse zu empfangen, und dann starb sie an Fieber, als er erst drei war. Wir hatten keine Frau mehr im Haus, bis Tom junior aus dem Osten zurückkehrte und Ellie heiratete.«

Ellie. Irgendetwas an der Art, wie er den Namen ausgesprochen hatte, versetzte Megan einen Stich. Sie wartete, wagte nicht zu reden, doch er sagte nichts mehr über die Frau seines Bruders.

»Wie ist es mit Ihnen, Megan?«, fragte er mit rauer Stimme. »Haben Sie jemals Ihr Zuhause in Virginia vermisst?«

Sie dachte an die Farm im grünen und fruchtbaren Shenandoah Valley, an ihren geliebten Großvater, und ihr Herz schmerzte bei dem Gedanken an alles, was sie geliebt, für sicher gehalten und schließlich verloren hatte. Einst hätte sie geantwortet wie Webb und behauptet, Primrose Creek sei der Platz, an den sie gehörte. Jetzt war sie sich nicht sicher, ob sie überhaupt irgendwo hingehörte, und deshalb wusste sie nicht, was sie sagen sollte.

Webb zog sie auf den Stuhl neben sich und ergriff ihre Hände. Er furchte die Stirn, als er die Blasen auf ihren Handflächen sah. Seine Berührung war tröstlich, und gleichzeitig weckte sie ein gefährliches Verlangen in ihr.

»Sie haben ziemlich hart gearbeitet«, bemerkte er weich.

Sie wandte den Kopf ab und kämpfte gegen Tränen an. Sie würde nicht weinen. Das würde sie *nicht*.

Webb stand auf und holte ein Handtuch und eine Dose mit

Salbe. Dann drehte er ihre Handflächen nach oben und trug die Salbe auf.

»Das – das ist nicht weiter schlimm«, sagte sie.

Sein Blick war weich, als er in ihr Gesicht aufblickte. »Sie halten nicht viel davon, wenn sich jemand um Sie kümmert, nicht wahr?«

Sie holte tief Luft. »Ich habe die Erfahrung gemacht, dass es besser ist, auf sich selbst aufzupassen.« Davy hatte sie dies gelehrt. Sie nahm an, dass sie für diese Lektion dankbar sein sollte, doch sie war es nicht.

Sein Blick forschte in ihrem Gesicht, musterte sie auf eine Weise, die ihren sorgsam gewahrten Schutzpanzer durchbrach und zugleich unendlich sanft und freundlich war. »Das ist eine schwere Art zu leben. Glauben Sie mir, ich weiß das.«

Sie atmete tief und entschlossen durch und stand auf. »Ich bin Schauspielerin«, sagte sie., »Manchmal kann ich sogar mich selbst täuschen.«

Er erhob sich und untersuchte wieder ihre Hände. Sie waren mit Salbe bedeckt und zitterten kaum merklich. »Vielleicht ist es an der Zeit, damit aufzuhören, sich selbst zu täuschen. Sie brauchen nicht mehr fortzulaufen, Megan. Sie sind daheim.«

»Daheim«, wiederholte sie, als ob ihr das Wort fremd wäre. In vielerlei Hinsicht war es das wohl auch, nahm sie an. Es hatte während ihres kurzen bisherigen Lebens so viele verschiedene Bedeutungen gehabt, dass sie nicht mehr genau wusste, wie sie es definieren sollte. »Dies ist Ihre Ranch, Webb. *Ihr Zuhause*. Nicht meines.«

Er hatte sich ihr anvertraut, und sie wünschte, ihm von Davy, ihrem schurkischen Vater und ihrer armen, vertrauensvollen jungen Mutter zu erzählen, die im Bett eines Fremden gestorben war, doch sie brachte es nicht fertig. Sie fürchtete sich zu sehr vor dem, was sie vielleicht in seinen Augen sehen könnte, wenn er die ganze Wahrheit über sie wusste. Eine Verurteilung wäre schlimm genug; Mitleid wäre unerträglich.

Zu ihrem Erstaunen hob er eine Hand und strich federleicht über ihre Wange. Sein Lächeln, leicht und bekümmert, verschwand von einem Augenblick zum anderen.

»Ich bin ziemlich müde«, platzte sie heraus, denn die Gefühle, die sie bei seiner Berührung empfand, entsetzten sie. »Ich brauche etwas Ruhe.« Und das ist ebenso eine Lüge wie mein ganzes Leben, dachte sie, denn Webb Strattons Anwesenheit hatte sie irgendwie belebt, ihr das Gefühl gegeben, alles schaffen zu können, solange er nur bei ihr war. Wenn sie es gewollt hätte, dann hätte sie ein Maultier einspannen und die ganze Nacht einen Pflug schieben können!

»Ich auch«, sagte er. »Ich nehme an, Augustus und ich werden zu Bett gehen.«

Sie nickte erleichtert. »Dann gute Nacht«, sagte sie heiter und schaute zu dem Stapel von Geschirr.

Webb folgte ihrem Blick. »Lassen Sie das für morgen. Dann lächelte er. »Dies ist ein Befehl.«

Sie lachte und salutierte scherzhaft. »Ich möchte keinen Befehl verweigern«, erwiderte sie, erhob sich und wollte die Lampen löschen.

Webb stoppte sie mit einem Kopfschütteln. »Ich werde noch eine Weile auf sein.«

Sie nickte, tastete wieder nach ihrem Haar und machte sich auf den Weg zu ihrem Schlafzimmer.

»Megan?«

Sie verharrte und blickte über die Schulter. »Ja?«

»Essen Sie nichts? Sie haben nicht zu Abend gegessen.«

Das hatte sie in ihrer Eile, eine Mahlzeit für vierzehn hungrige Männer zuzubereiten, völlig vergessen. Es erstaunte sie, dass er solche kleinen Dinge bemerkte – das versäumte Abendessen, die Blasen an ihren Händen – und sich darum kümmerte. Während der harten Jahre fern von ihrer Familie und zuvor in der freudlosen Zeit in England, als sie und Christy praktisch nur sich gehabt hatten, war es ihr zur Gewohnheit geworden, das Kinn hoch zu tragen und die Dinge zu ertragen. »Ich – ich habe wirklich keinen Hunger«, sagte sie, und wenigstens das stimmte, denn Webbs Freundlichkeit rührte sie zwar von Herzen, machte ihr jedoch auch ein wenig Angst. Sich auf jemanden zu verlassen, konnte auch dazu führen, dass es sie schwächte, und sie wusste, dass sie all ihre Kraft brauchen würde, um sich einen Platz in der Welt zu erobern.

»Dann gute Nacht«, sagte er.

Augustus schnüffelte und legte sich auf den Läufer.

»Gute Nacht«, erwiderte Megan.

In ihrem Zimmer schloss sie die Tür und lehnte sich dagegen, wartete, bis sich ihr Puls normalisierte. Mondlicht fiel durch das Fenster und versilberte den Boden, das schmale Bett und ihre Kollektion nutzloser Theaterkleider, die an den Haken hingen. Durch die Wand hörte sie Webb am Herd hantieren und wusste, dass er das Feuer für die Nacht mit Asche belegte. Nach einer Weile würde er sich in sein Zimmer nach oben zurückziehen, und sie würde sich in die Küche schleichen und das Geschirr wegräumen. Danach würde sie *vielleicht* Schlaf finden.

Sie zündete eine Lampe an, zog das Kleid aus und ein Nachthemd an, setzte sich auf die Bettkante und löste ihr Haar, um es zu bürsten. Allmählich senkte sich ein Gefühl der Stille – mehr als ein tatsächlicher Mangel an Geräuschen – über das Haus, und obwohl Megan keine Schritte von Webb auf der Treppe hörte, wusste sie, dass er von seinem Ritt nach Virginia City erschöpft sein musste, und sie war überzeugt, dass er zu Bett gegangen war.

Sie schlüpfte aus ihrem Zimmer und stellte fest, dass in der Küche die Lampen gelöscht und das Feuer im Herd mit Asche belegt war. Als sie mitten in der Küche war, erkannte sie, dass sie nicht allein war – vielleicht an einem Geräusch, möglicherweise spürte sie es auch nur, doch sie wusste es.

Sie wandte sich um, und dort, vor dem Kamin, wo der Läufer gelegen hatte, stand eine große Badewanne, und Webb Stratton lag darin, ein langes Bein über den Rand ausgestreckt. Er rauchte eine Zigarre, und Licht vom Herd schimmerte auf seinem Haar und verlieh seiner nackten Haut eine goldene Aura.

Megan wäre vielleicht unbemerkt entkommen – Webb war anscheinend in Gedanken verloren und starrte zur Decke –, doch sie schnappte nach Luft, und das hörte er und wandte den Kopf zu ihr. Seine Zähne schimmerten elfenbeinfarben, als er grinste.

»Ah, Miss McQuarry, was machen Sie denn hier?«, fragte er freundlich. »Sie wollen doch kein Geschirr spülen oder so was?«

Jede Faser ihre Körpers verlangte nach Flucht, doch sie konnte sich nicht von der Stelle rühren. Es war, als wäre sie in heißen Teer getreten und steckte am Boden fest.

Sie sah, wie er eine Augenbraue hob.

»Miss McQuarry?«

Sie schaffte es, tief durchzuatmen, und das beruhigte sie etwas, doch ihr Herz schlug immer noch, als würde es jeden Augenblick zerspringen. »Ich wusste nicht, dass – dass Sie hier sind.«

Er lachte, und obwohl es freundlich klang, war Megan beunruhigt. »Das habe ich auch nicht angenommen.«

Sie fühlte sich immer noch wie am Boden festgeklebt, ihre Knie waren weich, als könnten sie jeden Augenblick nachgeben, und ihr war schwindelig. »Ich – nun – Sie hätten den Anstand haben können, nicht in der Küche zu baden!«

»Es ist meine Küche«, stellte er klar, in ruhigem Tonfall und ohne Groll. »Wussten Sie, dass der Mondschein, der durch das Fenster fällt, direkt hinter Ihnen ist?«

Sie schaute sich um und erkannte, dass ihr Umriss sich durch den dünnen Stoff des Nachthemds abzeichnen musste. Sie schnappte abermals Luft, schlug beide Hände vor den Mund, rannte in ihr Zimmer und knallte die Tür hinter sich zu.

Selbst dann noch konnte sie Webb in der Küche lachen hören. Er *lachte*, dieser Schuft! In diesem Augenblick wusste sie nicht, was sie sich mehr wünschte – einen weiteren Blick auf Webb Stratton im Adamskostüm oder süße, schnelle Rache.

Webb ließ sich tiefer in die Wanne hinabgleiten und grinste, noch lange nachdem sein Lachen verklungen war, vor sich hin. Was für ein Wunder ist Megan, dachte er. Einerseits wirkte sie hart und unabhängig, mutig genug, um es mit einem Schwarm von Hornissen aufzunehmen, doch andererseits gab es verletzte Stellen in ihr, Wunden, die vielleicht niemals mehr heilen würden.

Sein Grinsen verblasste. Er hatte das mit Ellie erlebt.

Ein vernünftiger Mann würde Distanz halten und sich eine andere Frau suchen, über die er nachdenken konnte. Das Dumme war nur, dass er kein vernünftiger Mann war, wenn es um Megan McQuarry ging.

6

Gus stellte die Holzkiste mit den Luftschlitzen auf Megans frisch geputztem Küchenboden ab und strahlte, als er den Deckel abhob und eine durcheinander wuselnde, flaumige gelbe Masse zwitschernder Küken freiließ. Sie empfand tiefe Zuneigung für den großen Mann, der inmitten all dieser winzigen Vögel kniete und sie so sanft in seine gewaltigen Hände nahm.

Augustus bewies, dass er einen gediegenen Charakter hatte, bellte einmal kurz und trottete herüber, um die wogende Kükenschar zu beschnüffeln, und dann stieß er ein *Wuff* aus, das wie ein gewaltiger Seufzer klang, und lief nach draußen. Ohne Zweifel würden Kaninchen eine interessantere Herausforderung für ihn sein.

Megan kniete sich neben Gus, entzückt von den Kükenbabys. Gemeinsam steckten sie und der Ladenbesitzer sie in die Kiste zurück. Megan fragte sich, wie sie jemals eines dieser lieben Geschöpfe essen können würde, selbst wenn sie groß waren und sich die weichen Flaumfederchen in hartes Gefieder verwandelt hatten.

Gus schien ihre Gedanken erraten zu haben. »Es ist schon in Ordnung, Miss«, sagte er mit seinem breiten deutschen Akzent. »Im Laufe der Zeit kommen mehr Küken. Immer mehr Küken wachsen nach.«

Megan lächelte leicht beruhigt – schließlich würde es eine

Weile dauern, bis diese süßen kleinen Geschöpfe richtige Hühner sein würden.

»Geben Sie ihnen Wasser und das Futter, das ich mitgebracht habe«, fuhr Gus fort. »Halten Sie sie warm, am besten hinter dem Ofen, bis sie draußen sein können.«

Megan nickte, und Gus verließ das Haus, um einen Sack mit fein gemahlenem Korn zu holen. Unterdessen rückte Megan die Kiste mit dem piepsenden Flaum genügend weit vom Herd weg und stellte eine flache Schüssel mit Wasser hinein. Sie hatte bei den Hühnern daheim in Virginia geholfen, sie und Skye, und sie wusste, dass die Küken in zu viel Wasser ertrinken oder nass werden, erkranken und eingehen konnten. Viele würden nicht überleben, ganz gleich, was sie tat oder nicht, aber das war unvermeidbar. Küken und Welpen und Fohlen gingen mit alarmierender Häufigkeit ein, wie auch menschliche Babys bisweilen starben, und die Tatsache ließ sich nicht ändern, das Geheimnis nicht ergründen.

»Sie legen einen Garten an«, bemerkte Gus erfreut, als Megan darauf bestand, dass er sich setzte und eine Tasse Kaffee trank, bevor er in die Stadt zurückfuhr. »Sie bauen Gemüse an? Vielleicht Blumen?«

Megan lächelte. »In diesem Jahr nur Strauchbohnen und etwas Salat, nehme ich an. Auch Kürbis zum Einmachen und für Kuchen.« Sie seufzte. »Es ist spät zum Pflanzen«, fügte sie hinzu, als ihr Webbs gestrige Bemerkung einfiel.

»Nun, der Fleck Land sieht gut aus«, meinte Gus. »Fangen Sie im nächsten Jahr früh mit dem Bepflanzen an. Bauen Sie alles Mögliche an.«

Megan erlaubte sich den Luxus, zu glauben, dass sie im nächsten Frühjahr noch am Primrose Creek sein würde, wenn auch nicht in diesem Haus mit Webb auf diesem Land, das sie so sehr liebte, sondern irgendwo in der Nähe.

»Ja«, erwiderte sie etwas verspätet, »alles Mögliche.« Unterdessen piepsten die Küken weiterhin durcheinander. »Danke, Gus.«

Sein Lächeln war das eines treuen Freundes. »Sie haben Kummer in Ihren Augen, Miss«, sagte er. »Sie sind jetzt daheim. Da sollten Sie nicht traurig sein.«

Daheim. Allein das Wort erfüllte Megan mit einem Gefühl der Sehnsucht, und für einen Moment war sie sprachlos.

»Da fällt mir gerade was ein«, sagte Gus mit dröhnender Stimme. »Wie konnte ich das nur vergessen!« Er lächelte entschuldigend, klopfte seine Hemdtaschen ab und zog dann ein gefaltetes Stück Papier hervor. »Ich habe eine Nachricht für Sie.«

Megan runzelte die Stirn, nahm das Papier, entfaltete es und atmete tief durch. Das dünne Briefpapier trug den Namen von Lillian Colefield – Diamond Lil.

Liebe Miss McQuarry, hatte sie geschrieben. *Ich habe mich entschieden, meine Pläne in die Tat umzusetzen und mein Theater zu erbauen. Ich möchte mich mit Ihnen treffen und über die Idee sprechen, wenn es Ihnen passt. Mir ist zwar klar, dass Sie mein Angebot, einen führenden Platz in der Truppe einzunehmen, vielleicht niemals annehmen werden, aber ich brauche Rat. Bitte antworten Sie mir durch Gus. Beste Wünsche, Lil.*

Megan war verblüfft. Sie hatte zwar nicht den Wunsch, wieder auf die Bühne zurückzugehen und zu spielen, und gewiss nicht, zu reisen, doch sie liebte das Theater an sich. Es wäre schön, mit jemandem, der das Interesse teilte, einfach nur über Stücke und Proben und Musik zu *reden*. Schnell fand sie einen Zettel und einen Bleistift und schrieb ihre Antwort.

Miss Colefield,

ich würde mich über einen Besuch freuen. Bitte besuchen Sie mich an irgendeinem Nachmittag in dieser Woche.

Megan McQuarry.

Als sie den Zettel übergeben hatte, verabschiedete sich Gus und verließ das Haus. Er verharrte noch kurz auf dem Hof, um mit Augustus zu sprechen und ihn hinter den Ohren zu kraulen, und dann fuhr er davon.

Megan schälte Kartoffeln für das Abendessen, die sie zu gekochtem Wild und grünen Bohnen aus mehreren Dosen servieren wollte. Sie deckte gerade den Tisch, als sie einen einzelnen Reiter nahen hörte, und in der Erwartung, dass es Webb war, eilte sie zur Tür.

Der Reiter war Jesse, nicht Webb, und er grinste und zog seinen Hut, als er Megan auf der Türschwelle sah, die ihre Augen beschattete, um nicht von den Strahlen der Sonne geblendet zu werden, die sich dem westlichen Horizont zuneigte.

»Ist alles in Ordnung?«, fragte sie.

Jesse nickte. Er war harmlos, das wusste sie, sogar süß, doch trotzdem gefiel ihr die Art nicht, wie sein Blick über ihren Körper glitt, bevor er zu ihrem Gesicht zurückkehrte. Sie hatte diesen Ausdruck zu oft in den Augen zu vieler anderer Männer gesehen.

»Ja, Ma'am«, sagte er. »Webb hat mich vorausgeschickt, um Ihnen zu sagen, dass er noch ein paar Männer angeheuert hat. Sie werden zum Abendessen kommen.«

Sie trat zur Seite, um Jesse ins Haus zu lassen. Schüchtern ging er an ihr vorbei, den Hut in der Hand, und sein Hals rötete sich.

»Dieses Kleid, das Sie gestern getragen haben, war wirklich toll«, platzte er heraus, als er mit dem Rücken zum Kamin stand. Dann wurde er rot bis zum Haaransatz und wirkte so verlegen und so sehr jung, dass er Megan Leid tat. »Eigentlich habe ich nie eine Köchin wie Sie gesehen. Diejenigen, die ich kannte, hatten Vollbärte und Bäuche wie Fässer.«

Megan lachte. »Danke«, sagte sie. »Ich fühle mich geschmeichelt – nehme ich an.« Inzwischen war ihr klar geworden, dass Jesse ein wenig verliebt in sie war, doch diese Entdeckung war nicht beunruhigend für sie. Sie hatte keine Angst vor Jesse – sie hatte oftmals größere, kräftigere Männer abgewimmelt, die ihr nachgestellt hatten, ganz zu schweigen von Jünglingen wie ihn –, doch sie wollte ihn nicht schroff abweisen. Das wäre unfreundlich gewesen. »Möchten Sie ein Stück Apfelkuchen? Ich habe heute Morgen ein paar gebacken.«

Er hatte das Piepsen gehört und schaute mit gerunzelter Stirn zu der Kiste mit den Küken. »Hühner?«, fragte er.

Wenn Megan Jesse besser gekannt hätte, dann hätte sie ihn darauf hingewiesen, wie überflüssig eine solche Frage war, doch sie betrachtete ihn noch als einen relativ Fremden und brauchte mehr Zeit, um ihn einzuschätzen. »Ja«, sagte sie. »Sie sind zu klein, um schon im Freien zu sein.«

Jesse war auf einer Ranch aufgewachsen, so viel wusste Megan über ihn, doch er hatte wohl nichts mit Hühnern zu tun gehabt. Er verhielt sich, als hätte er noch nie eins gesehen, nur in gebratener Form und des Sonntags auf dem Teller serviert. Er näherte sich der Kiste und ging in die Hocke, um durch die Luftschlitze zu spähen. Er lachte und beobachtete, wie die Küken durcheinander liefen.

Megan fühlte sich beschützerisch wie eine Glucke. Wenn sie Flügel und einen Schnabel gehabt hätte, dann hätte sie gegackert und mit den Flügeln geschlagen, bis sich Jesse Stratton von den Küken zurückgezogen hätte. »Sie sind sehr empfindlich und anfällig, wissen Sie.«

Jesse zog seine Hand von der Kiste zurück, wandte den Kopf und grinste Megan an, immer noch in der Hocke. Er sah wie Webb aus, sie fand das attraktiv, und dann war noch etwas an ihm, irgendeine Eigenheit, die Zutrauen erheischte. »Das klingt für mich, als ob Sie bereits an den Tierchen hängen«, sagte er. »Ich nehme an, Sie sollten sich ein Kätzchen halten, wenn Sie jemanden bemuttern wollen.«

Megan fühlte sich, als würde ihr ein Vorwurf gemacht, was natürlich albern war. Sie setzte zu einer Erwiderung an, sagte dann jedoch nichts und sah, wie Jesses Grinsen breiter wurde.

Als er nahenden Hufschlag hörte, richtete er sich zu seiner vollen Größe auf. Megan strich über ihr Haar und glättete ihr Kleid. Sie tat es unbewusst, bis sie den besorgten Ausdruck in Jesses Augen sah. Sie fühlte sich wie ertappt und errötete.

»Mein Bruder liebt eine Frau namens Ellie«, sagte er ruhig. »Überlegen Sie sich's gut, Megan, bevor Sie Ihr Herz an den falschen Mann verschenken. Sie könnten es niemals wiederbekommen.« Damit ging er hinaus, und Augustus tappte hinter ihm her, um die eintreffenden Reiter mit freudigem Gebell zu begrüßen.

Megan hörte Webbs Stimme auf dem Hof und ertappte sich dabei, dass sie ein zweites Mal ihr Haar und ihr Kleid glättete. Dann kam er herein, und sie beide standen einander gegenüber wie zwei Revolvermänner, bereit zum Ziehen ihrer Colts, oder wie ein Paar alte Freunde, das kurz davor ist, sich zu umarmen. Megan war sich nicht sicher, was von beidem zutraf.

»Anscheinend zieht ein Gewitter herauf«, sagte er, und Megan wusste nicht, ob er schlechtes Wetter meinte oder die Spannung, die zwischen ihnen beiden hing.

In diesem Augenblick kehrte Jesse in die Küche zurück, und Megan wandte ihnen beiden wortlos den Rücken zu und widmete sich wieder ihrer Arbeit. Sie hörte Webb ruhig, jedoch eindringlich mit seinem Bruder sprechen.

»Kümmere dich um dein Pferd. Du hast es gesattelt gelassen, und du weißt es besser.«

Sie spürte Jesses Widerstreben, zu gehorchen, doch dann respektierte er seinen älteren Bruder und tat, was ihm gesagt worden war. Seine Sporen klirrten, als er aus dem Haus schritt.

»Ist etwas passiert, das ich wissen sollte?«, fragte Webb, als er mit Megan allein war.

Sie wandte sich nicht um, sah ihn nicht an, sondern blieb am Herd stehen und versuchte beschäftigt zu wirken. Das Essen war fertig und konnte serviert werden. »Nein«, sagte sie, und das war die Wahrheit, so weit es sie anbetraf.

»Megan!«

Sie zwang sich, ihn anzusehen und lächelte. »Aus irgendeinem Grund ist Jesse besorgt, dass Sie mir das Herz brechen werden.«

Webb lächelte nicht. »Warum sollte ich das tun?«

Sie seufzte. Er war nicht bereit, das Thema fallen zu lassen, das war ihr klar. »Er hat nicht gesagt, dass Sie es tun *wollen*, und auch ich habe das nicht gesagt. Er fühlte sich jedoch verpflichtet, mich daran zu erinnern, dass Sie bereits Ellie lieben.«

Er blickte sie finster an und warf seinen Hut auf einen Stuhl. »Verdammt!«, murmelte er.

»Es ist in Ordnung«, sagte Megan, obwohl es das natürlich nicht war.

»Es ist nicht in Ordnung«, widersprach Webb. »Und das wissen Sie.«

»Webb …«

»Ich muss nur noch an Sie denken.«

Megan sank auf einen Stuhl. »Was?«

Webb fuhr sich mit einer Hand durchs Haar, schritt zum Waschständer, krempelte seine Ärmel auf, schüttete Wasser aus dem Krug in die Schüssel und seifte die Hände ein. Er warf einen Blick über die Schulter, und sein Gesicht war so ernst wie das eines Predigers, der vom Höllenfeuer spricht. »Tun Sie nicht, als ob Sie nicht wüssten, wie ich mich fühle, Megan.«

Sie starrte ihn an. »Wie *Sie* sich fühlen?« Ihr Herz schlug so schnell, dass sie glaubte, es könnte zerspringen.

»Ich – nun …« Er spülte sich die Hände ab und trocknete sie mit dem Handtuch ab, das über dem Waschständer hing. »Ich fühle mich zu Ihnen hingezogen.«

Hingezogen? Hieß das, dass er sie als Frau begehrte, sie und keine andere, oder bedeutete es, dass er einfach nur mit ihr schlafen wollte? Sie nagte an ihrer Unterlippe und wartete.

Er wandte sich zu ihr um. »Ich sage nicht, dass ich Sie liebe, Megan, denn ich bin mir nicht mehr sicher, was das bedeutet. Vielleicht empfinde ich so, vielleicht auch nicht, aber ich bin mir völlig sicher, dass ich *etwas* empfinde und dass es mich um den Verstand bringt.« Er durchquerte die Küche, und dann stand er so dicht bei ihr, dass sie den Geruch von Kiefern in seiner Kleidung, gemischt mit dem vom Staub des Rittes und dem Pferdefell, wahrnehmen konnte. »Ich habe mich immer für einen ziemlich guten Menschenkenner gehalten«, sagte er. »Aber Sie haben mich völlig durcheinander gebracht. Manchmal wirken Sie so zart wie ein junger Grashalm. Dann wiederum sind Sie stärker, als ich das jemals von irgendeiner Frau angenommen hätte. Es gibt so vieles, was ich über Sie nicht weiß, und ich nehme an, es kann ein Leben lang dauern, um alles herauszufinden.«

Seine Worte waren für Megan wie ein Stich ins Herz gewesen. »Ich wünschte, ich wüsste, was Sie mit alldem meinen«, sagte sie ein wenig zögernd.

Webbs Gesichtsausdruck war immer noch ernst, doch in seinen Augen tanzte ein mutwilliges Licht. »Ich meine«, sagte er, »das ich wünschte, Sie könnten mehr als meine Haushälterin sein.«

Da war es. Megan war benommen vor Empörung und Enttäuschung. »Ich mag ja eine Schauspielerin gewesen sein,

Mr. Stratton«, sagte sie wütend, fast flüsternd. »Einige Leute mögen sogar sagen, dass ich eine gefallene Frau bin. Aber ich versichere Ihnen, ich bin *keine* Prostituierte.«

Er blinzelte, und dann glitt ein schiefes Grinsen über sein Gesicht, »Ich war nie wirklich gut darin, mich zu erklären«, sagte er. »Ich nehme an, ich dachte, Sie suchen vielleicht einen Ehemann.« Er legte eine Pause ein und räusperte sich. Seine Augen funkelten. »Seit gestern Abend, meine ich.«

Megan hörte die angeworbenen Männer draußen. Einige versorgten zweifellos noch ihre Pferde, während andere sich im Creek wuschen. Wenn einer davon dieses Gespräch mithören würde, dann würde sie vor Demütigung sterben. »Das«, entgegnete sie scharf, und meinte damit die Begegnung, als er nackt in der Badewanne gelegen hatte, »war ein Missgeschick. Ich dachte, Sie wären bereits oben und würden schlafen.«

Er lachte, doch da war etwas in seinem Verhalten, das ein prickelndes und zugleich alarmierendes Gefühl in Megan auslöste. Das in ihr den Wunsch weckte, zu ihm und von ihm *fort* zu laufen, beides zugleich. »Es ist keine so schlechte Idee, wissen Sie«, sagte er. »Dass wir heiraten, meine ich.«

Megan starrte ihn offenen Mundes an. »Hei-heiraten?«, stammelte sie verblüfft. Sie fühlte sich wie die Letzte in einer langen Reihe von Tänzerinnen, die von den anderen in diese Richtung und dann in jene gerissen wurde und nie zu Atem kam oder die Orientierung behielt.

Sie blickte zur Tür. Die ersten Männer mussten jeden Augenblick in der Küche auftauchen und den sonderbaren Bann brechen, der in Megans Verstand das Oberste zuunterst gekehrt hatte. »Ich nehme an, wir sollten später darüber sprechen«, sagte sie.

Zum Teufel mit ihm! Wie konnte er ein solches Thema zur Sprache bringen und sie dann einfach zappeln lassen? Megan hätte ihn erwürgen können, doch sie wollte ihm nicht zeigen, wie schlimm er sie erschüttert hatte. Sie wandte sich ab und beschäftigte sich mit dem Auftragen des Abendessens.

Als alle Männer aßen, füllte sie einen Teller für sich, ging nach draußen und setzte sich auf eine Kiste, um in Frieden zu essen. Der Abend war kühl, obwohl der Tag sonnig gewesen war, und jetzt ballten sich dunkle, tief hängende Wolken am östlichen Horizont, die ein Gewitter verhießen.

Bald darauf kam Webb mit Kaffee aus dem Haus und zog sich eine andere Kiste heran, um sich zu Megan zu setzen. Im Haus aßen die Cowboys weiterhin zu Abend und plauderten miteinander, nicht so zurückhaltend wie zuvor. Sie begannen sich am Primrose Creek heimisch zu fühlen wie sie, nahm Megan an.

»Es gibt Regen«, sagte Webb und nickte zu den dunklen Wolken hin. »Ich nehme an, wir werden am Morgen bis zu den Knöcheln im Wasser des Creeks stehen.«

Megans Puls raste. Er hatte vermutlich völlig vergessen, ihr einen Heiratsantrag zu machen, während sie kaum an etwas anderes als eine Ehe hatte denken können, seit er es vorgeschlagen hatte.

»Es macht Sinn«, sagte er, als wäre das Gespräch nie unterbrochen worden. »Den Bund fürs Leben zu schließen, meine ich. Sie hätten Ihr Land zurück, legal wie die Kirche am Sonntag, sozusagen als Hochzeitsgeschenk.«

Megan fiel fast von der Kiste, auf der sie saß, und ihr Abendessen war völlig vergessen. Gerade als sie gedacht hatte, er könne sie nicht mehr überraschen, tat er es wieder. »Sie würden mir dieses Land schenken, obwohl Sie sich strikt geweigert haben, es zu verkaufen?«, staunte sie. »Warum?«

»Weil ich etwas als Gegenleistung dafür haben will«, erwiderte er ruhig.

Sie schluckte. »Was?«, fragte sie, obwohl sie überzeugt war, die Antwort bereits zu wissen.

Wiederum überraschte er sie. »Eine Frau. Ein Kind. Eine Familie«, sagte er. »Das ist der Handel. Sie teilen mein Bett, bis Sie schwanger werden. Junge oder Mädchen ist gleichgültig. Danach können Sie wieder in Ihrem eigenen Zimmer schlafen – wenn Sie das wünschen. Wenn wir uns entschließen, nicht wie Mann und Frau zusammenzuleben, dann baue ich mir ein anderes Haus, oben auf der Hochwiese.« Er nickte in diese Richtung, zu dem Land, das an die Parzelle grenzte, die ihr Großvater ihr vererbt hatte.

»Sie können unmöglich annehmen, das ich Ihnen oder sonst jemandem mein Kind überlassen würde«, sagte sie.

»Zufällig denke ich genauso über diese Sache«, erwiderte er sachlich. »Ich nehme an, wir müssten einfach versuchen, miteinander auszukommen, nicht wahr? Wie auch immer, das Land würde Ihnen gehören, nicht nur auf dem Papier, sondern in der Realität.«

»Warum – warum ich?«, fragte Megan schließlich nach langem, verlegenem Schweigen.

Er grinste. »Nun, Sie sind gleich hier zur Hand.« Er blickte in die Runde, als hielte er nach einer Schar von Frauen Ausschau, die nur darauf warteten, einen Rancher des Hochlands zu heiraten. »Und ich sehe niemanden sonst, der für den Job geeignet ist.«

Megan war froh darüber, dass sie saß, denn vermutlich hätten sonst ihre Beine nachgegeben. Sie starrte Webb an. »Sind Sie wahnsinnig? Heiraten ist nicht das Gleiche, wie eine Köchin oder einen Cowboy anzuheuern!« Im Haus entstand plötzlich Stille, was Megan an die Möglichkeit denken ließ, dass ihr Gespräch mit angehört werden konnte, und sie senkte die Stimme. »Sie sollten niemanden heiraten, den Sie nicht lieben, oder wenigstens lieben *könnten*, und nach dem, was ich gehört habe, ist die Frau, die Sie lieben, bereits mit einem anderen verheiratet.«

Webb, der gerade den Kaffeebecher an die Lippen setzen wollte, verharrte mitten in der Bewegung, und sein Grinsen verblasste wie das letzte Licht des Tages. Er stand auf, packte Megan leicht, jedoch entschieden am Arm und zog sie mit zum Ufer des Baches, wo Wildblumen die Köpfe gesenkt hatten, um einzuschlafen. Gelegentlich schimmerte eine Forelle unter der Wasseroberfläche, und der Duft des Grases, das bei ihren Schritten geknickt wurde, erfüllte die Luft.

»Wovon, zum Teufel, reden Sie?«, fragte Webb. Er ließ ihren Arm los, doch er stand vor ihr wie eine unüberwindbare Barriere.

»Darüber haben wir bereits diskutiert«, erinnerte sie ihn. »Ihr Name ist Ellie, und sie ist mit Ihrem Bruder Tom verheiratet.«

Webbs Augen spiegelten Schmerz wider, der schnell gedämpft wurde. »Genau«, sagte er. »Sie ist mit meinem Bruder verheiratet.« Es war weder ein Leugnen noch eine Beteuerung, doch es war genug.

Megan wusste, wie es war, einen Traum sterben zu sehen, und sie sehnte sich, die Arme um ihn zu schlingen, doch sie unterließ es. Sie hatte genug eigenen Schmerz. Wenn sie Webb umarmte, ging vielleicht sein Schmerz auch noch auf sie über und die Last würde sie erdrücken. Sie wollte fragen, ob Ellie seine Liebe erwiderte, doch sie getraute sich nicht.

Unerwartet umfasste Webb ihr Kinn, hob ihr Gesicht an und neigte sich zu ihr, bis sein Mund ihre Lippen berührte. Zuerst war es kein richtiger Kuss, nur ein Vermischen des Atems. Dann küsste er sie ohne Zurückhaltung, und Megan stellte sich unwillkürlich auf die Zehenspitzen, schlang die

Arme um seinen Nacken und hatte das Gefühl, von einem Blitz getroffen zu werden, der den Boden unter ihren Füßen erbeben ließ.

Als sich ihre Lippen voneinander lösten, schien die Welt rings um sie hinter einem pulsierenden Schleier verborgen zu sein, und Megan musste ein paarmal blinzeln, bis ihr Blick wieder klarer wurde. Als Erstes sah sie Webbs liebes, ernstes, schönes Gesicht.

»Das wollte ich schon lange tun«, bekannte er mit rauer Stimme.

Megan spürte ein Lächeln auf ihren Lippen, so leicht wie die Berührung eines Schmetterlings. »Wie lange?«

»Seit du neulich aus der Postkutsche gestiegen bist«, sagte er, und sein jungenhaftes Lächeln war wieder da.

Hitze stieg an ihrem Hals empor. »Es gibt so vieles von mir, das du nicht weißt.«

Er strich zärtlich eine Haarsträhne von ihrer Schläfe. »Und es gibt vieles von mir, das du nicht weißt. Mit ein wenig Glück können wir den Rest unseres Lebens damit verbringen, uns kennen zu lernen.«

Sie war versucht, so sehr versucht. Sie fühlte sich stark zu Webb Stratton hingezogen, das stimmte, aber was war mit Liebe? Sie hatte geglaubt, Davy zu lieben, und schließlich hatte sie ihn verabscheut und sich ebenso. Dieser Fehler hatte sie einen hohen Preis gekostet, und sie konnte es sich nicht erlauben, einen weiteren Fehler zu machen. »Ich habe Angst«, sagte sie verzweifelt.

Er hielt sie jetzt an den Schultern, und hinter ihm färbte die untergehende Sonne den Himmel rot und golden. »Du brauchst keine zu haben«, erwiderte er.

»Es wäre nicht richtig. Ich bin nicht ... da war ...«

Webbs Miene war so liebevoll, so geduldig, dass sich Megans

Augen mit Tränen füllten. »Da war ein anderer Mann?«, fragte er ruhig.

Sie wollte sprechen, doch schließlich brachte sie nur ein Nicken zustande. »Ich werde dafür sorgen, dass du ihn vergisst.«

Megan wurde sich bewusst, dass sie sich mit beiden Händen an seine Hemdbrust klammerte. Sie zwang sich, ihn loszulassen, weil sie vor langer Zeit geschworen hatte, auf ihren eigenen Füßen zu stehen – immer. »Das ist es nicht, was mich besorgt macht.«

Er zog sie an sich, hielt sie in den Armen, und sie spürte seinen Atem auf ihrem Haar, nahm seinen Herzschlag an ihrer Wange wahr. »Was dann?«

Das Gefühl, von ihm in den Armen gehalten zu werden, glich dem von jemandem, der kurz vor dem Verdursten kühles, klares Wasser zu trinken bekommt. Irgendwann hatte sich Augustus zu ihnen gesellt und winselte; vielleicht spürte er die starken Gefühle und suchte Beruhigung. »Wieder jemandem zu vertrauen«, flüsterte sie. »Wieder jemandem zu glauben.«

Er küsste sie auf die Stirn. »Das wird mit der Zeit kommen«, versprach er.

Augustus winselte, immer noch beunruhigt.

»Es ist alles in Ordnung mit mir, Augustus«, sagte Megan, und ihre Stimme klang an Webbs Brust gedämpft.

Webb lachte und hielt sie ein wenig von sich. »Wenn du nicht mir zuliebe Ja sagen willst, sag dem Hund zuliebe Ja.«

Megan berührte seine Wange. Sie wollte einem Ehemann geben, was ihre Schwestern ihren Männern gaben, und erhalten, was ihnen zurückgegeben wurde. Sie liebten ihre Männer leidenschaftlich, sie alle. Megan wusste in diesem Moment nicht, ob sie Webb liebte oder jemals lieben würde, aber sie wollte das Risiko eingehen. Sie wünschte sich eine Chance, um zu bekommen, was Bridget, Christy und Skye hatten, und da war es, doch der Einsatz war groß und sie wollte nicht verlieren.

»Und was ist, wenn es nicht funktioniert?«

»Das wird es«, sagte er.

»Aber wenn du dich irrst?«

Er seufzte, doch seine Miene war sanft. Amüsiert. »Dann wirst du dein Land zurückhaben, und wir werden zumindest ein gemeinsames Kind haben.«

»Ich werde mein Kind niemals aufgeben«, wiederholte sie.

»Gut«, sagte Webb. »Dann wirst du vielleicht auch niemals mich aufgeben. Sag ja, Megan.«

»Ja«, wisperte sie.

»Lauter.«

»Ja.«

»Ja!«, schrie er.

»Ja!«, schrie auch sie, und dann lachten sie wie verrückt, die beiden, dort am Ufer des Primrose Creek. Die Cowboys hatten sich auf dem Hof versammelt, und als Webb Megan auf die Arme hob und im Kreis herumwirbelte, um ihre Abmachung zu feiern, jubelten sie und johlten und klatschten Beifall.

Megan blickte zu ihnen und bemerkte, dass Jesse ein wenig abseits stand und weder lächelte noch in die Hände klatschte. Das Gefühl einer bösen Ahnung warf kurz einen Schatten auf ihre Hoffnungen wie eine über sie hinwegziehende Wolke, doch einen Augenblick später war es vergessen. Sie brauchte nur wieder Webb anzusehen, um von neuem in glücklicher Stimmung zu sein.

Er nahm ihre Hand. »Wann?«

Am liebsten wäre sie losgelaufen, um auf der Stelle einen Geistlichen aufzutreiben, doch sie musste das mit ihrer Familie besprechen und planen. Sie würde in angemessener Form heiraten, in einem anständigen Kleid, und ihre Schwestern,

Schwager, Nichten und Neffen und Caney würden bei der Trauung anwesend sein. Die ganze Stadt – die ganze *Welt* – würde erfahren, dass sie Webb Strattons Frau war. »Bald«, sagte sie. »Ich möchte es richtig machen, die entsprechenden Vorbereitungen treffen.«

Er stieß einen schweren Seufzer aus. Die Cowboys – mit Ausnahme von Jesse – hatten das Interesse an der Szene verloren und waren auf dem Weg zum Mannschaftsquartier, wo sie vermutlich Karten spielen, rauchen und einander Geschichten erzählen würden. Augustus war eifrig damit beschäftigt, ein unsichtbares Kaninchen durchs hohe Gras zu jagen, und er bellte dabei, als wäre er wirklich ein scharfer Jagdhund. »Also gut«, sagte Webb. »Ich werde bei den Jungs schlafen, bis wir rechtmäßig getraut sind.«

Megan war gerührt von seiner Ritterlichkeit, auch wenn sie seine Anwesenheit im Haus vermissen würde. Sie verstand seine Gründe: Morgen würde jeder im Umkreis von vielen Meilen erfahren, dass sie verlobt waren, und er wollte nicht, dass die Leute ihnen schon jetzt gemeinsame Nächte im Bett unterstellten. Natürlich würde es Gerede und Vermutungen geben, ganz gleich, welche Vorsichtsmaßnahmen sie auch ergriffen. Seite an Seite und Hand in Hand kehrten sie zum Haus zurück. Jesse war noch dort, rauchte und lehnte an der Wand. Er lächelte, doch Megan sah Ärger und Kummer in seinen Augen.

Webb blieb bei seinem Bruder stehen, um mit ihm zu sprechen, und Megan ging ins Haus und schloss die Tür hinter sich. Als sie den Tisch abräumte, hörte sie einen heftigen Wortwechsel mit erhobenen Stimmen, konnte jedoch nicht verstehen, was gesprochen wurde.

Sie spülte Teller, als Webb hereinkam. Er nickte ihr zu und ging dann die Treppe hinauf, vermutlich um seine Sachen zu holen. Schließlich kam er mit einer Deckenrolle und einigen

Kleidungsstücken wieder herunter. Inzwischen war es draußen dunkel geworden, und Megan hatte eine Lampe angezündet und auf den Tisch gestellt.

»Deine Küken werden bald ausziehen, hoffe ich«, scherzte er bei der Tür.

Sie lachte. Sie machten ständig Lärm, und wenn sie nicht das Stroh auf dem Boden der Kiste wechselte, würde es bald stinken. »Wenn wir geheiratet haben«, versprach sie. »Vorausgesetzt, bis dahin ist der Hühnerstall fertig.«

Webb lächelte. »Dafür werde ich sorgen.« Er hatte die Arbeit in Angriff genommen, bevor er nach Virginia City geritten war, um Cowboys einzustellen, und der Stall war erst halb fertig.

Sie nickte nur, und dann war er fort. Das Haus wirkte leer ohne ihn, doch sie hatte einen langen Tag hinter sich und ging bald zu Bett und schlief ein. Ihre Träume waren süß und von glücklichen Gedanken erfüllt.

Am Morgen erwachte sie noch vor dem Sonnenaufgang von Vogelgezwitscher. Lächelnd warf sie die Decke zurück und stand auf. Sie wusch sich, kleidete sich an und machte ein opulentes Frühstück aus gepökeltem Schweinefleisch und warmen Brötchen. Bald war der Tisch auf jeder Seite mit hungrigen Männern besetzt, doch Megan nahm nur Webb wahr, während sie Kaffee einschenkte und einen zweiten und dritten Nachschlag servierte.

Als das Frühstück vorüber war und alle Männer, einschließlich Webb, fort waren, stellte Megan das Geschirr ins Spülbecken und verbrachte die nächste halbe Stunde mit dem Versorgen der Küken. Danach wusch sie Wäsche am Creek und hängte Laken, Hemden, Hosen und Socken an verschiedene tiefe Baumzweige zum Trocknen auf. Danach nahm sie eine Angel, grub ein paar Würmer aus und ging mit Augustus bachaufwärts angeln.

Sie kehrte mit einem genügend großen Fang für das Mittagessen zurück, und bald waren die gebratenen Forellen und Kartoffelscheiben von den Männern verzehrt. Webb hatte ein paar Kaninchen mitgebracht, bereits abgehäutet und ausgenommen, und Megan bereitete für das Abendessen einen kräftigen Eintopf vor und stellte den Topf auf den Herd.

Nach dem Spülen des Geschirrs vom Mittagessen ging Megan zum Creek und nahm ein Buch mit, das sie sich aus Webbs ziemlich großer Sammlung ausgeliehen hatte. Sie hatte sich soeben hingesetzt, als ein leichter Kutschwagen, gezogen von zwei Rappen, über die Anhöhe am anderen Bachufer kam, hinabrollte und vielleicht zwanzig Meter von Megans Platz entfernt hielt.

Sie hätte die Besucherin an ihrem großen Hut, dem Sonnenschirm und Rüschenkleid erkannt, auch wenn Diamond Lil keine fröhliche Begrüßung gerufen hätte.

Megan war erfreut, sie zu sehen, und das war offensichtlich auch bei Augustus der Fall, denn er kehrte von seinem Ausflug zurück, um die Besucherin freudig bellend und mit dem Schwanz wedelnd zu begrüßen. Lil lachte, sprach liebevoll mit dem Hund und sicherte sich so Megans dauerhafte Wertschätzung.

»Ich hoffe, ich störe nicht«, sagte Diamond Lil. Sie war geschminkt, doch die Schminke war kunstvoll aufgetragen und das Resultat war attraktiv. Megan, die selbst auf der Bühne Schminke getragen hatte, vermisste das Zeug nicht.

Sie hakte sich bei Lil ein und ging mit ihr zum Haus. »Kommen Sie. Ich mache uns Tee.«

Lil hob eine perfekte Augenbraue. »Haben Sie Whisky da?«, fragte sie. Dann sah sie Megans Miene und lachte laut. »War nur ein Scherz«, beteuerte sie.

Sie betraten das Haus, und die Küken machten sich sofort

bemerkbar. Lil ging zu der Kiste und spähte hinein. »Süße kleine Geschöpfe«, bemerkte sie. »Natürlich werden sie in einem Monat potthässlich sein.«

Das war nicht zu leugnen. Gewiss war es Gottes Plan für voll erwachsene Hühner, hässlich zu sein. Wenn sie so niedlich blieben, würde niemand sie gekocht und mit Klößen serviert haben wollen. »Ich habe mich entschieden, ihnen keine Namen zu geben«, sagte Megan ernst.

Lils Miene war sarkastisch, als sie zum Tisch schlenderte und sich graziös auf Webbs Stuhl setzte. »Ich würde sagen, das war eine kluge Entscheidung«, sagte sie. »Es ist ziemlich hart, jemanden mit einem Namen zu essen.«

Megan stellte den Teekessel auf. Der Kanincheneintopf köchelte vor sich hin, und der Duft war angenehm. Sie würde dazu am Abend Maisbrot servieren. »Ich bin daran interessiert, Ihre Pläne für das Theater zu hören«, sagte sie. »Meinen Sie wirklich, Sie können die Kosten wieder hereinbekommen? Primrose Creek ist ein ziemlich kleiner Ort.«

»Setzen Sie sich«, sagte Lil fast im Befehlston. »Sie machen mich nervös, wenn Sie herumfuhrwerken, und das Wasser wird von selbst kochen.«

Amüsiert nahm Megan Platz. Sie mochte Lil wegen ihrer besonderen Persönlichkeit und kecken Art – die Frauen in der Stadt würden sie vermutlich als *schamlos* bezeichnen.

»Kommen wir nun zum Theater von Primrose«, sagte Lil, als Megan saß. »Jeder braucht Unterhaltung, und ich denke, wir werden ein gutes Geschäft mit den Männern aus Fort Grant machen. Außerdem ist die Stadt seit dem Waldbrand ständig gewachsen. Mehr und mehr Frauen kommen her, und es besteht anscheinend ein Bedarf an Kultur.«

Megan dachte an Lils Vergangenheit und fragte sich, wie eine offenbar so intelligente Frau nicht nur einen Saloon, sondern auch ein florierendes Bordell betreiben konnte. Natürlich würde sie Lil niemals fragen, obwohl sie es brennend gern erfahren hätte. »Woher würden Sie die Schauspieler bekommen? Sie müssten schon ein buntes Programm bieten, damit die Zuschauer wiederkommen.«

Lil winkte mit einer behandschuhten Hand ab, tat die Sache leichthin ab, noch bevor sie sprach. »Virginia City ist voller Sängerinnen und dergleichen, und wir können Zauberer von San Francisco kommen lassen.«

Da war es wieder, das Wort wir. Megan hielt es für an der Zeit, Lil reinen Wein einzuschenken. »Mr. Stratton und ich haben beschlossen, zu heiraten«, sagte sie.

Lil lächelte langsam und nachdenklich. »Nun, das werden einige meiner Mädchen mit Bedauern hören.«

Megan zwang sich, nicht zu erröten, doch sie hätte erst sicher sein können, ob es ihr gelang, wenn sie sich in einem Spiegel betrachtet hätte, und das wollte sie natürlich nicht tun. Sie hatte keine Ahnung, wie sie auf Lils Äußerung reagieren sollte.

Lil wusste im Gegensatz zu Megan, was sie sagen sollte. Sie stieß ein bühnenreifes Seufzen aus. »Ich nehme an, das bedeutet, dass Sie nicht daran interessiert sind meine Partnerin zu werden.«

Megans Mund klaffte auf; sie schloss ihn sofort wieder. »Ihre Partnerin?« Der Wasserkessel begann auf der Herdplatte zu pfeifen, doch sie schenkte ihm keine Beachtung. Bei Diamond Lils Angebot vergaß sie den Tee, den sie hatte aufbrühen wollen, und die Wäsche, die immer noch unten beim Creek hing.

7

Nachdem Lil sich verabschiedet hatte, war Megan so aufgewühlt, dass sie sich erst an die Wäsche erinnerte, als sie Regentropfen auf das Dach und an die Fenster prasseln hörte. Als sie das Ufer des Baches erreichte, hatte der Himmel seine Schleusen geöffnet, und sofort waren ihr Haar und ihre Kleidung durchnässt, als sie von einem Baum und Busch zum nächsten hetzte und Laken, Hemden und andere Kleidungsstücke an sich raffte.

Augustus, begierig darauf, zu helfen, flitzte im Kreis herum und bellte in erfreuter Panik. Nicht in der Lage, über den kleinen Berg von nasser Wäsche auf ihren Armen zu blicken, stolperte sie und landete kopfüber im Gras. Der Hund wusste nicht, ob das ein Spiel oder eine echte Tragödie war und winselte freudig und leckte ihr ein paarmal übers Gesicht, als sie sich aufsetzte.

Sie lachte über die Absurdität der Szene, und so fand Webb sie, im Regen sitzend, umgeben von Kleidungsstücken und Laken, den Kopf zurückgeworfen und lachend, das Kleid völlig durchnässt.

Er schwang sich von seinem Pferd und ging zu ihr, zuerst mit gerunzelter Stirn, und dann fiel er in ihr Gelächter ein.

Er zog sie mit einer Hand auf die Füße und half ihr, die verstreute Wäsche aufzusammeln. Als sie den Schutz des Hauses erreichten, waren sie nass, als wären sie mit der Kleidung in den Bach gefallen. Sie warfen die Wäsche auf den Tisch und standen dann da und starrten einander an, bis Webb zu Verstand kam und Feuer im Kamin machte. Augustus wich ihm nicht von der Seite, stets bereit, zu helfen.

»Geh und zieh dich um«, sagte Webb, ohne Megan anzusehen. »Du wirst dir sonst den Tod holen. Außerdem kleben deine nassen Klamotten auf der Haut, und der Anblick hat keine keusche Wirkung auf mich.«

Sie zögerte und ging dann in ihr Zimmer. Als sie zwanzig Minuten später herauskam, trug sie ihr Haar offen und hatte eines der nur dürftig geänderten Kleider an, ein rosafarben und grün gestreiftes Ding aus Seide, das für Primrose Creek denkbar ungeeignet war.

Webb, bis zur Hüfte nackt, trocknete sich mit einem Handtuch ab. Sein Blick war wehmütig, als er das Bühnenkleid sah, und in seinen Augen schimmerte eine Spur von Belustigung. »Nun, das ist kaum eine Verbesserung, nicht wahr?«

Megans Aufmerksamkeit galt den ausgeprägten Muskeln an Webbs Schultern, der Brust und dem flachen Bauch, und es kostete sie große Mühe, den Blick zu seinem Gesicht zu heben. Sie hätte ihm fast gesagt, dass er gut reden hatte, doch dann meldete sich ein Rest von Vernunft, und sie schaffte es irgendwie, den Mund zu halten.

»Komm her ans Feuer«, sagte er. »Du zitterst ja.« Er war es gewohnt, Befehle zu geben, und Megan war es *nicht* gewohnt, welche entgegenzunehmen, doch diesmal gehorchte sie, angezogen von der Wärme des Kaminfeuers und Webb selbst.

Sie ging zu ihm. »Du auch«, sagte sie.

»Ich werde es überleben«, erwiderte er. Nach dieser Bemerkung ging er von Megan fort und die Treppe hinauf, und sie fühlte sich wie beraubt, als sie ihm nachschaute.

Er kehrte sofort zurück. In einem trockenen Hemd – nicht zugeknöpft – und mit einer Wolldecke über dem Arm. Er hüllte sie in die Decke und zog sie eng um sie zusammen.

Da war sie wieder, diese seltene Zärtlichkeit, der sie verfallen würde, wenn sie sich nicht davor schützte. Sie versuchte, von ihm zurückzuweichen, doch es gelang ihr nicht, denn Webb hielt immer noch die Decke fest, und sie war fest darin eingewickelt.

»Wo sind alle?«, fragte sie, weil sie nicht mehr weiterwusste und verloren sein würde, wenn sie nicht sehr bald auf festen Boden zurückfand. Sie bezog sich auf Jesse und die anderen, doch sie brachte es einfach nicht fertig, sich klar auszudrücken. Ihre Zunge war schwer, und ihr war schwindelig.

Zum Glück wusste Webb, wovon sie redete, und es tröstete sie ein wenig, dass er so verwirrt aussah, wie sie sich fühlte. »Ich habe die Männer bei der Herde zurückgelassen«, sagte er. »Rinder neigen dazu, bei solchem Wetter in Stampede zu geraten.«

»Oh«, stieß sie hervor und warf einen Blick zum Herd. »Ich habe zum Abendessen einen Eintopf ...«

»Ich werde ihn den Männern mit dem Wagen bringen«, sagte er.

Er würde sie also verlassen, aufs Weideland zurückfahren, wo er und die Männer verirrte Rinder zur Herde zurückgetrieben hatten. Sein sofortiger Aufbruch hatte aus Megans Sicht eine gute Seite und eine schlechte. Sie war eine moralische Person, wenn auch manchmal ein wenig irregeleitet, doch trotzdem getraute sie sich nicht, viel länger mit Webb allein zu sein. Dass er vom Gewitterregen durchnässt worden war, hatte nur seine Anziehungskraft verstärkt, und tief in ihr brannte eine Hitze, die nichts mit der des Kaminfeuers zu tun hatte.

»Du tropfst«, sagte sie.

Er hielt die Wolldecke immer noch fest, doch er blickte hinab. »Tatsächlich.«

In diesem Moment schüttelte sich Augustus und besprühte sie beide mit Regenwasser, das nach Hund roch. Erschrocken traten sie auseinander, und das war vermutlich ein Glück für Megan, denn ihr Puls raste, und sie wusste nicht, was passiert wäre, wenn Augustus nicht auf seine Weise eingegriffen hätte. Sie wandte sich hastig ab, wickelte sich aus der Decke und kniete sich zu dem Hund, um ihn einzuhüllen.

Augustus zitterte, leckte ihr dankbar übers Gesicht, und sie umarmte ihn. Als sie zu Webb aufblickte und den Ausdruck in seinen Augen sah, stockte ihr der Atem. Eine scheinbare Ewigkeit sahen sie einander nur an, Webb stehend vor dem Kamin, Megan auf einem Knie, beide Arme um den zitternden Hund geschlungen. Schließlich brach Webb den Bann, indem er sich in Bewegung setzte und beim Verlassen der Küche sein Hemd zuknöpfte.

»Ich spanne den Wagen an und fahre zurück zur Weide«, sagte er.

Megan konnte nur nicken.

Eine Viertelstunde später, nachdem sie etwas von dem Kanincheneintopf für sich und Augustus in einen kleineren Topf gefüllt hatte, kehrte Webb aus dem Stall zurück. In seinem langen, dunklen Mantel und dem Hut, von dessen Krempe Regenwasser tropfte, wirkte er wie ein Revolverschwinger. Er nahm den großen Kessel mit Eintopf, das Geschirr und die Löffel und ging wieder.

Megan fühlte sich einsam, aber sie hatte Beschäftigung mit der Wäsche und mit Augustus und den Küken und konnte sich dadurch ablenken. Sie legte Hemden und Kleidungsstücke über Stühle, hängte sie auf das Treppengeländer und den Kaminsims in anderen Teilen des Hauses. Als sie damit fertig war, fügte sie ein paar Holzscheite zu dem Feuer hinzu, das Webb angezündet hatte, holte ihren Nähkasten und zog sich einen Stuhl heran. Sie setzte sich hin und nähte eines von Webbs neuen Hemden zusammen, während der Regen weiterhin fiel.

Das Weideland kam Webb an diesem Nachmittag besonders leer vor, als er mit dem Wagen, das Pferd hinten angebunden, zur Herde fuhr, um sich zu den Männern zu gesellen, welche die dampfenden, muhenden Rinder bewachten. Es waren seiner Schätzung nach an die hundert Rinder – weniger als er erhofft hatte, das musste er zugeben –, und er wusste, dass die Armee alles Rindfleisch kaufen würde, das er verkaufen wollte, und zwar zu einem ansehnlichen Preis. Doch im Augenblick konnte er sich anscheinend nicht auf die guten Aussichten freuen, denn seine Gedanken waren mit Megan McQuarry erfüllt.

Megan, nass und lachend im Gras. Megan, mit fast bis zur Taille herabgelassenen, roten Haaren, während das Kleid beinahe durchsichtig an ihren Kurven klebte. Megan, die einen Hund liebevoll in eine Decke einhüllte, als wäre es ein Kind. Er fand, dass es eine verdammt gute Sache war, Verantwortung zu haben, denn ohne sie wäre er nicht heimgeritten und hätte nicht sein Bestes versucht, um die Frau zu verführen. Er hatte so eine Ahnung, dass sie ihm nicht allzu viel Widerstand entgegengesetzt hätte.

Der Anblick von Jesse, der auf ihn zugetrabt kam, war eine gnädige Ablenkung. Er hatte nur wenig Illusionen, was den Jungen anbetraf – das Aufwachsen unter dem Dach von Tom senior hatte bei allen drei Söhnen seinen Tribut gefordert –, doch Jesse war nun mal Webbs einziger jüngerer Bruder und er mochte ihn.

»Der Marshal ist draußen und überprüft die Brandzeichen

deiner Rinder«, sagte Jesse und bemühte sich nicht, die Verachtung zu verbergen, die er für Männer empfand, die den Stern des Gesetzes trugen. »Was hältst du davon?«

Webb sah keinen Grund, darauf hinzuweisen, dass Zachary bald zur Familie gehören würde, zumindest zur angeheirateten. Jesse und die anderen wussten natürlich, dass er Megan heiraten wollte, aber er sah keinen Grund, ihnen das genau darzulegen. »Es ist sein Job«, sagte Webb. Der Regen war in stetiges Nieseln übergegangen und kalt. »In jüngster Zeit hat es viel Viehdiebstahl in dieser Gegend gegeben.«

Jesse wirkte ein bisschen blass und auch nervös. »Hält er dich für einen Dieb?«

»Das bezweifle ich«, antwortete Webb und hielt den Wagen neben einem Schuppen an, der das Lagerfeuer schützte. Während er den Kessel mit Kanincheneintopf auslud, ritt Zachary auf einem prächtig aussehenden scheckigen Hengst heran. Wie Webb trug er einen langen Staubmantel, und er war trotzdem durchnässt.

Er begrüßte Webb mit einem Nicken und ignorierte Jesses finsteren Blick.

»Tag, Webb«, sagte er.

»Zachary«, erwiderte Webb. »Mein Bruder sagte mir, du siehst dir die Brandzeichen an. Hässlicher Tag dafür. Jesse, ich nehme an, du hast den Marshal kennen gelernt.«

Jesse sagte nichts, zog jedoch seinen Hut zum Schutz gegen den Regen tiefer ins Gesicht und nickte zustimmend.

Zachary grinste und schwang sich aus dem Sattel. Er zog seine Lederhandschuhe aus, ging zu Webb und reichte ihm die Hand, die er fest drückte.

»Meine Frau liegt mir dauernd in den Ohren, weil ich keine Neuigkeiten von Megan heimbringe«, sagte der Marshal. »Wie geht es ihr?«

Webbs Aufmerksamkeit wurde vorübergehend von seinem Bruder abgelenkt, der immer noch auf seinem gezügelten Pferd saß und offenbar die Ohren spitzte. »Hast du nichts zu tun?«, fragte Webb.

Jesse setzte zu einer Erwiderung an, besann sich dann jedoch anders, zog sein Pferd herum und ritt zur Herde zurück.

Zachary nahm seinen Hut ab und fuhr sich mit der Hand durch sein feuchtes Haar. »Etwas sagt mir, dass dieser Junge mich nicht besonders mag«, bemerkte er mit einem Grinsen.

Webb seufzte und wies zum Lagerfeuer, wo ein Topf mit Kaffee warm gehalten wurde. »Gib ihm Zeit. Er hat Probleme, Leuten zu vertrauen, und das nicht ohne Grund.«

Zachary blickte dem Jungen nach, die Miene ernst, jedoch sonst nicht zu deuten, doch er lächelte wieder, als er Webb ansah. »Was ist mit Megan?«, fragte er.

Webb musste unwillkürlich breit lächeln; allein die Erwähnung des Namens gab ihm das Gefühl, dass die Sonne aufgegangen war, obwohl es regnete und der Himmel noch mehr Regen verhieß. »Es geht ihr gut.« Am liebsten hätte er sich damit gebrüstet, dass sie seinen Heiratsantrag angenommen hatte, doch es stand ihm nicht zu, die Neuigkeit hinauszuposaunen, und so würde er warten, bis Megan mit ihren Schwestern gesprochen hatte. »Behauptet sich.«

Zachary lachte. »Ich habe nie eine McQuarry kennen gelernt, die das nicht tut.«

Die Unterhaltung versickerte ein wenig, und so sagte Webb wohl überlegt: »Ist auch eine gute Köchin.«

»Nun, das ist nicht zwangsläufig ein Merkmal der Familie«, meinte Zachary. Er nickte dankend, als Webb ihm einen Becher mit heißem, bitterem Kaffee reichte. »Wenn Caney jemals Malcolm Hicks einfängt, werde ich vermutlich selbst kochen müssen. Wenn es darum geht, ein ungenießbares Essen auf den Tisch zu bringen, ist meine Christy wirklich unübertroffen.«

Webb lachte, nippte an seinem Kaffee und beobachtete aus dem Augenwinkel, wie seine Männer die nervöse Herde so gut zusammenhielten, wie sie konnten. Bis jetzt hatte es nicht nennenswert gedonnert oder geblitzt, aber die Luft war unheilvoll geladen, und Webb fühlte sich so nervös wie seine Rinder. »Blödsinn. Die Frauen in deiner Familie können alles, was sie sich in den Kopf setzen, und das weißt du.«

Zachary stieß ein wehmütiges Seufzen langen Leidens aus, doch der glückliche Ausdruck in seinen Augen war unverkennbar. »Ich nehme an, das stimmt«, gab er zu.

»Hast du Glück beim Aufspüren der Viehdiebe?«, erkundigte sich Webb.

Zachary seufzte von neuem und diesmal ernst. »Nein. Dan Fletcher hat erst vor einer Woche zwanzig Rinder verloren, und Pete Dennehy sind sämtliche Maultiere geklaut worden.« Er schüttelte den Kopf. »Ich kann die Täter einfach nicht fassen.«

Es war entmutigend, allein an das Pech der anderen Rancher zu denken. Zwanzig Rinder waren mehr, als die meisten Leute entbehren konnten, wenn sie ihre finanziellen Verpflichtungen bei der Bank erfüllen und im Geschäft bleiben wollten. Es war bekannt, dass Dennehy seine gezüchteten Mulis an die Eisenbahngesellschaft und die Western Union verkaufte, und dieser Verlust würde ihn zurückwerfen, vielleicht sogar ruinieren. Das Gleiche traf auf die anderen zu. »Das klingt, als könntest du Hilfe gebrauchen«, sagte er.

Zachary lachte freudlos und blies in seinen Kaffee, um ihn etwas abzukühlen. »Jeder Mann in dieser Gegend scheint entweder in den Minen oder bei der Eisenbahn zu arbeiten. Nicht viele lassen sich für zwei Dollar pro Tag als Deputy anwerben.«

Webb hatte Mitgefühl. Es war pures Glück, dass er es geschafft hatte, die Arbeiter anzuheuern, die er für die Ranch brauchte. »Ich könnte vielleicht ein paar Tage helfen«, sagte er. »Vielleicht ein paar der Cowboys mitbringen.«

Zachary ließ seinen Kaffeebecher sinken und kniff die Augen zu Schlitzen zusammen, nicht argwöhnisch, sondern ungläubig. »Das würdest du tun?«

»Wir sind Nachbarn«, sagte Webb. »Freunde, hoffe ich. Wann willst du reiten?«

Zachary blickte zum Himmel. »Sieht nicht so aus, als ob das Wetter bald aufklaren wird, aber wir sollten trotzdem am Morgen aufbrechen. Bist du sicher, dass du das tun willst?«

»Ja«, erwiderte Webb, nie ein Mann von vielen Worten.

»Verdammt!«, staunte Zachary und grinste wieder.

»Ich nehme an, das bedeutet, dass du dich freust«, sagte Webb.

»Verdammt!«, wiederholte Zachary, diesmal noch fröhlicher, und dann schüttelte er Webb überschwänglich die Hand. »Vielen Dank, Webb.«

Webb nickte nur. Seine Gründe, sich dem Aufgebot anzuschließen, waren natürlich nicht ganz uneigennützig, und Zachary musste das wissen. Viehdiebe waren eine Bedrohung für alle Rancher, und die Klugen würden versuchen, die Dinge in den Griff zu bekommen, bevor sie noch schlimmer wurden.

Die beiden Männer beschlossen, sich am nächsten Morgen beim ersten Tageslicht vor Zacharys Büro zu treffen, und dann schüttete der Marshal den Rest seines Kaffees fort – mit einiger Erleichterung, dachte Webb – und stieg auf sein Pferd. Er tippte kurz an seine Hutkrempe und ritt davon.

Webb fand, dass er lange genug herumgestanden und gequatscht hatte. Er trank seinen Kaffee aus – er schmeckte ihm nicht besonders, doch er mochte die Wirkung –, band sein Pferd hinter dem Wagen los und ritt zur Herde.

Webb und die anderen waren zwei Tage fort, und auf Megans Einladung hin, die Bridgets ältestes Kind Noah übermittelt hatte, trafen ihre Schwestern zu Besuch ein.

»Du heiratest!«, stieß Christy hervor, als sie die Ankündigung hörte, und drückte die Hände auf die Wangen. Ihre grauen Augen leuchteten. Sie und Skye und Bridget hatten ihre jeweiligen Kinder in Caneys Obhut gegeben, und der unverminderte Regen hatte sie nicht von ihrem Ausflug abhalten können.

»Ja«, sagte Megan, so ernst und würdevoll wie sie konnte.

»Da hat Webb ja nicht lange gebraucht, um auf den richtigen Gedanken zu kommen«, meinte Bridget, nahm ihre feuchte Haube ab und schüttelte sie an den Bändern aus, bevor sie sie auf den Haken neben der Tür hängte.

Skye strahlte, während sie ihren Mantel auszog. Ihr Mann, Jake Vigil, hatte in der Vergangenheit finanzielle Probleme gehabt, nachdem bei dem Feuer, das vor zwei Jahren in Primrose Creek gewütet hatte, sein Haus und das Sägewerk abgebrannt waren, doch jetzt war er ein wohlhabender Mann, und sein Erfolg spiegelte sich in Skyes guter Kleidung wider. Megan hatte sie noch nicht in ihrem Haus besucht, das ein paar Meilen bachabwärts auf der anderen Seite stand; sie hatte alle Hände voll zu tun, um nur ihre Arbeit zu schaffen. »Ich freue mich so für dich«, sagte Skye und küsste Megan auf die Wange.

Skye war wie Bridget und Christy überglücklich in ihrer Ehe, und sie schien anzunehmen, dass das gleiche Schicksal auf Megan wartete. Megan hoffte, dass sie Recht haben würde.

»Danke«, sagte sie.

Bald saßen die vier Schwestern am Tisch, Tee dampfte vor

ihnen in den Tassen, das Feuer im Kamin loderte, die Küken piepsten und Augustus döste vor dem Kamin.

»Wann ist die Hochzeit?«, wollte Bridget wissen.

»Habt ihr einen Termin festgelegt?«, fragte Christy. Sie wirkte ein wenig nervös – das war sie für gewöhnlich, wenn Zachary fort war –, doch sie glühte vor Wohlergehen.

»Ich wollte zuerst mit euch allen reden, bevor wir planen«, sagte Megan und blickte von einer zur anderen. »Euren Segen habe ich doch, oder?«

»Natürlich«, sagte Bridget.

»Wir haben dies erhofft«, fügte Christy hinzu.

»Was wirst du tragen?«, fragte Skye, und ihre braunen Augen funkelten vor Aufregung.

Bevor Megan einer von ihnen antworten konnte, sprach Bridget wieder. »Gus hat soeben herrlichen elfenbeinfarbenen Seidenstoff hereinbekommen«, verkündete sie. »Ich habe etwas Spitze dazu in meinem Nähkasten …«

»Und ich habe einige Perlen von einem Kleid, das Mama gehört hat«, fügte Christy hinzu, doch dann errötete sie leicht und senkte den Blick. Jenny McQuarry, die Frau, die Christy und Megan für ihre Mutter gehalten hatten, hatte ihnen nie besondere Liebe geschenkt. Jetzt verstanden die Schwestern sie ein wenig besser.

Während Megan und Skye wenigstens etwas über ihre Abstammung wussten, erfahren hatten, dass sie die Zwillingstöchter eines Serviermädchens waren, bezweifelte Megan, dass Christy und Bridget ebenfalls eine solche Entdeckung gemacht hatten.

Megan ergriff Christys Hand und drückte sie, und dann sah sie ihre beiden anderen Schwestern, eine nach der anderen, liebevoll an. »Ihr seid alle so lieb zu mir gewesen …«

»Wie sonst hätten wir sein können?«, erwiderte Skye, und

der Stolz der McQuarrys färbte ihre Wangen und blitzte in ihren Augen auf. »Du bist unsere Schwester, und wir lieben dich. Dies ist ein großer Anlass.« Sie holte Luft und sprach dann hastig weiter. »Ich werde die Seide kaufen, Bridget kann ihre Spitze beisteuern und Christy ihre Perlen. Wir alle besorgen das Nähen – sprechen einen Tag dafür ab. Wie wäre es mit morgen bei mir im Haus?«

Megan hatte sich die Einladung gewünscht – Jake und Skyes Haus war erbaut worden, nachdem sie Primrose Creek verlassen hatte –, und sie war zutiefst gerührt, weil ihre Schwestern so begierig darauf waren, ihre Hochzeit zu einem denkwürdigen Ereignis zu machen. »Danke«, sagte sie mit einem kleinen Schniefen, das sie schnell unterdrückte. »Danke – euch allen.«

»Wir sind froh, dich daheim zu haben«, sagte Bridget lächelnd.

»Ich habe ihnen von unserer Mutter erzählt«, bekannte Skye ein wenig schuldbewusst. »Dass wir Zwillinge sind und alles.«

Bridget seufzte. »Es ist alles so sonderbar«, murmelte sie. »Ich kann es manchmal immer noch nicht glauben.«

Christy nickte zustimmend. »Mein ganzes Leben lang habe ich Großvater für den besten Mann der Welt gehalten, und ich glaube immer noch, dass er meinte, das Beste für uns zu tun. Trotzdem liege ich des Nachts manchmal wach und zerbreche mir den Kopf, um mich auch nur an einen Bruchteil von Gerüchten zu erinnern, die ich vielleicht in der langen Zeit irgendwann mal mitbekommen habe …«

»Caney weiß Bescheid«, sagte Bridget ruhig, und eine Spur von Zorn war in ihren kornblumenblauen Augen. »Sie behauptet, nichts zu wissen, aber ich sage dir, sie lügt.«

Christy nickte abermals. Seufzte. »Wir können nur sicherstellen, dass *unsere* Kinder *uns* kennen«, sagte sie. »Ich habe ein Tagebuch geführt, sodass eines Tages …«

Megan stand auf und schüttete weiteres heißes Wasser in den Steinguttopf, der als Teekanne diente. Webb hatte nie daran gedacht, sich solch einen »Luxus« zu kaufen, weil er nur Kaffee trank. So war nun mal das Leben in Haus eines Junggesellen. »Ich halte es für eine wunderbare Idee, ein Tagebuch zu führen.«

»Solange du es nicht tust, weil du damit rechnest, nicht mehr hier zu sein«, sagte Skye und musterte Christy forschend.

Christy lachte. »Wir alle leben, um alt zu werden«, erwiderte sie. »Wir haben Großvaters Blut in unseren Adern, erinnert ihr euch?«

Es war ein beruhigender Gedanke. Wenn Megan ihre drei schönen Schwestern anschaute, glaubte sie, in jeder ihren Großvater wiederzuerkennen. »Ihr seid der Grund, weshalb ich heiraten und eine eigene Familie haben will«, sagte sie. »Ihr alle, einzeln und zusammen – ich habe gelernt, was wirklich wichtig ist, indem ich euch beobachtet habe.«

Schweigen entstand, nur unterbrochen von einigem gerührtem Schniefen, das schnell unterdrückt wurde.

»Großvater fehlt mir immer noch so sehr«, vertraute Skye den anderen schließlich an, und ihre Stimme klang in diesem Moment wie die des Kindes, das sie gewesen war.

Bridget nickte. »Manchmal denke ich, er sei noch irgendwo hier, in der Nähe, und kümmere sich um uns. Wir haben viel durchgemacht, jede von uns, und ich bin mir nicht sicher, ob wir das ohne Hilfe überstanden hätten.«

Christy hielt die Fingerspitzen aneinander und runzelte nachdenklich die Stirn. »Großvater ist bei uns, ja, aber hier.« Sie deutete auf ihr Herz. »Er hat uns mehr als das Land hinterlassen. Wir haben seinen Mut, und es macht mir nichts, wenn das eingebildet klingt.« Der Ausdruck in ihren Augen schien den Schwestern oder jedem anderen zu verbieten, ihre Worte in

Zweifel zu ziehen, und sie alle lächelten, weil es nur bewies, dass sie Recht hatte.

Danach sprachen sie über Megans und Webbs Hochzeit. Sie waren einer Meinung, dass sie hier stattfinden sollte, in dem Haus, das die Neuvermählten teilen würden. Sie schmiedeten Pläne, mit der Arbeit am Brautkleid morgen bei Skye zu Hause zu beginnen, und beschlossen, dass Bridget einige ihrer Kokosnusskuchen backen sollte, die nach der Trauung serviert werden würden.

Die Dämmerung brach herein, und der Regen war zu einem feuchten Nebel geworden, als sie alle in Skyes leichten Wagen stiegen und davonfuhren.

Megan stand auf dem Hof, den treuen Augustus neben sich, und schaute ihnen nach, bis sie außer Sicht waren.

Sie fühlte sich ein wenig einsam, als ihre Schwestern fort waren und weil Webb mit Zachary weggeritten war. Sie ging ins Haus, zündete weitere Lampen an und wärmte etwas übrig gebliebene Suppe auf. Sie und Augustus würden zu Abend essen, und dann würde sie die Wäsche einsammeln, die im ganzen Haus zum Trocknen hing, damit sie am Morgen gebügelt werden konnte. Da sie das Haus für sich allein hatte, wollte sie danach ein schönes Bad in dampfendem, heißem Wasser nehmen.

Das Vorhaben klappte auch, aber nur fast. Sie war soeben aus dem Zuber gestiegen, hatte sich abgetrocknet und ein Flanellnachthemd angezogen, das Christy ihr geschenkt hatte, als die Tür geöffnet wurde und Webb, nass und erschöpft wirkend, die Küche betrat. Er warf einen Blick zu dem noch gefüllten Badezuber und lächelte auf eine Weise, bei der ihr warm ums Herz wurde und sie ihn am liebsten bemuttert hätte. »Was machst du hier?«, fragte sie. »Ich dachte, du reitest mit dem Aufgebot des Marshals.«

»Wir hatten kein Glück«, sagte er. »Morgen früh suchen wir

weiter.« Er ließ den Blick über sie schweifen. »Ich wünschte, ich wäre ein paar Minuten eher zurückgekommen.«

Seine scherzhafte Bemerkung gefiel ihr, doch sie war Lady genug, um es nicht zuzugeben, jedenfalls nicht, während sie hier im Nachthemd und noch feuchtem losem Haar vor ihm stand. Sie hob das Kinn und unterdrückte ein Lächeln. »Hast du gegessen?« Es war schwer, im Nachthemd geschäftsmäßig zu wirken.

»Ich hatte etwas Dörrfleisch in den Satteltaschen«, sagte er. Er hängte seinen Hut auf, zog die Lederhandschuhe aus und legte den Mantel ab. »Es war kein Festmahl, aber ich bin satt.«

»Dann Kaffee?«

»Das klingt prima«, meinte er und ging zum Kamin.

Während sie frischen Kaffee machte, schleppte er den Badezuber zur Seitentür, schüttete das Wasser in den Schlamm und hängte den Zuber dann wieder an seinen Platz.

»Kommen die Männer später?«, fragte sie, nahm einen Becher vom Regal und holte den Zucker, denn sie wusste, dass Webb den Kaffee gern gesüßt trank.

Webb war wieder am Kamin, kauerte dort, kraulte Augustus hinter den Ohren und murmelte mit ihm. Augustus nieste herzhaft, als wollte er kundtun, dass er ebenfalls einen kalten, nassen und harten Tag hinter sich hatte.

»Die Männer werden die Nacht im Camp verbringen«, sagte Webb. »Ich reite zu ihnen und leiste ihnen Gesellschaft. Ich bin nur vorbeigekommen, um nach dir sehen und dir zu sagen, dass ich morgen wieder mit Zachary reite. Diesmal könnten wir ein paar Tage fort sein.«

Megan stellte den Kaffeebecher und die Zuckerdose auf den Tisch. Inzwischen hatte sie vergessen, dass sie nicht richtig angezogen war, und später würde sie sich darüber wundern, dass ihr das gar nichts ausgemacht hatte. Im Augenblick war sie zu beschäftigt, um sich darüber Gedanken zu machen. »Du wirst ein Deputy sein?«

»Nur bis diese Sache erledigt ist«, erwiderte er ruhig. »In letzter Zeit hat es in dieser Gegend viel Viehdiebstahl gegeben. Zachary braucht Hilfe.«

Sie konnte ihn kaum bitten, dem Mann ihrer Schwester keine dringend benötigte Hilfe anzubieten, doch sie wünschte, sie könnte es. Vor ihrem geistigen Auge sah sie Webb erschossen oder verletzt oder wie er sich im nassen Wetter den Tod holte. »Ich verstehe«, sagte sie und biss sich auf die Unterlippe.

Er lächelte. »Ich bin froh, dass du hier bist, Megan«, sagte er mit belegter Stimme. »Ich hatte ganz vergessen, wie es ist, eine Frau im Haus zu haben.«

Megan stieg Hitze in die Wangen, doch sie wusste, dass seine Bemerkung nicht anzüglich gemeint war. »Da ist – da ist etwas, das ich wissen muss«, sagte sie und überraschte sich selbst. »Hat sie dich geliebt? Ellie, meine ich.«

Er blickte sie ruhig eine scheinbare Ewigkeit lang an. Erst dann antwortete er. »Ich dachte es einst«, sagte er, und sie glaubte ihm. »Doch es war alles ein Irrtum – jetzt verstehe ich das, doch damals war ich zu jung und hitzköpfig, um mir das klar zu machen. Etwas, das zu Beginn falsch ist, kann sich am Ende nicht als richtig erweisen, nicht wahr?«

Sie nickte. »Stimmt. Dies ist alles so verwirrend – diese Dinge zu empfinden – herauszufinden, dass Bridget und Skye meine Schwestern sind ...«

Er hob eine Augenbraue, und Megan erkannte, dass sie ihm nichts von Großvaters wohl durchdachtem Plan, seine Familie zusammenzuhalten, erzählt und er es auch von niemand anderem erfahren hatte. Sie setzte sich an den Tisch, nippte heißen, duftenden Kaffee und erklärte Webb alles – jedenfalls das, was sie darüber wusste.

Am Ende der Geschichte stieß er einen leisen Pfiff aus. »Man muss diesen Grips und Mumm bewundern«, meinte er. »Anscheinend hat er jedoch eine Generation ausgelassen – ist von deinem Großvater gleich auf dich und deine Schwestern übergegangen.«

»Ich wundere mich immer darüber, dass so feine Leute wie Gideon und Rebecca McQuarry solche Söhne zeugen konnten.«

Er neigte sich vor und küsste sie leicht und unschuldig auf die Stirn. Der Kuss – so harmlos er war – schien ihr Blut zu entflammen. »Und *ich* frage mich immer, wie ein Hurensohn wie mein Alter einen so feinen Sohn wie mich haben konnte.«

Sie lachten beide.

»Vielleicht können wir Sinn in den Dingen finden, wenn wir zusammenarbeiten«, sagte Webb dann ernster. »Was hältst du davon, Megan McQuarry?«

Fast hätte sie es gesagt, hätte beinahe zugegeben, dass sie ihn zu lieben begann, wider allen Willen und alle Vernunft. Die Worte wallten in ihr auf, wie von der Wurzel ihrer Seele entsprossen, doch sie hielt sie zurück. Was wusste sie über Liebe? Sie hatte sich selbst bereits bewiesen, dass sie alles andere als eine Expertin auf diesem Gebiet war, indem sie Davy seine Lügen geglaubt und ihm vertraut hatte. »Ich meine, wir sollten es versuchen«, antwortete sie sehr leise, und sie wusste, dass ihre Augen glänzten und sie nicht ganz verbergen konnte, was sie empfand.

»Ich sollte besser gehen«, sagte er, und es klang fast seufzend. »Weißt du, was für eine Versuchung du in deinem Nachthemd und mit den gelösten Haaren bist?« Er ließ eine kupferfarbene Haarsträhne durch seine Finger gleiten. »So weich.«

Megan schloss die Augen und hatte das Gefühl, leicht zu

schwanken. Weshalb bekam sie bei diesem Mann weiche Knie? Kein Mann, und ganz gewiss nicht Davy, hatte jemals solch eine Wirkung auf sie gehabt.

Webb küsste sie auf die Stirn. »Gute Nacht«, sagte er und trat zurück.

»Gute Nacht«, brachte sie heraus. Sie wollte, dass er blieb, nicht weil sie Angst vor dem Alleinsein hatte, sondern weil sie sich so herrlich lebendig fühlte, wenn er da war. Er brachte einen Inhalt in ihr Leben, der ohne ihn einfach nicht da war.

Er legte die Hände auf ihre Wangen. »Ich könnte bleiben.«

Sie bot all ihre Entschlossenheit der McQuarrys auf, denn sie wollte, dass ihre Ehe von Anfang an richtig war. »Es ist besser, du gehst«, sagte sie.

Der Ausdruck seiner blauen Augen war bemerkenswert zärtlich, als er auf sie hinabblickte, und zugleich brannte darin ein Feuer, das mit der Hitze der Flammen im Kamin zu konkurrieren schien. »Du hast Recht«, sagte er seufzend. »Ich gebe es nur ungern zu, aber du hast Recht.«

Dann neigte er sich zu ihr und küsste sie in einer Art ehrerbietigem Verlangen. Von neuem schien der Boden unter Megan zu wanken; abermals musste sie ihre Gefühle zügeln, aber die Zügel waren im Begriff, ihr zu entgleiten. Schnell.

»Geh«, hauchte sie und zog sich zurück.

Er nickte, ging zur Tür und nahm seinen Hut und den Mantel von den Haken an der Wand.

Megan konnte wieder klarer denken, und sie erinnerte sich, dass er sich am Morgen Zacharys Aufgebot anschließen würde. »Wirst du eine Waffe tragen?«

»Ich kann mir von Zachary ein Gewehr borgen, wenn ich eins brauche«, sagte er.

Sie nickte. »Pass auf dich auf.«

Er gab keine Antwort, versprach ihr nicht, dass er unversehrt bleiben würde, und das beunruhigte Megan, so irrational es auch war. Natürlich konnte er so etwas nicht versprechen – niemand konnte das –, doch sie wünschte sich trotzdem, es zu hören. Sie wollte das Tor des Himmels erstürmen, mit der Faust dagegen hämmern und verlangen, dass keine Kugel Webb Stratton finden würde, während er nach Viehdieben suchte oder sonst wann.

Als er fort war, verriegelte sie die Tür, löschte alle Lampen außer einer und zog sich in ihr Zimmer mit seinem schmalen, einsamen Bett zurück. Augustus trottete hinter ihr her und ließ sich mit einem lang gezogenen und philosophischen Seufzen neben ihr nieder. Sie war tief bewegt, überzeugt, dass er ihre Einsamkeit spürte und ihr Trost spenden wollte.

»Es wird ihm nichts passieren«, sagte sie zu dem Hund, wälzte sich auf die Seite und neigte sich hinab, um sein Fell zu streicheln.

Augustus winselte, als hätte er seine Zweifel, doch seine Anwesenheit hatte etwas Tröstliches für Megan, und sie döste bald ein.

Sie erwachte von einem leisen Knurren und setzte sich blinzelnd auf. Sie hatte die Haustür gesichert, doch es war jemand im Haus! Webb? Nein – Augustus wäre losgelaufen, um ihn zu begrüßen: Stattdessen lag er auf dem Bauch, die Vorderpfoten ausgestreckt und stieß diese knurrenden Laute aus.

Bevor sie aufstehen konnte, sah sie den Umriss eines Mannes in den Schatten jenseits ihrer Tür Gestalt annehmen – sie hatte die Tür offen gelassen, für den Fall, dass Augustus während der Nacht das Zimmer verlassen wollte –, und obwohl ein Schrei in ihrer Kehle aufstieg, brachte sie ihn nicht heraus. Sie war buchstäblich zu entsetzt, um zu schreien oder sich auch nur zu bewegen.

Augustus' leises Knurren wurde wütend, und er fletschte die

Zähne. Er erhob sich auf die Hinterpfoten, und selbst im finsteren Zimmer, in das nur durch den Türspalt Licht fiel, konnte Megan sehen, dass sich sein Fell sträubte. Seine Zähne schimmerten, wirkten noch unheilvoller als der Giftzahn einer Schlange.

Der Schattenmann versteifte sich. »Ruhig, Junge«, sagte Jesse. Eine Waffe schabte gegen Leder, als er sie zog.

»*Jesse*?«

Augustus ließ sich zu Boden sinken, doch Megan war immer noch ärgerlich und auch ängstlich.

»*Nein*«, sagte sie hastig und heftig. »Wenn du diesen Hund tötest, Jesse Stratton, dann wirst du auch mich töten müssen.«

Sie hörte, wie der Revolver ins Leder zurückgeschoben wurde. Augustus regte sich nicht, doch Megan wusste, dass er sprungbereit war. Wusste, dass er erschossen werden würde, wenn er versuchte, sie zu beschützen, der liebe, dumme Kerl.

Sie setzte sich auf, schlüpfte in ihren Morgenrock, rieb ein Zündholz an und zündete die Lampe auf dem kleinen Tisch neben ihrem Bett an.

Jesse stand auf der Türschwelle. »Ich wollte Sie nicht erschrecken«, sagte er, und so ungewöhnlich es auch war, Megan glaubte ihm. Er sah blass und krank aus, und dieser Aspekt seines Äußeren alarmierte sie mehr, als es jede Bedrohung ihrer eigenen Sicherheit hätte tun können.

»Was ist passiert?«, fragte sie und sprang auf. »Ist etwas mit Webb passiert?«

Jesse fuhr sich mit einer Hand durchs Haar, eine Geste, die typisch für seinen älteren Bruder war. »Nein«, sagte er. »Noch nicht.«

»Wie meinen Sie das, ›noch nicht‹?« Megan griff hinab, um Augustus am Kopf zu streicheln, in der Hoffnung, das Tier zu beruhigen, doch sie war weit davon entfernt, sich selbst zu beruhigen, und der Hund musste das spüren. Wie ein Kind zog er seine Schlüsse aus ihrem Verhalten, nicht aus ihren Worten.

»Es ist alles ein Trick«, sagte Jesse kläglich. »Alles.«

Megan stockte der Atem. »*Was* ist ein Trick, Jesse? Verdammt, *sagen Sie es mir*!«

»Diese Männer, die Webb angeheuert hat. Meine Freunde. Sie sind es, die Webb und der Marshal gesucht haben. Sie sind hier, um die Herde zu stehlen.«

8

Megan starrte Jesse benommen an. Für einen Moment war sie so wütend und erschüttert, dass sie kein Wort herausbrachte, doch als echte McQuarry fand sie bald die Sprache wieder. Sie stieß beide Handflächen gegen Jesses Brust, und es war ihr gleichgültig, dass sie nur halb so stark war wie er.

»Sie haben Ihren eigenen Bruder verraten?«, fragte sie. »Wie konnten Sie so etwas tun? Webb hat Ihnen vertraut, Sie willkommen geheißen. Er hat Ihnen einen Job gegeben!«

Jesses Gesicht war jetzt regelrecht grau, und er wirkte noch jünger, als er war. Seine Augen waren groß, und als er schluckte, ruckte sein Adamsapfel auf und ab. Er schämte sich offensichtlich und schien sein Handeln auch zu bereuen, doch für Megan war der Schaden nun mal angerichtet. »Es tut mir Leid. Ich dachte nicht …«

»*Sie dachten nicht!*«, höhnte Megan und schob ihn rückwärts in die Küche und zur Haustür. »Verdammt, Jesse, wenn ich die Zeit hätte, schwöre ich, dass ich eine Peitsche nehmen und Sie auspeitschen würde. Sie gehen zum Stall und satteln ein Pferd für mich – auf der Stelle – und keine Widerrede!«

Jesse wich blinzelnd über die Türschwelle zurück, hinaus in die nasse, windige Nacht. »Ein Pferd? Sie können nicht …«

Sie stieß ihn hinaus und knallte ihm die Tür vor der Nase zu. »Satteln Sie das Pferd! Sofort!«, schrie sie durch die Tür, eilte dann in ihr Zimmer und zog das erste Kleid an, das ihr in die Finger kam, ein schwarzes Abendkleid aus Samt, besetzt mit rosafarbener Spitze. Es war äußerst unpraktisch für die vor ihr liegende Aufgabe und auch schwer, aber es wärmte und bot einen gewissen Schutz vor dem Wetter. Als sie sich ankleidete, bedauerte sie, dass sie so stolz die wiederholten Angebote ihrer Schwestern abgelehnt hatte, ihr Kleidung zu leihen.

Als sie und Augustus beim Stall eintrafen, vielleicht zehn Minuten später, führte Jesse eine kleine braune Stute heraus, die er aus den Pferden ausgewählt hatte, die Webb hielt, um sie zuzureiten und zu verkaufen. Selbst in der relativen Dunkelheit sah sie Jesses erstaunte Miene, als sie gewandt aufsaß, Webbs Gewehr in einer Hand, und die Stute mit den Knien antrieb.

»Wohin, zur Hölle, wollen Sie reiten?«, rief Jesse durch den böigen Wind. Der Regen hatte seit einer Weile aufgehört, doch Megan wusste, dass das Schlimmste des Gewitters noch kommen würde.

»Es geht Sie nichts an, wohin ich reite!«, schrie Megan zurück. »Sie reiten zu Jake Vigil und holen ihn!« Sie wies zur Anhöhe auf der anderen Seite des Baches. »Dann holen Sie Trace Qualtrough! Erzählen Sie ihnen, was Sie mir gesagt haben!«

Jesse versuchte, auf sein Pferd zu steigen, doch das war schwierig, denn der knochige rotbraune Wallach scheute und drehte sich, sodass Jesse mit einem Fuß im Steigbügel und dem anderen noch auf dem Boden im Halbkreis hüpfte. »Sie wollen zur Herde!«, rief er vorwurfsvoll, und in diesem Augenblick setzte eiskalter Regen ein und prasselte auf sie nieder. »Lassen Sie mich das tun! Holen Sie diese Typen, wer auch immer sie sind!«

»Tun Sie, was ich Ihnen gesagt habe!«, rief Megan über die Schulter zurück und lenkte ihr Pferd westwärts in Richtung der Stelle, an der sich laut Webbs Erzählungen die Herde befinden musste. »Und vielleicht lege ich dann beim Richter ein gutes Wort für Sie ein, damit er Sie nicht als Dieb aufhängt!«

Sie befürchtete, dass Jesse sie verfolgen würde, und vielleicht spielte er auch mit diesem Gedanken, doch als sie den Waldrand erreichte und zurückschaute, sah sie ihn durch den Bach reiten, dass das Wasser aufspritzte. Sie betete, dass er ihre Anweisungen befolgen würde – obwohl sie keinen Grund hatte, daran zu glauben –, denn sie würde Jake und Traces' Hilfe brauchen, um zu verhindern, dass diese Viehdiebe die Herde davontrieben. Sie wünschte, sie hätte Speckles, ihre eigene Stute, gehabt, aber das Tier war wie das Land längst verkauft worden. Auf dem Ritt verfluchte sie lautlos den Tag, an dem sie Davy Trent kennen gelernt hatte.

Weil der Himmel bewölkt war, konnte Megan in der Dunkelheit kaum etwas erkennen, doch sie folgte Augustus, der voranrannte und gelegentlich als gelblicher Schimmer zwischen den Bäumen zu sehen war. Dann und wann schienen tief hängende Äste nach ihr zu greifen und sie zu peitschen, während sie geduckt und so schnell ritt, wie sie es wagte, und einmal stolperte das Pferd in einem Graben, und sie hätte fast das Gewehr verloren. Ihre Zähne klapperten, hauptsächlich wegen der Kälte, doch sie hätte auch zugegeben, dass es vielleicht auf ein gewisses Maß an Furcht zurückzuführen war, je nachdem, wer gefragt hätte.

Donner grollte, als sie höher und höher hinauf zur Hochweide ritt. Tatsächlich, die Herde war dort, geschützt in dem kleinen Canyon unterhalb der Bergkuppe, und als sie auf den Aussichtspunkt gelangte, zuckte ein Blitz über den Himmel und der Schein tanzte auf dem Boden und erhellte sekundenlang die wogende Masse der Rinder und die Viehdiebe. Augustus hockte sich mit den Hinterpfoten auf den nassen Boden und knurrte.

»Ruhig!«, befahl Megan, doch es war unwahrscheinlich, dass sie gehört wurde.

Die erschreckten Rinder machten einen Lärm, der Tote erwecken konnte, wogten im Kreis hin und her, dass es wie Strudel in einem Fluss mit Hochwasser wirkte, und die Männer, die sich bemühten, sie zusammenzuhalten, hielten mit heiseren, besorgten Rufen Kontakt miteinander. Bei jedem Blitz und jedem Donnerschlag wurden die Kreaturen, die zweibeinigen und vierbeinigen gleichermaßen, aufgeregter.

Megan dachte an die Unterhaltung mit ihren Schwestern, die sie an diesem Nachmittag gehabt hatte, und hoffte, dass sie Recht hatte mit der Annahme, Gideon McQuarry kümmere sich immer noch um sie alle, von dort, wo auch immer er sein mochte. »Großvater«, murmelte sie, »Wenn du mich hörst, wenn du auf mich aufpasst, ich brauche deine Hilfe, und zwar sehr schnell.«

Es gab keinen Geistesblitz, aber ihr fiel ein, dass Großvater stets ein Mann der Tat gewesen war. *Unternimm etwas*, hatte er oft gesagt, nur halb im Scherz, *selbst wenn es das Falsche ist*.

Ihr Arm schmerzte vom Gewicht des Gewehrs – es gab kein Futteral an ihrem Sattel –, und so legte sie die Waffe aufs Sattelhorn, um sie darauf zu balancieren, während sie den Hügelhang hinabritt. Augustus, der vielleicht ihre Befehle befolgte, weil er sie für vernünftig hielt, vielleicht auch nur, weil er ebenso Angst hatte wie sie, trottete neben ihr her, dann und wann auf dem Boden schnüffelnd.

Eines hatte Megan nicht bedacht: Wenn sie im Schein der Blitze die Herde und die Viehdiebe sehen konnte, dann wurde sie ebenso gesehen. Als der ganze Hügelhang in den gleißenden Schein eines Blitzes getaucht wurde und die Herde im Canyon in Stampede geriet, wobei einzelne Rinder niedergetrampelt oder mit den Hörnern aufgespießt wurden, sah sie zwei Reiter durch den Canyon auf sie zupreschen. Bei ihrem höllischen Tempo bestand kein Zweifel, dass die Männer sie entdeckt hatten und nichts Gutes vorhatten.

Nun, Großvater, dachte sie resigniert, *ich habe etwas unternommen, und es war das Falsche, wie du gesagt hast.* Dann nahm sie das Gewehr hoch, spannte den Hahn und zielte. Sie hatte nicht vor, jemanden zu erschießen, doch wenn es sein musste, um zu überleben, würde sie es tun.

Die Rinder rannten und brüllten jetzt wie Seelen, die in das Feuer der Hölle getrieben wurden, und Augustus schoss vorwärts wie ein Indianerpfeil und rannte bellend auf die heranjagenden Reiter zu.

Der Hund würde sicherlich getötet werden, und Megan wusste, dass sie sich das niemals verzeihen würde, selbst wenn sie das Glück hatte, am Leben zu bleiben. Sie hatte wenig genug Freunde in ihrem Leben gehabt, und Augustus war einer der besten gewesen.

Ihr Finger lag am Abzug, bereit abzudrücken, als ein anderer Blitzstrahl enthüllte, dass einer der Reiter Webb und der andere Zachary war. Sie war so erleichtert und so entsetzt, als ihr klar wurde, was sie beinahe getan hätte, dass sie den Finger nicht schnell genug vom Abzug nahm, während sie das Gewehr sinken ließ, und sich ein Schuss löste und die Kugel in den Boden schlug.

Die Stute, bereits zu Tode erschrocken, stieg auf die Hinterhand und keilte mit der Vorderhand in die Luft, als wollte sie Löcher hineinschlagen, und Megan rutschte rückwärts, stürzte über die Kruppe und landete mit betäubender Wucht auf dem Boden, der angesichts des jüngsten Regens eigentlich weich und sogar schlammig hätte sein müssen. Sich der Gefahr bewusst, dass sie von den Hufen des in Panik geratenen Pferdes getroffen oder zertrampelt werden konnte, warf sie sich zu einer Seite und holte sich noch mehr blaue Flecke, weil sie über das herabgefallene Gewehr schrammte.

Bevor sie zu Atem kommen konnte, kniete Webb neben ihr und drückte sie an den Schultern hinab, als sie instinktiv versuchte, sich aufzusetzen. »Bist du verletzt?«, brüllte er. Das war sie nicht, aber es war vielleicht nicht das Klügste, ihm das zu sagen.

Megan zögerte, solange sie konnte, doch ihre geistige Inventur hatte bereits darauf hingewiesen, dass es ihr einfach prima ging. »Nein«, sagte sie. »Nein, ich glaube, nicht.«

Da richtete sich Webb auf, ergriff eine ihrer Hände und zog sie ziemlich unsanft auf die Füße. »Dann reite heim! Es mag deiner Aufmerksamkeit entgangen sein, dass wir hier gerade ein wenig beschäftigt sind!«

Megan kochte vor Wut. Bemerkenswert, dachte sie. Hier hatte sie ihr Leben und ihre Knochen riskiert und versucht, seine verdammten Rindviecher zu retten, und wie dankte er ihr das? Indem er sie grob vom Boden hochriss und anschrie. »Ich reite nirgendwohin!«, brüllte sie zurück, nur aus Prinzip. Es war wohl das Vernünftigste, heimzureiten, doch im Augenblick war ihr nicht nach Vernunft zumute. Sie war wütend genug, um Gift und Galle zu spucken. »Jesse hat mir soeben erzählt, dass die Männer, die du angeheuert hast, Viehdiebe sind!«

Webb neigte sich zu ihr, dass sich ihre Nasen fast berührten. »Das weiß ich bereits«, grollte er. »Und jetzt schwing deinen geschäftigen Hintern auf diesen Gaul und *reite heim*, oder ich schwöre, dass ich dich gleich hier übers Knie legen werde!«

Zachary hatte die verängstigte Stute eingefangen und beruhigt und führte sie zu ihr. »Wir haben hier alle Hände voll zu tun, Megan«, sagte er. »Und du kannst uns am besten helfen, indem du uns aus den Füßen bleibst, damit wir uns keine Sorgen um dich zu machen brauchen.«

Der Regen hatte gerade mit frischer Kraft wieder eingesetzt, und Megan fühlte sich, als hätte jemand einen Eimer mit kaltem Wasser über ihrem Kopf ausgeschüttet. Ihr ganzer Körper tat ihr weh, und obendrein war sie gekränkt. Sie war kein Mann, das stimmte, aber sie konnte reiten und schießen wie die meisten davon, und Webb brauchte ihre Hilfe – er war einfach zu stur, um das zuzugeben. Noch dazu war er nicht einmal dankbar dafür, das sie versucht hatte, seine blöden Rinder vor einer Horde von Viehdieben zu retten.

Inzwischen war die Herde in voller Stampede. In diesem zerklüfteten Land konnten sich die panischen Tiere Verletzungen zufügen, vielleicht sogar tödliche; vermutlich waren bereits einige umgekommen.

Megan blickte von Zachary zu Webb, dessen Miene in der Dunkelheit und unter der Hutkrempe nicht zu erkennen war, wandte sich geschlagen ab, hielt sich am Sattelhorn fest und saß auf. Zachary reichte ihr das Gewehr.

»Woher wusstest du das von den Viehdieben?«, fragte sie.

»Das hatte ich gestern herausgefunden, als ich Brandzeichen überprüfte«, antwortete Zachary. »Hör zu, Megan, vielleicht solltest du heute bei Christy übernachten. Sag ihr, dass mit uns alles in Ordnung ist.«

Sag ihr, dass mit uns alles in Ordnung ist. Die Worte schienen in Megans Ohren widerzuhallen, als sie zuschaute, wie die beiden Männer auf ihre Pferde stiegen und geradenwegs ins Zentrum des Chaos preschten. *Sag ihr, dass mit uns alles in Ordnung ist.*

»Es wird ihnen schon nichts passieren«, sagte Caney eine halbe Stunde später, als Megan vor dem Ofen in Christys Küche saß, eines der Nachthemden ihrer Schwester trug, in eine dicke Decke gehüllt war und trotzdem so fror, dass ihre Zähne aufeinander klapperten. Anstatt seinem Herrn zu folgen, hatte

Augustus Megan auf dem Ritt durch den Wald und durch den Creek begleitet, offenbar irgendeinem hündischen Ehrenkodex folgend, und Christy trocknete sein Fell mit einem ihrer guten Handtücher.

Sie sah blass aus – natürlich sorgte sie sich um Zachary –, doch ihre grauen Augen sprühten vor Zorn. »Was hast du dir nur dabei gedacht, Megan McQuarry, ganz allein eine Banditenhorde zu verfolgen?«

Caney überreichte Megan eine Tasse Tee mit Honig und einem Schuss Whisky und bemühte sich, ein Lächeln zu verbergen. »Ich nehme an, sie wollte irgendwie helfen«, sagte sie mit ihrer rauchigen Stimme. »Nicht wahr, Mädchen? Ich muss schon sagen, ihr wärt schon besser dran, ihr vier McQuarrys, wenn ihr etwas weniger von dem Dickkopf eures Großvaters hättet.«

»Ich konnte einfach nicht daheim herumsitzen und Däumchen drehen, wenn Webb fast alles verlieren konnte«, sagte Megan, und es war ihr klar, dass dies eine lahme Entschuldigung war. Aber eine andere hatte sie nicht. Sie schaute Caney an, dann Christy. »Oder?«

»Du hättest genauso gehandelt, wenn du es gewusst hättest«, sagte Caney vorwurfsvoll zu Christy.

In Christys Augen schimmerten Tränen. »Es ist schlimm genug, dass ich mir die ganze Zeit Sorgen um Zachary machen muss. Da kann ich gut darauf verzichten, mir auch noch Sorgen um meine Schwester zu machen!«

Caneys Lächeln wurde breiter, aber es war etwas Gebrochenes darin, etwas Verletztes. »Ich finde, du solltest auch etwas von diesem mit Arznei angereicherten Tee trinken«, sagte sie zu Christy. »Komm und setz dich ans Feuer und lass diesen armen Hund in Frieden. Wenn du ihn weiterhin so abrubbelst, scheuerst du ihm noch das Fell von der Haut.«

Christys Haar fiel bis auf ihren Rücken hinab. Sie trug ein dickes Nachthemd, einen Morgenrock aus Flanell und ein Paar von Zacharys Wollsocken, und dennoch war sie schön genug, um an einem Ball in irgendeinem Schloss teilzunehmen und den Prinzen von Cinderella abzulenken. Sie richtete sich auf und tat wie ihr geheißen, und Caney schenkte ihr etwas Tee von ihrem eigenen ein. »Ich weiß nicht, warum ich mich in einen Gesetzesmann verlieben musste«, regte Christy sich auf. »Warum nicht in einen Farmer oder Bankier oder Ladenbesitzer?«

Caney lachte, doch Megan sah – trotz ihrer gegenwärtigen Verfassung – den Kummer in den Augen ihrer Freundin. »Wir wählen uns nicht aus, in wen wir uns verlieben«, sagte sie. »Die Liebe wählt uns aus. Und es ist gleichgültig, was unsere Erzeuger gewesen sein mögen.«

Megan trank einen kräftigenden Schluck von dem erwärmenden Gebräu, und obwohl ihr Verstand anscheinend auf diesem Hügelhang bei Webb zurückgeblieben war, flog ihr Herz Caney zu. »Ich nehme an, die Dinge verlaufen nicht allzu gut mit Mr. Hicks«, sagte sie leise.

Caney seufzte und gesellte sich zu Christy und Megan an den Tisch. »Er ist ein sturer Mann, mein Malcolm.« Megan sah Tränen in Caneys Augen, und das kam sehr selten vor, trotz allem, was sie im Laufe der Jahrzehnte mit dem Krieg, Großvaters Tod und dem Verlust der Farm an die Yankees alles durchgemacht hatten. »Ich weiß nicht mehr weiter, was ihn anbetrifft. Ich habe versucht, für ihn zu kochen. Ich habe versucht, ihn zu bemuttern. Ich habe versucht, ihn zu ignorieren. Und nichts hat sich geändert, überhaupt nichts.«

Christy und Megan schwiegen. Sie spürten, dass etwas mit der Wucht des Gewittersturms über sie hereinbrechen würde. Keine der beiden Frauen wollte es hören, doch sie konnten es ebenso wenig verhindern, wie sie das Wetter zu ändern vermochten.

Caney blinzelte und wischte mit dem Ärmel ihres Morgenrocks über die Augen. Ihr glänzendes volles Haar war zu einem dicken Zopf geflochten, und zum ersten Mal in ihrem Leben sah Megan ihn genau an. Weil Caney sich um sie und ihre Schwestern gekümmert hatte, weil sie auf der Farm gewesen war, so weit sie zurückdenken konnten, hatten sie Caney für alt gehalten. Jetzt erkannte Megan, dass Caney nicht mal vierzig und schön war.

»Jeder vernünftige Mann würde stolz darauf sein, dich als Frau zu haben«, sagte Megan in dem hoffnungslosen Bemühen, das Unvermeidliche hinauszuzögern.

»Es wird Zeit, dass ich wegziehe«, sagte Caney. »Drei von euch sind verheiratet, und du bist verlobt, Miss Megan. Webb ist ein guter Mann, und er wird dir ein guter Ehemann sein.« Sie lächelte leicht. »Ich würde es mir an deiner Stelle jedoch nicht angewöhnen, mit ihm die Klingen zu kreuzen.« Ein kehliges Lachen. »Aber wenn ich an deiner Stelle wäre, würde ich es vermutlich tun.«

Sowohl Megan als auch Christy hatten sich versteift, und beide weinten lautlos und ohne sich dessen zu schämen.

»Hört damit auf«, schalt Caney. »Ich habe mein Leben damit verbracht, für euch zu sorgen. Jetzt bin ich an der Reihe, mal an mich zu denken.«

»Warum kannst du nicht in Primrose Creek bleiben?«, fragte Christy und versuchte nicht, die Tränen von ihren Wangen zu wischen. »Du kannst an dich denken, so viel du willst, gleich hier.«

Doch Caney schüttelte den Kopf. »Ich liebe Malcolm Hicks. Liebe ihn von ganzem Herzen. Ich kann nicht bleiben, weil ich es nicht ertragen kann, ihn all die Zeit zu sehen und zu wissen, dass er nicht genug von mir hält, um mich zu seiner Frau zu machen.«

Megan und Christy schauten sich verzweifelt an, doch keine von ihnen wusste, wie sie reagieren sollte. Ganz gleich, welches Glück die vier McQuarry-Frauen mit ihren Männern und Kindern und miteinander finden würden, Caneys Fortgang würde eine leere Stelle in ihren Herzen zurücklassen.

Megan ergriff eine von Caneys Händen, Christy die andere. Und sie saßen einfach da, die drei, hielten einander fest, und versuchten gleichzeitig, loszulassen.

Megan erwachte in zerwühlten Laken, schweißgebadet nach einem Albtraum, sich immer noch duckend vor einem Monster, von dem sie verfolgt worden war, an das sie sich jedoch nicht genau erinnern konnte. Es dauerte einen Moment, bis sie erkannte, dass sie in ihrem Zimmer in Christys und Zacharys Haus war und tiefe und regelmäßige Atemzüge hörte.

Sie dachte noch an Augustus, doch im Lichtschein, der durch die Tür fiel, die einen Spalt offen stand, sah sie einen Mann, der in einem Sessel lag. Sie brauchte die Gestalt nicht zu erkennen, um zu wissen, dass es Webb war – ihr Herz sagte ihr das.

Er war sicher. Gott sei Dank.

»Schlaf weiter«, grollte er.

Megan gab vor, empört zu sein, doch sie war sich nicht sicher, wie gut ihr das gelang, denn in Wahrheit war sie froh, dass er da war. »Ich brauche mir nichts von dir befehlen zu lassen«, entgegnete sie.

Er lachte und gähnte dann herzhaft. Megan wünschte, sie wären bereits verheiratet, sodass er neben ihr im Bett liegen und sie vielleicht in den Armen halten könnte. »Darüber sprechen wir später«, sagte er. »Im Augenblick habe ich nicht den Nerv, um darüber zu diskutieren.«

»Es gibt Betten im Haus«, flüsterte sie, denn ihr fehlte ebenfalls die Kraft für einen Streit, jedenfalls im Augenblick. »Warum schläfst du in dem Sessel?«

»Ich schlafe nicht«, erwiderte er mit einigem Bedauern. »Und ich wollte nahe bei dir sein. Sicherstellen, dass du dich nicht wegschleichst, um dich mit der gesamten Sioux-Nation anzulegen, um ein paar Banditen wegen der Belohnung zu fangen.«

Sie lächelte in der Dunkelheit. Er wollte nahe bei ihr sein.

Er gähnte wieder. »Megan?«

»Ja?«

»Jage mir nie wieder so einen Schrecken ein. Mich traf fast der Schlag, als ich dich dort draußen sah, mitten in einem Gewitter, und es in der Gegend nur so vor Banditen wimmelte.«

Sie schwieg. Schließlich wollte sie kein Versprechen geben, wenn sie nicht sicher wahr, dass sie es auch einhalten konnte.

»Megan.« Er war ziemlich hartnäckig.

»Ich werde es versuchen«, sagte sie mit wenig oder keiner Hoffnung auf Erfolg.

Er lachte wieder. »Ich nehme an, das muss reichen, jedenfalls für den Moment.«

Sie schluckte und senkte die Stimme zum Flüstern. »Was ist mit Jesse? Hast du ihn festgenommen?«

»Er muss in die Hügel geflüchtet sein.«

»Er hat versucht, das Richtige zu tun, Webb.«

»Dazu war es ein bisschen spät.«

»Er ist dein Bruder.«

»Schlaf weiter.«

»Komm her und leg dich zu mir. In diesem Sessel wirst du keinen Schlaf finden können.«

»Das werde ich bestimmt nicht können, wenn ich neben dir im Bett liege«, erwiderte er trocken. »Außer vielleicht den ewigen Schlaf, wenn Zachary oder deine Schwester oder Caney hereinkommen und mich als Sittenstrolch erschießen.«

Sie schloss die Augen, versuchte zu überlegen, was sie sagen sollte, und als Nächstes wurde ihr bewusst, dass Licht durchs Fenster fiel und der Duft von frischem Kaffee und gebratenem Speck die Luft erfüllte. Der Sessel bei der Schlafzimmertür war leer, und sie fragte sich, ob sie nur geträumt hatte, dass Webb zurückgekehrt war und dort gesessen hatte, um einen großen Teil der Nacht auf sie aufzupassen. Angenommen, er war nicht zurückkehrt, sondern lag von der Herde zertrampelt oder von Banditen erschossen irgendwo in diesem Canyon?

Sie stieg hastig aus dem Bett und sah ein praktisches braunes Baumwollkleid, das entweder Caney oder Christy für sie hingelegt haben musste. Sie schluckte ihren Stolz hinunter und zog es an. Das Kleid hing locker um ihre Brüste herum, denn Christy hatte eine fülligere Figur, doch im Augenblick war modischer Chic ungefähr das Letzte, was Megan beschäftigte.

Sie zog ihre Strümpfe und Schuhe an, tat für ihre Frisur so viel sie konnte – was nicht viel war, denn ihr Haar war noch feucht nach dem nächtlichen Ritt durch den Regen – und eilte zur Küche.

Christy war dort, zusammen mit Joseph und Margaret, die mit ungewöhnlichem Appetit ihr Frühstück verschlangen. Zweifellos waren sie begierig darauf, in den Sonnenschein hinauszugehen, nachdem sie für ein paar Tage durch das schlechte Wetter aufs Haus beschränkt gewesen waren.

Megan wollte nach Webb fragen, doch Christy gab ihr die Antwort, bevor sie ein Wort herausgebracht hatte.

»Er ist wohlauf«, sagte sie. »Ebenfalls Zachary. Im Augenblick versuchen sie, zusammenzutreiben, was von der Herde übrig geblieben ist.«

»Was ist mit den Viehdieben?«, fragte Megan. Sie dachte wieder an Jesse und fragte sich, was mit ihm geschehen sein mochte.

»Die meisten davon sind geschnappt worden. Sechs sind im Gefängnis.«

»Zachary und Webb haben *sechs Mann* allein festgenommen?«

Christy schenkte Kaffee ein und forderte Megan mit einer Geste auf, am Tisch Platz zu nehmen. »Jake und Trace sind ebenfalls dabei, zusammen mit Mr. Hicks und Gus und einigen anderen Männern der Stadt.«

Auch nach der Szene in der vergangenen Nacht auf dem Hügelhang wünschte Megan, hinauszureiten und festzustellen, dass Webb unverletzt war. Es machte keinen Sinn, zu denken, dass sie ihn schützen konnte, doch so war es. Der Wunsch, bei ihm zu sein, war übermächtig.

»Was werden wir tun?«, fragte sie mit leiser Stimme.

Christy lächelte freundlich. »Tun? Nun, wir treffen uns alle bei Skye, genau wie geplant, und beginnen mit dem Nähen deines Brautkleids. Gleich nachdem wir dich gestern verlassen haben, sind wir alle zur Stadt gefahren und haben die Seide gekauft.«

»Aber wenn ich mir vorstelle, dass er in Gefahr ... «

Christy trat hinter Megans Stuhl und legte ihr eine Hand auf die Schulter. »Hör auf meinen Rat. Denk an die Hochzeit. Das ist viel besser, als dir Sorgen zu machen.«

Megan wog den Rat ihrer Schwester ab und nickte dann zögernd.

»Wo ist Caney?«, wollte Joseph wissen. »Sie hat den Speck falsch gekocht.«

»Gebraten«, korrigierte Christy. Megan bemerkte, dass ihre Schwester nicht ihre eigenen Kochkünste verteidigte. »Und Caney ist beschäftigt. Sie macht einen Ausflug.«

Joseph kniff die Augen zusammen. »Wohin?«

»Junger Mann«, seufzte Christy, »Manchmal wünschte ich, du wärst nicht so frühreif. Iss dein Frühstück zu Ende.« Sie umrundete den Tisch und zerzauste Joseph das Haar. »Wir gehen zu Tante Skyes Haus, und wir dürfen uns nicht verspäten, denn es gibt allerhand zu erledigen.«

Joseph staunte mit großen Augen. »Wird Hank dort sein?«

»Ich könnte mir denken, dass er in der Schule ist«, sagte Christy. Ihre Miene war liebevoll, doch ihr Tonfall klang bestimmt. Sie wusste, dass Joseph mächtig enttäuscht sein würde, wenn er seinen Cousin nicht vor dem Abend sah.

»Ich will auch zur Schule gehen«, sagte er.

»Ich dachte, du willst stattdessen ein Deputy werden«, erwiderte Christy. Margaret schwenkte ihren Löffel über dem Kopf hin und her, und Christy hielt schnell die kleine Hand fest. Es rührte Megan tief, ihre Schwester im Umgang mit ihren Kindern zu sehen; Christy war eine gute Mutter, Megan hatte stets gewusst, dass sie dies sein würde.

»Ich habe mich anders entschieden«, erklärte Joseph ernst. »Deputys müssen die ganze Nacht draußen arbeiten, im Regen. Das hat Pa mir heute Morgen gesagt.« Er hätte nach der Art, wie er sprach, die Miniaturversion eines Mannes sein können, anstatt ein dreijähriges Kind. Er war in diesem zarten Alter bereits so patent, und Megan sagte sich, dass Christy und Zachary alle Hände voll zu tun haben würden, um ihn zu erziehen.

Geduldig wischte Christy Margarets Hände mit einer karierten Serviette ab und gab ihr den Löffel wieder. Über die Köpfe der Kinder hinweg sah Christy ihre Schwester an und lächelte. Offenbar war sie vollkommen glücklich, trotz all der Ungewissheiten ihres Lebens. Darüber hinaus schien sie jedes Vertrauen darin zu haben, dass Megan ebenfalls glücklich sein würde.

Das Haus, in dem Skye und Jake mit ihrer jungen Familie wohnten, war viel kleiner als das Herrenhaus, das Jake in der Stadt besessen hatte, bevor es dem Feuer zum Opfer gefallen war, doch es war immer noch beeindruckend. Die Wände waren mit weiß gestrichenem Holz verschalt, und an den Fenstern befanden sich grüne Läden. Zu beiden Seiten der steinernen Stufen, die zur geräumigen Veranda hinaufführten, wuchsen rote Rosen, und es gab zwei Ziergiebel im Obergeschoss. Die Ähnlichkeit mit Großvater McQuarrys Farmhaus in Virginia erfüllte Megan mit bittersüßen Erinnerungen.

Sie und Christy waren die kurze Strecke von Christys Haus zu Fuß gegangen, und Megan hatte Margaret getragen, während Joseph und Augustus hinterhergetrottet waren.

Skye kam auf die Veranda heraus, das braune Haar zu einem lockeren Knoten im Nacken aufgesteckt, und lächelte strahlend vor Freude über die Gesellschaft. Sie hielt die kleine Susannah auf dem Arm. »Wo ist Bridget?«, fragte sie.

»Sie wird kommen«, sagte Christy.

»Und Caney? Kommt sie auch?«

Christy und Megan tauschten einen Blick. Dies war weder die richtige Zeit noch der Ort, um ihrer Schwester die schlechten Nachrichten zu erzählen, verständigten sie sich stumm. Es war ein besonderer Tag, und es gab keinen Grund, ihn zu verderben.

»Sie ist beschäftigt«, sagte Joseph. Zum Glück fügte er nicht hinzu, dass Caney einen Ausflug machte. Hank war durch die offene Tür hinter Skye aufgetaucht, und grinste zur Begrüßung. »Heute keine Schule?«, fragte Christy und hob eine Augenbraue.

Skye lächelte etwas geheimnisvoll. »Die letzte Lehrerin ist in der vorigen Woche davongelaufen. Hat einen Hausierer geheiratet.« In Primrose Creek kamen und gingen die Lehrerinnen wie das gute Wetter. Sobald sie eintrafen, begann ein Mann sie zu umwerben, und weil es einen Mangel an heiratsfähigen Frauen gab, machte es nichts aus, ob sie hübsch oder hässlich waren.

»Was wirst du machen?«, fragte Christy betroffen.

»Angeln gehen«, erwiderte Hank glücklich, bevor Skye eine Antwort geben konnte, und alle lachten.

Das Innere von Skyes Haus erwies sich als so ansprechend wie das Äußere. Die glänzenden Holzböden waren mit bunten Teppichen bedeckt, und die Möbel im Laden gekauft, nicht selbst gezimmert. Die Vorhänge waren aus weißer Spitze, und über dem Kamin im Wohnzimmer hing ein großes Ölporträt von Skye. Sie wirkte wie das Mitglied der vornehmen Gesellschaft, gemalt mit Perlenkette und einem rosafarbenen Kleid mit vielen Rüschen und Spitze.

Skye folgte Megans Blick und errötete entzückend. »Jake hat das in Auftrag gegeben«, erklärte sie. »Ich hielt es für zu extravagant, aber er bestand darauf. Als Nächstes saß ich aufgetakelt herum und jemand malte mich, aber er hatte eigens dafür einen Künstler den weiten Weg aus San Francisco kommen lassen.«

»Ja«, sagte Christy und zog Margaret Mantel und Hut aus, bevor sie selbst ablegte. »Und dieser Knabe hat unsere *vorherige* Lehrerin zum Traualtar entführt.«

»Vielleicht solltet ihr diesmal einen Lehrer anwerben«, schlug Megan vor. Skye und Christy lachten, doch sie hatte es ernst gemeint.

Eine halbe Stunde später traf Bridget mit ihren Kindern ein, und bald spielten die älteren Cousins draußen im hohen Gras Fangen, während die kleineren ruhig auf dem Boden bei Skyes großem Esszimmertisch spielten. Megan wurden die Maße genommen, der Stoff wurde angepasst, von neuem wurde gemessen, aber im Laufe des Morgens nahm das Brautkleid Gestalt an, und am frühen Nachmittag war es fertig bis auf den Spitzenbesatz und die Perlen. Bridget würde das Kleid am Abend mit nach Hause nehmen und die Spitze annähen. Am Morgen würde Christy es von Bridget holen und die Perlen annähen.

Megan und Christy gingen zurück, Megan wieder mit Margaret auf dem Arm, während Joseph so tat, als führe er sie alle sicher durch die Wildnis. Als sie zu Hause eintrafen, waren Lampen angezündet und Zachary war da. Sichtlich erschöpft, doch frisch gebadet und rasiert, war er am Herd beschäftigt und briet Hackfleisch in einer großen Pfanne.

»Das Abendessen ist fast fertig«, sagte er und grinste auf seine typische Art. »Wie kommt ihr mit dem Brautkleid voran?«

Megan blickte sich suchend nach Caney um, wusste jedoch schon, dass sie sie nicht finden würde. Christy war, nach dem Ausdruck ihrer Augen zu schließen, zu dem gleichen Schluss gelangt, erwähnte jedoch nichts von ihrer Abwesenheit, sicherlich um der Kinder willen.

»Prima«, antwortete Christy etwas verspätet auf Zacharys Frage. »Megan wird die schönste Braut auf dieser Seite von Paris sein.«

Er hatte den Tisch gedeckt. Zachary war ein ungewöhnlicher Mann, doch das waren Trace und Jake ebenfalls. Obwohl er nickte, hatte er nur Augen für Christy, und ein Seitenblick auf ihre Schwester, deren Wangen sich leicht gerötet hatten, sagte Megan, dass die Botschaft verstanden worden war, welche auch immer es sein mochte. Sie fragte sich, ob sie und Webb jemals eine halb so tiefe und innige Beziehung haben würden wie dieses Paar.

Megan würde nicht nach Caney fragen, jedenfalls nicht vor ihrer Nichte und ihrem Neffen, doch sie hatte keine solchen Bedenken, was Webb betraf. Sie setzte zu der Frage an, doch bevor sie heraus war, schlenderte er aus dem Nebenzimmer, wo er sich offenbar gewaschen, rasiert und umgezogen hatte. Obwohl er müde und erschöpft aussah, hatte er alles völlig unversehrt überstanden, zumindest körperlich.

Wieder einmal hätte sich Megan am liebsten in seine Arme geworfen. Dieses Gefühl wurde ihr allmählich ebenso vertraut wie die anderen, die viel schwieriger zu definieren waren. »Was macht das Vieh?«

Er seufzte. »Wir haben zwanzig Stück verloren«, sagte er.

Sie dachte an Jesse und fühlte sich schuldig, weil sie nicht zuerst nach ihm gefragt hatte.

Webb wartete nicht auf ihre Frage; er hatte sie in ihrem Blick gesehen. »Jesse ist Hals über Kopf geflüchtet, aber ich nehme an, er wird bald zurückkommen und sich stellen. Er ist kein schlechter Junge.«

Megan konnte Webbs Loyalität zu seinem Bruder verstehen, weil sie drei Schwestern hatte, zu denen sie stehen würde, ganz gleich was geschehen mochte. »Du wirst ihn nicht suchen?«

»Keine Zeit«, sagte Webb mit sichtlichem Bedauern. »Ich habe alle Hände voll zu tun mit nur drei Cowboys, die bei der Herde sind.«

»Dann waren nicht alle Männer Kumpane der Diebe«, bemerkte Megan.

»Nein«, stimmte Webb ihr zu, »nicht alle.«

Sie aßen in geselliger Runde, eine Familie bei einem normalen Abendessen, und als Webb heimritt, begleitete Megan ihn, saß auf dem Pferd, in Webbs Armbeuge geschmiegt, während Augustus neben ihnen hertrottete.

Während des ganzen Ritts nach Hause sprach Webb nicht mit Megan, doch das machte ihr nichts aus, weil sie wusste, dass er an Jesse dachte. Als sie auf der Ranch eintrafen, schickte er Megan ins Haus, während er zum Stall ging, um das Pferd zu versorgen und ein frisches zu satteln. Ohne sich zu verabschieden ritt er wieder davon, zum Canyon und dem, was von seiner Herde übrig geblieben war, und Megan schaute ihm von der Tür aus nach, bis er außer Sicht war.

9

Webb war durchgefroren, hundemüde und fast entmutigt, als er durch den Abendwind zu dem Stück Land ritt, auf dem er den Rest seiner Herde zum Weiden zurückgelassen hatte. Am Himmel war kein Stern, doch die Mondsichel zu sehen, und der Regen war weitergezogen. Gott wusste, dass sie all das Wasser gebrauchen konnten, was sie bekommen konnten, doch Webb war trotzdem froh für die Pause.

Seine Gedanken kehrten unterdessen immer wieder zum Ranchhaus und Megan zurück. Er stellte sich vor, wie sie von Zimmer zu Zimmer ging, sich vielleicht am Herd einen Tee aufbrühte oder im Wohnzimmer im Regal ein Buch suchte oder sich vielleicht aufs Schlafen vorbereitete. Er verweilte bei der letzten Möglichkeit; er musste daran denken, wie sie ihn gestern Abend so unschuldig gebeten hatte, sich zu ihr zu legen.

Er hätte fast alles dafür gegeben, wenn er die Einladung hätte annehmen können, doch sein Ehrgefühl war ihm im Weg gewesen. Im Laufe der Jahre hatte er viel Selbstbeherrschung entwickelt, doch nicht genug, um sich auf einer Matratze neben Megan McQuarry auszustrecken, ohne sie zu berühren.

Er rückte seinen Hut zurecht und seufzte. In ein paar Tagen würden sie verheiratet sein. So lange konnte er warten. Oder nicht? Er dachte noch darüber nach, als er auf eine kleine Lichtung gelangte und ein Reiter zwischen den Bäumen auf der anderen Seite auftauchte. Aus seinen Gedanken geschreckt, wollte er reflexartig die Waffe ziehen, die er seit über sieben Jahren nicht mehr getragen hatte.

»Webb!« Jesse zügelte sein erschöpftes Pony in einem Streifen Mondschein und stellte sich in den Steigbügeln auf.

Webb war einerseits überglücklich, den Jungen zu sehen, und andererseits hätte er ihm am liebsten den Hals umgedreht. Was nur bewies, dass er sich nicht wirklich geändert hatte, auch wenn er vor langer Zeit seinen Revolver an den Nagel gehängt hatte. Er ritt in die Mitte der Lichtung und wartete wortlos. Jesse hatte ihn gesucht, und es war an ihm, als Erster zu sprechen.

Der Junge lächelte nervös, näherte sich jedoch nicht. Webb schätzte die Distanz auf etwa 50 Meter. »Ich nehme an, du hast erfahren, dass ich es war, der Megan erzählt hat, dass die Männer vorhatten, deine Rinder zu stehlen«, sagte er. Seine Stimme zitterte ein wenig, obwohl er zu klingen versuchte, als verdiene er einigen Dank.

»Ich nehme an, es kam dir nicht in den Sinn, es *mir* zu sagen«, bemerkte Webb.

Jesses Pferd tänzelte, doch er hielt die Zügel kurz. Er zog sich nicht zurück, kam jedoch auch nicht näher. »Ich reite zurück nach Montana«, sagte er. Sein Tonfall klang immer noch nach Bluff. »Wenn ich hier bleibe, werde ich entweder aufgehängt oder erschossen.«

Webb verstand seine Befürchtungen. Zachary hatte nicht gesagt, welche gesetzlichen Konsequenzen ein solcher Fall haben würde, und obwohl sechs der Viehdiebe, die er auf die Empfehlung seines Bruders hin angeworben hatte, im Gefängnis waren und auf eine Militäreskorte nach Fort Grant warteten, waren immer noch drei von ihnen auf freiem Fuß. Einer davon oder alle drei konnten kommen, um Jesse zu beseitigen, damit er nicht gegen sie aussagen konnte. »Ich nehme an, daran hättest du vorher denken sollen.«

»Interessiert es dich gar nicht, warum ich es getan habe?«

Unter anderen Umständen hätte Webb gelächelt. »Nein«, antwortete er. »Ich nehme an, das weiß ich bereits. Die Dinge waren hart für dich, nachdem ich die Southern Star verlassen hatte, nicht wahr, Jesse? Ohne mich, der deine Partei ergriff, müssen Pa und Tom junior dir ziemlich übel mitgespielt haben.«

Selbst auf diese Entfernung und in der Dunkelheit sah Webb, wie sich Jesses Gesicht vor Emotion verzerrte. Der Junge sagte nichts, doch als Webb näher an ihn heranritt, bemerkte er, dass er schnell und flach atmete und seine Augen allzu sehr glänzten.

Bald maßen sie einander wie Ritter, die auf dem Schlachtfeld kämpften, die Pferde Seite an Seite. Webb legte den linken Arm um Jesses Nacken und zog ihn liebevoll an sich. »Ich hätte dich nicht zurücklassen sollen«, sagte er. »Es tut mir Leid.«

»Du hast gedacht, du hättest Tom junior getötet«, sagte Jesse, und als Webb ihn losließ, blickte er einen Moment fort und schniefte.

»Ja«, sagte Webb. »Das habe ich geglaubt. Und willst du wissen, was das Schlimmste von allem war? Genau das hatte ich vor. Als ich an jenem Tag auf ihn losging, *wollte* ich ihn töten.«

»Du bist nicht der Einzige, der jemals so empfand«, sagte Jesse.

»Bist du sicher, dass du zu ihm und Pa zurückkehren willst?«

Jesse atmete schwer aus, schniefte wieder und fuhr sich mit dem Hemdsärmel übers Gesicht. Diese Geste rührte Jesse; er hatte sie oft bei seinem Bruder gesehen, als er noch kleiner gewesen war und sich bemüht hatte, nicht zu heulen. »Ich muss zurück«, sagte er entschieden. »Wenigstens lange genug, um ihnen zu beweisen, dass sie sich in mir geirrt haben. Ich muss mir auch selbst einiges beweisen.«

Wenn Webb die Zeit und Muße gehabt hätte, dann hätte er das Gleiche getan. »Pass auf deinen Rücken auf«, sagte er. »Und schick mir ein Telegramm, wenn du bis Butte kommst.«

»Du bist nicht wütend auf mich?«

Webb hätte fast gelächelt. »Das habe ich nicht gesagt«, entgegnete er. »Angesichts dessen, was ich mit Tom junior gemacht habe, gibt es wohl Sinn, dass du mir misstraust. Doch ich habe mich seither ein wenig verändert, Jesse. Ich habe in den Jahren gelernt, welcher Typ Mann diese Art Gewalt in sich hat.«

Jesse hielt ihm die Hand hin. »Soll ich Pa irgendetwas von dir ausrichten?«

Die Brüder drückten sich die Hände, »Ja«, sagte Webb. »Du kannst dem Alten sagen, wenn ich ihn nie wieder sehen sollte, dann wird es keine Woche zu früh sein. Das Gleiche gilt für Tom junior.«

»Und was ist mit Ellie?«

Webb grinste. »Sag ihr, dass ich glücklich bin und ihr dasselbe wünsche.«

Endlich hellte sich Jesses Gesicht etwas auf. »Diese Megan, sie wird eine prima Frau für dich sein.«

Webb nickte. »Auf Wiedersehen, Jesse«, sagte er. »Falls du hierher zurückkommen willst, wenn sich die Dinge ein wenig abgekühlt haben, ist ein Platz im Mannschaftsquartier für dich frei.«

»Danke«, sagte Jesse. Dann zog er sein Pferd um die Hand und ritt davon, verschwand zwischen den Bäumen auf der anderen Seite der Lichtung.

Webbs Gedanken waren in der Vergangenheit und weit fort,

als er den Ritt zur Herde fortsetzte. Doch nur kurz. Die Vergangenheit hatte keine Bedeutung mehr für ihn; er hatte sich vor langer Zeit davon frei gemacht, ohne sich dessen richtig bewusst zu werden, und jetzt, da Megan McQuarry ein Teil seines Lebens war, zählten für ihn nur noch die Gegenwart und die Zukunft.

Megan war vor der Morgendämmerung hellwach und entschlossen, keine weitere Nacht mit den Hühnern in der Küche zu verbringen. Nachdem sie gefrühstückt und Augustus und den Küken Futter gegeben hatte – alle außer dreien hatten überlebt –, trug sie die Kiste in den Stall und stellte sie auf einen Ballen Heu, während sie die Pferde fütterte. Sie nahm sich die Zeit, jedes Einzelne von ihnen zu besuchen, wie sie es bei einem guten Nachbarn getan hätte.

Als die Sonne aufging, begutachtete sie den Hühnerstall von innen. Die Wände standen, und die Tür hatte sogar einen Riegel, aber nur ein Drittel der Dachbretter waren angenagelt. Eine weitere Regenflut wie vor kurzem, und der ganze Bau würde ruiniert sein.

Megan fand eine Leiter, einen Hammer und ein paar Nägel neben dem Bauholz, das Webb für diesen Zweck beiseite gelegt hatte. Das Holz war von Jahren in Sonne und Wind, Regen und Schnee grau geworden. Die Länge der Bretter war unterschiedlich, doch fürs Erste kam es Megan nur darauf an, einen Schutz für die Küken zu haben. Wenn der Hühnerstall nach ihrer Arbeit zu komisch aussehen sollte, dann würde sie einfach wieder hinaufklettern und die überstehenden Enden der Bretter absägen.

Es war anstrengende Arbeit, einen Hühnerstall zu überdachen, und schwieriger in Röcken zu bewältigen, als das in Hosen der Fall gewesen wäre. Dennoch verbrachte Megan den Morgen damit, die Leiter hinauf- und hinunterzuklettern, Bretter anzunageln und sich Splitter in die Knie zu bohren. Sie war erledigt und saß auf dem Dachfirst und beklagte die Lücken, wo verzogene Bretter nicht zusammenpassten, als sie mit offenen Augen von Webb Stratton träumte und wie es sein würde, sich ihm zu schenken, wenn ihre Hochzeitsnacht kam.

Als hätte sie ihn beschworen, tauchte Webb auf, ritt am Ufer des Creeks entlang.

Überrascht wie auch ärgerlich, als könnte er ihre Gedanken lesen, verlor sie das Gleichgewicht und rutschte auf dem Po an einer Seite des Daches hinab. Sie konnte sich nicht mehr fangen, segelte durch die Luft und landete unsanft auf dem Boden.

Zum Glück brach sie sich nicht das Steißbein, als sie auf den Po plumpste. *Zum Unglück* waren ihr Allerwertester und die Rückseite ihrer Schenkel mit Splittern gespickt.

Webb erreichte den Hof, und da er das Spektakel gesehen hatte, sprang er vom Pferd und sprintete zu ihr. »Bist du verletzt? Guter Gott, du hättest dir das Genick brechen können …«

Megans Augen füllten sich mit Tränen der Scham und des Schmerzes. »Ich bin verletzt«, sagte sie.

Sofort sank er neben ihr auf die Knie. »Wo? Wie?«

Sie nagte an der Oberlippe. Sie sollte es ihm nicht sagen, aber es musste sein, weil dies ein Problem war, das sie nicht allein lösen konnte. »Mein – die Stelle, wo ich sitze – Splitter …«

Obwohl ein Lächeln in seinen Augen lauerte, behielt er eine angemessen ernste Miene. »Das ist ja eine Schande«, sagte er. Behutsam zog er sie auf die Füße. »Komm, ich ziehe sie dir raus.«

Megan sträubte sich, obwohl sie sich fühlte, als hätte sie sich in ein Nest voller wütender Ameisen gesetzt. »Du könntest Skye oder Christy oder Bridget holen …«

»Und dich mit peinigenden Splittern in der Haut zurücklassen? Kommt nicht in Frage.«

Megan hatte einfach nicht genug Kraft, um weiterhin zu protestieren. Größer als ihre Verlegenheit war nur das Brennen ihrer Haut. Augustus begleitete sie ins Haus und winselte die ganze Zeit voller Mitgefühl. Megan war selbst zum Winseln zumute, doch sie schaffte es, das zu unterlassen.

»Lass mich sehen«, sagte Webb und schloss die Tür.

Megans Gesicht flammte. Verzweifelt suchte sie nach einem Ausweg aus dem Dilemma, fand jedoch keinen. »Dies ist schrecklich«, sagte sie, und es klang fast so kläglich wie Augustus' Winseln.

Webb hingegen war die Ruhe selbst. »Heb deine Röcke an«, sagte er.

Zutiefst verlegen gehorchte Megan. Webb ging hinter ihr in die Hocke und zog sehr behutsam den Schlüpfer herunter. Seine einzige Äußerung zur Verfassung ihres Hinterteils war ein leiser Pfiff.

»Ist es schlimm?«, wagte Megan zu fragen. Diese Situation konnte gewiss nicht noch peinlicher werden.

Da irrte sie sich, wie sich herausstellte. »Das kommt auf deine Perspektive an«, sagte er. »Beuge dich über den Tisch, damit ich mir das besser ansehen kann.«

»Das werde ich bestimmt nicht tun!«

»Megan, du hast mehr Splitter im Hintern als ich Rinder habe. Einige sind an heiklen Stellen, Splitter meine ich. Also tu jetzt, was ich sage, damit wir es hinter uns bringen.«

Megan wurde buchstäblich von Kopf bis Fuß rot und schloss die Augen. Zusätzlich zu den Splittern und einer nicht unbeträchtlichen Brise auf der Haut spürte sie Webbs behutsam tastende Finger, und die Gefühle, die das verursachte, würden sie vermutlich dazu veranlassen, ihre Religion zu finden.

»Du wirst – wirst niemandem davon erzählen, nicht wahr?«, fragte Megan und zuckte zusammen, als Webb einen besonders widerspenstigen Splitter herauszog.

Er lachte. »Nein, wem sollte ich das erzählen? Ich muss jedoch sagen, danach könnten wir ebenso gut bereits verheiratet sein.«

Megans Gesicht hätte nicht mehr glühen können, als wenn es in Kerosin getaucht und mit einem Streichholz angezündet worden wäre. »Vielleicht hältst du das für lustig, Mr. Stratton, aber ich kann nicht darüber lachen!«

Abermals dieses tiefe, kurze Lachen. »Das kann ich mir vorstellen«, sagte er. »Und da du es erwähnst, ich *finde* es lustig.«

»Das ist gemein!«

»Dennoch …«

»Willst du es noch schlimmer machen?«

»Nein«, sagte er sachlich. »Ich dachte nur, einer von uns sollte sich freuen.«

Megan erwog, ihn zu treten, auszukeilen, wie es ein Pferd tun mochte, entschied sich jedoch dagegen. Schließlich wusste sie nicht, wie viele Splitter noch aus ihrem Po ragten wie Stachel aus einem Stachelschwein, und der Gedanke, am Bachufer entlangzulaufen, an Skyes Tür zu klopfen und die ganze Prozedur von neuem zu beginnen, behagte ihr gar nicht. »Nichts von alledem wäre geschehen, wenn du das Dach des Hühnerstalls fertig gemacht hättest.«

»Ich nehme an, das stimmt«, sagte er mit keiner erkennbaren Reue.

Augustus hob die Pfoten auf die Tischkante gegenüber von Megan und stieß einen leisen und klagenden Laut aus. »Dein Herr hat keine Ahnung von Taktgefühl«, sagte sie.

»Dein Herr hat wenigstens so viel Verstand, nicht mit dem Hintern vom Dach eines Hühnerstalls herunterzurutschen«, bemerkte Webb von hinten und unten.

Megan spielte wieder mit dem Gedanken, ihn zu treten, und entschied sich von neuem dagegen, weil sie befürchtete, das könnte sich irgendwie rächen. »Kannst du dich nicht beeilen?«

»Doch«, antwortete er. »Ich nehme an, das könnte ich. Aber dann könnte ich ein paar von diesen kleinen Teufeln übersehen.«

Nach einer Weile – von Megan grob geschätzt die Lebenszeit eines biblischen Patriarchen – verkündete Webb, dass er den letzten Splitter entfernt hatte, als sie sich bereits freute, ganz zu schweigen davon, fast ihre Röcke wieder herunterließ, stoppte er sie. »Nicht so hastig, Liebling«, sagte er. »Ich muss dich noch mit Jod behandeln. Sonst könntest du eine Infektion bekommen.«

»Jod!« Das Wort schoss wie eine Revolverkugel aus Megans Mund. »Das brennt!«

»Stimmt«, räumte Webb ein. »Es wird auch deinen Popo orange färben.«

»O danke.«

Er hatte die Frechheit, ihr einen Klaps auf den nackten Po zu geben. Während sie noch vor Zorn kochte, erhob er sich und ging zu einem Regal, um einen kleinen Kasten mit Verbandmaterial und desgleichen herauszunehmen. Als Megan die Hände auf die Tischplatte stützte, um sich hochzustemmen, schüttelte er den Kopf. »Tu es nicht«, warnte er. »Wenn du dir dein Höschen hochziehst, werde ich es dir wieder runterziehen müssen.«

Megan war gewiss nicht prüde – sie hatte schließlich einen Großteil ihres Lebens auf einer Farm verbracht –, doch die Ankündigung brachte sie so durcheinander, dass sie sprachlos war.

Webb setzte nur seine ärztliche Behandlung fort und trug Jod auf. Jeder Kontakt mit dem Zeug brannte wie Feuer, und die Haut musste an hundert Stellen verletzt sein. Endlich, endlich war es dann vorüber.

Webb zog ihren Schlüpfer über die Knie und die Hüften und ließ dann die Röcke sinken. »Du wirst noch eine Weile vorsichtig sein müssen, wenn du dich setzt«, mahnte er.

Megan würde ihn nicht – *konnte* ihn nicht – ansehen. stattdessen ging sie zum Herd und begann Tee aufzubrühen.

»Wenn ich an deiner Stelle wäre«, sagte Webb nahe des Kamins, »würde ich Whisky vorziehen.«

»Nun, du bist aber nicht an meiner Stelle«, erwiderte Megan scharf und mied immer noch seinen Blick.

»Weißt du, mir muss entgangen sein, dass du dich bedankt hast.«

Megans Haltung versteifte sich, als hätte sie einen Ladestock verschluckt. »*Danke*«, sagte sie eisig. Sie nahm an, sie sollte tatsächlich dankbar für das sein, was er getan hatte, aber dazu war sie noch nicht in der Lage.

Plötzlich war er hinter ihr, doch dieses Mal war ganz anders. Er stand nahe bei ihr und legte die Arme locker um ihre Taille. »Es tut mir Leid«, sagte er ruhig und mit einer Spur von Belustigung. »Ich hätte dich nicht aufziehen sollen. Du warst wirklich tapfer.«

Die Art, wie er sie hielt, war irgendwie weitaus intimer als das Herausziehen der Splitter gewesen war, und anstatt ihm Widerstand zu leisten, sehnte sie sich danach, sich gegen ihn zu lehnen, und das machte sie wütend auf sich selbst. Sie versuchte, zu antworten – obwohl sie nicht wusste, was sie sagen sollte –, doch es war, als sei ihre Zunge angeschwollen und klebe im Mund fest. Sie verweigerte ihr einfach den Dienst.

Er drehte sie sanft herum und hob ihr Kinn an, um ihr ins

Gesicht zu sehen. Sein Lächeln war zärtlich, seine Augen funkelten vor Freude. Er küsste ihre Stirn, und für Megan hatte es den Anschein, als würde die Zeit, die ganze Welt stillstehen, und sie und Webb sich außerhalb von beidem befinden, in einer eigenen Sphäre.

Webb brach als Erster das Schweigen. »Ich muss zurück zur Herde«, sagte er schließlich mit großem Widerstreben.

Megan nickte. Er war noch nicht einmal fort, und sie vermisste ihn bereits. Was unglaublich schien, weil sie noch vor ein paar Minuten erwogen hatte, ihm einen Absatz mitten ins Gesicht zu pflanzen.

Er setzte sich in Bewegung und verharrte dann. »Megan …« Er stockte und setzte von neuem an. »Was die Hochzeit anbetrifft – wie lange müssen wir warten?«

Megan konnte ihn nur offenen Mundes anstarren, und als sie dann die Sprache wiederfand, fragte sie: »Warten?«

Er lächelte und fuhr mit dem Zeigefinger über ihre Nasenspitze. »Ja«, sagte er. »Ich dachte mir, der kommende Samstag wäre gut. Einverstanden?«

Samstag. In nur ein paar Tagen würde sie Webb Strattons Frau. Es schien zu schön, um wahr zu sein. »Samstag«, stimmte sie mit einem schüchternen Nicken zu.

Er neigte sich vor und küsste sie so leicht und langsam auf dem Mund, dass sie innerlich erbebte. Dann, wieder mit einem Lächeln in den Augen, sagte er: »Bleib vom Dach des Hühnerstalls weg.«

Sie lachte und trommelte mit beiden Handflächen gegen seine Brust.

Ein paar Minuten später ritt er davon, und sie und Augustus gingen nach draußen, um die Kiste mit Küken aus dem Stall zu holen und in den neuen Hühnerstall zu stellen. Nachdem sie Stroh auf dem Erdboden des kleinen Schuppens ausgestreut und Futter und Wasser bereitgestellt hatte, ließ sie die Küken in ihrem neuen Heim frei. Augustus wartete auf der anderen Seite der Hühnerstalltür, und als sie herauskam, begrüßte er sie so freudig, als wäre sie tagelang fort gewesen.

Als sie zu dem verwaisten Haus zurückkehrte und die Dämmerung in das Hochtal kroch, fühlte sie sich einsam. Sie vermisste natürlich Webb, doch der Verlust von Caney wurde ihr ebenso bewusst, und die Befürchtung, dass sie ihre gute Freundin vielleicht nie wieder sehen würde, schmerzte sie. Wenn sie am Samstag heiratete, würde Caney nicht mit dem Rest der Familie dabei sein, und das war schwer vorstellbar, obwohl sie verstand, wie hart ein solcher Anlass für die andere Frau sein würde.

Wenn nur Mr. Hicks zu Verstand kommen und Caney folgen und sie heimbringen würde!

»Miss Caney Blue!«

Caney, die auf einem Maultier durch den Wald ritt, das ihr Trace Qualtrough geliehen hatte, erkannte die Stimme und bemühte sich, schneller zu reiten.

»Frau!«, rief Malcolm Hicks und ritt auf einem von Jake Vigils feurigen Pferden an ihre Seite, »ich rede mit dir!«

»Du hast nichts zu sagen, was ich hören möchte«, antwortete Caney. Das stimmte natürlich nicht, aber sie hatte es satt, Dinge zu erhoffen, die nicht geschehen würden. In den vergangenen paar Jahren hatte sie für Mr. Hicks gekocht und genäht. Sie war mit ihm spazieren gegangen, hatte seine Hand gehalten, und als er nach dem großen Feuer an einer Rauchvergiftung erkrankt gewesen war, hatte sie ihn eine ganze Woche lang gepflegt und die ganze Stadt hatte darüber getratscht. Und in all dieser Zeit, wann immer sie die Möglichkeit einer Ehe erwähnt hatte, hatte er irgendeine Ausrede gefunden, um sie vom Thema abzulenken.

Er fiel dem Maultier in die Zügel. Hicks war ein gut aussehender Mann, mit glatter Haut, so dunkel wie der Nachthimmel, und dem freundlichsten Augenpaar, in das Caney jemals geblickt hatte. Er war breitschultrig und stark wie das Pferd, das er ritt, und allein bei seinem Anblick fühlte Caney sich schwach, sogar jetzt, obwohl sie sich fest entschlossen hatte, dass sie nichts mehr mit dem nichtsnutzigen Schuft zu tun haben wollte.

»Du kannst nicht einfach wegreiten«, sagte er.

»Das werden wir sehen!«, fuhr Caney ihn an. Wenn sie sich nicht hart gab, würde sie zusammenbrechen und wie ein Baby weinen. Das Einzige, was sie jemals wirklich in ihrem Leben gewünscht hatte, war dieser eine verfluchte Mann, und er wollte nicht verheiratet sein.

»Ich liebe dich«, sagte er ernst, und an der Art, wie er die Stirn furchte, erkannte sie, dass er es vielleicht ernst meinte.

Sie war wie betäubt und fand keine Worte.

»Ich sagte, ich liebe dich«, wiederholte er lauter, offenbar in der Annahme, dass sie ihn beim ersten Mal nicht verstanden hatte.

»Reden ist leicht«, brachte sie heraus. »Es zählen die Taten.«

Er stieß ein gewaltiges Seufzen aus. »Wenn du nicht bleiben und mich heiraten willst, kann ich dich nicht dazu zwingen. Ich bin ein armer Mann, Caney Blue. Ich kann dir nicht viel bieten außer einem kleinen Mietshaus drüben beim Holzplatz und meinen Namen. Eine Frau wie du verdient viel mehr.«

»Vielleicht«, sagte Caney und in ihren Augen brannten Tränen, »aber ich will nur deine rechtmäßige Frau sein, Malcolm Hicks.«

»Dann komm mit mir. Reverend Taylor wird uns heute Abend trauen.«

Caney jubelte innerlich. Sie würde Mr. Hicks doch noch für sich selbst haben, und vielleicht auch einige Babys. »Warum hast du so lange gebraucht, Malcolm?«, fragte sie, dort, mitten im Niemandsland, auf einem Maultier sitzend.

Er wich ihrem Blick aus, schaute sie dann wieder an. »Ich hatte einst eine Frau. Das habe ich dir gesagt.« Seine Augen waren feucht, aber er schien sich dessen nicht zu schämen. Er versuchte nicht einmal, sich übers Gesicht zu wischen. »Becky und ich, wir waren Sklaven am selben Ort. Sie war schwanger, als der *master* entschied, sie zu verkaufen, weil sie mich bei der Arbeit ablenkte. Er *verkaufte* sie.« Ein Schauer durchlief ihn. »Er schickte sie fort, und ich fand sie niemals wieder, so sehr ich auch nach ihr suchte. Der liebe Gott weiß, wie ich es versuchte.« Er schwieg wieder kurz, und seine feinen, stolzen Gesichtszüge verzerrten sich in der Erinnerung. »Dann, kurz bevor ich herkam, um für Jake Vigil zu arbeiten, traf ich einen Bekannten aus Georgia. Wir hatten zusammen auf den Feldern gearbeitet. Und er erzählte mir, dass Becky bei ihrem neuen Herrn gestorben war, nachdem sie unser Kind bekommen hatte.«

Caney war zu betroffen, um zu weinen. Sie streckte zögernd die Hand aus, berührte Malcolms Arm. »Es tut mir so Leid.«

Malcolm schüttelte den Kopf, gefangen in Erinnerungen. »Ich schwor, nie wieder eine Frau zu lieben, wie ich Becky geliebt hatte. Es schmerzte einfach zu sehr.«

»Was ist aus dem Kind geworden?«, fragte Caney. Sie wusste, dass die Frage schmerzlich für ihn war, und sie obendrein nichts anging, aber sie musste es wissen.

»Das ist der schlimmste Teil«, sagte Malcolm. »Ich habe nie wieder davon gehört. Es wäre jetzt zehn Jahre alt, wenn es lebte. Ich werde mich wohl bis an den Rest meines Lebens fragen, ob ich einen Sohn oder eine Tochter bekommen habe. Mich fragen, ob es was zu essen im Magen hat, einen Platz zum Schlafen. Und ich werde es nie mit Sicherheit wissen.«

Caney berührte zärtlich seine Wange. Jetzt war ihr Gesicht tränenfeucht wie seines. »Hör mir zu, Malcolm Hicks. Du wirst dir diese Fragen stellen, aber ich werde da sein, um mich mit dir zu fragen, wenn das etwas zählt.«

Er neigte sich hinab, bis seine Stirn ihre berührte. »Verlass mich nicht, Caney. Verlass mich *niemals*.«

Caney schwor sich, ihn nie zu verlassen, und zwei Stunden später, als sie und Malcolm sich vor Reverend Taylor das Jawort gaben, machte sie die gleichen Versprechen noch einmal, mit anderen Worten, obwohl es unnötig war. Wenn Caney Blue einmal ihr Wort gab, dann war es unverrückbar wie ein Berg und brauchte nicht wiederholt zu werden.

Sie war nie glücklicher in ihrem Leben gewesen, nicht einmal mit Titus, dem Ehemann, den sie gemocht und respektiert, jedoch nie ganz geliebt hatte. Trotzdem ging ihr die Unterhaltung mit Malcolm nicht aus dem Sinn. Es war eine schreckliche Schicksalsprüfung, sich Fragen wegen verlorener Angehöriger zu stellen – Malcolm hatte lange Zeit gelitten. Und das hatten ihretwegen auch Bridget und Christy, Skye und Megan, ihre Mädchen. Sie war schließlich zusammengebrochen und hatte Skye und Megan von ihrer armen Mama erzählt, aber Bridget und Christy wussten nicht, woher sie stammten, abgesehen davon, dass ihr Vater Thayer McQuarry gewesen war. Sie fragte sich, ob sie stark genug waren, um die Wahrheit zu erfahren.

Gus traf am Morgen ein, ganz unerwartet, mit einem beladenen Wagen und einem breiten Grinsen. Megan ging aus dem Haus, um ihn zu begrüßen, wartete, während er durch die seichte Stelle im Bach fuhr. Augustus rannte am Ufer auf und ab und bellte in freudiger Erregung, und Megan fühlte sich in diesem Moment neben dem in der Sonne glitzernden Bach total glücklich. Sie würde Webb heiraten. Sie hatte eine Familie und Freunde, mit und ohne Fell, und sie würde den Rest ihres Lebens auf dem Land leben, das ihr von ihrem Großvater hinterlassen worden war. Man konnte nicht mehr verlangen, ohne ausgesprochen gierig zu sein.

»Was haben Sie mitgebracht?«, fragte sie gut gelaunt, lächelte und beschattete mit einer Hand die Augen.

»Ich bringe ein Hochzeitsgeschenk!«, rief Gus, und sein rundes Gesicht spiegelte Freude wider. Er liebte es, der Überbringer froher Kunde zu sein.

Die Ladefläche des Wagens war mit einer Segeltuchplane bedeckt, und Megan wurde neugieriger. Was immer auch Gus mitgebracht hatte, es war groß und sperrig.

»Ein Geschenk von Diamond Lil«, fügte er hinzu, als Megan nicht fragte.

Die Erinnerung an Lil Colefield und die Vereinbarung, die sie getroffen hatten, dämpfte Megans Hochstimmung. Bei allem, was geschehen war, hatte sie ihr Versprechen, beim Start des Theaters zu helfen, völlig vergessen. Sie hatte leichtfertig ihr Wort gegeben, und jetzt würde sie es halten müssen. Nicht mehr lächelnd, hob Megan eine Ecke der Plane an und spähte darunter, doch sie konnte nur ein fein geschnitztes Stück Holz erkennen.

»Es ist ein Bett«, sagte Gus. »Ich bringe die Matratzen am Nachmittag.«

Megan stieg ein wenig Wärme in die Wangen, doch nachdem sie fast eine halbe Stunde über den Tisch gebeugt gewesen war, während Webb ihr die Splitter aus dem Po gezogen hatte, bedurfte es mehr, um sie verlegen zu machen. »Diamond Lil hat uns ein *Bett* geschickt?«

Gus antwortete nicht direkt, vermutlich weil die Antwort gleich dort auf seinem Wagen lag und jeder sie sehen konnte. Er warf die Plane zurück, um einen wunderschönen Bettrahmen aus geschnitztem Mahagoni zu enthüllen. Das Bett musste zusammengesetzt werden, doch Gus hatte seine Werkzeugkiste zweifellos zu diesem Zweck mitgebracht.

»Zeigen Sie mir, wo ich es aufstellen soll«, sagte er.

Megan war oben in Webbs Zimmern gewesen, doch natürlich nur, um sein Bett zu machen und auszufegen, und sie hatte die Liege gesehen, auf der er schlief. Offenbar würde diese schmale Pritsche nicht für ein verheiratetes Paar ausreichen. Sie ging voran, um Gus den Weg zu zeigen und zu verbergen, dass zusätzliche Hitze ihr den Nacken hinaufkroch und ihre Wangen färbte. Sie fragte sich, was Webb zu einem solchen Geschenk sagen und wie er reagieren würde, wenn sie ihm von ihrer inoffiziellen Partnerschaft mit Lil erzählen würde.

Gus war bullenstark, und nachdem er sich das Elternschlafzimmer angeschaut und entschieden hatte, dass der Rahmen zwischen die beiden Fenster gegenüber vom Kamin passen würde, trug er das gewaltige Möbel Stück für Stück herein und setzte es zusammen. Megan sah von der Tür aus zu und konnte ihre erste Nacht in diesem Zimmer als Webbs Frau und all die folgenden Nächte kaum erwarten. Welche Probleme auch immer sie haben würden – und sicherlich würde es auch bei ihnen welche geben –, hier war ihre Zufluchtsstätte, das Herz des Hauses. Hier würden sie reden und ihre Hoffnungen, Träume und Ängste teilen, oder *nicht* reden in jenen unvermeidlichen Nächten, wenn sie miteinander zerstritten oder einfach zu müde sein würden, um Worte zu vernünftigen Sätzen zusammenzufügen.

»Es ist wunderschön«, sagte sie, als Gus das Bett aufgestellt hatte. Sie würde so bald wie möglich in die Stadt fahren und Lil persönlich für das Geschenk danken. Vermutlich hätte sie solch ein teures und so persönliches Geschenk von vornherein nicht annehmen sollen, doch sie brachte es nicht übers Herz, Gus so zu enttäuschen, geschweige denn Lil Colefield. »Danke, Gus.«

Sie bot ihm Kaffee an, doch er lehnte höflich ab und sagte, er müsse zum Laden zurückfahren. Er wiederholte, dass er die Matratzen irgendwann am Nachmittag vorbeibringen würde.

Er hielt Wort und traf ein paar Stunden später mit den versprochenen Matratzen ein, und er saß immer noch am Tisch und genoss den Kaffee und Pflaumenkuchen, als Webb auftauchte, schmutzig vom Ritt, doch guter Laune. Je näher der Samstag rückte – das hatte Megan mit einiger Genugtuung beobachtet –, desto fröhlicher wurde er.

»Hallo, Gus«, sagte er erfreut, hängte seinen Hut auf und begrüßte den Ladenbesitzer mit Handschlag. »Was haben Sie uns gebracht?«

Bevor Gus etwas sagen konnte, antwortete Megan. »Gus hat uns ein Bett gebracht. Es ist ein Geschenk von Diamond Lil.« Sie konnte es kaum erwarten, ihren zukünftigen Mann zu fragen, woher die Saloonbesitzerin und Madame eines berüchtigten Bordells gewusst hatte, dass er kein richtiges Bett besaß, und sie sah an der leichten Rötung von Webbs gebräuntem Gesicht, dass er die Frage befürchtete.

Sein Unbehagen amüsierte sie ein bisschen, teils wegen der Episode mit den Splittern im Po und teils, weil sie nicht die Einzige sein würde, die einiges erklären musste, wenn sie von ihrem Versprechen erzählte, das sie Lil gegeben hatte. »Nun ja«, sagte er und rieb sich den Nacken. Das war alles, nur »Nun ja«.

Nachdem Gus sich die Küken angesehen hatte, die Federn bekamen und in erstaunlichem Tempo wuchsen, und nachdem er eine Weile mit Webb im Stall über Pferde geplaudert hatte, kletterte er wieder auf seinen Wagen und fuhr heim.

Webb kam ins Haus, trug eine Schüssel Wasser hinauf auf die Küchentreppe, zog sein Hemd aus und begann sich emsig zu waschen. Die Wassertropfen glänzten wie Perlen in seinem Haar und auf seiner Haut, glitzerten wie widergespiegeltes Sonnenlicht.

»Was hat Diamond Lil veranlasst, uns ein Bett zu schenken?«, fragte er und trocknete sich mit dem Handtuch ab, das Megan ihm geholt hatte.

»Genau das wollte ich dich auch fragen, Mr. Stratton«, erwiderte sie.

»Ich habe vielleicht etwas gesagt«, gab er zu.

»Zu Lil?«, fragte Megan leichthin.

Er schüttelte den Kopf und fuhr sich mit einer Hand durch das feuchte Haar. »Zu einem der Mädchen, Sie klatschen wie alle Frauen.« Er legte eine Pause ein, seufzte und legte die Hände auf die Hüften. Die Geste, für gewöhnlich ein Anzeichen auf Eigensinn, wirkte fast verteidigend. »Megan, ich will nicht leugnen, dass ich einige Zeit oben in Lils Laden verbracht habe. Ein Mann ist wirklich einsam ohne Frau hier draußen. Aber ich werde nicht mehr dorthin gehen, nie mehr – darauf gebe ich dir mein Wort.«

Sie verbarg ein Lächeln. »Nicht einmal in den Saloon?«

Er grinste. »Das habe ich nicht gesagt.«

Jetzt war sie dran. Sie atmete tief durch. »Lil eröffnet ein Theater«, platzte sie heraus, nur damit sie es hinter sich brachte. »Sie hat mich gebeten, stille Teilhaberin zu sein und ihr beim Start zu helfen, und ich habe zugesagt.«

Webbs Miene war nicht zu deuten, aber er lächelte nicht, das war kein gutes Anzeichen. »Du wirst wieder Schauspielerin sein?«, fragte er. Er hatte einen Fuß auf die oberste Treppenstufe gestellt, und jetzt lehnte er sich, die Arme verschränkt, gegen sein Knie. »Mir scheint, das lässt dir nicht viel Zeit, um Ehefrau und Mutter zu sein.«

Furcht stieg in Megan auf, doch sie tat ihr Bestes, um sie zu verbergen. Oder das glaubte sie zumindest. »Es könnte eine Zeit kommen, wo von mir verlangt wird, dass ich eine Rolle oder zwei spiele«, gab sie zu, »aber hauptsächlich werde ich nur helfen, das Unterhaltungsprogramm zu arrangieren.«

»Ich verstehe«, sagte Webb, doch alles an ihm wies darauf hin, dass genau das Gegenteil der Fall war.

»Webb, ich habe es versprochen«, sagte Megan.

Er betrachtete sie von oben bis unten. »Wir haben uns ein paar Versprechen gegeben, du und ich, auch wenn sie unausgesprochen geblieben sind«, sagte er.

»Und ich werde sie halten.«

Er schwieg lange, legte den Kopf zurück und blickte in den blauen Sommerhimmel. Als er Megan wieder ansah, sagte er die Worte, die es unmöglich für sie machten, der gleichen Meinung zu sein. »Ich nehme an, du musst vor dem Samstag die eine oder andere Wahl treffen, nicht wahr?«

10

»Sei kein Dickkopf«, sagte Christy am folgenden Nachmittag, als sie und Bridget zur letzten Anprobe des Brautkleids vorbeikamen. Megan stand mitten in der Küche auf einem Stuhl, während Bridget kniete und den Saum absteckte und Christy die Nähte überprüfte. Sie hatte soeben ihr Dilemma bezüglich Lils und des neuen Theaters erklärt und von ihrem Versprechen und Webbs Ultimatum erzählt.

Bridget blickte auf. »Sag einfach Miss Colefield, dass du einen Fehler gemacht hast.«

Megans Gewissen machte ihr ebenso zu schaffen, wie sie von den Splittern im Po gepeinigt worden war, vielleicht sogar mehr, und sie rechnete damit, dass die Heilung viel länger dauern würde, wenn sie die falsche Wahl traf. Sie stieß ein frustriertes Seufzen aus.

»Halt still!«, schalt Christy und zwickte sie in der Taille, um ihren Worten Nachdruck zu verleihen. Der Blick ihrer grauen Augen war offen und vielleicht ein bisschen wütend. »Was willst du *wirklich* tun, Megan?«

Megan biss sich auf die Unterlippe und kämpfte gegen Tränen an. »Ich will Webb heiraten«, sagte sie. »Ich möchte in diesem Haus mit ihm leben, bis ich eine alte, alte Frau bin. Ich will eine Schar Babys. Aber ein Teil von mir will auch Lils Angebot annehmen.«

Bridget zerrte heftig an den eleganten Unterröcken des herrlichen Kleides. Zwischen der Spitze und den winzigen Perlen, die Christy auf das Oberteil und die Manschetten der gebauschten Ärmel genäht hatte, war dieses Kleid so fein wie jedes, das sie im teuersten Modehaus im Osten hätte kaufen können. »Wir alle müssen uns manchmal entscheiden«, sagte sie. »Niemand kann alles tun.«

»Hast du eine Vorstellung davon, wie beschäftigt du sein wirst, wenn du erst Kinder hast?«, argumentierte Christy. »Guter Gott, Megan, die bist bereits verantwortlich für das Kochen der Mahlzeiten und das Sauberhalten des Hauses, ganz zu schweigen von allem *sonst*, was von einer Frau verlangt wird. Du wirst einfach keine *Zeit* für eine richtige Arbeit woanders haben.«

»Er hat nie gesagt, dass er mich liebt«, vertraute Megan ihnen mit leiser Stimme an.

Bridget und Christy tauschten einen Blick, bevor sie Megan wieder ansahen. »Hast du Webb jemals gesagt, dass du ihn liebst?«,fragte Christy.

Megan schluckte. »Nein.«

»Warum nicht?«, wollte Bridget wissen.

Megan schniefte. »Ich bin mir nicht sicher, ob das ehrlich wäre.«

Beide hielten abrupt in der Arbeit inne. Bridget richtete sich auf, und Christy trat mit gerunzelter Stirn zurück. »Was?«, fragte Christy.

»Ich meine«, begann Megan und rang die Hände, »ich empfinde alles Mögliche für Webb Stratton, aber ich weiß nicht, ob es Liebe ist. »Es ist nicht wie etwas, das ich schon empfunden habe.«

Abermals wechselten die älteren Schwestern einen Blick. »Wie, genau, ist es?«, fragte Bridget.

Megan fühlte sich ähnlich, wie es gewesen war, als sie sich über den Küchentisch geneigt und ihren nackten Po in die Luft gereckt hatte, doch sie brauchte Bridget und Christys Hilfe, und so ertrug sie es mit so viel Würde wie möglich. Dennoch glühte ihr Gesicht, und sie hatte ein Gefühl, als ob Heuschrecken in ihrem Magen herumhüpften. »Manchmal ist es, als existierte nichts und niemand sonst, nur Webb und ich«, flüsterte sie, obwohl sie ganz allein waren, abgesehen von Augustus, der am Kamin döste. »Ich weiß, dass ich ohne ihn leben kann, aber mir ist auch klar, dass es ein dunkleres, ärmeres, leereres Leben sein würde. Und wenn er mich küsst ...«

Sowohl Bridget als auch Christy neigten sich vor, um besser zu hören.

»Wenn er mich küsst«, fuhr Megan fort, »habe ich immer das Gefühl, ohnmächtig zu werden. Mein Inneres fängt Feuer wie trockenes Holz, und ich sehne mich danach, es zu löschen.«

Ein Lächeln spielte um Christys Mund. »Du liebst ihn«, sagte sie mit ruhiger Überzeugung.

Bridgets kornblumenblaue Augen funkelten. »O ja«, stimmte sie zu. »Du liebst ihn ganz bestimmt.«

»Woher soll ich das wissen?«, fragte Megan klagend. »Ich habe auch geglaubt, Davy Trent zu lieben!«

Bridget hob eine Augenbraue und verschränkte die Arme. Offensichtlich hatte sie keine Ahnung, wer Davy war und was zwischen ihm und Megan gewesen war. Genau so offensichtlich hatte sie einen Verdacht, doch sie fragte nicht. Sie stand nur mit ihrer üblichen Autorität da und wartete darauf, erleuchtet zu werden.

»Hast du bei ihm das Gleiche empfunden wie bei Webb?«, fragte Christy vorsichtig. »Bei diesem ... diesem Davy, meine ich?«

Megan fühlte sich, als hätte Christy soeben grundlos einen

Eimer voller Schmutzwasser über ihr ausgeschüttet. »*Selbstverständlich* nicht!«, zischte sie.

»Da haben wir's«, sagte Bridget ernst, mehr an Christy gewandt als an Megan. Die beiden hatten sich einen Großteil ihres Lebens bekämpft, und dennoch waren sie Teil eines Bündnisses, das sie auf subtile und einzigartige Weise vom Rest der Familie unterschied. »Webb ist der Richtige für sie.«

»Ja«, stimmte Christy zu. »Ich nehme an, du hast Recht.«

»Zählt es überhaupt noch, was *ich* annehme?« Megan schrie fast, und Augustus winselte und sprang auf, als müsse er ihr zu Hilfe eilen.

»Was nimmst *du* an?«, fragte Christy.

Megan brach in Tränen aus. »Ich könnte es nicht ertragen, wenn er die Hochzeit absagt«, schluchzte sie. »Es ist schon schlimm genug, dass Caney nicht hier sein wird!«

»Das Dilemma scheint mir leicht zu lösen zu sein«, sagte Bridget. Manchmal brachte es einen zur Weißglut, wie sie immer so verdammt sicher bei allem war. »Heirate ihn, Megan. Was steht in der Bibel? ›Es ist besser zu heiraten als zu verbrennen‹? Sie legte um der Wirkung willen eine Pause sein, und Megan erinnerte sich daran, dass sie nicht die Einzige in der Familie war, die einen Hang zur Dramatik hatte. »Wenn du mich fragst, bist du drauf und dran, zu verbrennen. Was Caney anbetrifft, so wird sie zurückkommen, wenn sie bereit ist. Abwarten und Tee trinken.«

»Meinst du wirklich?«, fragte Megan leise.

Bridget nickte. »Wir sind ihre Familie«, sagte sie.

Trotz Bridgets Behauptung, dass das Problem mit Webb gelöst sei, fühlte sich Megan wie ein Hund, der soeben ein Kaninchen eine halbe Stunde lang um denselben Busch gejagt hat, ohne es zu fangen. Dennoch war ihr die Aussicht auf Caneys eventuelle Rückkehr ein Trost.

Christy gab ihr ein Geschirrtuch, weil es das Erstbeste für diesen Zweck war, das ihr in die Hand geriet. »Hier. »Trockne dein Gesicht ab und schneuz dir die Nase, bevor du dieses Kleid ruinierst!«, befahl sie.

Megan wischte sich über die Augen, aber zu mehr war sie nicht bereit. Schließlich brauchte sie dieses Geschirrtuch noch. »Ihr beide wart absolut keine Hilfe«, sagte sie vorwurfsvoll.

Bridget lächelte. »Du brauchst unsere Hilfe ohnehin nicht. Du weißt bereits, was du zu tun hast.«

Megan erkannte, dass sie es in der Tat wusste. Sie würde in diesem Fall zwischen Liebe und Ehre wählen müssen, und sie würde ihrem Herzen folgen und sich für die Liebe entscheiden. Sie würde Webb sagen, wozu sie sich entschieden hatte, so demütigend das auch sein würde, und dann zur Stadt fahren und sich bei Diamond Lil entschuldigen. Ohne Zweifel würde die Saloonbesitzerin ihr schönes Bett zurückhaben wollen.

Sie nickte. »Ihr habt Recht, ihr beide. Beim Jupiter und Zeus, ich hasse das.«

Christy und Bridget lachten laut, die Stimmen so schön wie ferner Glockenklang an einem Sonntagmorgen, und widmeten sich wieder ihrer Arbeit.

Es war unvernünftig von mir, dachte Webb. Er war sattelwund und hatte es satt, nach Kühen und Cowboys zu suchen. Gewiss, es war ungewöhnlich für eine verheiratete Frau, ihre eigenen Wege zu gehen, doch Megan war eine außergewöhnliche Frau. Das war einer der vielen Gründe, weshalb er sie liebte.

Er seufzte. Ja, er liebte sie. Was er für Ellie empfunden hatte, war nur Vernarrtheit gewesen; er hatte es seit langem gewusst. Es war Megan, mit der er sein Leben teilen wollte, Megan, mit der er sich seine Kinder wünschte, Megan, bei der er jede Nacht bis zu seinem Tode liegen wollte. Er war jedoch ein stolzer Mann, und es würde eine bittere Pille sein, seine Frau mit der Madame der Stadt ins Geschäft kommen zu lassen. Guter Himmel, man würde sich über ihn fast zu Tode lachen, und er konnte vielleicht gezwungen sein, wieder zu kämpfen.

»Reiter!« Der Beobachtungsposten – einer von Jake Vigils Holzfällern, ausgeliehen, bis mehr Männer angeworben werden konnten – wies zum Hohlweg.

Webb blickte auf und sah sofort, dass es Megan war. Er trieb seinen Wallach an und ritt zum Hohlweg.

Er und Megan trafen sich auf halbem Weg.

»Webb …«, begann sie.

»Megan …«, setzte er an.

Sie lachten beide. »Du zuerst«, sagte Webb. Es war gut, sie nur zu sehen, ihre Stimme zu hören. Eine Art Heimkehr.

»Nein«, sagte sie. »Du.«

Er seufzte, die Zügel leicht in den behandschuhten Händen, die auf dem Sattelhorn ruhten. »Ich hasse immer noch die Vorstellung, dass du in der Stadt arbeitest«, sagte er. »Es wird aussehen, als könnte ich nicht für meine Frau sorgen, und Gott weiß, was es für Gerüchte geben wird. Trotzdem hatte ich kein Recht, dich zu einer Entscheidung zu zwingen.« Er legte eine Pause ein, suchte den Horizont ab, wie um eine Eingebung zu finden, und schaute sie wieder an. »Worauf es hinausläuft, ich werde dich nehmen, wie ich dich bekommen kann.«

Sie errötete entzückend, und Freude glänzte in ihren Augen. »Webb«, sagte sie so zärtlich, dass es die Wirkung eines Streichelns hatte. Dann schüttelte sie den Kopf. »Ich werde nicht mit Lil arbeiten, es sei denn, es wäre ein echter Notfall«, sagte sie. »Ein Teil dieser Ranch wird mir gehören, und das wird mehr als genug Beschäftigung für mich sein, wenn man einen Mann und Babys dazurechnet.«

Etwas jubelte in ihm. Und beinahe sagte er es hier und jetzt, sagte beinahe offen heraus, dass er sie liebte. Aber es war anscheinend nicht der richtige Ort für diese Erklärung, dort mitten im Niemandsland, mit Rindern und ein paar Satteltramps als Zeugen. Seine Stimme klang rau. »Ich werde so bald wie möglich mit dem ersten Baby beginnen.«

Ihre Wangen wurden sogar noch rosafarbener, doch die Tränen waren fort und ihre Augen glänzten immer noch. »Das ist etwas, über das wir einer Meinung sein können. Wirst du heute zum Abendessen heimkommen?«

Webb wusste, dass er die Herde nicht verlassen sollte. Er war knapp an Arbeitskräften, und das Wetter war immer noch unbeständig. Wenn er weitere Rinder verlor, würde er ein Problem haben, und kein geringes. »Ich werde dort sein«, hörte er sich jedoch sagen.

Als Belohnung erhielt er ein Lächeln, dieses süße, kecke Megan-McQuarry-Lächeln, bei dem ihm stets warm ums Herz wurde. »Ich werde auf dich warten«, sagte sie.

Lächelnd schaute er ihr nach, als sie davonritt.

Schließlich zog er wie aus einem schönen Traum erwachend sein Pferd herum, um die Arbeit fortzusetzen, und sah Trace und Zachary zu Pferde nahen, dicht gefolgt von Jake Vigil und Malcolm Hicks.

Als sie bis auf Rufweite heran waren, sah er, dass Trace und Zachary von einem Ohr zum anderen grinsten, verdammt selbstzufrieden.

»Wir dachten uns, du könntest weitere Hilfe bei diesen Kühen gebrauchen«, sagte Zachary und nickte zu den Rindern hin.

Webb fehlten die Worte. Er war lange in vielerlei Hinsicht allein auf sich gestellt gewesen, noch bevor er die Southern Star verlassen hatte, und jetzt würde er mehr Brüder haben, Freunde, die man in guten wie in schlechten Zeiten brauchen konnte.

»Du willst doch ein wenig Hilfe, oder?«, fragte Trace, immer noch lächelnd.

»Gott, ja«, sagte Webb.

Jake ritt vor und streckte ihm die Hand hin. »Ich hoffe, du weißt das zu schätzen«, sagte er, und seine Augen spiegelten Belustigung wider. »Malcolm hier ist aus dem Ehebett geklettert, um zu helfen.«

Webb hatte noch nie einen Schwarzen rot werden sehen, doch er nahm an, dass genau das bei Malcolm geschah. Und zweifellos fluchte er.

»Er und Caney haben sich heimlich trauen lassen«, sagte Zachary und stellte sich in den Steigbügeln auf, um seine Beine zu strecken. »Ich muss zugeben, dass ich ihn um seine Köchin beneide.«

Malcolm lächelte darüber. Er sieht glücklich aus, dachte Webb. »Meine Frau kann mich eine Zeit lang entbehren«, sagte Hicks. »Aber ich könnte sie nicht entbehren.«

»Wir müssen diese Rinder näher ans Haus treiben«, sagte Webb mit belegter Stimme. »Jetzt, da zwanzig oder so für immer verloren sind, wird die Hochwiese als Weide dienen, wenigstens für ein paar Wochen.«

»Das macht Sinn«, stimmte Zachary zu.

Binnen einer halben Stunde, mit vier zusätzlichen Helfern, war Webbs Herde auf dem Weg hinauf zur Hochweide und Webb war auf dem Weg nach Hause.

Zu sagen, dass Megan angestarrt wurde und Getuschel heraufbeschwor, als sie am hellen Tag in Diamond Lils berüchtigten Saloon spazierte, würde eine Untertreibung sein, doch Megan tat es mit gestrafften Schultern und hoch erhobenem Kopf. Sie hatte der Frau etwas zu sagen, und es musste von Angesicht zu Angesicht sein.

Kurz hinter der Schwingtür verharrte Megan und wartete blinzelnd darauf, dass sich ihre Augen an das schummrige Licht gewöhnten. Sie sah einen langen, schmalen Raum, dessen Boden mit Sägemehl bestreut war und der hohe, dunkle Fenster hatte. Die Bar wirkte so lang wie die Eisenbahnschienen zwischen New York und Philadelphia, schnurgerade verlegt, und der Spiegel dahinter musste so viel gekostet haben wie der Rest des Gebäudes. Es gab Tische mit grünem Filzbelag, und ein paar frühe Kunden hockten über Gläsern mit Whisky wie frierende Männer, die versuchten, die Wärme eines herabgebrannten Campfeuers aufzunehmen. Die berüchtigten »Mädchen«, dic oben arbeiteten, waren nirgends zu sehen, worüber Megan ein wenig enttäuscht war.

Der Barkeeper hielt im Polieren von Gläsern inne, und sein Mund klaffte auf. »Hol mich der Teufel!«, entfuhr es ihm.

»Ich möchte zu Lilian Colefield«, sagte Megan deutlich, doch mit leicht zitternder Stimme. Die McQuarry-Frauen waren für ihre Kühnheit bekannt, doch dies war ein neues Gebiet, selbst für sie.

»Da bin ich«, sagte Lil und tauchte in einer Tür hinten im Saloon auf. Die Entfernung zwischen der Stelle, an der Megan stand, und der Tür kam ihr wie drei Meilen vor. »Kommen Sie mit in mein Büro, und wir plaudern ein bisschen.« Sie ließ den Blick über die starrenden Gäste schweifen. »Ihr Jungs schiebt die Stielaugen wieder in die Höhlen und kümmert euch um eure Angelegenheiten. Habt ihr noch nie eine anständige Frau gesehen?«

Megan hatte das Gefühl, durch kniehohen Schlamm zu waten, als sie durch diesen Saloon ging. Wenn jemals Caney von ihrem Besuch erfahren würde, dann würde sie ihr eine Predigt halten, die sich gewaschen hatte. Aber was hätte sie sonst tun können? Hätte sie sich auf die Straße stellen und Lil herausrufen sollen?

Lils Büro überraschte Megan; sie hatte Seide und Satin erwartet, vielleicht Plüschsofas und Samtvorhänge mit Troddeln. Stattdessen war der Raum vollkommen schlicht, enthielt nur einen Schreibtisch, ein paar Stühle und Regale voller Bücher und Aktenordner. In der Ecke stand ein kleiner Ofen.

»Nehmen Sie Platz«, sagte Lil und setzte sich hinter den Schreibtisch. Sie war auch nicht wie eine Madame vom horizontalen Gewerbe angezogen, wie Megan bemerkte. Ihr Kleid war aus brauner Baumwolle, unverziert, und ungeschminkt spiegelte ihr Gesicht das harte Leben wider, das sie geführt hatte. Ihre Mundwinkel hoben sich leicht, als sie lächelte. »Was führt Sie her, Miss McQuarry?«

Nicht zum ersten Mal wünschte Megan, sie könnte zweierlei Persönlichkeiten sein, zum einen Webbs Frau und die Mutter seiner Kinder, und zum anderen die Helferin beim Aufbau des Theaters von Primrose Creek zu etwas, auf das die Gemeinde stolz sein konnte. Sie setzte sich sehr gerade auf und tat den entscheidenden Schritt. »Ich befürchte, ich kann nicht Ihre Partnerin sein. Es tut mir Leid.«

Lil hob eine Augenbraue. »Webb hat ein Machtwort gesprochen, nicht wahr?«

Megan stieg das Blut ins Gesicht, und ihre Haltung wurde noch gerader. »Ich habe die Entscheidung selbst getroffen«, sagte sie mit fester Stimme. Es stimmte natürlich nicht so ganz, aber das tat nichts zur Sache. »Danke für Ihr schönes Bett. Ich nehme an, Sie wollen es jetzt zurückhaben.«

Lil lachte. »Behalten Sie das Bett«, sagte sie. »Es ist mein Geschenk für Sie beide.«

Megan wusste nicht, was sie sagen sollte, nachdem sie nun ausgesprochen hatte, dass sie die Partnerschaft ablehnte. Sie hatte nicht viel Erfahrung im Umgang mit Bordellbesitzerinnen, ungeachtet ihrer skandalösen Karriere als Schauspielerin. »D-danke«, stammelte sie, und dann wurde ihr klar, dass sie sich wiederholte.

Lil nahm eine Zigarre aus einer Kiste auf ihrem Schreibtisch und bot Megan eine an. Sie lehnte mit einem Kopfschütteln ab. Die Saloonbesitzerin zündete ihre Zigarre an, lehnte sich zurück und betrachtete ihre Besucherin durch eine Wolke blaugrauen Rauchs. »Sie haben Köpfchen und Schneid. Nicht viele Frauen würden am hellen Tag geradenwegs in Diamond Lils Saloon spazieren.«

Megan lächelte wehmütig. »Ich war Schauspielerin. Da bin ich daran gewöhnt, dass man über mich redet.«

»So?«, entgegnete Lil ruhig. »Ich habe mich nie daran gewöhnen können.«

Megan wollte Lillian Colefield fragen, wie sie zu Diamond Lil geworden war, doch das wäre neugierig gewesen, und wie die anderen McQuarrys tat sie ihr Bestes, die Schnüffelei auf die Mitglieder ihrer eigenen Familie zu beschränken. Sie seufzte. »Es ist schwer. Ich wäre gern wie sie – die ›guten Frauen‹ von Primrose Creek –, aber ich habe den Dreh anscheinend nicht heraus.«

Lil lächelte. »Oh, sie werden sich schon beruhigen, wenn Sie erst eine Familie haben und sesshaft werden. Dann werden Sie keine solche Bedrohung mehr für sie sein.«

Megan runzelte die Stirn. »Bedrohung?

»Ja«, erwiderte Lil gedehnt, zog mit offensichtlichem Genuss an ihrer Zigarre und blies den Rauch auf eine Weise aus, die fast elegant wirkte. »Die ›feinen‹ Damen schauen Sie an, schön wie ein Blumengarten nach einem langen Winter und obendrein clever, und sie sehen in Ihnen all das, was sie niemals haben oder sein werden. Wenn Sie erst verheiratet sind, werden sie sich einreden können, dass Sie früher oder später genauso enden werden wie sie selbst. Aber ich bezweifle, dass dies geschehen wird.«

Megan blickte sie mit großen Augen an. »Sie bezweifeln das?«, fragte sie hoffnungsvoll.

Lil lächelte, »Sie sind anders. Wie die anderen Frauen in Ihrer Familie. Herausforderungen machen Sie nur stärker, Wenn Ihnen jemand das Herz bricht, lernen Sie noch mehr und besser zu lieben. Ihr Großvater wäre stolz auf Sie gewesen.«

Megan stockte der Atem. Alles am Tonfall und am Verhalten dieser Frau wies darauf hin, dass sie Großvater gekannt hatte, aber das war unmöglich, oder?

»Ich wurde in Richmond geboren und wuchs dort auf«, fuhr Lil fort. »Ich traf Ihren Großvater nur zweimal, und jedes Mal unter nicht angenehmen Umständen, aber ich kann sagen, dass er zehnmal so viel wert war wie dieser Sohn, so charmant mein Thayer auch war. Ich liebte ihn, betete ihn regelrecht an, auch wenn er mich schäbig behandelt hat.«

Megan konnte kaum sprechen. Ein Gedanke wollte Gestalt annehmen, doch sie konnte ihn noch nicht ganz ergründen. »Sie kannten ...?«

»Ihr Großvater bezahlte mich, damit ich Virginia für immer verließ, nachdem Christy geboren war, und das tat ich. Er war gekommen, um Bridget für sich zu beanspruchen, als sie eine Woche alt war, und ich ließ sie ebenfalls gehen. Als Christy zur Welt kam, war Thayer längst fort – ich hörte, er war nach New Orleans gegangen, immer einen Schritt voraus vor irgendeinem gehörnten Ehemann.« Lil legte eine Pause ein, und ihr Blick war wie in weite Ferne gerichtet. »Ich konnte meinen Babys nicht die Art Leben geben, die ich ihnen wünschte, nicht die Art, wie ich lebte, doch es war trotzdem hart, sie wegzugeben.«

Megan schloss die Augen. »Warum erzählen Sie mir das?«

»Ich habe mein Geheimnis über zwanzig Jahre lang bewahrt. Ich nehme an, ich bin es einfach leid, die Last zu tragen.«

»Warum sind Sie hergekommen – nach Primrose Creek?«

»Ich wusste, dass Ihr Großvater hier eine Parzelle Land besaß. Er hatte sie als Sicherheit für eine Schuld genommen, glaube ich. Ich schlug mich nach Westen durch und entschied mich, mir das Land anzusehen, bevor ich nach San Francisco weiterziehen würde. Mir gefiel es hier, ich sah das Potenzial, und so blieb ich.«

»Bridget und Christy sind – sind Ihre Töchter.« Megan konnte es immer noch nicht fassen.

»Ja«, sagte Lil. Sie wirkte so müde, so niedergeschlagen, dass Megan in diesem Augenblick Mitleid mit ihr hatte. »Stellen Sie sich meine Freude vor, als Sie vier hier auftauchten.«

»Haben Sie es ihnen jemals sagen wollen? Sie sehen wollen?«

»Ich sehe sie ja dauernd. Primrose Creek ist eine kleine Stadt. Und was das Sagen anbetrifft, nun, ich konnte es nicht übers Herz bringen, ihnen ins Gesicht zu sagen, dass ihre Mama eine Saloonbesitzerin ist und einst eine Hure war. Außerdem hatte mich Ihr Großvater dafür bezahlt – um aus ihrem Leben herauszubleiben. Im Gegensatz zu dem, was die meisten Leute von mir denken, bin ich nicht ehrlos.«

Megan fühlte sich benommen. »Sie sind das Geheimnis, das Caney all diese Zeit bewahrt hat.«

Lil nickte. »Sie war nicht erfreut, als sie erkannte, wer ich bin, aber sie und ich waren einer Meinung. Sie dachte wie ich, dass meine Töchter glauben sollten, was man ihnen ihr ganzes Leben lang gesagt hatte.«

Megan erhob sich schwankend. »Und jetzt?«

Lil breitete die zarten, langgliedrigen Hände aus. Bei genauerem Betrachten konnte Megan Dinge in ihrem Verhalten und ihrem Äußeren entdecken, die sie an Christy und Bridget erinnerten – Grazie, zum Beispiel, und auch Mut und Intelligenz. »Ich glaube, das liegt an Ihnen«, sagte sie.

Megan war sich der Last, die man ihr aufgebürdet hatte, nur allzu bewusst. »Da haben Sie mich ja in eine feine Lage gebracht«, sagte sie sarkastisch. »Erwarten Sie von mir, dass ich Christy und Bridget alles erkläre, damit Sie es ihnen nicht sagen müssen?«

Lil blickte sie traurig an. »Denken Sie, was Sie wollen«, sagte sie.

Megan hatte keine Antwort darauf, keine Antwort auf irgendetwas. Sie nickte nur zum Abschied, verließ das Büro und ging durch den Saloon hinaus, ohne nach links und rechts zu blicken.

Sie war kaum eine Stunde zu Hause und fühlte sich immer noch wie in Trance, als Caney in einem von Jake Vigils Wagen vorfuhr. Wenn sie nicht bereits in einem Schockzustand gewesen wäre, dann hätte der Anblick ihrer lieben Freundin dafür gesorgt.

»Du bist zurückgekommen!«, rief sie erleichtert und erfreut und klammerte sich am Türrahmen fest, weil ihr schwindelig wurde. Caney würde doch noch der Trauung beiwohnen. Vielleicht würde sie sich sogar anders besinnen und in Primrose Creek bleiben.

Caney lächelte, als sie die Bremse anzog und vom Wagen kletterte. »Mr. Malcolm Hicks ist gerade noch rechtzeitig zur Vernunft gekommen«, sagte sie und streckte ihre Hand aus, um einen schmalen goldenen Ring zu zeigen. »Wir haben geheiratet. Sind seither in den Flitterwochen.«

Megan stieß einen Freudenschrei aus, und die beiden Frauen umarmten sich, doch als sie ins Haus gingen, änderte sich Caneys Verhalten abrupt.

»Was hast du heute Nachmittag bei Diamond Lil getrieben?«, fragte sie und packte Megan an den Oberarmen.

»Du weißt davon?«, fragte Megan und schluckte. »Schon jetzt?«

»Die ganze Stadt weiß davon!«, fuhr Caney sie an. Trotz ihrer bebenden Nasenflügel und der zusammengekniffenen Augen erkannte Megan, dass Caney weniger Ärger als Furcht empfand. »Die Gerüchte schwirren herum wie Bienen in einem in Brand geratenen Bienenstock! Was, um Himmels willen, hast du dir dabei gedacht?«

Megan hätte es keinem anderen auf der Welt erklärt, nicht einmal Webb. »Ich sollte Lils Partnerin werden.« Bei Caneys entsetztem Gesichtsausdruck fuhr sie hastig fort: »Sie baut ein Theater. Jedenfalls musste ich ihr sagen, dass ich mich anders entschieden habe.«

»Und das war alles?«, fragte Caney. »Das war alles, was geschehen ist?«

Megan konnte nicht lügen, besonders nicht bei dieser Frau, die wie eine Mutter für sie gewesen war. »Nein«, sagte sie. »Sie erzählte mir davon – von Bridget und Christy.«

»Gott sei uns gnädig!«, keuchte Caney und presste eine Hand aufs Herz, dass Megan einen Augenblick schreckliche Angst um sie hatte. »Ich muss mich setzen!«

Megan nahm Caney am Arm und führte sie zu einem Stuhl am Tisch. Dann holte sie ihr ein Glas kaltes Wasser und schaute besorgt zu, während sie daran nippte. Als Caney aufblickte, spiegelten ihre Augen Schmerz wider.

»Ich nehme an, du hast vor, es ihnen zu sagen.«

»Ich finde, sie sollten es wissen«, erwiderte Megan ruhig.

»Aber ich bin mir nicht sicher, ob ich es ihnen sagen soll. Auch nicht, ob du es erzählen sollst.«

»Wie hält man so etwas geheim?«, fragte Caney bange. »Es wird einen innerlich zerfressen.«

Megan setzte sich auf den Stuhl neben Caney und nahm ihre Hände. »Wie war es mit dir? Dies muss all die Jahre eine schreckliche Last für dich gewesen sein.«

»Zuerst war es nicht so hart. Ich hielt es für das Beste, nichts zu erzählen. Aber jetzt seid ihr erwachsene Frauen, ihr vier.« Sie atmete tief und zitternd aus. »Es ist meine Aufgabe, ihnen die Wahrheit zu erzählen«, sagte sie nach kurzem Schweigen, während ihr Gesicht eine Fülle von Gefühlen widerspiegelte. »Christy und Bridget haben ein Recht darauf, es zu erfahren. Es wird sie jedoch erschüttern.«

Megan nickte. »Ja. Aber die Wahrheit ist immer besser als eine Lüge, nicht wahr? Und sie haben Trace und Zachary, auf die sie sich verlassen können. Ehrlich gesagt, ich glaube, wenn sie den Schock erst überwunden haben, werden sie froh sein, es endlich zu wissen.«

Caney riss sich los und schlug eine Hand vor den Mund, offenbar um ein Schluchzen, vielleicht sogar Hysterie zu unterdrücken. »*Froh*?«, spottete sie, doch nicht unfreundlich, nachdem sie sich wieder etwas unter Kontrolle hatte. »Weil sie herausfinden, dass ihre Mama eine Hure ist?«

Megan versteifte sich. »Lillian ist viel mehr als eine – eine Frau der Nacht, Caney. Sie ist eine starke Persönlichkeit, auch eine kluge. Sieh dir nur an, was sie alles erreicht hat.« Sie erinnerte sich an das Gespräch in Diamond Lils schlichtem Büro, und es fiel ihr wie Schuppen von den Augen. »Sie gab Christy und Bridget an Großvater weg, weil sie wünschte, dass sie eine richtige Familie und ein Zuhause hatten.«

Caney senkte den Blick, und als sie wieder aufschaute, spiegelten ihre Augen Zorn wider. »Wir alle hatten schlechte Zeiten«, sagte sie heftig. »Und wir haben nicht herumgehurt, um Essen auf den Tisch zu bekommen!«

Megan streichelte Caneys Wange, so froh, sie wiederzuhaben, dass sie gar nicht ausdrücken konnte, was sie empfand. »Wer weiß schon, was sie zu dem gemacht hat, was sie ist? Vielleicht hat sie zu Beginn geglaubt, Thayer würde sie heiraten. Vielleicht hat sie ihn geliebt.«

Caney lachte und schniefte gleichzeitig. »Meinst du, Christy und Bridget werden mir verzeihen?«

»Ich glaube nicht, dass es etwas zu verzeihen gibt«, sagte Megan weich. »Wir alle wissen, dass du nur versucht hast, uns zu schützen.«

Danach beruhigte sich Caney merklich. »Was hast du nur für Manieren, Mädchen? Du hast mir nicht mal eine Tasse Tee angeboten, und da bin ich extra zurückgekommen, um zu bleiben.«

Megan küsste ihre Freundin auf die Stirn. »Dem Himmel sei Dank«, sagte sie. »Ich weiß nicht, was wir ohne dich machen würden.«

»Hör mit dem Theater auf und mach endlich den Tee.«

Megan lag in ihrem kleinen Zimmer auf dem schmalen Bett, starrte an die Decke und dachte an ihren Hochzeitstag. Ihr prächtiges Kleid hing sorgfältig gebügelt an der Wand und schien im Mondschein wie das Gewand eines Engels zu schimmern.

»Ich habe ihn gefunden, Großvater«, flüsterte sie. »Ich habe den Mann gefunden, den du stets für mich gewünscht hast, und wir werden eine Familie sein, hier am Primrose Creek.«

Sie erhielt natürlich keine Antwort, doch immer noch glaubte sie die Anwesenheit von Gideon McQuarry zu spüren. Er würde bestimmt dort sein, am nächsten Nachmittag, wenn sie und Webb heirateten.

Lächelnd schloss sie die Augen und schlief wieder ein.

Das neue Bett fühlt sich an, als wäre es eine Meile breit, dachte Webb, als er die Hände hinter dem Kopf verschränkte und in der Dunkelheit lächelte. Morgen Nacht würde Megan hier bei ihm liegen, und das würde alles verändern.

Er begehrte sie, keine Frage, und er konnte die erste Nacht mit ihr kaum erwarten. Doch er wusste, dass sie weit mehr als sexuelles Vergnügen in sein Leben bringen würde; das hatte sie bereits bewirkt. Sie hatte Lachen und Hoffnung und Gefühle gebracht, die er nie erfahren hatte. Bevor sie gekommen war, hatte sein Leben öde und leer ausgesehen. Jetzt schien es das Land aus Milch und Honig zu sein.

Der Samstagmorgen war da.

Endlich, endlich, war Megans Hochzeitstag gekommen, und sie hatte das Brautkleid und den Bräutigam als Beweis.

Christy und Bridget bemutterten sie glücklich oben in dem Zimmer, das sie nach dieser Nacht mit Webb teilen würde. Caney hatte offenbar den beiden älteren Schwestern noch nicht erzählt, wer ihre Mutter war; Megan hätte sonst Anzeichen auf das Wissen in ihren Gesichtern sehen können und es hätte nicht dieses fröhliche Durcheinander gegeben.

»Du bist wunderschön«, sagte Christy und lächelte sie an. Ihre Augen glänzten vor Freude und Stolz. »Es ist einfach unfassbar – unsere kleine Megan, eine Braut!«

Bridget musterte Megan ebenso stolz. Sie hatte ihr das Haar

frisiert und einen Kranz aus Butterblumen eingeflochten, und Skyes Beitrag bestand aus einem Brautstrauß aus Gänseblümchen, Glockenblumen und wilden Lilien, die sie erst ein paar Minuten zuvor auf der Wiese oberhalb des Bachufers gepflückt hatte. »Bezaubernd«, stellte Bridget fest.

Es klopfte an die Tür des Schlafzimmers, und Skye eilte hin, um sie einen Spalt zu öffnen und auf den Gang zu spähen. »Webb Stratton, du weißt genau, dass es dir nicht erlaubt ist, die Braut zu sehen!«, schalt sie, doch sie lächelte dabei.

»Ich möchte mich nur vergewissern, dass sie nicht aus dem Fenster geklettert und in die Hügel geflüchtet ist«, entgegnete er. »Reverend Taylor ist übrigens eingetroffen, und er zieht dauernd seine Taschenuhr hervor und murmelt, dass er heute Nachmittag noch eine Predigt halten muss.«

Skye warf einen Blick zu Megan, die nickte.

»Wir kommen sofort«, sagte sie.

»Bring Megan mit«, erwiderte Webb, und dann hörte Megan, wie sich seine Schritte auf der Treppe nach unten entfernten.

»Bist du bereit?«, fragte Christy.

Megan nickte. Jede der Schwestern umarmte sie, erst Christy, dann Bridget, dann Skye, die ihr obendrein noch einen Kuss auf die Wange drückte.

»Gehen wir«, sagte Megan und holte noch einmal tief Luft.

Skye stieg als Erste die Treppe hinab, dann Bridget, dann Christy, die Trauzeugin für Megan war. Megan folgte langsam, genoss den Moment, wünschte, dass dieser Tag für immer andauern würde. Das Haus glänzte, und die Menschen, die sie am meisten auf der Welt liebte, einschließlich Caney, waren im Wohnzimmer versammelt. Caneys frisch angetrauter Ehemann Malcolm stand stolz neben ihr.

Megans Blick schweifte zu Webbs Gesicht ab. Er stand mit

Zachary an seiner rechten Seite da, betrachtete sie mit offener Bewunderung und einer Art Staunen, das ein prickelndes Glücksgefühl in ihr auslöste. Sie liebte ihn. Sie *liebte* ihn! Bei der ersten Gelegenheit würde sie ihm das auch offen heraus sagen. Aber so etwas Persönliches musste einfach unter vier Augen ausgesprochen werden.

Reverend Taylor räusperte sich, und Megan nahm vor dem Kamin ihren Platz neben Webb ein. Der Prediger begann mit der Zeremonie, und Megan antwortete, wenn es von ihr verlangt wurde, mit leiser Stimme, die fast ein Flüstern war. Ebenso leise sprach Webb, doch es klang fast schroff. Megan nahm an, dass er genauso nervös war wie sie, und irgendwie hatte das etwas Tröstendes.

Schließlich erklärte der Reverend sie zu Mann und Frau, und Megan war überwältigt von ihren Gefühlen. Es war gut, dass Webb sich ihr zuwandte und sie in die Arme nahm und küsste, denn sie glaubte, sie wäre ohnmächtig geworden, wenn sie sich nicht an ihn hätte klammern können.

Sein Kuss war so zart wie die Berührung einer Feder, doch gleichzeitig heiß wie Feuer. Als sich ihre Lippen trennten, schaute sie zu ihm auf, blinzelnd und ein wenig benommen, und jeder von der Hochzeitsgesellschaft lachte und applaudierte.

Glückwünsche prasselten auf Braut und Bräutigam ein, und es gab weitere Umarmungen, Küsse, Freudentränen und Gelächter. Megan legte ihren Brautstrauß auf einen Tisch, und Augustus, der stets jeden besonderen Anlass bis zum Exzess ausnutzte, schnappte ihn sich und rannte wild im Wohnzimmer hin und her. Dann ließ er die Blumen in einem farbenfrohen Wirrwarr Megan vor die Füße purzeln und blickte zu ihr mit solch uneingeschränkter Liebe auf, dass Megan sich einfach zu ihm hinabneigen, ihn auf das Fell seines Kopfes küssen und ihn hinter den Ohren kraulen musste.

Als der Kuchen serviert wurde – Bridgets berühmtes Rezept mit Kokosnussglasur –, sorgte Megan dafür, dass Augustus ein großes Stück wie jeder andere Gast bei der Hochzeitsfeier bekam.

Es war fast Sonnenuntergang, als sich die Hochzeitsgesellschaft verabschiedete und ging, Familie um Familie, bis Webb und Megan ganz allein waren.

Webb umfasste ihr Kinn mit einer Hand. »Wenn das nicht Mrs. Webb Stratton ist«, sagte er und grinste. Dann zog er seine Taschenuhr, klappte sie auf und las die Zeit ab.

»Was machst du da?«

»Ich berechne, wann unser erstes Kind geboren wird. Ich schätze, in neun Monaten, zwei Stunden und fünfundzwanzig Minuten.«

Megan errötete. »So bald?«

Er nahm sie in seine Arme. »So bald«, bestätigte er und führte sie zur Treppe. Augustus tappte hinter ihnen her und winselte einmal untröstlich, als sich die Tür zum Schlafzimmer vor seiner Nase schloss.

11

»Da ist etwas, das ich – das ich dir sagen muss«, murmelte Megan und schaute zu ihm auf, als er zärtlich die Nadeln aus ihrem Haar entfernte, eine nach der anderen, und sie auf den Nachttisch legte. »Bevor …«

Er ließ ihr Haar durch die Finger gleiten, umfasste zärtlich ihr Gesicht mit beiden Händen, und sein schwieliger Daumen zeichnete ihre Wangenknochen nach. In seinen Augen war ein wissender Ausdruck. »Ich höre«, sagte er mit rauer Stimme.

Sie holte tief Luft. »Ich liebe dich.«

Er schwieg einen Moment, nahm offensichtlich die Worte in sich auf, wog sie mit dem Herzen und dem Verstand ab. »Das ist ja interessant«, sagte er schließlich. »Ich wollte dir gerade dasselbe sagen.«

Ihre Augen weiteten sich. Sie standen so nahe beieinander, dass sie die Wärme seines Körpers spüren konnte, die Kraft seiner Arme und Beine und seines Oberkörpers. Im Gegensatz zu vielen Männern trug er niemals Öl oder Pomade im Haar, und er roch nach Pfeifenrauch, Sommerwind und einem Hauch von aufreizendem Duft, der von Seife oder Duftwasser oder etwas ihm Eigenen stammen konnte. »Seit wann hast du es gewusst?«, fragte sie leise.

»Oh, ich nehme an, dass ich dich vom ersten Augenblick an

geliebt habe. Doch ich habe es mir selbst erst vor ein paar Tagen eingestanden.«

Sie nickte, ergriffen und überzeugt davon, dass sie vom Boden abgehoben hätte wie eine Elfe auf der Bühne, die an einem unsichtbaren Draht hochgezogen wird, wenn seine Arme nicht auf ihren Schultern geruht hätten. »Ich weiß nicht genau, wie dies geht«, vertraute sie ihm an, flüsternd, als wären sie mitten in einer Menschenmenge, anstatt in ihrem eigenen Schlafzimmer auf einer Ranch ein paar Meilen von der Stadt entfernt.

Er hob eine Augenbraue und lächelte leicht, drückte ihre Schultern kaum wahrnehmbar. »Dies?«, scherzte er und tat, als ob er nicht wüsste, was sie meinte.

Sie schluckte. »Liebe machen«, erwiderte sie noch leiser als zuvor.

Er runzelte die Stirn, doch in seinen Augen tanzte immer noch ein amüsiertes Licht. »Oh«, sagte er. »Ich dachte, du wolltest mir sagen, dass du eine erfahrene Frau bist.«

Sie würde seinen Erwartungen nicht gerecht werden, sobald er bemerkte, wie wenig sie über Sex wusste, davon war sie überzeugt. Sie fühlte sich beschämt und konnte nicht auf seine Worte antworten.

»Ah«, sagte Webb, als sei er durch ihr Schweigen aufgeklärt.

Ihr Gesicht glühte vor Verlegenheit. »Es – es ist nur einmal passiert, und ich – nun – es war schrecklich …«

Er strich jetzt mit den Fingern durch ihr Haar, und sie spürte seinen Atem an der Stirn. »Fühlst du dich jetzt auch so?«

Sie dachte über die Frage nach und schüttelte dann den Kopf. Sie hätte nicht sprechen können. Ihre Kehle war wieder wie zugeschnürt.

Er lächelte, hob ihr Kinn an und schaute ihr in die Augen. »Lass mich dir zeigen, wie eine Frau geliebt werden *sollte*.«

Ein Schauer durchlief sie, teils vor Beunruhigung, hauptsächlich jedoch vor Erwartung. Sie nickte, immer noch ohne Worte, um ihn wissen zu lassen, dass sie keine Angst hatte. Sie schloss die Augen, als er die Hände von ihren Schultern zu ihren Händen hinabgleiten ließ. Er hob eine Hand an seinem Mund und rieb mit den Lippen leicht über die Knöchel. Dann küsste er die andere Hand, ließ sich dabei Zeit. Allein die Bedächtigkeit und Zärtlichkeit der Gesten lösten herrliche Empfindungen an den empfindsamsten Stellen ihres Körpers aus.

Nach ein paar köstlichen Minuten drehte er sie um, sodass ihm ihr Rücken zugewandt war, und begann ihr Brautkleid aufzuknöpfen. Als es bis zur Hüfte offen war, schob Webb seine Hände hinein und liebkoste kühn ihre Brüste.

Megan stöhnte auf und ließ ihren Kopf gegen Webbs Schulter sinken.

Er lachte, wie belustigt über ihre Reaktion. Und wie um die Dinge noch zu verschlimmern, schob er die Daumen in ihr Mieder und rieb ihre Brustspitzen, bis sie steinhart wurden. Sie schnappte nach Luft, und er reizte sie weiterhin, neigte sich hinab, um sie auf die Schläfe zu küssen und dann an ihren Ohrläppchen zu knabbern. Als er zu ihrem Hals gelangte, war sie benommen vor Verlangen. Und dies war, wie sie bald feststellte, erst der Anfang.

Während Webb mit einer Hand weiterhin ihre Brustspitzen reizte, schob er die andere an ihrem Leib hinunter, sodass ihre Haut zu prickeln begann. Er umkreiste mit den Fingerspitzen ihren Nabel und umschmeichelte weiterhin ihr Ohrläppchen mit der Zunge. Unwillkürlich drängte Megan ihre Hüften nach vorne, und in diesem Augenblick gelangte er unter ihren Unterrock und den Schlüpfer und fand das warme, feuchte Dreieck zwischen ihren Schenkeln.

Sie versteifte sich, den Rücken gekrümmt.

»Pst«, murmelte er an ihrem Ohr, und sie sank gegen ihn, ergab sich der heißen Wonne seiner Berührung. Gewiss muss es eine Sünde sein, etwas – *jemanden* – so sehr zu begehren, dachte sie.

Er zog ihr Kleid herunter und ließ es in einem raschelnden Kreis zu Boden fallen, weich wie Blumenblätter. Dann umfasste er sie mit einem Arm und hielt sie an sich gedrückt. Jetzt spürte sie zusätzlich zu seinen erregenden Berührungen mit der Hand seine Erektion am unteren Teil ihres Rückens. Sie begann mit den Hüften gegen seine Hand zu stoßen, suchte etwas, das sie nicht hätte erklären können.

Er küsste ihre nackten Schultern. »Nicht so schnell«, sagte er krächzend. Er drehte sie zu sich um und begann sich seiner eigenen Kleidung zu entledigen, und die ganze Zeit schaute er ihr dabei in die Augen. Sie sehnte sich danach, dass er sie wieder berührte, doch sie war zu stolz, es zu sagen. Stattdessen hob sie die zitternden Hände, um die paar verbliebenen Kleidungsstücke auszuziehen.

Sie erinnerte sich nicht mehr daran, dass sie sich aufs Bett legte, wusste nicht, ob sie aus eigenem Willen dorthin gegangen oder von Webb getragen worden war. Ihr war nur ihre Reaktion bewusst und Webb und das rosagoldene Licht der untergehenden Sonne, das sie umgab.

Webb war nackt, und er bot einen herrlichen Anblick. Sie wollte ihn überall berühren, nicht nur, um ihm Vergnügen zu schenken – das wollte sie sicherlich auch –, sondern weil er sie faszinierte. Im glühenden Schein des Sonnenuntergangs wirkte er wie ein vergoldetes Geschöpf, mehr himmlisch als irdisch. Er war stark, und dennoch behandelte er sie mit unendlicher Zärtlichkeit, sogar Ehrerbietung.

Er küsste sie, wieder und wieder, und sie erwiderte die Küsse. Der Sex mit Webb war nichts, das sie ertragen musste, sondern etwas, das sie genießen, feiern, in dem sie sich verlieren konnte. Als er eine ihrer Brüste umfasste und die Spitze, hart von seinem Streicheln, mit der Zunge umschmeichelte, wölbte sie sich ihm entgegen und stieß einen langgezogenen Seufzer aus. Sie grub die Finger in sein Haar und streichelte dann an seinem Rücken auf und ab.

Er widmete sich ihrer anderen Brust und küsste sich dann langsam hinab bis zu ihrem flachen Bauch, wo er die Zungenspitze in ihren Nabel tauchte, als hätte er dort Honig gefunden. Sie erschauerte vor Lust und stöhnte kehlig auf.

Sie glaubte, es wäre jetzt vorüber und er würde sie nehmen, weil er ihre Knie spreizte und sich dazwischen in Position brachte. Sie schloss die Augen und bereitete sich auf den Schmerz vor, doch stattdessen empfand sie eine Ekstase, die sie sich nie vorgestellt, geschweige denn erlebt hatte. Er fand ihre empfindsamste und intimste Stelle und saugte daran, dass sie vor Lust unter seiner Zunge erbebte.

Sie schrie auf, ein jubelnder, stöhnender Schrei der Lust, krallte wieder die Finger in sein Haar, zog ihn fester und näher an sich, während sie den Kopf auf dem Kissen hin und her warf wie im Fieber. Sie war überzeugt, zu sterben, wenn er so weitermachte, und erst recht zu sterben, wenn er aufhörte. Sie wölbte ihren Rücken, suchte ihn, und er umfasste ihren Po und hob sie hoch an seinen Mund. Er war unersättlich, unnachgiebig und unsagbar wundervoll.

Tiefe Befriedigung erfasste sie wie der Wind die Segel eines Schiffes, trieb sie weiter, immer weiter, während sie den Kopf zurückwarf und sich davontreiben ließ. Webb schwang ihre Beine über die Schultern, und sie glaubte, immer höher getragen zu werden, bis die Reise irgendwann zu Ende sein würde.

Es war jedoch nicht das Ende, wie sie erstaunt feststellte, als

Webb sie schließlich behutsam aufs Bett sinken ließ. Er war so nahe bei ihr wie eine zweite Haut, hatte die Arme um sie gelegt, und beruhigte sie, während sie allmählich wieder klar denken konnte. Dann spreizte er sacht erneut ihre Beine und nahm sie, und sie war überrascht, zu spüren, dass sie wieder Feuer fing, als er in sie eindrang. Als seine Stöße drängender wurden, kräftiger, bewegte sie sich mit ihm, streichelte seinen Rücken, umfasste sein Gesicht, zog es zu sich herab, um ihn wieder und wieder zu küssen.

Als die Erlösung kam, glaubten sie beide von einer Woge erfasst und hinaufgetragen zu werden, und eine Zeit lang gehörten ihre Körper weder ihnen als Einzelpersonen noch einander, sondern den gleichen Kräften, die Sterne und Feuer, Berge und Fluten hervorbringen. Megan wurde so weit himmelwärts getragen, dass sie erwartete, nie wieder zurückzukehren und wieder sie selbst zu sein.

Nach ein paar solcher Begegnungen schliefen die Liebenden schließlich vor Erschöpfung ein, und als Megan am Morgen erwachte, war sie allein im Ehebett. Sie setzte sich in seltsamer Furcht auf, dass Webb sie verlassen hatte, doch er stand an einem der Fenster, die Hände auf dem Fensterbrett, und starrte hinaus. Er trug Hose und Stiefel, doch seine Brust war nackt und seine Hosenträger baumelten unterhalb seiner Hüften. Megan fand den Anblick herrlich.

»Guten Morgen, Mr. Stratton«, sagte sie und streckte sich.

Er wandte den Kopf, lächelte sie jungenhaft an. »Führe mich nicht wieder in Versuchung«, warnte er. »Ich könnte einfach wieder ins Bett kommen.«

Megan ließ die hochgereckten Arme nicht sinken. Sie war zwar vom obersten Laken bedeckt, doch darunter war sie nackt, und das wusste Webb natürlich. »Meinst du, wir haben das Baby angefangen?«, fragte sie und senkte die Wimpern. Sie wusste, dass sie lang und dicht und eines ihrer schönsten Attribute waren.

Er ging zu ihr, neigte sich hinab und gab ihr einen schmatzenden Kuss auf den Mund. »Hör auf«, grollte er. »Ich muss eine Ranch führen. Ich kann mich nicht den ganzen Tag mit meiner Frau im Bett herumwälzen.«

Sie schlang die Arme um seinen Nacken. »Kannst du dich nicht noch ein Weilchen – herumwälzen?«

Er lachte. »Nein«, antwortete er entschieden. Er berührte ihre Nasenspitze mit dem Zeigefinger. »Heute Abend ist das jedoch etwas anderes.« Damit zog er das Laken herab, saugte flüchtig an jeder ihrer Brüste und verließ sie. Sie stand auf, wusch sich und kleidete sich schnell an. Webb hatte bereits mit dem Frühstück begonnen, als sie nach unten kam, und Augustus, der auf einen Anteil von den Würstchen und den Eiern von Bridgets Hühnern wartete, hatte nur einen kurzen Blick für sie übrig, der Undankbare. Offenbar hatte er bereits das Stück vom Hochzeitskuchen vergessen, das sie ihm gegeben hatte.

»Soll ich das Mittagessen zur Weide bringen?«, fragte sie Webb. Die Sonne war zwar aufgegangen, doch es war noch sehr früh, und auf dem Tisch stand eine brennende Kerosinlampe. Sie verlieh der Küche einen behaglichen Schein, ebenso wie das kleine Feuer, das Webb im Kamin angezündet hatte, und Megan fühlte sich sündhaft zufrieden.

Webb warf ihr einen Seitenblick zu und drehte geschickt die brutzelnden Würstchen in der Pfanne um. »Die Männer haben vermutlich einen Kanincheneintopf oder einen Topf Bohnen auf dem Feuer«, sagte er. »Warum ruhst du dich nicht einfach für heute Abend aus?«

Megan trat hinter ihren Mann, schlang die Arme um seine Hüften und schmiegte sich an seinen Rücken. Er hatte eines der Hemden angezogen, das sie für ihn genäht hatte, und sie konnte seinen einzigartigen Duft durch den Stoff wahrnehmen. »Du bist aber selbstsicher«, sagte sie und lachte leise.

Er wandte sich um, zog sie an sich und küsste sie. »Gestern Nacht hast du diese Selbstsicherheit anscheinend für gerechtfertigt gehalten«, sagte er gedehnt. »Wenn ich mich richtig erinnere, hast du an meinem Haar gerissen und geschluchzt und um mehr gebettelt.«

Das stimmte natürlich alles, aber es war unerträglich von ihm, sie am helllichten Tag daran zu erinnern. »Webb Stratton!«, keuchte sie beschämt und geschmeichelt und aufgeregt, alles zusammen.

»Warte nur bis heute Nacht«, sagte er, und als sie lachend mit beiden Fäusten auf ihn eintrommelte, packte er ihre Handgelenke und zähmte sie mit einem Kuss, bei dem sie gegen ihn sank. Dann gab er ihr einen Klaps auf den Po, setzte sie an den Tisch und brachte ihr das Frühstück.

Christy und Bridget saßen in Bridgets Wohnzimmer, die Augen vom Weinen geschwollen und Taschentücher in den Händen. »So geht das seit Tagen«, vertraute Skye Megan in theatralischem Flüsterton an. Megan war jetzt einen vollen Monat verheiratet und die meiste Zeit sehr beschäftigt. Als sie jetzt sah, in welcher Verfassung ihre Schwestern waren, fühlte sie sich schuldig, weil sie so glücklich war.

»Caney hat es ihnen gesagt«, riet sie.

Skyes braune Augen weiteten sich. »Du hast es *gewusst*? Das mit Diamond Lil und – und unserem Papa?«

Megan nickte und seufzte dann. »Lillian hat es mir gesagt, als ich wegen unserer Partnerschaft bei ihr war.«

»*Und du hast kein Wort davon gesagt*?«, zischte Skye.

Christy und Bridget blickten sie vorwurfsvoll an, und Megan

erkannte, dass sie mitgehört hatten. Sie richtete sich kerzengerade auf, straffte die Schultern und marschierte durch das Zimmer, um zwischen ihren beiden Sesseln stehen zu bleiben. Sie stemmte die Hände auf die Hüften und fühlte sich sehr matronenhaft; immerhin war sie schon einen Monat verheiratet, sozusagen eine altehrwürdige Ehefrau. »Hört auf mit eurem Selbstmitleid!«, sagte sie scharf. »Ihr seid eine Schande, ihr beiden!«

Das verschlug ihren älteren Schwestern die Sprache.

»Eure Mutter lebt.« Megan wies heftig mit einer Hand in Richtung Stadt. »Sie ist kaum zwei Meilen von hier entfernt. Habt ihr eurer Mutter keine Fragen zu stellen? Wollt ihr nicht mit ihr sprechen?«

Bridget reckte das Kinn vor. »Darauf kannst du Gift nehmen«, sagte sie, erhob sich aufgeregt aus ihrem Sessel und setzte sich wieder.

»Nun?«, fragte Skye und breitete die Hände aus.

Bridgets Unterlippe zitterte, aber nur leicht. Ihre Haltung war so stolz wie eh und je. »Ich bin mir nicht sicher, wo ich anfangen soll.«

»Anfangen?«, flüsterte Christy kläglich und betupfte ihre Augen mit einem zusammengeknüllten Taschentuch. »Unsere Mutter ist eine *Prostituierte*. Das ist kein Anfang, das ist das Ende!«

»Oh, um Himmels willen«, sagte Megan. »Es gibt Schlimmeres, weißt du.«

»Was?«, schniefte Christy, offensichtlich verwirrt.

»Was wäre, wenn sie euch behalten hätte? Euch in einer Reihe von Saloons und Bordellen aufgezogen hätte? Sie hat euch genug geliebt, um euch beide aufzugeben, euch eine Familie und ein gutes Zuhause zu sichern.« Megan verlor die Geduld. Stets die Jüngste, war sie das verhätschelte Kind und nicht daran gewöhnt gewesen, bei einer Krisensituation das Kommando zu übernehmen. Diese Rolle gefiel ihr. »Hört endlich auf, euch wie Babys zu benehmen!«

»Ich fahre in die Stadt, um mit meiner Mutter zu sprechen«, sagte Bridget entschieden und stand wieder auf. Sie schaute auf Christy, die immer noch saß. »Kommst du mit oder nicht?«

Christy sprang auf. »Natürlich komme ich mit«, erwiderte sie. Dann wandte sich Bridget an Megan und Skye.

»Passt ihr bitte auf die Kinder auf?«

Megan nickte. Da Christy den kleinen Joseph und Margaret zu diesem Heulfestival mitgenommen hatte, waren alle Kinder in der Nähe.

Die beiden Töchter von Lillian Colefield machten sich nicht die Mühe, sich umzuziehen oder sich kaltes Wasser ins Gesicht zu klatschen oder sich zu frisieren. Nein, sie überquerten die Brücke über den Bach im Gänsemarsch und machten sich auf den Weg zur Stadt, Arm in Arm, wie eine Zweimann-Armee, die entschlossen auf eine nichts ahnende Stadt zumarschierte.

»Meinst du, dass das gut gehen wird?«, fragte Skye und blickte ihren beiden Schwestern nach, als sie auf der anderen Seite des Primrose Creek das steile Ufer erstiegen.

»Ich bin mehr besorgt, das ihnen jemand in die Quere kommen könnte«, erwiderte Megan und lachte.

Der Morgen verging glücklich beim Spielen mit den Nichten und Neffen im Hof, und als Bridget und Christy nach zwei Stunden heimkehrten, waren ihre Augen trocken, und sie wirkten sehr nachdenklich. Keine von beiden wollte etwas über das Gespräch mit Diamond Lil erzählen, und Megan und Skye waren nicht so dumm, danach zu fragen. Stattdessen verabschiedeten sie sich, Skye mit ihren beiden Kindern, Megan mit Augustus, der gekommen war, um sein Frauchen zurück über den Pfad am Bach zu begleiten. Sie war wie stets erfreut über seine Aufmerksamkeit, und hielt ein paarmal an, um einen Stock zu werfen und ihn dann überschwänglich zu loben,wenn er ihn apportiert hatte.

Sie lächelte, als sie die letzte Biegung umrundete, und das vertraute Pferd mit hängenden Zügeln im Hof stehen sah. Webb war heimgekommen.

Augustus rannte zu seinem Herrn und bellte vor Freude, und Webb kraulte ihm lachend das Fell.

»Du bist früh zurück«, bemerkte Megan ziemlich überflüssig. Sie war Webbs Frau und teilte sein Bett, doch immer noch schlug ihr Herz schneller, wenn sie ihn sah, ob aus der Nähe oder der Ferne.

Er richtete sich auf und grinste. »Ich hatte Sehnsucht nach meiner Frau.«

Megan nagte an ihrer Unterlippe und wartete.

Er streckte eine Hand aus, und sie ging ohne Zögern zu ihm. Er nahm die Hand und küsste einen Knöchel nach dem anderen, was heiße Schauer durch ihren Körper schickte. Dann nahm er sie auf die Arme. Er trug sie nicht zum Haus, wie sie erwartet hatte, sondern in Richtung Stall.

»Was …?«, begann sie.

Er gab ihr einen langen, tiefen Kuss, ohne seine Schritte zu verlangsamen. »Es gibt tausend Plätze, an denen ich es mit dir tun möchte«, sagte er, als er schließlich die Lippen von ihren löste, »und der Heuboden ist einer davon.«

Das Innere des Stalls war kühl und schattig, erfüllt von den Gerüchen nach Pferden und Heu und Sattelleder. Augustus hatte inzwischen das Interesse an den Aktivitäten seines Herrchens und Frauchens verloren und war in eigener Mission davongetrottet.

Webb setzte Megan vor der Leiter zum Heuboden auf die Füße. Ihre Blicke trafen sich kurz, und dann begannen sie hinaufzuklettern.

12

Megan stand auf dem Hof und beobachtete, wie die Frau den Wagen, einen staubigen Buggy, geschickt durch den seichten Bach fuhr. Auf dem Sitz neben ihr saß ein blonder Junge, etwa im gleichem Alter wie Bridgets Noah und Skyes Hank. Selbst aus dieser Entfernung wusste Megan irgendwie, dass die Augen des Kindes grünblau waren.

Als die Reisenden näher kamen, konnte Megan erkennen, dass die Frau wie eine lebendig gewordene Kamee wirkte. Ihre Haut war makellos elfenbeinfarben, und die Augen hatten eine dunkle Schattierung von Violett oder Braun. *Ellie*, dachte Megan, verblüfft und alarmiert.

In ihrem tadellosen Reisekostüm aus cremefarbenem Leinen gab Ellie Stratton Megan das Gefühl, ihre eigene Kleidung aus Kartoffelsäcken zusammengenäht zu haben. Sie hatte vorgehabt, sich einige neue Kleider zu machen, hatte jedoch einfach noch nicht die Zeit dazu gefunden.

Die andere Mrs. Stratton hielt an und lächelte, obwohl ein gewisser Argwohn in ihren Augen lauerte, als sei sie sich des Willkommens nicht sicher. »Ich nehme an, Sie sind Megan«, sagte sie.

Megan erwiderte das Lächeln kaum, und sie konnte nur spekulieren, dass es in ihren Augen zu sehen war. Sie empfand solch ein Durcheinander von Gefühlen, dass sie sie nicht auseinanderklauben konnte. Leider war christliche Nächstenliebe nicht darunter. Was auch immer Ellie Stratton wollte, sie war Webbs erste Liebe gewesen, und Megan fürchtete sich davor, beide zusammen zu sehen. »Hallo, Mrs. Stratton«, erwiderte sie.

Ellie zuckte leicht zusammen. Augustus war herangetrottet, um zu erschnüffeln, wer die Besucher waren, und der Junge betrachtete ihn mit Interesse. Mit Interesse und diesen blauvioletten Augen, die Megan sich so überzeugt vorgestellt hatte. »Nennen Sie mich nur Ellie«, sagte sie. »Wenn es Ihnen nichts ausmacht.«

Megan nickte und lächelte dann den Jungen an, der immer noch fasziniert Augustus anschaute. »Er ist nicht bissig«, sagte sie. »Du kannst ihn streicheln, wenn deine Mutter nichts dagegen hat.«

»Nur zu, Tommy«, sagte Ellie zu dem Jungen.

Tommy kletterte gewandt vom Wagen und streckte zögernd die Hand nach Augustus aus. Der Hund leckte ihm die Hand ab, und der kleine Junge lachte entzückt. Ellie stieg vom Wagen, viel graziöser als ihr Sohn, und trat Megan gegenüber.

»Sie sind genauso hübsch, wie Jesse gesagt hat«, erklärte Ellie. »Ist – ist Webb zufällig daheim?«

Megan wollte bereits verneinen, doch dann hörten sie das Nahen eines Reiters durch den Creek und blickten hinüber. Es war Webb.

Megan gaben allein bei seinem Anblick vor Erleichterung fast die Beine nach, und zugleich fürchtete sie sich vor dem Moment, wenn er Ellie, die Frau, die er sich einst gewünscht hatte, und den Jungen erkannte.

Ellie war auf dem Weg zu ihm, noch bevor er den Hof erreichte. Als er sich aus dem Sattel schwang und sie umarmte, legte sie die Arme um seinen Nacken.

Megan stand starr da und beobachtete. Wartete. Sie war sich

des Jungen und Augustus nur vage bewusst, die jetzt im Kreis herumliefen und um die Wette bellten.

Ellie und Webb lösten sich voneinander, aber sie blickte strahlend zu ihm auf. Ihre Freude, ihn zu sehen, war für jeden ersichtlich, obwohl Webbs Gesichtsausdruck nicht leicht zu deuten war. Er ergriff sie am Ellenbogen und ging mit ihr zu Megan, das Pferd hinter sich herführend.

Megan besann sich auf ihre schauspielerischen Fähigkeiten, einfach zu lächeln.

»Ich nehme an, du hast die Frau meines Bruders kennen gelernt«, sagte Webb. War es eine Täuschung, oder hatte er ›Frau meines Bruders‹ leicht betont?

»Und ich habe Megan kennen gelernt«, sagte Ellie, als sei es die natürlichste Sache der Welt, dass eine erste Liebe an einem heißen Nachmittag im Juli zu Besuch kam. Sie winkte den Jungen zu sich, und er gehorchte, wenn auch widerstrebend. Ihn mit Webb zu sehen, verschlug Megan den Atem, so groß war die Ähnlichkeit.

»Tommy, dies ist dein Onkel Webb.«

Webb ging in die Hocke, um mit dem Kind auf Augenhöhe zu sein. »Hallo, Tommy«, sagte er.

»Hallo«, erwiderte Tommy unsicher. Megan kam es vor, als schiebe er sich ein wenig näher an seine Mutter heran, doch sie war sich nicht ganz sicher.

Webb richtete sich auf und sah Megan an. Ohne zu lächeln. »Gehen wir alle ins Haus«, sagte er.

Megan wusste, dass ihre Ängste unvernünftig waren, zum größten Teil jedenfalls, aber das verhinderte nicht ihr innerliches Erschauern. Würde Webb ihr sagen, dass dies sein Sohn war, seiner und Ellies? Die Ähnlichkeit war verblüffend, aber schließlich sah Jesse Webb sehr ähnlich und vielleicht war das bei Tom junior ebenfalls der Fall.

Sie betraten das Haus, und Megan ging sofort zur Küche. Sie setzte Kaffeewasser auf und schnitt einen Kuchen an, den sie am Mittag gebacken hatten, um ihn nach dem Abendessen zu servieren. Sie stellte einen Teller für den dankbaren Augustus hin und drei weitere auf ein Tablett.

Webb setzte sich im Wohnzimmer in seinen Sessel beim Kamin, dem Platz, an dem er seine alten Tage verbringen wollte, wie er oft im Scherz gesagt hatte. Ellie und Tommy nahmen nebeneinander auf der Couch Platz, und Ellies Gefühle für Webb waren deutlich in ihren Augen sichtbar. Webbs Miene konnte Megan immer noch nicht deuten, sosehr sie sich auch bemühte; sie wirkte verschlossen, unergründlich.

»Lass jetzt den Kaffee«, sagte er, als Megan das Tablett abstellte und in die Küche zurückgehen wollte. »Setz dich und komm zu Atem.«

Komm zu Atem. Megan war sich nicht sicher, ob sie überhaupt wieder atmen konnte – jedenfalls, solange Ellie Stratton in ihrem Wohnzimmer war und *ihrem* Mann Kuhaugen machte. Megan setzte sich und gewann einige Befriedigung darin, dass ihr Sessel das Gegenstück zu Webbs Sessel war und so nahe bei ihm stand, dass sie seinen Arm oder Knie berühren konnte, wenn sie die Hand ausstreckte.

Dennoch klopfte ihr Herz heftig. Ellie fingerte in ihrem Damentäschchen auf dem Schoß herum und zog einige Papiere hervor. Sie neigte sich vor, um sie Webb zu überreichen, und obwohl man die Bewegung nicht als kokett hätte beschreiben könne, reichte sie aus, um in Megan den Wunsch zu wecken, der anderen Frau die Haare auszureißen.

Stumm ermahnte sie sich, nicht so ein Dummkopf zu sein, doch es trug nicht viel dazu bei, ihre Gefühle zu beruhigen.

Webb nahm die Papiere, entfaltete sie und überflog den Text. Megan sah, wie sich seine Miene verhärtete.

»Es tut mir Leid, es dir so sagen zu müssen«, sagte Ellie sanft. »Dein Pa starb vor sechs Monaten. Tom junior übernahm die Southern Star, aber ein Drittel davon gehört dir, und ein Drittel Jesse. Wir wussten nicht, wo du bist, bis Jesse heimkam.«

Webb gab ihr die Papiere zurück. »Tom junior und Jesse können meinen Anteil aufteilen«, sagte er. »Ich habe hier eine eigene Ranch.«

Megan fragte sich, ob sich die verwirrenden Gefühle, die sie empfand, in ihrem Gesicht oder ihrer Haltung zeigten, doch sie sagte sich, dass es ohnehin gleichgültig war, weil niemand außer Augustus sie anschaute.

»Ich befürchte, so einfach ist es nicht«, entgegnete Ellie. »Das Testament ist so abgefasst, dass auch die anderen ihren Anteil verlieren, wenn einer der Söhne seinen ablehnt. Und obendrein müsst ihr dort leben, ihr alle drei, und die Ranch führen, wie es dein Vater getan hat.«

Webb stand auf und trat ans Fenster, um hinaus auf das Land zu blicken, das er so liebte wie Megan es liebte. Er hatte viel von sich eingebracht, um diese Ranch zu dem zu machen, was sie war. »Sie könnten das Testament vor Gericht anfechten. Tom junior und Jesse, meine ich. Es ist unvernünftig, darauf zu bestehen, dass wir alle dort leben.«

Ellies Gesicht spiegelte Schmerz und schmerzliche Erinnerungen wider. »Ja, das ist unvernünftig. Und so war dein Vater.« Sie legte eine Pause ein, forderte den Jungen leise auf, nach draußen zu gehen und seinen Kuchen auf der Veranda zu essen, was er dankbar tat, und fuhr dann in verzweifelter Eindringlichkeit fort: »Tom junior wird das Jahr nicht überleben, Webb. Der Doktor sagt, seine Leber ist schon seit Jahren ruiniert. Und Jesse kann die Ranch nicht allein führen, er ist zu jung. Selbst wenn sie einen Richter überzeugen könnten …«

Megan sah, wie Webb sich am Fenster umdrehte, und ihr Herz klopfte so heftig, dass sie überzeugt war, es müsste zu hören sein. Wenn Webbs älterer Bruder und sein Vater tot waren, würde Webb vielleicht zur Southern Star zurückkehren wollen. Er war schließlich auf dieser Ranch geboren worden, und seine Mutter war dort begraben. Vielleicht war das sein Zuhause, nicht Primrose Creek.

»Was ist mit dir und dem Jungen, Ellie?«, fragte Webb. »Welche Rolle spielst du bei alldem?«

Ja, welche?, dachte Megan und hoffte, dass niemandem auffiel, das sie vor Anspannung auf die Kante des Sessels gerutscht war.

Ellie senkte einen Moment den Kopf, und als sie wieder aufblickte, schimmerten Tränen in ihren Augen. Beim Weinen sah Megan stets verquollen und bei dem zarten Teint der Rothaarigen rot gesprenkelt aus, doch diese Frau schaffte es, anmutig zu weinen. Sie hätte eine gefallene Göttin sein können, die irrtümlich in irgendeinem heidnischen Tempel vom Podest gestürzt war. »Ich habe Tom junior gesagt, dass Tommy und ich nicht bleiben und zusehen, wie er sich zu Tode trinkt, und es war mir ernst.«

Megan schloss die Augen und machte sich auf einiges gefasst. Ellie war auf der Suche nach dem Bruder gekommen, den sie wirklich liebte, und der Junge würde vermutlich ein weiteres Argument sein, um Webb zu überreden.

»Was willst du also tun?«, wollte Webb wissen. Megan konnte nicht das Geringste aus seinem Tonfall schließen, doch als ihr klar wurde, dass er hinter ihrem Sessel stand, als sie seine Hand leicht auf ihrer Schulter spürte, durchfuhr sie ein freudiges Gefühl.

Ellies Blick war fest. Ruhig. »Darauf kommen wir später«, sagte sie. »Im Augenblick versuche ich die Zukunft meines

Sohnes zu schützen. Tom Seniors letzter Wille ist genau. Wenn Tom junior stirbt, gehört die Ranch dir und Jesse, zu gleichmäßigen Anteilen. Ihr werdet beide immer noch auf dem Land leben müssen. Wenn einer von euch sich entscheidet, die Bestimmungen des Testaments nicht zu erfüllen, dann wird, wie ich gesagt habe, der Besitz verloren gehen. Und wenn das geschieht, wird Tommy natürlich nichts haben, wenn er erwachsen ist.«

Megan fühlte sich durch und durch kalt, und sie hatte ein übles Gefühl im Magen, als müsste sie sich übergeben. Sie war froh, dass sie nichts von dem Kuchen gegessen hatte, denn dann hätte sie sich vielleicht blamiert und wäre mit einer Hand vor dem Mund aus dem Zimmer gelaufen.

»Dieser gemeine alte Hurensohn«, murmelte Webb. »Gott im Himmel! Der Mann ist tot und begraben, und er versucht immer noch, unser aller Leben zu bestimmen.«

»Meine Familie ist nicht wohlhabend, Webb«, sagte Ellie. »Ein Anteil dieser Ranch ist alles, was Tommy jemals besitzen wird.«

Webb seufzte. »Er sieht wie ein kräftiger kleiner Kerl aus. Ich kann mir vorstellen, dass du ihn unterschätzt, Ellie.« Er drückte kurz noch einmal Megans Schulter, beruhigte sie nur leicht, und wandte sich dann ab und ging zu seinem Schreibtisch. Sie hörte ihn den Stuhl zurückschieben und sich setzen und wusste, das er das Testament seines Vaters diesmal genau las, Wort für Wort.

»Ich hole den Kaffee«, sagte Megan und stürzte aus dem Wohnzimmer, weil sie die Spannung nicht mehr ertragen konnte, nicht einfach herumsitzen konnte, während alles, das sie liebte, im Ungewissen lag.

»Ich möchte keinen, danke!«, rief Ellie ihr nach, und Megan ahnte bereits, dass Webb ebenfalls ablehnen würde, doch sie widmete sich der Aufgabe trotzdem, damit sie sich beschäftigen konnte, denn das brauchte sie bitter nötig. Minuten später, als sie in der Küchentür stand und beobachtete, wie Tommy und Augustus unermüdlich über den Hof tollten, hörte Megan Webb und Ellie schnell und ernst miteinander reden. Die Worte konnte sie nicht verstehen, aber der Tonfall verriet viel. Ellie sprach hell und ängstlich, Webb tief und heiser. Verzweiflung erfüllte Megan, als stünde sie bis zum Hals in brackigem Wasser.

Schließlich tauchte Ellie auf, die Augen mit Anzeichen auf weitere graziös geweinte Tränen, das Kinn hoch erhoben. Sie nickte Megan zu, so herzlich wie sie konnte, und ging an ihr vorbei auf den Hof. »Komm, Tommy«, rief sie. »Wir verpassen sonst die Kutsche nach Virginia City!«

Tommy winkte Megan und Webb zu, der schweigend hinter ihr stand, aber sein aufrichtigster Abschiedsgruß galt Augustus. Ellie stieg graziös in den Buggy, nahm die Zügel auf, wartete auf ihren Sohn und fuhr dann mit ihm davon.

»Du willst fort«, sagte Megan, ohne sich zu ihrem Mann umzudrehen.

»Ich muss es«, erwiderte er und ging davon.

Megan stand lange auf der Türschwelle, die Arme um sich geschlungen, und kämpfte gegen Tränen an. Zum Teufel mit Webb Stratton, wenn das alles war, was ihre Ehe ihm bedeutete. Sie würde einfach prima ohne ihn zurechtkommen.

Als sie nach oben ging, ohne zu Abend zu essen, saß Webb an seinem Schreibtisch im Wohnzimmer, trug seine Lesebrille und befasste sich mit Akten und Papieren. Er schaute kurz auf, als Megan auf dem Trennabsatz verharrte, und ihre Blicke trafen sich, doch keiner von beiden sagte etwas.

Es war spät, als er ins Bett kam, doch Megan hatte nicht geschlafen. Sie war sich nicht sicher, ob sie überhaupt einschlafen konnte.

»Warum?«, fragte sie. Trotz der vagen Frage wusste er genau, was sie meinte.

Er seufzte. »Wegen des Jungen.«

Ihr Herz wurde schwer, und sie glaubte, es würde brechen. »Ja«, sagte sie leise. »Wegen des Jungen.«

Webb sprach sanft, es war nur ein heiseres Flüstern. »Er ist mein Neffe, Megan«, sagte er. »Nicht mein Sohn. Aber welche Differenzen ich auch immer mit dem Vater des Jungen hatte, ich kann mich nicht einfach abwenden und ihn alles verlieren lassen. Außerdem fühle ich mich auch Jesse gegenüber verantwortlich.«

Erwartete er von ihr Verständnis? Sie konnte keines aufbringen, nicht, was ihre Trennung anbetraf. Sie schwieg.

Webb wusste natürlich, dass sie weinte. Er drehte sich zu ihr und zog sie an seine Brust. »Ich werde die Herde verkaufen«, sagte er, »und du kannst in der Stadt oder bei einer deiner Schwestern bleiben. Da ist genügend Geld …«

Sie schob ihn von sich. »Nein, Webb«, erwiderte sie herb. »Wenn ich nicht mit dir gehen kann, dann nehme ich an, ich bin nicht eingeladen, und dann verlasse ich diese Ranch nicht. Du hast versprochen, mir das Land zu überschreiben, wenn irgendetwas zwischen uns schief geht, erinnerst du dich?«

Sein Seufzen klang gequält. »Es ist eine lange, gefährliche Reise von hier nach Montana, Megan.«

Sie wandte ihm wieder den Rücken zu, und diesmal berührte er sie nicht mehr. »Nicht zu lang und gefährlich für Ellie, ich verstehe«, sagte sie und hasste sich, weil die Eifersucht so deutlich in ihrer Stimme zu hören war. »Nun, du solltest wissen, Webb Stratton, dass ich ohne die geringsten Probleme auf einem kleinen Schiff von und nach England gefahren bin.« *Abgesehen von einer Woche Seekrankheit bei jeder Fahrt*, schalt eine innere Stimme. »Darüber hinaus bin ich mit Caney und

Christy in einem Wagen in den Westen gekommen, und wir haben jede Härte gemeistert, mit der man es zu tun bekommen kann.«

»Ellie machte die Reise für ihren Sohn.«

»Sie machte die Reise für *dich*«, widersprach Megan, und Webb leugnete das nicht. Stattdessen war er typisch offen heraus.

»Sie hoffte, Jesse hätte sich geirrt, als er ihr sagte, dass ich dich heiraten würde. Dass es für sie eine Chance geben würde, wenn Tom junior stirbt. Ich habe ihr das Gegenteil erklärt.«

»Aber du fährst mit ihr.«

»Nein, Megan. Sie und der Junge kehren in den Osten zurück, um bei ihrer Familie zu leben. Ich reise nach Montana, um diese ganze Sache mit meinen Brüdern zu regeln. Ich werde in ein paar Monaten zurück sein, das verspreche ich.«

Megan empfand Erleichterung und Zweifel. Erleichterung, weil sie wusste, dass Webb keine leichtfertigen Versprechungen machte, und Zweifel, weil niemand besser als sie wusste, wie die Bande zwischen Familienmitgliedern waren. »Ich glaube dir nicht.«

Er lachte, doch es klang freudlos. »Das ist offensichtlich«, sagte er. Dann streichelte er ihre Seite, und – in völligem Gegensatz zu ihren Gefühlen – Verlangen wallte in ihr auf, so mächtig wie eine Flut, die sich in ein ausgetrocknetes Flussbett ergießt.

Gegen ihren Willen, wider ihr besseres Wissen, drehte sie sich zu ihm um, zu dem Mann, der sie verlassen würde. Zu diesem Mann, der vielleicht niemals mehr zurückkehren würde, so sehr er auch das Gegenteil beteuerte.

Ihr Liebesspiel war heftig in dieser Nacht, ebenso sehr aus Kummer geboren wie aus Leidenschaft, es war ein Festhalten und Loslassen. Selbst als ihr Körper sich vor fast unerträglicher Lust anspannte und entspannte, schluchzte Megan.

Am nächsten Tag fuhr Webb in die Stadt und kehrte mit einem Dokument zurück, in dem die Ranch am Primrose Creek auf Megans Namen überschrieben war, und einem Umschlag voller Geld, das er von seinem Bankkonto abgehoben hatte. Sie sprachen den ganzen Tag nicht miteinander, und der arme Augustus, der spürte, dass sich etwas Wesentliches geändert hatte, war außer sich. In dieser Nacht liebten Webb und Megan sich jedoch so wild und verzweifelt wie in der Nacht zuvor. Es war eher ein Kampf als eine Vereinigung, doch es war deshalb nicht weniger befriedigend. Megan wusste, dass Webb sie so tief liebte wie sie ihn, aber das änderte nichts, Webb würde sie verlassen, bald schon, und Megan wurde immer überzeugter, dass er nicht zurückkehren würde. Sie hatte bereits zu viele Verluste erlitten, um an ein glückliches Ende in solchen Dingen zu glauben.

Am dritten Tag, nachdem Megans Welt zusammengebrochen war, arrangierte Webb telegrafisch den Verkauf der Herde an die Armee, weit unter dem Marktpreis, und er schaffte es, genügend Männer anzuheuern, um die Rinder nach Fort Grant zu treiben. Von dort aus würde er allein weiterreiten.

Es hätte alles geändert, wenn er sie mitgenommen hätte, doch dazu war er nicht bereit, und sie war zu stolz, um darum zu bitten. Sie hätte Webb folgen können, ihn zwingen können, sie entweder mitzunehmen oder Zeit zu verlieren und sie wieder nach Hause zu bringen, doch sie hatte einen sehr persönlichen und privaten Grund, dies nicht zu tun.

So versuchte sie, sich damit abzufinden, den einzigen Mann zu verlieren, den sie jemals lieben würde.

Am Morgen, als Webb mit all seinen Rindern und einem halben Dutzend Cowboys aufbrach, stand Megan am Rand der Hochweide und schaute zu. Augustus rannte verwirrt zwischen Webbs Pferd und Megan hin und her und winselte bekümmert.

»Geh heim, Junge«, sagte Webb zu ihm. »Geh heim zu Megan.«

Megan war wie blind vor Tränen, als der Hund zu ihr zurücktrottete, und ein paarmal über die Schulter blickte, als hoffte er, von Webb zurückgerufen zu werden. Sie war nicht in der Lage, zu winken; sie fand nicht mal die Kraft auf Wiedersehen zu sagen. So stand sie einfach da, wie ein Baumstumpf, und schaute zu, wie Webb davonritt.

Bald war nur noch eine Staubwolke in der Ferne zu sehen, nichts mehr zu hören außer dem fernen Muhen all dieser Rinder. Megan wandte sich ab und ging mit einem winselnden Augustus an der Seite den Hügel hinab und auf dem alten Pfad zum Haus.

Sie stand eine Weile auf dem Hof und schaute sich auf dem Land um, das ihr von ihrem Großvater hinterlassen worden war. Sie hatte bekommen, was sie gewollt hatte – es gehörte wieder ihr, ihr allein, und sie würde es nie wieder hergeben.

Sie trocknete die Augen mit dem Saum der Schürze und ging ins Haus, um Teewasser aufzusetzen.

Dicke Schneeflocken tanzten vor dem Fenster über der Arbeitsplatte in der Küche, und Caney, die Scheiben von getrockneten Äpfeln für einen Kuchen geschnitten hatte, wandte sich mit einem strahlenden Lächeln zu Megan um. »Die Kleinen werden dies lieben«, sagte sie. »Sie sind immer ganz aus dem Häuschen, wenn es schneit.«

Megan, die am Tisch Brotteig knetete, lächelte. »Trace hat ihnen allen Schlitten gebaut«, sagte sie und bezog sich auf die vielen Cousins, die am Primrose Creek lebten. »Sie werden sich einen glatten Hügel suchen müssen.«

Caneys Miene wurde ernst. Bald würde sie das erste Kind von Malcolm bekommen, und in der Schwangerschaft wirkte sie schöner denn je. »Hast du etwas von Webb gehört?«, fragte sie leise.

Megan nahm an, dass ihre Schwestern Caney zu der Frage angestiftet hatten, denn sie hatte klar gemacht, dass sie nicht mit ihnen über die Sache reden wollte. Seit er fort war, hatte sie zwei Briefe von Webb erhalten. In einem hatte er mitgeteilt, dass Tom junior gestorben war und er und Jesse versuchten, die Dinge mit einer Horde von Anwälten zu regeln, und der andere Brief hatte einen Bankscheck und ein Versprechen erhalten, was beides für Megan zu diesem Zeitpunkt nicht viel Gewicht gehabt hatte. Sie hatte ihm nicht zurückgeschrieben, weil sie ihm dann von dem Baby hätte erzählen müssen, und sie wollte nicht betteln oder seine Schwäche ausnutzen, um zu bekommen, was sie wünschte.

Caney hielt im Kuchenbacken inne und durchquerte die Küche, um Megan in die Arme zu nehmen. Ihre gewölbten Bäuche berührten einander, und beide Frauen lachten, doch bei Megan liefen bereits die Tränen. Freundlichkeit bewirkte das immer bei ihr, ließ stets ihren Verteidigungswall zusammenbrechen.

»Wenn ich nicht dieses Baby in mir hätte«, sagte Caney und wiegte Megan hin und her, wie sie es viele Jahre lang getan hatte, »dann würde ich mich auf die Suche nach diesem Mann machen und ihn auspeitschen!«

Megan schniefte, richtete sich gerade auf und wischte sich mit dem Handrücken über die Wange. »Wenn er mich und unser Baby nicht will, dann wollen wir ihn auch nicht. Ich werde jemanden anstellen, der diese Ranch leitet, und bei Lil in ihrem neuen Theater arbeiten.«

Caney legte einen Finger unter Megans Kinn und hob es an.

»Weiß Webb von deiner Schwangerschaft, Mädchen, oder warst du zu stolz, um es ihm zu sagen?«

Megan tupfte sich mit ihrer Schürze das Gesicht ab, das so feucht war, als hätte sie den ganzen Kopf in einen Eimer Wasser getaucht. Sie hatte geahnt, dass sie schwanger war, als Webb nach Montana aufgebrochen war, jedoch kein Wort gesagt. »Ich konnte es ihm nicht sagen. Und es ging nicht um Stolz, Caney. Er wäre geblieben – ja, dessen bin ich mir sicher –, aber gegen seinen Willen und aus all den falschen Gründen.«

»Er hat ein Recht, davon zu erfahren, Megan«, beharrte Caney. »Das Baby wächst in dir, aber es gehört auch ihm.«

»Ich werde es ihm sagen – irgendwann.«

Caney schüttelte den Kopf. »Ich finde, du solltest ihm schreiben. »Ich gebe den Brief zur Post, wenn ich wieder in der Stadt bin.«

Megan wandte sich ab, ging zum Spülbecken und wusch sich sorgfältig nicht nur die Hände, sondern auch das tränennasse Gesicht. Danach kehrte sie zum Tisch zurück, legte den Teig in eine gebutterte Form und stellte ihn zum Aufgehen auf einen Tisch beim Herd.

Caney arbeitete immer noch an ihren Kuchen – an diesem Abend gab es Familienessen bei Bridget zur Feier von Noahs Geburtstag –, als sie plötzlich einen langen, leisen Pfiff ausstieß und einen Freudenschrei hinterherschickte. Augustus erhob sich von seinem Läufer und gab ein träges *Wuff, Wuff* von sich.

Caney wandte sich um, gestikulierte wild, und ihr Gesicht zeigte ein strahlendes Lächeln. »Komm her, Mädchen, und sieh aus dem Fenster!«

Megan tat es mit einem Stirnrunzeln und wischte sich die Hände an ihrem Geschirrtuch ab. Als sie durch das Fenster schaute und einen Reiter durch den Creek kommen sah, stockte ihr der Atem und ihr Herz schlug schneller. Das Pferd, ein

Rotschimmel, war ihr unbekannt, doch den Reiter, der einen langen Mantel und einen Hut mit breiter Krempe trug, die tief gegen den eisigen Wind heruntergezogen war, erkannte Megan sofort.

»Webb«, flüsterte sie.

»Wenn man vom Teufel spricht!«, rief Caney erfreut, stieß beide Hände in die Luft und schüttelte sie in einer Art unausgesprochenem Halleluja. Sofort eilte sie geschäftig hin und her, nahm ihren Mantel von einem der Haken bei der Tür und zog ihn an. »Das muss ich den anderen erzählen!«

Megan dachte nicht einmal an einen Mantel. Sie riss einfach die Tür auf und lief in die Kälte hinaus, bemerkte kaum, dass Caney sie zurückhalten wollte. Augustus flitzte herbei, wie ein goldener Streifen im Schnee, und bellte so laut, dass er am Morgen heiser sein würde.

Webb ritt auf den Hof und saß ab. Der Hund sprang an ihm hoch und hielt sich mit den Vorderpfoten an der Brust seines Herrn fest. Webb lachte und streichelte das Fell des Tiers mit behandschuhten Händen, doch sein Blick galt nur Megan.

»Mädchen, Mädchen, du wirst dir den Tod holen«, mahnte Caney und hüllte Megan in einen Mantel. »Was hast du dann davon, dass dein Mann endlich heimgekommen ist?« Sie sah Webb wütend an. »Wurde auch Zeit«, stieß sie hervor. Dann stampfte sie durch den wirbelnden Schnee, holte ihr Maultier, schwang sich hinauf und ritt davon.

Webb sagte nichts, und ebenso wenig sprach Megan. Sie stand nur da, konnte noch nicht glauben, dass er tatsächlich da war, dass er keine Erscheinung oder Gestalt aus einem Traum war. Wie viele Nächte hatte sie sich in ihrem einsamen Bett in ihrem früheren Zimmer hin und her gewälzt, weil sie nicht in dem Bett schlafen konnte, das sie geteilt hatten, und genau diesen Traum gehabt? Wie oft war sie erwacht und hatte bereits geweint, weil sie erkannt hatte, dass es nicht real war?

Er ging zu ihr und legte die Hände leicht auf beide Seiten ihres dicken Bauchs. »Wann?«

»Februar.«

Ein Lächeln breitete sich auf seinem Gesicht aus. Er brauchte ein Bad und eine Rasur und einen gründlichen Haarschnitt, doch er bot den schönsten Anblick, den Megan jemals wahrgenommen hatte. »Ich nehme an, da bin ich gerade rechtzeitig gekommen«, sagte er.

»Bist du zurückgekommen, um zu bleiben?« Sie wagte kaum, die Frage zu stellen, die Antwort war so wichtig.

Er nickte. »Wenn du mich haben willst. Ich habe meine Geschäfte in Montana erledigt, genau wie ich es gesagt hatte, und jetzt bin ich für immer daheim.« Er zog sie zum Haus. »Du wirst dich noch erkälten und Caney zieht mir die Haut ab.«

Sie zögerte, nickte dann und gehorchte, doch sie stand an einem Seitenfester, immer noch im Mantel, und beobachtete, wie er sein Pferd in den Stall führte, wartete immer noch am Fenster, als er aus dem Stall kam und aufs Haus zuging. Erst dann war sie restlos überzeugt, dass dies alles kein Traum war.

Er sah sie und grinste.

Sie glaubte, ihr Herz müsste vor Glück zerspringen.

Er kam herein, zog seine Handschuhe und den Mantel aus und nahm den Hut ab und hängte die Sachen auf, wie er es immer getan hatte, und dann ging er zu ihr. »Wenn ich dich nicht in den Armen halten kann, Megan, und in unser Bett bringen kann, weiß ich nicht, ob ich das überleben werde. Du hast mir so sehr gefehlt.«

»Und wessen Schuld ist das?«, fragte sie, doch sie wurde bereits schwach, und er wusste das.

»Meine«, sagte er. Dann hielt er ihr eine Hand hin. Sie ergriff sie.

Er zog sie zur Treppe, hob sie dann auf die Arme und trug sie hinauf, über den Gang und in ihr Schlafzimmer. Es war kalt, unbenutzt, wie es gewesen war, und als sie einander entkleidet hatten, krochen sie unter die Decken.

Webb küsste Megans gewölbten Leib. Dann war er zwischen ihren Beinen, spreizte sie, schob die Hände unter ihren Po. Als er sie kostete, schrie sie auf. Er trieb sie zur Ekstase, und schließlich erreichte sie ein Crescendo, das ihren Verstand in eine Richtung und ihren Geist in eine andere zu werfen schien, und sie sank glückselig auf die Matratze zurück.

Er murmelte Liebesworte und küsste sie überall. Als er ihren Mund erreichte, war das Verlangen wieder übermächtig in ihr. In dem Moment, in dem er mit rührender Behutsamkeit in sie eindrang, fand sie die Erfüllung, doch sein Höhepunkt dauerte noch ein wenig länger. Als er nahte, versteifte er sich auf ihr, erbebte heftig und stöhnte ihren Namen wie ein Sterbender, der zum Himmel fleht.

Dann sank er neben sie, und sie lagen in erschöpftem Schweigen lange beieinander, Arme und Beine ineinander verschlungen, während sich die Schatten im Zimmer vertieften.

»Du kehrst nicht mehr nach Montana zurück?«, fragte Megan schließlich. Sie musste es wissen.

»Vielleicht irgendwann zu einem Besuch«, antwortete Webb. »Doch Jesse hat einen tüchtigen Vormann. Er wird die Ranch gut führen.«

»Ihr beide habt es also geschafft, das Testament deines Vaters umzustoßen?«

Webb seufzte. »Ja«, sagte er. »Aber der alte Mann hat es uns nicht leicht gemacht. Deshalb war ich so lange fort – es gab allerhand juristische Spitzfindigkeiten zu klären.«

Megan schmiegte sich enger an ihn und fuhr mit einer Fingerspitze über seine Brust. »Wenn du ein Gentleman wärst, dann würdest du aufstehen und Feuer im Kamin machen.«

Er bewegte sich wieder unter den Decken und begann von neuem ihren Bauch zu küssen. »Wer sagt denn, dass ich ein Gentleman bin«, konterte er mit gedämpfter Stimme. Er fand ihre Brüste und saugte an einer Spitze, als sei es eine köstliche Delikatesse. »Außerdem finde ich, dass es hier ziemlich warm in diesem Bett wird. Wir haben das Feuer bereits in Gang, Mrs. Stratton.«

Da konnte sie nicht widersprechen. Und bald kam sie überhaupt nicht mehr dazu, etwas zu sagen.

Epilog

Da sind sie, meine schönen Enkeltöchter – die feurige Bridget, deren Gesicht im Feuerschein glänzt und die so offensichtlich ihren Mann und diese Horde von Kindern liebt, die sie mit Trace gezeugt hat. Ich erinnere mich gut an den Tag, an dem Trace Qualtrough nach Primrose Creek kam, zu Fuß, mit einem abgenutzten Sattel über einer Schulter und mit der Absicht, die Witwe seines besten Freundes zu besuchen. Seither haben sie sich ein Zuhause geschaffen, auf das sie stolz sein können.

Dann ist da Christy. Sie stellte die größte Herausforderung an meine Fähigkeiten als Ehestifter dar, als sie ein Auge auf Jake Vigil warf, obwohl sie in Wirklichkeit Zachary Shaw, den Marshal, heiraten wollte. Die Dinge sind letzten Endes gewiss gut gegangen, doch nicht ohne beträchtlichen Einsatz meinerseits. In dieser Familie sind zwei prächtige Kinder, und ein weiteres ist unterwegs, obwohl Christy und Zachary es noch gar nicht vermuten.

Und Skye. Meine tapfere, süße Skye. Sie hat ihren Meister in Jake Vigil gefunden, und die beiden werden zusammen ein Imperium aufbauen. Nein, Sir, ich mache mir keine Sorgen um sie. Ihre Liebe ist so stabil wie die Bäume, die auf diesen Hügeln den Stürmen trotzen.

Und schließlich die kleine Megan. Natürlich ist sie nicht

mehr so klein – in Wirklichkeit eine erwachsene Frau – und obendrein eine Schönheit mit diesem herrlichen roten Haar. Sie und Webb, sie harmonieren so gut wie ich und meine Rebecca zusammengepasst haben, und das will etwas heißen. Megans Baby wird ein Mädchen werden, so schön wie ihre Mama, und auch so klug und temperamentvoll. Sie werden eine Schar von Mädchen haben, die Strattons, und ein paar Jungs, die später als Nachzügler kommen werden.

Draußen fällt Schnee, weich und schön aus dunklem Himmel. Noah, Bridgets Junge, strapaziert meine Nerven, so aufgeregt ist er wegen seines Geburtstags. Er wird zu einem prächtigen Mann heranwachsen, jedoch nicht ohne seinen Eltern dabei ein paar graue Haare zu machen. Ich muss lächeln, wenn ich daran denke.

Da sind noch Caney Blue und ihr guter Bräutigam, die spät zu der Geburtstagsfeier eintreffen. Das Glück hat lange gebraucht, bis es zu Caney gekommen ist und auch zu ihrem Mann, doch sie haben schließlich einen Ort des Friedens gefunden, diese beiden guten Leute. Caneys Baby, ein Mädchen, wird hier aufwachsen, mit den übrigen Kindern.

Ich will verdammt sein, wenn Lillian Colefield nicht einfach zu Caney und Malcolm ins Haus ziehen wird. Sie ist ziemlich müde geworden in all den Jahren und bei allem, was sie durchgemacht hat. Ich hatte nie erwartet, sie wiederzusehen, doch der Kreis neigt dazu, sich zu schließen, besonders in Herzensdingen. Ich bin froh, dass sie sich alle gefunden haben. Froh, dass ich jetzt gehen und mich mit meiner Rebecca treffen kann.

Sie hat lange auf mich gewartet.

Schottland/Nordamerika, 18. Jahrhundert. Der schottische Freiheitskämpfer Ian Sutherland wird des Verrats an der britischen Krone bezichtigt und als Gefangener in die Kolonien verkauft. Er hat sich geschworen, bei der ersten Gelegenheit zu fliehen und nach Schottland zurückzukehren, um nach den Überlebenden seines Clans zu suchen. Doch dann gerät er in einen Zwiespalt: John, für den er arbeitet, stirbt, und hinterlässt seine junge Ehefrau, die er Ians Schutz anvertraut. Ian fühlt sich magisch zu Fancy hingezogen – kann er jetzt noch fliehen und die junge Witwe im Stich lassen?

»Patricia Potter ist eine meisterhafte Geschichtenerzählerin.« Mary Jo Putney

3-404-18628-1

England, 19. Jahrhundert. Verzweiflung treibt Cynara Hawthorne dazu, Felix Seymours Heiratsantrag anzunehmen, der als Gegenleistung versprochen hat, ihren Bruder aus dem Gefängnis zu befreien. Doch bevor sie Felix ihr Jawort geben kann, wird Cynara entführt – von Felix' Cousin Merlin, Earl of Raven, der sie zwingt, ihn zu heiraten. Die junge Frau schwört, dass sie ihm nie ihr Herz schenken wird, doch schon bald verspürt sie tiefes Verlangen nach dem geheimnisvollen Earl ...

3-404-18629-X

BASTEI
LÜBBE